STUDIA
HUMANITATIS
문명텍스트

문명텍스트 3

아지랑이 같은 내 인생

가게로 일기

미치쓰나의 어머니 지음 | 이미숙 주해

한길사

가게로 일기

아지랑이 같은 내 인생

지은이 · 미치쓰나의 어머니
주　해 · 이미숙
펴낸이 · 김언호
펴낸곳 · (주)도서출판 한길사

등록 · 1976년 12월 24일 제74호
주소 · 413-756 경기도 파주시 교하읍 문발리 520-11
www.hangilsa.co.kr
E-mail: hangilsa@hangilsa.co.kr
전화 · 031-955-2000~3　팩스 · 031-955-2005

상무이사 · 박관순 | 영업이사 · 곽명호
편집 · 박희진 안민재 | 전산 · 한향림
경영기획 · 김관영 | 마케팅 및 제작 · 이경호 박유진
관리 · 이중환 문주상 장비연 김선희

CTP 출력 · 알래스카 커뮤니케이션 | 인쇄 · 네오프린텍(주) | 제본 · 대원바인더리

제1판 제1쇄 2011년 5월 30일

값 25,000원

ISBN 978-89-356-6303-3 94830
ISBN 978-89-356-6308-8 (세트)

• 잘못 만들어진 책은 구입하신 서점에서 바꿔드립니다.

이 도서의 국립중앙도서관 출판시도서목록(CIP)은 e-CIP홈페이지(http://www.nl.go.kr/ecip)와
국가자료공동목록시스템(http://www.nl.go.kr/kolisnet)에서 이용하실 수 있습니다.
(CIP제어번호: CIP2011001912)

이 저서는 2007년 정부(교육과학기술부)의 재원으로
한국연구재단의 지원을 받아 수행된 연구임(NRF-2007-361-AL0016).

헤이안 시대 한 여성의 삶과 기록

■ 해제

이미숙 서울대 HK연구교수 · 일본문학

1. 일본 최초의 여성 산문문학

(1) 새로운 단간의 발견

2009년 7월 17일 일본 『아사히 신문』(朝日新聞)에 가마쿠라 시대(鎌倉時代, 1183~1333)에 만들어진 『가게로 일기』(蜻蛉日記) 에마키(絵巻)의 단간(断簡)이 새롭게 발견되었다는 기사가 실렸다. 단간이란 가집(歌集), 모노가타리(物語), 일기 등의 사본이나 에마키, 서간, 고사경(古写経) 등을 절단한 것을 말한다. 그 옛날 이름난 명필이나 가인(歌人), 유명인들이 쓴 글을 자른 것이라고 하여 '고히쓰기레'(古筆切)라고도 한다. 곤궁해진 귀족들이 가보를 잘라 팔면서 유통되기 시작했으며, 다도가 성행하면서 족자로 만들어 다실에 걸어두거나 서도의 글씨본 등으로 귀하게 여겨왔다. 단간은 한 권이나 한 첩이 아니었기에 화재나 전쟁 중에도 통째로 소실되지 않고 오늘날까지 전해 내려올 수 있었다. 새로 발견된 단간은 사용된 용지의 크기와 필적, 문자배열 등을 통해 가마쿠라 시대 전기의 유명 가인인 후지와라 데이카(藤原定家, 1162~1241)의 일기 『메이게쓰키』(名月記)에 1232년 만들었다고 기록된, 열 장면으로 구성된 『가게로 일기』 에마키의 일부분으로 추정된다. 이미 발견된 같은 에마키의 단간 두 장은 '다마쓰기레'(玉津切)라는 이름으로 일본의 국보인 「데카가미」(手鑑, 단간을 모은 앨범)에 수록되어 있다. 현존하는 『가게로 일기』의 필사본이 에도 시대(江戸時代, 1603~1867) 이후의 것들이므로, 새로 발견된 단간은 『가게로 일기』의 기록 중 가장 오래된 것이라 할 수 있다.

(2) 『가게로 일기』의 등장

이처럼 오늘날에도 새로운 단간이 발견돼 주목받고 있는 이 작품의 결말은 다음과 같다.

올해는 날씨가 심하게 거칠지도 않고 조금씩 흩날리는 눈이 두어 번 내렸을 뿐이다. 우마조(右馬助)가 초하룻날 입궐할 때 입을 의복과 백마절(白馬節) 때 입고 갈 의복을 정돈하고 있던 중에 한 해 마지막 그믐날이 되어버렸다. 내일 설날 때 답례품으로 쓸 옷 등을 접고 말고 하며 손질하는 일을 시녀들에게 맡기거나 하며, 생각에 잠긴다. 생각해보니, 이렇게 오랫동안 목숨을 부지하며 오늘까지 살아온 일이 참으로 기가 막힐 뿐이다. 혼제(魂祭) 등을 보는데도 언제나처럼 끝없는 시름에 잠기게 되니, 그러는 동안 한 해가 다 저물어갔다. 내 집은 서울 변두리인지라, 밤이 이슥하게 깊어서야 구나(驅儺)하는 사람들이 문을 두드리며 다가오는 소리가 들린다.

• 『가게로 일기』 하권, 383쪽

한 해의 마지막 날, 교토(京都) 변두리에 있는 강변 집에서 혼제 등을 지켜보면서 언제나처럼 끝없는 시름에 잠겨 있는 작중화자의 모습으로 막을 내리고 있는 결말은, 『가게로 일기』에 그려진 미치쓰나의 어머니(道綱母, 936년경~995)라는 한 여성의 삶을 생각할 때, 무척 상징적인 묘사라고 생각된다. 섣달 그믐날을 시간적인 배경으로 하여 생각대로 이루어지지 않았던 자신의 삶을 되돌아보고 있는 작중화자의 모습은, 한 해가 저물어가듯 자신의 인생도 시간의 흐름과 함께 저물어가는 것을 지긋이 주시하듯 쓸쓸함으로 가득 차 있어, 한 해의 순환과 맞물린 일기의 결말이 긴 여운을 남기고 있다.

『가게로 일기』는 10세기 후반(974년경) 헤이안 시대(平安時代, 794~1192)에 가나(仮名) 문자로 여성이 쓴 일기문학으로, 현존하는 일본 최초의 여성 산문문학이다. 일본 문학사에서 '일기문학'이란, 남성들이 하루하루의 공적인 사실을 한문으로 기록한 '일기'와는 달리 여성 또는 여성으로 가장한 남성들이 가나 문자로 자신의 삶을 회상해 풀어쓴 작품을 이른다. 일기문학은 그 시대 여성들의 실제 삶과 사랑 등 생활사를 가장 잘 드러내주고 있다고 일컬어진다. 이 작품들이 '문학'으로 자리매김하게 된 것은 자기 삶을 기본 제재로 하면서도, 시간 순에 따른 객관적인 기술에 그치지 않고 탄탄한 구성력을 바탕으로 하나의 독립된 작품으로 형상화해냈기 때문이다. 혜경궁 홍씨의 『한중록』과 거의 비슷하다.

지은이는 중류귀족으로 지방관 출신인 후지와라 도모야스(藤原倫寧)의 딸로 이름은 미상이며, 권문세가의 자제로 뒷날 섭정 태정대신(摂政太政大臣)으로 최고 권력자가 되는 후지와라 가네이에(藤原兼家, 929~990)와 결혼해 미치쓰나(道綱)라는 외아들을 두어, 보통 '후지와라 도모야스의 딸' 또는 '미치쓰나의 어머니'로 일컬어진다. 자기 이름을 지니지 못하고 누구의 딸, 누구의 어머니로만 불렸던 당시 귀족여성들의 호칭을 통해 고대 일본사회에서 여성의 지위가 어떠했는지를 짐작할 수 있다. 미치쓰나의 어머니는 이 작품에서 헤이안 시대의 일부다처체 아래 지내야 했던 20여 년간에 걸친 자신의 결혼생활을 축으로 그 속에서 생성된 고뇌의 양상과 전개과정을 진솔하게 토로함으로써, 마음과는 달리 자꾸 꼬여만 가는 부부 사이의 내밀한 사연과 심적 갈등을 구구절절이 기록하고 있다. 따라서 이 작품의 주제는 '생각대로 되지 않는 가네이에와의 결혼생활과 그 속에서 초래된 미치쓰나의 어머니의 고뇌'라고 생각된다.

『가게로 일기』는 상 · 중 · 하 3권과 미치쓰나의 어머니 사후인 11세기 초 다른 사람에 의해 편집돼 첨부된 권말 가집으로 구성돼 있다. 전본(伝本)이 모두 17세기 이후인 에도 시대의 서사본(書写本)이어서 현존하는 작품구성이 작자에 의해 의도된 것인지, 후세에 필사한 사람들에 의해 변용된 것인지는 확실하지 않다. 다만 결혼한 해인 954년부터 968년까지의 15년간을 기록한 상권은 남편과의 행복했던 결혼생활을 회상한 내용이 중심을 이루고, 969년에서 971년까지의 3년간을 그린 중권에는 남편과의 관계가 소원해지면서 몇 차례에 걸쳐 산사에 칩거하기까지 하는 작자의 고뇌와 갈등이 주로 그려져 있으며, 972년에서 974년까지의 3년간을 그린 하권에는 완전하지는 않지만 남편에 대한 집착을 버리고 체념을 통해 마음의 안정을 얻으려는 모습과 양녀와 아들의 결혼문제에 관심을 가지는 모습, 그리고 끝내 남편과의 결혼관계가 해소되는 내용이 그려져 있어, 전권이 유기적인 관계에 있다. 그러면서도 상권은 와카(和歌)를 중심으로 하는 우타모노가타리(歌物語)적인 수법, 중권은 일기적인 수법, 하권은 모노가타리적인 수법으로 내용이 전개되어, 권마다 독자적인 성격을 지니고 있다. 이를 통해 작자가 집필 당시부터 어느 정도는 구성의식을 지니고 있었음을 짐작할 수 있다.

이 작품의 성립에 대해서는 다양한 견해들이 나와 있지만, 크게 두 가지 설로 나눌 수 있다. 상권이 먼저 회상돼 집필되고 971년 이후부터는 날마다 기록한 것이라는 이원적·다원적 성립설과, 전권이 회상 집필되었다는 일원적 성립설이 있다. 집필이 언제 끝났는지는 확실하지 않지만, 하권이 974년까지를 기록하고 있으므로 그 이후에 전권이 완성되었음은 확실하다. 또한 작품 속에 기술된 현재형을 나타내는 시간표현 등을 분석해보았을 때, 970년을 전후한 시점에 집필되기 시작한 것으로 보인다. 와카의 초고를 비롯해 중요한 사건이 있을 때 일의 경과와 본인의 심정을 적어둔 비망록과 같은 기록이 작품 집필에 중요한 역할을 한 것으로 보인다.

'가게로'라는 서명은 상권 발문(跋文)에 나오는 "있는지 없는지도 모를, 아지랑이처럼 허무한 여자의 처지를 기록한 일기라고 할 수 있겠다"라는 구절에서 비롯되었다. 이는 허무하게만 느껴지는 자신의 삶을 '아지랑이'에 비유한 것이다. 그런데 이 작품에 관한 가장 오래된 기록인 『오카가미』(大鏡, 11세기 말~12세기 초에 성립된 역사 모노가타리)에 서명이 '가게로'(かげろふ)라고 히라가나로 쓰여 있다는 점에서 알 수 있듯이, 원래 서명에는 한자가 병기돼 있지 않았다. '청령'(蜻蛉)이라는 한자는 후대에 붙은 것인데, 현대 일본어에서 이 단어는 '돈보'(とんぼ)로 읽히며 잠자리를 뜻한다. 그러나 일본어 고어에서는 '가게로'란 단어가 '아지랑이, 하루살이, 잠자리' 등 다중적인 의미를 지닌 표현이었기 때문에, 서명의 해석은 연구자의 작품 이해에 따라 차이를 보여왔다.

그러나 『가게로 일기』 직전에 성립된 『고센와카슈』(後撰和歌集, 951

년경 성립)에 실린 와카들(654, 856, 1191, 1264번 노래)에 쓰인 '가게로'라는 표현이 『가게로 일기』와 마찬가지로 '있는지 없는지'(あるかなきか)라는 표현과 함께 '아지랑이'라는 의미로 쓰이고 있다는 점 등을 고려했을 때, 『가게로 일기』에서 '가게로'는 20여 년에 걸친 자신의 결혼생활을 되돌아보았을 때 아지랑이처럼 실체가 잡히지 않을 만큼 허무함을 느낀다는 작자의 의식을 나타내는 상징적인 표현으로 쓰이고 있다고 할 수 있다. '가게로'를 '아지랑이'로 파악하는 견해는 근대 이전에 저술된 유일한 전권 주석서인 『가게로 일기 해환』(かげろふの日記解環) 권1 「제호변」(題号弁)에도 지적되어 있다.

『가게로 일기』가 일본문학사에서 지니는 의의는 뒤이어 나오는 『이즈미시키부 일기』(和泉式部日記), 『무라사키시키부 일기』(紫式部日記), 『사라시나 일기』(更級日記) 등의 일기문학과 『겐지 모노가타리』(源氏物語) 등 일련의 여성문학에 큰 영향을 미쳤다는 데 있다. 상권 서문에서 그 당시 유행하고 있던 '후루모노가타리'(古物語), 즉 옛이야기의 비현실적 내용을 비판하며 권문세가의 자제와 결혼해 겪은 자신의 현실적인 삶을 '일기로 써보겠다'고 선언하고 있는 데서도 확인할 수 있듯이, 당대의 혼인제도 속에서 여성으로서 살아가야 하는 지난한 삶과 나아가 인간 삶의 허무함, 남녀관계의 허무함에 대한 『가게로 일기』의 현실 응시의 시각과 자기 성찰은 뒤이어 등장하는 여성 산문문학, 특히 『겐지 모노가타리』에 하나의 규범이 되었다고 할 수 있다. 그리고 권말 가집을 제외하고도 261수에 달하는 와카가 산문 속에 녹아듦으로써, 산문과 운문의 자연스러운 통합 또한 후대 여성문학의 전범이 되었다.

(3) 헤이안 시대의 여성문학과 가나 문자

일본문학사에서 시대 구분은 상대문학(구전문학~나라奈良 시대), 중고문학(헤이안 시대), 중세문학(가마쿠라~무로마치室町 시대), 근세문학(에도 시대), 근대문학(메이지明治 시대 이후)으로 대별되는 게 일반적이다. 연구의 구심점인 학회 활동 또한 그 중심은 상대문학회, 중고문학회, 중세문학회, 근세문학회, 근대문학회와 같이 문학사의 시대구분에 바탕해 이루어지고 있다. 이렇듯 일본문학 연구가 장르나 양식별로 이루어지기보다 일반적으로 특정 시대를 기본 틀로 상정해놓고 이루어지는 데서, 정치 · 경제적인 시대상황과 긴밀히 연관되어 나타나는 일본문학의 흐름과 성격을 미루어 짐작할 수 있다.

그 가운데 헤이안 시대의 중고문학은 일본문학사에서 한마디로 유례없는 '여성문학의 전성기'로 일컬어질 정도로 그 시대 문학, 특히 산문문학의 주 담당층이 여성이었다. 그 시대 산문문학은 우리의 고소설에 해당하는 모노가타리, 일기문학, 수필 등이 주를 이루었으며, 5 · 7 · 5 · 7 · 7조의 음수율을 지닌 와카가 운문문학을 대표하고 있었다. '일본의 노래'라는 의미의 와카는 사찬집(私撰集), 사가집(私家集) 이외에도 905년 간행된 『고킨와카슈』(古今和歌集)를 시작으로 헤이안 시대에만 해도 천황의 명에 의해 편찬된 칙찬 와카슈(勅撰和歌集)가 일곱 차례나 나올 정도로 시가집으로 정리돼 향유되었으며, 산문문학 속에서도 등장인물들의 심정을 드러내거나 작품 전개의 복선으로 기능하는 상징적인 표현으로서 중요한 역할을 담당했다. 이처럼 헤이안 시대의 산문문학은 와카라는 운문까지 아우르는 통합적인 성격을 띠고 있었다고 할 수 있다.

헤이안 시대는 간무 천황(桓武天皇, 재위 781~806)이 794년에 헤이안 경(平安京, 오늘날의 교토)에 도읍을 정한 뒤 가마쿠라에 막부가 개설되는 12세기 말까지 400여 년 동안을 일컫는다. 그런데 이 시대에 여성 작자에 의한 산문문학이 발달한 이유에 관해서는 종래 많은 지적이 이루어져왔다. 먼저 들 수 있는 이유로는, 후지와라 씨(藤原氏)를 중심으로 하는 섭관(摂政 · 関白) 정치체제 아래에서 궁중 내 문화 살롱의 기능을 지닌 후궁 중심의 귀족문화가 발달했다는 정치문화적인 측면과 실질적으로 일부다처제였던 혼인제도 속에서 여성들 삶의 불안정성이 극대화되었다는 측면 등이 연동한 결과라는 점이다. 이와 함께 가나 문자의 역할 또한 간과할 수 없는 중요한 이유 가운데 하나이다. 정치의 전면에 나서지는 못했지만 귀족문화의 실질적인 주 담당층으로서 정치권력 유지에 복무했던 중류귀족 출신의 궁정 나인인 뇨보(女房)나 결혼하여 집안에 안주해 있던 여성들이 자신들의 불안정한 삶 속에서 생성된 불안과 고뇌 등을 문학적으로 형상화할 수 있었던 것은, 한자와 한문에 대한 지식 없이도 자기 내면을 있는 그대로 표현할 수 있는 민족어문자인 가나가 그 당시 이미 성립돼 쓰이고 있었기에 가능했다. 『가게로 일기』는 이러한 여성 산문문학의 전성기를 앞장서 이끈 작품이었다.

(4) 일기와 일기문학

헤이안 시대 때 가나로 쓴 일기문학으로는 『가게로 일기』가 나오기 이전에도 남성 관료이자 『고킨와카슈』의 대표 편찬자인 기 쓰라유키(紀貫之)가 쓴 『도사 일기』(土佐日記, 935년경 성립)가 이미 있었다. 『도사 일기』는 기 쓰라유키가 오늘날의 고치 현(高知県)인 도사 지방에서 5년간(930~935) 지방관으로 머문 뒤 임기를 마치고 교토로 돌아가면서 55일간에 걸친 여정을 시간순으로 기록한 여행일기다. 여기서 흥미로운 점은 남성인 기 쓰라유키가 여성화자로 가장하고 있다는 점이다. 즉 남성인 화자가 여성으로 자기를 가장해 기존의 일기와는 다른 양식의 글을 쓰겠다고 선언하고 있는 것이다. 『도사 일기』가 주로 남성에 의해 집필된 이전의 한문 여행일기와 다른 점은, '하루하루'(日次)의 여행을 기록한다는 일기 형식을 따르고는 있지만, 사실을 기록한다는 종래의 일기 집필 목적에만 그치지 않고 죽은 딸을 임지인 도사에 남겨두고 고향으로 돌아가야 하는 부모의 심정과 바다 여행의 불안 등 화자의 내면을 가나 문자로 형상화하고 있다는 점이다. 즉, 기 쓰라유키는 화자의 심정 및 내면을 드러내는 데는 남성이 쓴 한문일기가 아닌 여성이 가나로 쓴 새로운 일기가 필요하다고 인식하여, 이른바 '여필가탁'(女筆仮託)이라는 방법을 사용한 것이다.

고대 일본의 한문일기는 크게 공적인 일기와 사적인 일기로 나눌 수 있다. 공적인 일기로는 '나이키 일기'(內記日記), '게키 일기'(外記日記), '덴조 일기'(殿上日記)를 들 수 있고, 사적인 일기로는 '신키'(宸記), '구교 일기'(公卿日記)를 들 수 있다.

나이키 일기란 천황 곁에서 궁중의 정무를 통괄하던 중무성(中務省)의 관리인 내기(內記)가 직업적으로 천황의 동정을 기록한 것으로 공적인 일기 중에서 가장 일찍부터 선보였다. 게키 일기는 중앙 최고 관청인 태정관(太政官)의 서기인 외기(外記)가 직무로 기록하던 일기로 9세기 중엽에 이미 존재하고 있었다고 한다. 덴조 일기는 천황의 거처인 청량전(清涼殿)의 당상관 대기소 덴조노마(殿上の間)의 당번인 장인(蔵人)들이 남긴 직무일기다. 이 공적인 일기들은 모두 한문으로 하루하루의 일들을 기록한 것으로 율령제 쇠퇴에 따라 헤이안 시대 후기에는 자취를 감추어 현재 남아 있는 것은 없지만, 다른 기록에 언급된 바에 따르면 표현과 형식이 획일적이어서 기록자의 감정이 개입할 여지가 없었다고 한다.

이에 반해 『우다텐노고키』(宇多天皇御記)와 같은 천황의 일기인 신키, 후지와라 미치나가(藤原道長)의 『미도칸파쿠키』(御堂関白記)와 후지와라 사네스케(藤原実資)의 『쇼유키』(小右記) 등으로 유명한 상류귀족들의 일기인 구교 일기, 『도사 일기』보다 100여 년 전에 엔닌(円仁)이 한문으로 쓴 『닛토구호준레이코키』(入唐求法巡礼行記) 등을 비롯한 여행일기와 같은 사적인 일기에는 집필자의 개성과 감정이 어느 정도는 표출되어 있었다. 하지만 화자의 내면 표현은 한정적 · 단편적인 수준이었고 조정의 의식이나 정무, 궁중에서 일어난 일 등 공적인 행사에 관한 내용이 대부분이었다. 따라서 『도사 일기』를 전후해 나온 남성이 쓴 한문일기는 공적 일기든 사적 일기든 '기록'이라는 목적 아래 집필되었음을 알 수 있다.

『도사 일기』 이전에도 여성이 가나로 쓴 일기가 없었던 것은 아니다. 공적인 일기이기는 하지만, 『겐지 모노가타리』의 주석서인 『가카이쇼』(河海抄)에 인용돼 그 존재가 알려진, 다이고 천황(醍醐天皇, 재위 897~930)의 황후인 후지와라 온시(藤原穏子) 또는 그 측근이 가나로 쓴 『오키사키 일기』(大后日記)가 있었다. 또한 와카 솜씨를 서로 겨루는 우타아와세(歌合) 행사를 기록한 '우타아와세 일기' 가운데 여성에 의해 가나로 집필된 일기 등을 통해서도 그 존재를 확인할 수 있다. 이들 여성이 집필한 공적인 가나 일기에는 남성들이 쓴 사적인 한문일기와 마찬가지로 집필자의 감상과 심정이 어느 정도 표현돼 있었지만, 어디까지나 사실의 '기록'이라는 일기가 지닌 본래 성격에서 벗어나지 못해, 문학성을 담보한 일기문학으로 보기가 어렵다.

일기문학이란 일기와는 전혀 다른 질적 차이를 지니고 있다고 주장하는 기무라 마사노리(木村正中)는, 「일기문학이란 무엇인가」(日記文学と

はなにか―綴られる人生―, 『国文学 解釈と鑑賞』 587号, 1981年 1月)라는 논문에서, 일기와 일기문학을 가르는 기준으로 '독자적인 인생인식'을 들고 있다. 예를 들어, 엔닌의 『닛토구호준레이코키』에도 어느 정도 감정의 표출이 드러나 있지만 그것은 '하나의 사실을 기록한 것에 불과'한 데 반해, 『도사 일기』의 심정 표출은 작자 기 쓰라유키의 실제 삶의 근저에 내재된 독자적인 인생인식이 구상화되어 표출되었음을 텍스트 분석을 통해 지적하고 있다. 나아가, 한문 표현의 경우는 문장의 법칙이나 불교적인 사고의 틀에서 벗어나기가 어려워 인간적인 감정이 개입되는 일이 있어도 단순한 생활감정의 반영으로 끝나버리므로, 내재적인 인생 논리로써 자립적인 세계를 만들기 위해서는 그러한 틀을 지니지 않은 가나 표현이 자연스럽게 요청된다고 지적하여, 한자와 가나의 표기 기능의 차이 또한 언급하고 있다.

기 쓰라유키가 관료들의 공적인 기록 수단인 한문이 아닌 가나 문자를 표현수단으로 선택해 여성으로 자기를 가장해 일기를 쓰고자 했을 때, 그 행위는 관료라는 공적인 신분을 벗어던짐으로써 기록자라는 공인으로서의 의무에서 탈피하고자 하는 의식의 발현을 의미한다. 그때의 일기는 하루하루의 기록이라는 '일기'의 외적 형식을 취하고 있다 하더라도 이미 새로운 양식의 '일기문학'을 시도하고 있다고 할 수 있다. 한문이라는 공동어문자의 틀 안에서 사실의 기록에만 치중할 수밖에 없는 남성 관료로서의 모습을 벗고 여성으로 가장했을 때에야 비로소 그는 남성의 사회적인 역할에서 벗어나 내면의 심정을 자유롭게 표출할 수 있는 민족어문자인 가나 문자를 표현수단으로 획득할 수 있었던 것이다. 여기에서 남성과 여성의 사회적 역할 차이와 한자와 가나 문자의 표기 기능과 사회적 지위 차이 또한 확인할 수 있다.

즉, 일기가 아닌 일기문학이기 위해서는 사실의 기록이라는 일기가 지닌 본래적인 성격에서 탈피하는 게 전제되어야 한다는 것이다. 그리고 『도사 일기』를 제외하고 현재 일기문학이라는 양식으로 범주화되어 있는 텍스트 대부분이 여성이 가나로 자기 인생을 회고해 집필한 작품들이라는 점에 주목했을 때, '여성이 가나로 쓴다'는 것이 절대적인 전제 조건은 아니지만 일기문학이라는 양식의 구현에 가장 적합한 조건이었음을 미루어 짐작할 수 있다.

그런데 『가게로 일기』 『이즈미시키부 일기』 『무라사키시키부 일기』 『사라시나 일기』 등 여성이 쓴 일기문학의 서명에서도 알 수 있듯이, 일본에서 '일기문학'이라는 용어는 근대에 들어와 만들어진 조어이며, 그 이전에는 남성의 한문일기든 여성의 가나 일기든 모두 '일기'라는 용어로 일컬어졌다. 여성(또는 여성으로 가장한 남성)이 어느 시점에서 그 이전의 자기 삶, 즉 체험한 자기 시간을 회상해 가나로 쓴 일종의 회고록이 '일기문학'이라는 용어로 처음 언급된 것은 1922년 영문학자인 도이 고치(土居光知)의 『문학서설』(文学序説)에서였다. 헤이안 시대 여성들의 자전 · 자조 문학은 '서정성, 인생에 대한 관조, 진지한 자기 고백, 자기 관조의 문학, 상상력에 의한 구성적 표현'이라는 문학성을 구현했다고 재조명되면서 하나의 문학 장르로 자리잡게 되었다.

2. 미치쓰나의 어머니의 아지랑이 같은 삶과 문학

(1) 역사적인 인물로서의 미치쓰나의 어머니

『가게로 일기』의 지은이는 중류귀족인 후지와라 도모야스의 딸로, 당시 권문세가의 자제로 뒷날 섭정 태정대신이 되어 최고 권력자의 지위에 오르는 후지와라 가네이에와 결혼해 미치쓰나라는 아들을 두어, 문학사에서 보통 '미치쓰나의 어머니'로 일컬어진다. 10세기 후반 헤이안 시대는 신분질서가 공고화되어, 상류귀족 집안과 4, 5위 정도의 지방관밖에 될 수 없는 중류귀족으로 귀족사회가 분화되어 있었다. 친정아버지 도모야스는 헤이안 시대의 대표적 귀족가문인 후지와라 가문 북가(北家)의 시조인 후유쓰구(冬嗣)의 4대손이지만 방계였기에, 후대로 내려오면서 전형적인 중류귀족 집안으로 정착되었다. 그에 반해 남편인 가네이에는 후지와라 가문 북가의 적통으로 당시 우대신(右大臣)인 모로스케(師輔)의 3남이었다. 곧, 미치쓰나의 어머니는 남편과 같은 후지와라 씨 일문이기는 했지만 결혼할 당시 친정아버지 도모야스가 젊은 귀공자인 가네이에와 병위부(兵衛府)에서 같이 근무하면서 가까이 지내고 있었을 가능성이 있고 심지어 직위 또한 아래였다는 견해까지 제시되어 있다는 점을 고려해보았을 때, 신분상 남편보다 열등한 위치에 있었음을 알 수 있다.

이렇듯 자기 이름조차 지니지 못한 미치쓰나의 어머니가 역사적으로 실제로 존재했던 인물이라는 것을 알려주는 문헌은, 헤이안 시대의 귀족정치 체제 속에서 최고의 권력을 누렸던 후지와라 미치나가(966~1027, 가네이에의 다섯째 아들로 미치쓰나의 이복동생)의 삶을 그린 『오카가미』 속의 「가네이에 전」에 수록된 다음과 같은 기술에 의한다.

둘째 아드님은 미치노쿠(陸奥) 수령인 도모야스 님의 따님에게서 태어나셨다. 미치쓰나라고 한다. 대납언(大納言)까지 되셔서 우대장(右大将)을 겸직하셨다. 그 모친께서는 와카 솜씨가 매우 뛰어나셔서, 가네이에 공이 들르셨을 때의 일과 와카 등을 써 모은 것을 『가게로 일기』라 이름 붙여 세상에 내놓으셨다.

• 橘健二 · 加藤藤子 校注 · 訳, 『大鏡』, 新編日本古典文学全集 34, 小学館, 1996, 249~250쪽

그리고 고대 일본의 주요한 성씨들의 계보를 정리한 『손피분먀쿠』(尊卑分脉)라는 책에는 "우리 나라에서 가장 아름다운 미인 셋 중의 한 사람이다"라는 기록이 있다.

이러한 기술에서도 확인할 수 있듯이, 미치쓰나의 어머니는 미모와 문학적 재능을 겸비한 여성이었다. 그녀는 와카가 최고조로 발달했던 헤이안 시대의 유명한 가인을 일컫는 36가선(三十六歌仙) 중 한 명이기도 해, 시적 재능을 짐작할 수 있다. 또한 이 시대 여성의 기본적인 소양이었던 바느질 솜씨도 뛰어났다. 미치쓰나의 어머니가 남편과의 관계 속에서 분출되는 감정을 억누르지 않고 그대로 표출하게 된 데는 이러한 자신에 대한 긍지가 가장 큰 요인으로 작용했던 듯하다. 실제로 미치쓰나의 어머니의 강한 자의식에서 비롯된 갈등이 끊이지 않았는데도 두 사람이 결혼생활을 20여 년이나 지속할 수 있었던 데는 그녀의 미모와 문재(文才)가 한몫을 했다고 여겨진다. 그러나 이러한 자긍심에도 불구하고 남편인 가네이에와의 관계 속에서 그녀는 열등한 위치에 자리할 수밖에 없었다.

이처럼 실질적인 일부다처제와 귀족 중심 사회라는 시대상황 속에서, 가네이에의 아홉 명의 처들 중 한 명이자 중류귀족의 딸로서 뛰어난 미모와 문학적 재능이라는 자기의 존재기반을 바탕으로 강한 자의식과 젠더의식을 지니게 된 미치쓰나의 어머니는 가나 문자를 표현수단으로 삼아 자신의 결혼생활과 그 속에서 겪게 된 내면의 심정을 글쓰기라는 행위를 통해 형상화해낼 수 있었다.

(2) 일부다처제와 여성의 삶

그렇다면 미치쓰나의 어머니를 그토록 고통스럽게 했던 고뇌의 원인은 무엇이었을까. 상권 발문에 나오는 '생각대로 되지 않는 이내 신세를 한탄하고만 있는지라'라는 구절에서, 그녀의 고뇌가 자기 꿈의 좌절, 곧 결혼생활에서 이루고 싶었던 기대가 좌절된 데서 배태되었음을 알 수 있다. 미치쓰나의 어머니에게는 남편 가네이에를 독점하고 정처(正妻)가 되고 싶다는 신분상승 욕구가 있었다. 그러나 남편이 자기만을 사랑해주기를 바라는 기대는, 실질적인 일부다처제였던 당시의 혼인제도 속에서 오로지 자기 집에 남편이 찾아와주기만을 기다리며 결혼생활을 영위해야 했던, '기다리는 여자'(待つ女)이며 '집안 여자'(家の女)인 헤이안 시대 여성들에게는 도저히 실현될 수 없는 이상이었다.

당시의 결혼풍습은 남성이 여성의 집을 방문하는 초서혼(招婿婚)이었다. 궁중 나인으로 출사하지도 않고 높디높은 담장 안에서 한 남자와의 결혼생활에 인생 전부를 걸었던 귀족여성들은, 이제나저제나 남편이 찾아오기만을 기다리는 '기다리는 여자'의 입장에 처해질 수밖에 없었다. '기다리는 여자'는 실질적인 일부다처제라는 남성 중심 사회에서 보편화된 여성의 삶의 방식이었다고 규정할 수 있다. 『가게로 일기』는 이러한 기다림의 슬픔과 괴로움, 한탄을 처음으로 토로한 산문이라고 할 수 있다. 미치쓰나의 어머니가 가네이에의 구혼을 받아들이는 장면으로 시작되지만, 얼마 지나지 않아 남편의 사랑을 독점할 수 없다는 사실을 알게 되면서부터는 남편을 기다리며 되풀이해 되뇌는 한탄으로 가득한 작품인 것이다.

미치쓰나의 어머니의 고뇌는 가네이에의 정처가 되겠다는 신분상승 욕구가 좌절되면서 더욱 심화되었다. 중류귀족인 지방관의 딸에 불과했지만, 미치쓰나의 어머니가 상류귀족인 가네이에와 결혼할 당시에는 그의 정처가 되고 싶다는 꿈을 꾸는 것이 그리 지나친 욕심은 아니었다.

미치쓰나의 어머니가 살았던 10세기 후반 일본은 법제적으로 일부일처제가 규정되어 있었지만, 실질적으로는 일부다처제 사회였다. 일본은 7세기 중엽부터 당의 율령제도를 받아들여, 대보율령(大寶律令, 701), 양로율령(養老律令, 편찬 718, 시행 757) 등을 제정했다. 그 가운데 헤이안 시대 때의 율령이었던 양로율령에는 호령(戶令)에 혼인이나 이별에 관한 조건이 규정되어 있고, 호혼률(戶婚律)에 중혼 금지가 규정되어 있다. 이를 근거로 구도 시게노리(工藤重矩)는 『헤이안 조의 혼인제도와 문학』(平安朝の婚姻制度と文学)에서 법제적으로 헤이안 시대가 일부일처제 사회라고 주장하고 있다. 하지만 율령에 의한 규정과는 달리, 다카무레 이쓰에(高群逸枝)의 『초서혼 연구』(招婿婚の研究) 등에도 지적되어 있듯이, 고대 일본에서 처첩(妻妾) 개념이 확립된 시기는 무로마치 시대 이후였고, 실질적으로 헤이안 시대는 한 남성이 여러 여성과 정식 절차를 밟아 결혼해 그 여성들의 집을 방문하는 일부다처제 사회였다.

후 지에(胡潔)가 『헤이안 귀족의 혼인관습과 겐지 모노가타리』(平安貴族の婚姻慣習と源氏物語)에서 지적하듯이, 정처(또는 적처)는 제도적으로 결혼 당초부터 사전에 정해진다기보다, 남성이 여러 여성의 집을 방문하는 결혼생활을 해나가다가 여러 요소에 따라 최종적으로는 남성 본인의 의지에 따라 사후에 결정되었다. 그 뒤는 보통 부부가 한집에서 동거하게 되는데, 정처가 머물던 안채가 보통 북쪽이어서 일반적으로 기타노카타(北の方)라 불렸다. 정처가 되는 데는 친정집안의 힘과 남성의 애정 정도, 그리고 자식 유무, 특히 천황의 후궁이 될 가능성이 있는 딸의 존재가 큰 몫을 담당했고 결혼의 선후는 결정적인 조건이 아니었

다. 즉, 여성 본인의 노력과 행운 여하에 따라 정처가 되어 사회적 지위를 향상시킬 수 있었던 것이다. 『가게로 일기』를 통해 바로 이러한 헤이안 시대의 결혼제도의 양상을 확인할 수 있다.

미치쓰나의 어머니가 19세경에 결혼할 때 가네이에에게는 이미 도키히메(時姬)라는 처가 있었고, 둘 사이에 미치타카(道隆)라는 장남이 있었다. 그런데 도키히메는 미치쓰나의 어머니와 마찬가지로 중류귀족인 후지와라 나카마사(藤原中正)의 딸로 두 사람 간에 신분 차는 거의 없었다. 그래서 결혼 당시 미치쓰나의 어머니로서는, 가네이에와 먼저 결혼해 이미 아들을 낳았다고는 하지만 자기와 별 다름없는 지방관의 딸인데다 미모와 문학적인 자질 면에서는 오히려 자기보다 못해 보이는 선처(先妻)의 존재가 큰 장애물로 여겨지지는 않았던 것이다.

하지만 결혼 후 두 사람의 차는 확연해졌다. 가네이에의 5남 4녀의 자식 가운데 미치쓰나의 어머니는 아들 하나밖에 못 두고 관직도 정3위인 대납언(大納言)에 머문 데 반해, 도키히메는 3남 2녀를 둔데다 그 아들들은 모두 섭관정치의 후계자로 종2위 이상인 내대신(內大臣), 우대신(右大臣), 태정대신(太政大臣)의 관직에 올랐고, 두 딸도 모두 레이제이 천황(冷泉天皇, 재위 967~969), 엔유 천황(円融天皇, 재위 969~984)의 비가 되어 각각 산조 천황(三条天皇, 재위 1011~1016), 이치조 천황(一条天皇, 재위 986~1011)을 낳았던 것이다. 특히 장녀 조시(超子)가 입궐하는 것을 기화로 도키히메가 남편이 새로 개축한 저택에 들어가 정처의 지위를 확고히 하면서, 정처가 되겠다는 미치쓰나의 어머니의 꿈은 완전히 좌절되었다. 천황의 외척이 섭정 · 관백의 지위에 올라 실권을 휘두르던 당시의 정치권력 쟁탈전에 끼어들기 위해서는 반드시 딸을 입궐시켜야 했기 때문에 가네이에로서는 도키히메에게 장래 황후의

후지와라 가네이에의 혼인관계(1부 9처, 5남 4녀)

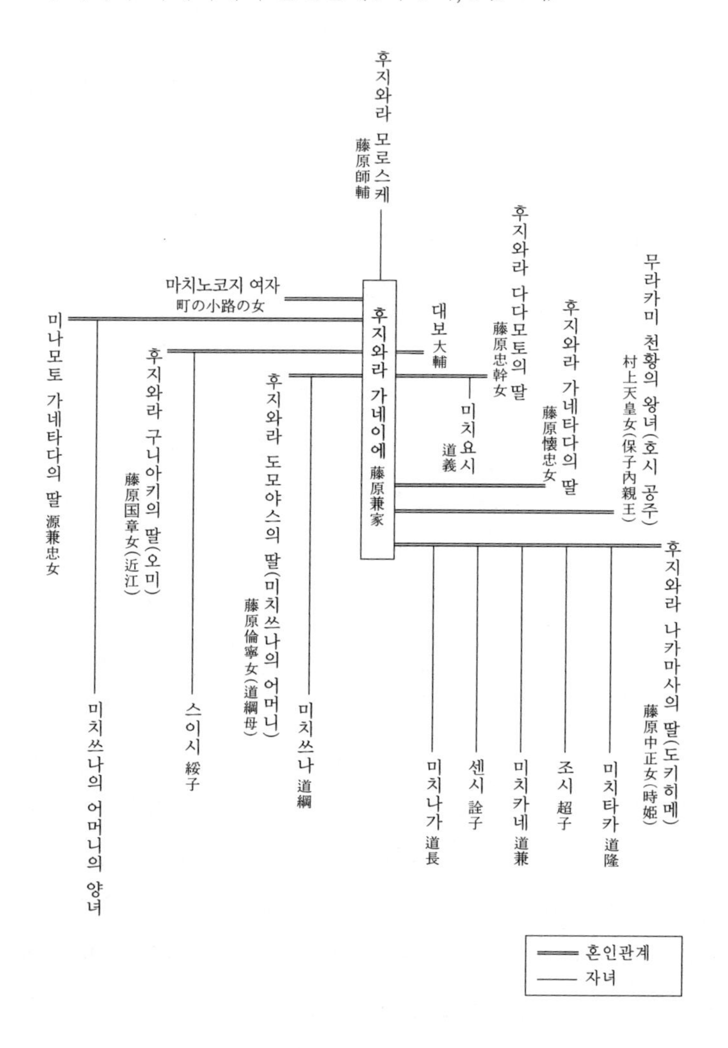

어머니, 천황의 외조모에 걸맞은 지위를 부여해줄 필요가 있었다.

미치쓰나의 어머니를 제외하고 작품 속에 언급되고 있는 가네이에와 관계를 맺고 있는 여성은 5명이다. 미치쓰나의 어머니가 결혼하기 전 이미 가네이에의 부인으로 아들 미치타카를 낳은 상태였던 도키히메, 미치쓰나를 낳고 얼마 지나지 않아 그 존재를 알게 된 마치노코지 여자(町の小路の女), 양녀의 어머니인 미나모토 가네타다(源兼忠)의 딸, 그리고 후지와라 구니아키(藤原国章)의 딸로 추정되는 오미(近江), 무라카미 천황(村上天皇)의 딸인 호시(保子)로 짐작되는 선제(先帝)의 황녀가 그들이다. 이 가운데 미나모토 가네타다의 딸은 가네이에에게 금방 버림을 받았기 때문에 별문제가 되지 않았지만, 나머지 네 여성의 존재는 미치쓰나의 어머니의 고뇌를 심화시키는 요소로 작용했다. 이외에도 가네이에와 관계가 있었던 여성으로는 후지와라 가네타다(藤原懐忠)의 딸, 가네이에의 큰딸 조시의 시녀였던 대보(大輔), 『오카가미』에 등장하는 가네이에의 4남 미치요시(道義)의 어머니인 후지와라 다다모토(藤原忠幹)의 딸 등 3명이 더 있었다.

이같이 미치쓰나의 어머니의 고뇌는 결혼 당초 걸었던 기대가 좌절되면서 생성되었고, 뛰어난 미모와 시적 재능에서 배태된 강한 자의식이 그녀의 고뇌를 더욱더 심화시키는 요소로 작용했다.

(3) 여성의 자의식과 글쓰기

미치쓰나의 어머니가 『가게로 일기』라는 자기 반생을 회고하는 글을 씀으로써 자신의 삶을 글쓰기라는 행위를 통해 객관화시켜 세상 사람들에게 상류귀족과 결혼한 한 여성의 예로서 드러낼 수 있었던 원동력은 무엇이었는가. 헤이안 시대 여성들의 공적인 사회활동은 궁중 나인으로

서 천황과 그 후궁들을 보좌하는 일 정도에 불과했고, 대부분 중류 이상의 여성은 집안에서 언제 자기 집을 찾아올지 모르는 남편을 기다리며 살아가는 게 일반적인 삶의 형태였다. 따라서, 다양한 사람들과 관계 맺으며 지적 자극을 받을 수 있었던 궁중 나인과 달리 오직 남편과의 관계가 사회와의 유일한 연결 통로였을 미치쓰나의 어머니의 자기 서사는 여성문학의 전성기였던 헤이안 시대의 특수성을 감안한다고 해도 주목할 만한 행위였다.

헤이안 시대 모노가타리를 대표하는 『겐지 모노가타리』를 집필한 무라사키시키부(紫式部)와 대표적인 수필인 『마쿠라노소시』(枕草子)를 집필한 세이쇼나곤(清少納言)은, 가네이에의 외손인 이치조 천황을 사이에 두고 치열한 세력 다툼을 벌였던 가네이에의 손녀들인 쇼시(彰子)와 데이시(定子)를 모시는 궁중 나인으로서 그들의 글쓰기는 주인의 교양을 드러내는 척도가 되었다. 그래서 그들은 정치적으로 대립하고 있었던 가네이에의 아들들인 미치나가(道長)와 미치타카(道隆) 양 집안의 전폭적인 지원을 받았다. 그들이 궁중에 들어갈 수 있었던 것은 뛰어난 문재를 인정받았기 때문이기도 했다. 『가게로 일기』 이외의 다른 일기문학을 집필한 여성들 또한 모두 궁중에서 일한 경험이 있었다. 따라서 사회활동 경험이 전혀 없는 미치쓰나의 어머니의 집필행위는 그 당시에도 보기 드문 예라고 할 수 있다.

미치쓰나의 어머니가 자기 삶을 글로 풀어 써 세상 사람들에게 드러낼 수 있었던 요인은 그녀의 존재기반에서 배태된 남다른 자의식과 그로부터 자연스럽게 획득하게 된 젠더의식을 들 수 있다. 미치쓰나의 어머니의 젠더의식은 남편과의 관계 속에서 내 존재의 의미를 되묻는 그녀의 자의식 표출을 통해 살펴볼 수 있다.

또 사흘쯤 연이어 찾아온 그 다음날 아침에, 이 같은 와카를 보내왔다.

가네이에

이른 새벽녘 헤어져 가는 길에 보이는 하늘
애달픈 이내 마음 이슬로 되고 지고

이에, 다음과 같은 답가를 보냈다.

미치쓰나의 어머니

이슬과 같이 덧없이 사라져갈 당신 마음을
부질없게도 믿는 나는 뭐란 말인가

• 『가게로 일기』 상권, 57~58쪽

헤이안 시대의 결혼은 남성이 여성의 집을 사흘 밤 연속으로 찾아가 함께 밤을 보내고 사흘째 되는 날 밤 여성의 집에서 '도코로아라와시'(露顯)라는 피로연을 열어야 정식으로 인정을 받았다. 미치쓰나의 어머니는 결혼이 정식으로 성립되려는 바로 그 시점에 남편에게 '나는 뭐란 말인가'라는 물음을 던지고 있다. 초서혼 형식의 결혼제도에서는 여성의 집에서 함께 밤을 보낸 다음날 남성은 자기 집으로 돌아가기 위해 새벽녘에 일찍 나와야만 했다. 때문에, 이때 남성이 여성에게 보내는 와카는 여성의 집을 일찍 나서야 되는 아쉬움과 상대방에 대한 그리움이 주된 내용이었고, 가네이에의 와카는 이러한 연애의 방식을 충실히 구현하고 있었다. 그런데도 미치쓰나의 어머니는 '그러한 당신을 믿고 결혼한 나는 뭐란 말인가'라고, 남편의 상투적인 표현에 정색을 하며 문제 제기를 하고 있는 것이다. 남편과의 관계 속에서 배태된 자신의 위치, 자신에 대한 남편의 애정 정도를 묻고 있는 이 물음을 통해 미치쓰나의 어머니가 지닌 자의식의 정도를 확인할 수 있다. 왜냐하면, 집안 여자라는 미치쓰나의 어머니의 존재기반을 고려했을 때 남편인 가네이에와의 관계는 타자와 관계 맺기의 전부이다시피했고, 나아가 여성의 이러한 반응은 현존하는 다른 일기문학에서는 찾아볼 수 없는 독특한 사례이기 때문이다.

가네이에와의 결혼을 계기로 미치쓰나의 어머니는 실질적으로 일부다처제인 사회에서 남편을 기다리며 종속적으로 살아가야 하는 존재기반을 자각함으로써 자신의 삶이 보통 사람과는 다르며 자기 뜻대로 인생이 흘러가지 않는다는 사실을 인식하게 되었다. 남편과의 관계 속에서 남녀의 사회적인 성차, 즉 젠더에 대해 인식하게 된 것은 그녀의 남다른 자의식이 있었기에 가능했다. 미치쓰나의 어머니가 서문에서 밝힌, 현실성이 결여된 옛이야기와는 차원이 다른 '보통 사람과는 다른 내 살아온 평범치 않은 삶'을 사실적으로 술회해 세상 사람들에게 자기 결혼생활의 실상을 전하겠다는 집필 목적은, 긍정적이든 부정적이든 '나'라는 존재에 대한 강한 천착이 없고서는 나올 수 없는 것이었다.

3. 기록과 전달

(1) 일기라는 장르의 선택과 기록

미치쓰나의 어머니가 어느 시점에서 그 이전의 자기 삶, 즉 체험한 자기 시간을 회상해 가나로 회고록을 쓰면서 '일기'라는 양식을 선택한 목적은 무엇일까. 『가게로 일기』 속에 나타난 '일기'의 구체적인 용례를 통해 화자인 미치쓰나의 어머니가 20여 년에 걸친 현실적인 결혼생활을 기록하면서 '일기(문학)'라는 양식을 선택한 이유는 무엇이며, 일기를 어떠한 의미로 인식하고 있었는지를 살펴보도록 한다.

다마이 고스케(玉井幸助)의 『일기문학개설』(日記文学概説, 1945)에 따르면, 일본의 현존하는 문헌에서 '일기'라는 표현은 『루이주후센쇼』(類聚符宣抄, 821)에 나오는 용례가 처음이라고 한다.

『가게로 일기』에는 '일기'의 용례가 상권 서문(序文)에 1회, 상권 발문(跋文)에 1회, 그리고 중권에 1회 기술되어 있다. 먼저, 상권의 서문과 발문에 나타난 '일기'의 용례를 보도록 한다.

> 이렇게 내 반평생의 세월은 흘러가고, 세상에 참으로 의지할 데 없이 이도 저도 아닌 상태로 세월을 보내고 있는 사람이 있었다. 생김새라고 해봤자 도저히 남만큼도 못되고 사려분별도 있는 듯 없는 듯, 이렇게 별 쓸모없는 존재로 살아가고 있는 것도 당연하다고 생각하며 그저 자고 일어나며 밤과 낮을 보내다가, 세상에 많이 떠돌고 있는 옛이야기(古物語) 책을 이 구석 저 구석 들춰보았더니, 세상에 흔하디흔한 허무맹랑한 이야기조차 있더라.
>
> 하여 보통 사람과는 다른 내 살아온 평범치 않은 삶이라도 일기로 써 풀어내면, 좀체 접할 수 없는 색다른 것으로 여겨질런가, 천하에 더할 나위 없이 신분이 높은 사람들의 결혼생활은 어떠한가라고 묻는 사람이 있다면, 그에 대한 대답의 한 예로라도 삼았으면 하고 생각도 해보지만, 지나간 세월 동안의 일들이 어렴풋하게밖에 기억나지 않아, 뭐 이 정도면 되겠지라고 적당히 쓰다가 놔두는 일도 많아져버렸다.
>
> • 『가게로 일기』 상권 서문, 47~48쪽

이렇게 세월은 흘러가는데도 생각대로 되지 않는 이내 신세를 한탄하고만 있는지라, 새해가 밝아도 기쁘지 않고 변함없이 허무함을 느끼고 있으니, 있는지 없는지도 모를, 아지랑이처럼 허무한 여자의 처지를 기록한 일기라고 할 수 있겠다.

• 『가게로 일기』 상권 발문, 165쪽

위의 인용 중 상권 서문은 상권 발문과 호응하는 부분이기도 하지만, 집필 계기와 목적이 잘 나타나 있다는 점 때문에 일반적으로 작품 전체를 아우르는 서문으로 여겨진다. 또한 화자의 자기 인식이 잘 나타나 있어, 미치쓰나의 어머니의 자의식을 파악하는 데 단서가 될 수 있는 부분이기도 하다.

그런데 이러한 자기 규정 속에서 미치쓰나의 어머니가 『가게로 일기』라는 '일기(문학)'를 집필하게 된 계기와 목적이 '옛이야기'(古物語)와의 대비 속에서 서술되고 있다는 점에 주목할 필요가 있다. 미치쓰나의 어머니가 언급한 옛이야기는 특정 작품을 가리키는 것이 아니라, 허구에 바탕한 선행 모노가타리 전반을 가리킨다는 게 일반적인 인식이다. 『가게로 일기』 이전의 모노가타리 가운데 현존하는 작품으로는 『다케토리 모노가타리』(竹取物語), 『이세 모노가타리』(伊勢物語), 『야마토 모노가타리』(大和物語), 『헤이추 모노가타리』(平中物語) 등을 들 수 있다. 이 가운데 『다케토리 모노가타리』는 예로부터 전해 내려오는 이야기에 중국의 항아 전설, 서왕모 설화 등이 결합된 전기적(伝奇的)인 모노가타리로 달나라에서 죄를 짓고 쫓겨난 가구야 아가씨(かぐや姫)를 둘러싼 귀족과 천황의 구혼담이 중심을 이루는 작품이다. 그밖에 세 작품은 이른바 '우타 모노가타리'로 일컬어지는데, 와카를 중심축에 두고 귀족 남성

의 구혼담을 우아하게 또는 골계적으로 그리고 있다. 이 작품들은 비교적 완성도가 높지만, 미치쓰나의 어머니는 선행 모노가타리의 허구성과 전기적인 요소를 문제 삼아 '세상에 흔하디흔한 허무맹랑한 이야기', 곧 현실성이 결여된 이야기라고 내용을 규정하고 있다.

결국 바로 뒤이어 나오는 '보통 사람과는 다른 내 살아온 평범치 않은 삶'을 '일기'로 써보겠다는 구절과 종합해보았을 때, 미치쓰나의 어머니는 허구성에 바탕하여 남녀관계를 이상적으로 아름답게만 그리는 '모노가타리'와는 달리, '일기(문학)'라는 양식을 통해 실제 삶에 바탕한 남녀관계의 적나라한 이야기, '사랑하던 두 사람이 결혼해 행복하게 오래오래 잘살았다'는 종래에 떠돌던 이야기들의 결말 이후, 즉 현실적인 결혼생활을 그려 보이겠다고 집필에 이르게 된 동기를 밝히고 있다. 서문의 '보통 사람과는 다른 내 살아온 평범치 않은 삶'이라는 구절과 발문의 '생각대로 되지 않는 이내 신세'라는 구절은 서로 호응하는 표현으로서, 이를 통해 화자가 형상화하고자 하는 현실적인 결혼생활 이야기가 행복과는 거리가 있는 불행한 이야기라는 것을 알 수 있다. 미치쓰나의 어머니는 이러한 집필을 통해 '천하에 더할 나위 없이 신분이 높은 사람들의 결혼생활'을 궁금해하는 사람들에게 자신의 결혼생활 기록이 하나의 '예'가 되기를 바란다는 목적까지도 밝히고 있다.

한편, 『가게로 일기』에 나타난 '일기'의 또 다른 용례를 통해 미치쓰나의 어머니가 이해하고 있는 일기의 성격을 확인할 수 있다.

> 스물대엿샛날쯤에 서궁(西宮)에 계시는 좌대신(左大臣)이 유배를 가시게 되었다. 그 모습을 뵙겠다고 세상이 떠들썩할 정도로 서궁으로 사람들이 허둥지둥 부산을 떨며 달려간다. 이 얼마나 참담한 일인

가라고 생각하며 소식에 귀 기울이고 있던 차에, 사람들에게 모습을 보이지도 않으시고 댁을 빠져나가 도망치시고 말았다. 아타고(愛宕)에 계신다는 둥, 기요미즈(清水)에 계신다는 둥 난리법석을 피운 뒤 결국 찾아내 유배를 보내셨다고 한다.

이 소식을 들으니, 이렇게까지 하다니라고 생각될 정도로 무척이나 슬프다. 나처럼 둔한 사람조차 이러한데, 인정이 많은 사람치고 눈물 흘리지 않는 사람은 아무도 없을 정도다. 많은 자제분들도 궁벽한 지방을 떠도는 신세가 되어 행방도 모르고 뿔뿔이 흩어지시거나, 또는 출가하시거나 하니 말로는 다 표현할 수 없을 정도로 가슴 아픈 일이다. 대신도 출가해 스님이 되셨지만 억지로 다자이 부(大宰府)의 임시 장관에 임명해 규슈(九州)로 내치시고 말았다. 그즈음엔 온통 이 일에 관한 소문만으로 날을 보냈다.

내 신상에 관한 일만 적는 일기에는 넣기에 어울리지 않는 내용이지만, 몹시 슬퍼한 건 다른 사람이 아닌 바로 나이기에 기록해두는 것이다.

• 『가게로 일기』 중권, 173~174쪽

위의 인용에는 969년(안나安和 2) 3월에 일어난 '안나의 변'(安和の変)의 추이를 지켜보면서, 다이고 천황의 아들인 좌대신 미나모토 다카아키라(源高明)가 황태자를 폐위시키려 했다는 혐의로 규슈(九州)로 추방되는 모습과 그 일족들이 몰락해가는 모습을 보며 마음 아파하는 미치쓰나의 어머니의 모습이 그려져 있다. 다카아키라의 정처는 미치쓰나의 어머니의 남편인 가네이에의 이복여동생이었으므로, 다카아키라 일족의 불행은 완전한 남이 아닌 인척의 불행이기도 했다. 그런 점에서 이

사건은 그녀의 동정심을 더욱더 불러일으켰다.

여기서 주목해야 할 점은 '내 신상에 관한 일만 적는 일기에는 넣기에 어울리지 않는 내용'이라는 구절에서 엿볼 수 있는 '일기'관이다. 즉, 미치쓰나의 어머니는 정치권력을 둘러싼 세력 다툼이나 역모와 같은 정치적인 사건, 즉 남성들이 관여하는 정치세계의 일은 일기로 적기에 어울리지 않는 내용이라고 인식하고 있었음을 알 수 있다. 이러한 일기관은 상권 서문의 '보통 사람과는 다른 내 살아온 평범치 않은 삶'을 '일기'로 써보겠다는 구절과 호응하는 것이기도 하다.

하지만 이 사건을 접하고 본인도 마음이 몹시 아팠기 때문에 일기로 적기에 전혀 어울리지 않는 내용은 아니라고 변명하고 있는 데서, 현재 자신이 쓰고 있는 '일기'가 기록을 목적으로 남성들이 쓰던 한문일기와는 전혀 다른, 자기 신상과 관련된 내용만 집필하는 양식으로 인식되고 있음을 알 수 있다. 이 인용은 '안나의 변'이 일본인에게 널리 알려진 사건이었던 만큼 역사적인 인물로서의 미치쓰나의 어머니의 존재성 또한 부각시키고 있다. 또한 정치권 바깥에 있지만 남편과 집안끼리의 관계로 어느 정도는 사건의 실상을 엿볼 수 있는 위치에 있었던 여성이 역사적인 사실을 기록하고 있다는 점에서, 자기 삶을 재구조화해 새로운 양식의 글쓰기를 시도하면서도 '기록'이라는 일기의 본래 목적 또한 어느 정도 달성한 일기문학의 내실을 확인할 수 있다.

(2) 『가게로 일기』의 기록과 전달

오늘날 『가게로 일기』는 고사본(古写本)이 풍부하지 않아, 근세시대 초기에 성립된 궁내청 서릉부(宮内庁書陵部) 소장의 필사본인 가쓰라미야본(桂宮本)에 의거해 연구가 이루어지고 있다. 사본은 약 30여 종이 있지만, 내용에 큰 차가 없어 이본이라 할 만한 것은 없다. 작품이 쓰인 뒤 600여 년간 전사(伝写)를 거듭해온 탓에 전본(伝本)은 본문에 오탈자가 많고, 최선본으로 일컬어지는 가쓰라미야본도 상당히 손상되어 있다. 따라서 불충분한 본문을 개정해 확정하는 게 『가게로 일기』 연구의 기초를 이루었다.

이 작품에 관한 본격적인 연구는 게이추(契沖, 1640~1701)가 출간된 판본(板本)에 본인의 견해를 기입해 남긴 『가게로 일기 고증』(蜻蛉日記古證, 1696)으로 시작됐다. 이것이 국학자들에게 이어져 본문 교정이 다양하게 이루어졌으며, 그 가운데에서도 국학자인 사카 시루시(坂徵, 1697~1785)의 『가게로 일기 해환』(かげろふの日記解環, 1785)은 전권에 걸친 본격적인 주석서였다. 그는 게이추가 기입한 내용을 존중하면서도 본문을 대폭 개정하고 출전 고증과 어석(語釈)을 시도했다. 『가게로 일기 해환』은 그 이후에 나온 다나카 오히데(田中大秀, 1777~1847)의 『가게로 일기 해환 보유』(かげろふの日記解環補遺, 1826) 『가게로 일기 기행해』(遊糸日記紀行解, 1830)와 함께 근대 이전의 대표적인 주석서라 할 수 있다.

근대에 들어 『가게로 일기』는 1922년 도이 고치 등에 의해 헤이안 시대 여성들의 자전 · 자조 문학이 '서정성, 인생에 대한 관조, 진지한 자기 고백, 자기 관조의 문학, 상상력에 의한 구성적 표현'이라는 문학성을 구현했다며 '일기문학'으로 장르화되는 흐름 속에서 재조명되었다. 스즈키 도미(鈴木登美)가 『창조된 고전』(創造された古典—カノン形成 · 国民国家 · 日本文学, 1999)에서 지적하고 있듯이, 문학을 통해 보다 순수한 자신을 추구하는 보편적인 문학의 전통적 원형이 자국의 국문학 전통 속에 있다고 강조하는 자세야말로, 1920년대 중반 사소설(私小説)

계보에 속하는 『가게로 일기』를 비롯한 이른바 여류 일기문학을 일본 고전의 주요 양식의 하나로 만들었다. 오늘날에도 이 작품을 비롯한 일기문학은 젠더적인 관점으로 재해석될 수 있는 자전적 텍스트로 각광받으며 고전으로 정착되어 있다고 할 수 있다.

이러한 흐름 속에서 근대에 들어와 『가게로 일기』의 주석작업은 매우 활발히 이루어졌다. 가와구치 히사오(川口久雄) 교주(校註), 『도사 일기 · 가게로 일기 · 이즈미시키부 일기 · 사라시나 일기』(土左日記 · かげろふ日記 · 和泉式部日記 · 更級日記, 1957) 등 수많은 주석서가 나왔지만, 그가운데 정점을 이룬 것은 여러 연구를 집대성한 가키모토 쓰토무(柿本奨)의 『가게로 일기 전주석 상 · 하』(蜻蛉日記全注釈 上 · 下, 1966)였다. 이후, 오니시 요시아키(大西吉明)의 『가게로 일기 신주석』(蜻蛉日記 新注釈, 1968), 기무라 마사노리 · 이무타 쓰네히사(木村正中 · 伊牟田経久) 교주 · 옮김, 『도사 일기 가게로 일기』(土佐日記 蜻蛉日記, 1973), 이누가이 기요시(犬養廉) 교주, 『가게로 일기』(蜻蛉日記, 1982), 이마니시 유이치로(今西祐一郎) 교주, 『도사 일기 가게로 일기 무라사키시키부 일기 사라시나 일기』(土佐日記 蜻蛉日記 紫式部日記 更級日記, 1989), 기무라 마사노리 · 이무타 쓰네히사 교주 · 옮김, 『도사 일기 가게로 일기』(土佐日記 蜻蛉日記, 1995) 등이 잇따라 나왔으며, 우에무라 에쓰코(上村悦子)의 『가게로 일기 교본 · 기입 · 제본 연구』(蜻蛉日記 校本 · 書入 · 諸本の研究, 1963), 『가게로 일기 해석 대성』(蜻蛉日記解釈大成, 전9권, 1983~95)은 이제까지 나온 연구 성과를 집대성한 교본(校本) 및 주석서라 할 수 있다.

한국에서의 번역 및 연구로는, 한국어 번역으로 정순분 옮김, 『청령일기』(2009)를 비롯해, 허영은의 「가게로 일기 연구」(蜻蛉日記の研究, お

茶の水女子大学大学院 석사학위논문, 1988), 이미숙의 「蜻蛉日記에 나타난 恨의 一考察」(한국외국어대학교 대학원 석사학위논문, 1995)을 필두로 몇 편의 학위논문이 있으며, 위 연구자들과 이일숙 등에 의한 연구논문이 한국과 일본의 학술지에 다수 발표되었다.

4. 문명의 텍스트로서의 『가게로 일기』

이와 같은 『가게로 일기』를 문명의 텍스트로 규정할 수 있는 근거는 무엇이며, 이 작품의 번역 · 주해 작업이 문명연구를 지향하고 있는 본 인문한국(HK) 사업에서 어떠한 의미를 지니고 있는가에 대해 생각해볼 때, 다음과 같은 점을 지적할 수 있다.

첫째, 당의 쇠퇴와 더불어 894년 견당사(遣唐使)를 폐지하고 905년 『고킨와카슈』라는 운문집을 천황의 명에 따라 가나 문자로 편찬함으로써 중국문명으로부터 독립을 선언한 뒤 나름의 국풍문화를 형성해나가는 일본문명의 과도기적 양상을 고찰할 수 있다는 점에서, 이 작품은 문명의 텍스트라 볼 수 있다.

둘째, 동아시아 한자문명권의 주류로 볼 수 있는 중국문명과 일본이라는 비주류 문명의 영향관계 및 상이점을 정치제도 · 혼인제도 등을 통해 고찰함으로써 동아시아 고대문명의 역학관계를 살펴볼 수 있다는 점에서, 문명의 텍스트라 볼 수 있다.

셋째, 『가게로 일기』에는 고대 일본인의 의식주 등 일상생활을 통해 살펴볼 수 있는 물질문명의 양상, 문화생활 및 남녀관계를 통해 살펴볼 수 있는 일본인의 미의식 등이 잘 그려져 있어 구체적인 일본 고대문명의 양상을 파악해볼 수 있다는 점에서, 문명의 텍스트로 규정할 수 있다.

넷째, 이러한 문명의 텍스트로서의 『가게로 일기』의 번역 · 주해 작업은 동아시아 한자문명권의 전모와 각 민족문화권 나름으로 분화되어가는 문명의 양상을 밝히는 데 기여할 수 있다.

즉, 이 작품을 통해 한자라는 동아시아 공동문어문자의 틀 속에서 벗어나 민족어문자로 자국의 독자적 문명을 꽃피워가는 주변부 문명의 양상을 살펴볼 수 있다. 구체적인 시대상황을 배경으로 한 사회의 제도와 문화 속에서 살았던, 다시 말해 고대 일본문명 속에서 실존했던 한 여성이 자신의 삶의 궤적을 민족어문자와 일상적인 용어로 풀어내 일상생활을 문학적으로 형상화함으로써, 천 년 전 일본문명의 양상과 사람들의 삶의 모습이 오늘날에 뚜렷이 재현되고 있는 것이다. 또한 중국이나 한국과는 다른 섭관정치라는 귀족정치 체제와 초서혼이라는 혼인제도를 통해 중국이라는 동아시아 주류 문명과 영향관계에 있으면서도 독자성을 확립해나가는 일본 고유의 문명 양상을 확인할 수 있다.

한편, 일본인의 미의식은 헤이안 시대 때 완성되었다고 많이 지적되고 있는데, 그 미의식을 가장 잘 나타내고 있는 것이 '이로고노미'(色好み)라는 개념이다. 이로고노미란 연애의 정취를 잘 이해하고 풍류에 관심이 있는 것, 또는 그러한 사람을 일컫는 말로서, 일본의 대표적인 민속학자인 오리쿠치 시노부(折口信夫, 1887~1953)는 이것을 고대 영웅이나 제왕의 고유한 미덕이라고 지적했다. 『겐지 모노가타리』의 남자 주인공인 히카루겐지(光源氏)가 대표적인 예이며, 이들은 와카나 음악의 힘으로 상대의 마음을 장악하려는 미모의 남성들이다. 이 시대 남녀관계의 진전에는 와카라는 문학적 소양이 필수 요소였다. 와카는 그 인물상을 간접적으로 표현해주는 기제로 작용했을 정도로 귀족들의 삶에서 빼놓을 수 없는 문화였고, 오늘날에도 단카(短歌)라는 양식으로 이어지고 있다. 『가게로 일기』의 후지와라 가네이에 또한 이로고노미적인 인물로 볼 수 있다. 근세시대의 국학자인 모토오리 노리나가(本居宣長, 1730~1801)는 이러한 이로고노미 성(性)에 시대를 초월한 보편적 가치를 부여해, 일본인이 원래 지니고 있는 아름다운 마음은 유교도덕과 같은 다른 나라의 도덕적인 판단으로는 재단할 수 없다고 주장하기도 했다. 이러한 이로고노미 개념을 통해 중국으로 대표되는 유교 · 한자 문명권과는 다른 일본인의 의식을 확인할 수 있으며, 『가게로 일기』는 이러한 이로고노미 성을 구현하고 있던 가네이에에 대한 여성의 '반(反) 이로고노미'적인 반격으로도 볼 수 있다.

헤이안 시대 사람들의 종교 생활은 크게 불교와 신도(神道), 음양도를 통해 살펴볼 수 있다. 이 시대 여성문학에는 자신의 고뇌를 해소하기 위해, 또는 소원을 빌기 위해 이시야마데라(石山寺), 하세데라(長谷寺), 기요미즈데라(清水寺) 등에 참배하는 여성들의 모습이 많이 형상화되어 있다. 마찬가지로 『가게로 일기』에서 미치쓰나의 어머니도 남편과의 관계가 냉각되거나 꼬여서 참을 수 없는 지경에 이르게 되면 이시야마데라, 한냐지(般若寺), 하세데라로 참배여행을 떠나 신앙심과 자연을 통해 마음을 진정시키고 삶의 의욕을 되찾고는 했다. 즉, 헤이안 시대 여성들에게 참배여행은 죽음의 상태에서 건져 올려 재생을 얻게 해주는 통과의례(通過儀礼)의 의미를 지니고 있었다고 할 수 있다.

그러나 불교가 들어오기 오래전부터 일본인의 생활 속에 뿌리를 내리고 있었던 종교는 신도(神道)였다. 신도는 일본이라는 나라가 발생했을 때부터 존재하면서 천황제를 지탱해오고 있었다. 헤이안 시대 사람들은 신도와 더불어 나라를 진호(鎮護)하는 데서부터 개인의 화복(禍福)까지 관장하는 외래종교인 불교 또한 믿고 있었으며, 신도와 불교가 양대 종교로 자리잡고 있었다. 헤이안 시대 문학에서 이 당시 불교가 일반인들에게 점점 더 세력을 확장해가면서 개인 구제(救済)의 가르침이 농후해지고 있었음을 알 수 있다. 국가수호를 중심으로 하는 신도는 개인과 밀접한 관련을 맺고 있다고는 하지만, 정토(浄土)에 대한 희구라는 문제에 봉착하게 되면 불교에 뒤질 수밖에 없었다. 게다가 현세 긍정적인 신도와 내세 긍정적인 불교라는 두 종교의 상반되는 성격에 따른 역할 분담도 현세이익을 기원하는 불교의 관음신앙이 융성하면서 점차 애매해지고 있었다. 이렇듯, 자연발생적으로 생긴 민족종교로서 자연숭배와 조상숭배를 주요 내용으로 하고 있는 신도와 외래종교인 불교는 오늘날에는 일본인의 생활 속에서 융합되어 존재하지만, 과도기였던 헤이안 시대에는 완전한 융합이 이루어지지 않고 있었다. 따라서 『가게로 일기』 등의 문학작품을 통해 중국과 한반도를 통해 들어온 외래종교인 불교가 일본 토착종교인 신도와 어떻게 부딪치고 융합해 나아가는지, 종교를 통한 문명의 충돌 양상을 살펴볼 수 있다.

결론적으로, 이 작품의 번역 · 주해를 통해, 문자문명적인 관점에서는 여성의 글쓰기를 통해 얻을 수 있는 인간해방과 민족어문자 형성에 따른 일본의 독자적인 문명 형성의 양상을 살펴볼 수 있으며, 정치제도 · 결혼제도 등 제도문명적인 관점에서는 중국 제도와의 영향관계와 일본 나름의 독자성을 확인할 수 있다. 또한 생활문명적인 관점에서 고대 일본인의 의식주 생활의 양상을 살펴볼 수 있으며, 종교 · 문화생활과 남녀관계를 통해 본 현대 일본인의 독특한 미의식을 확인할 수 있다.

중권

하권

일러두기

1 이 책은 일본 궁내청 서릉부 소장 어소본(宮内庁書陵部蔵御所本)을 저본(底本)으로 하고 그밖에 30여 종류의 필사본 전본(伝本)을 참조하여 보정 · 개정(補訂 · 改訂)해 정본(定本)으로 복원한, 기무라 마사노리(木村正中) · 이무타 쓰네히사(伊牟田経久) 교주 · 옮김, 『土佐日記 蜻蛉日記』(新編日本古典文学全集13, 小学館, 1995)를 주 텍스트로 하여 번역 · 주해한 것이다. 그밖에 가키모토 쓰토무(柿本奨) 주석, 『蜻蛉日記 全注釈』上 · 下(日本古典評釈 · 全注釈叢書, 角川書店, 1966), 우에무라 에쓰코(上村悦子), 『蜻蛉日記解釈大成』1~9(明治書院, 1983~95)도 참조했다.

2 번역은 가능한 한 원문의 문체와 문장을 살리고자 했다. 그러나 주어와 표현이 생략된 부분이 많고 시제가 일치되어 있지 않은 고전 산문의 특성상, 독자의 이해를 돕기 위해 주어와 술어, 기타 표현을 보충하거나 단락과 문장을 세분화하고, 어순과 시제를 변경한 부분들이 있다(예를 들어 원문에는 가네이에를 지칭할 때 주어를 따로 쓰지 않았으나, 이 책에서는 '그 사람'으로 표기).

3 인명이나 지명 등 고유명사의 표기는 일본어 발음을 따르는 것을 원칙으로 하여 국립국어원 외래어표기법에 따랐고, 처음 나올 때만 일본어 한자를 병기했다. 단, 제도나 관직, 궁중의 전각(殿閣)명, 한적 서명 등은 한자음 그대로 표기했다.

4 와카는 본래의 음수율을 살리기 위해 윗구와 아랫구로 나누고, 5 · 7 · 5 · 7 · 7조에 맞추어 번역했다. 와카 첫 구에 읊은 이를 표시했다.

5 본문 구성은 텍스트를 그대로 따르지 않고, 상권, 중권, 하권, 권말 가집으로 대분류한 뒤, 이를 다시 연도별로 중분류하여 장제목과 중간제목을 새로 달았다. 또한 각 장이 끝날 때마다 작품 이해를 돕기 위해 해설을 붙였다.

6 주해는 한국인 독자들의 이해를 돕기 위한 용어 해설, 전후 문맥의 설명, 작자의 심리 등 작품 내적 이해를 돕는 내용뿐만 아니라 문명의 텍스트로서 10세기 일본문화를 이해하는 데 도움이 된다고 판단되는 사회제도 및 생활문화와 관련된 사항을 상세히 기술했다. 번역 · 주해자의 본문 해석 및 작품 이해도 반영했다.

7 헤이안 시대 귀족의 이름은 보통 성과 이름 사이에 '노'(の)를 넣어 읽었지만, 이 책의 해설과 번역에서는 생략했다(후지와라노 가네이에→후지와라 가네이에).

상권 上卷

"이슬과 같이 덧없이 사라져갈 당신 마음을
부질없게도 믿는 나는 뭐란 말인가"

옛이야기와는 다른, 내 결혼생활을 풀어쓴 일기

■ 서문

이렇게[1] 내 반평생의 세월은 흘러가고, 세상에 참으로 의지할 데 없이 이도 저도 아닌 상태로 세월을 보내고 있는 사람[2]이 있었다. 생김새라고 해봤자 도저히 남만큼도 못되고 사려분별도 있는 듯 없는 듯, 이렇게 별 쓸모없는 존재로 살아가고 있는 것도 당연하다고 생각하며 그저 자고 일어나며 밤과 낮을 보내다가, 세상에 많이 떠돌고 있는 옛이야기(古物語)[3] 책을 이 구석 저 구석 들춰보았더니, 세상에 흔하디흔한 허무

---

1) '이렇게'라는 표현은, 이제부터 기술하는 내용이 작중화자 미치쓰나의 어머니(道綱母)가 이제까지 살아온 삶의 궤적이라는 것을 가리키고 있다.

2) 화자 자신을 제3자처럼 객관화한 호칭. 『가게로 일기』(蜻蛉日記)에는 화자인 미치쓰나의 어머니가 자신뿐만 아니라 남편과 아들을 비롯한 타인들 또한 '사람'으로 표현하는 예가 많다. 이러한 표현법은 『이즈미시키부 일기』(和泉式部日記) 등 다른 일기문학에서도 찾아볼 수 있지만 허구에 바탕한 모노가타리(物語)에서 주로 쓰인다는 점에서, 자기의 실제 삶에 관한 술회이지만 어느 정도 객관화해 서술하려는 화자의 심경을 드러내고 있다고 볼 수 있다.

3) 미치쓰나의 어머니가 언급한 '옛이야기'는 특정 작품을 가리키는 것이 아니라,

맹랑한 이야기조차 있더라.

하여 보통 사람과는 다른 내 살아온 평범치 않은 삶이라도 일기[4]로써 풀어내면, 좀체 접할 수 없는 색다른 것으로 여겨질런가, 천하에 더할 나위 없이 신분이 높은 사람들의 결혼생활은 어떠한가라고 묻는 사람이 있다면, 그에 대한 대답의 한 예로라도 삼았으면 하고 생각도 해보지만, 지나간 세월 동안의 일들이 어렴풋하게밖에 기억나지 않아, 뭐 이 정도면 되겠지라고 적당히 쓰다가 놔두는 일도 많아져버렸다.

허구에 바탕한 선행 모노가타리 전반을 가리키고 있다는 게 일반적인 인식이다. 『가게로 일기』 이전의 모노가타리로는 산일(散逸)된 작품 이외에 현존하는 작품으로 『다케토리 모노가타리』(竹取物語), 『이세 모노가타리』(伊勢物語), 『야마토 모노가타리』(大和物語), 『헤이추 모노가타리』(平中物語) 등을 들 수 있다. 미치쓰나의 어머니는 이들 앞서 나온 작품에 대해 '세상에 흔하디흔한 허무맹랑한 이야기', 즉 현실성이 결여된 이야기라고 내용을 규정하고 있다.

4) 『가게로 일기』에 나타난 '일기'의 용례는 상권 서문에서 1회, 상권 발문에서 1회, 그리고 중권에서 1회 확인할 수 있다. 이들 용례를 통해 미치쓰나의 어머니는, 남성들이 관여하는 정치세계의 일은 일기에 어울리지 않는 내용이라고 인식하고 있다는 것을 알 수 있다. 다마이 고스케(玉井幸助)의 『일기문학개설』(日記文学概説, 図書刊行会, 1982, 초판 1945)에 따르면, 일본의 현존하는 문헌에서 '일기'라는 표현은 『루이주후센쇼』(類聚符宣抄, 821)에 나오는 용례가 처음이라고 한다.

| 해설 |

서문은 상권 발문과 호응하는 상권의 서문이면서, 동시에 『가게로 일기』 전체 서문이라고 할 수 있다. 미치쓰나의 어머니가 남편인 가네이에와 헤어지고 교토 외곽의 히로하타나카가와(広幡中川)에서 살고 있을 때 쓴 것으로 보인다. 집필 시기는 일기에 기록된 마지막 해인 974년 이후로 여겨진다.

전반부에서는 가네이에와의 결혼생활을 회고하면서 허무하고 보람 없는 자신의 신세를 서술하고 있으며, 후반부에서는 일기 집필의 동기와 의도, 방법, 그리고 집필 뒤의 감상을 서술하고 있다. 또한 20여 년에 걸친 상류귀족과의 결혼생활 이후 맛보게 된 쓸쓸함과 서글픔을 떠돌아다니는 옛이야기책을 탐독하며 잊어보려 했지만 별 효험을 보지 못했다고 밝히면서, 자신이 겪은 실제 결혼생활을 소재로 일부다처제 아래에서 느끼는 여성의 고뇌를 '일기'로 풀어내겠다고 선언하고 있다. 이 서문에는 전기적 · 낭만적 · 비현실적 · 허구적인 옛이야기와는 다른, 현실성을 지닌 일기에 대한 작중화자 미치쓰나의 어머니의 인식이 드러나 있다.

미치쓰나의 어머니는 현재 자신이 처한 허무한 신세를 인식함으로써 이 일기를 집필하는 의의를 적극적으로 찾으려 하고 있다. 그리고 이와 같은 『가게로 일기』의 집필을 통해 자신과 자신의 허무한 신세에 대한 미치쓰나의 어머니의 천착은 더욱더 깊어간다고 할 수 있다.

가네이에와 결혼, 친정아버지의 지방관 부임

미치쓰나의 어머니 19세 추정(954)

가네이에의 거친 구혼

그건 그렇고, 허망하게도 지나가버린 와카(和歌)[5]로 서로 마음을 주고받던 결혼 전 일들이야 어찌 됐든, 떡갈나무 높은 나뭇가지 근방[6]으로부터 구혼하고자 하는 뜻을 전해온 적이 있었다. 여느 사람 같으면 중간에 다리를 놓아줄 사람이나 또는 적당한 여인네 등을 물색해 이쪽에

---

5) 와카란 '일본의 노래'라는 의미로, 5·7·5·7·7조의 음수율을 지닌 운문양식을 말한다. 헤이안 시대 이전의 『만요슈』(万葉集)에도 단가(短歌)라고 하는 같은 음수율의 운문양식이 있었지만, 특히 헤이안 시대의 단가를 와카라고 한다. 와카라는 명칭은 10세기 이후 당풍문화(唐風文化)가 쇠퇴한 뒤 도래했다는 국풍문화(国風文化)의 성격을 상징적으로 드러내고 있다. 또한 와카는 헤이안 시대 남녀의 연애에 필수적인 요소였다. 보통 남성이 여성에게 와카를 보내면서 연애가 시작돼, 와카의 증답(贈答)을 통해 두 사람의 마음을 키워나가다가 결혼에 이르는 게 일반적이었다.

6) 미치쓰나의 어머니와 결혼하게 되는 후지와라 가네이에(藤原兼家)를 가리킨다. 가네이에는 당시 우대신(右大臣)이었던 후지와라 모로스케(藤原師輔)의 삼남이

의중을 전할 텐데, 그 사람은 친정아버지에 해당되는 사람[7]에게 직접 농담인지 진담인지도 모를 정도로 넌지시 비추었기에 말도 안 되는 일이라고 했는데도, 짐짓 모르는 척 말에 탄 사자(使者)를 우리 집으로 보내 문을 두드리게 했다.[8]

보낸 사람이 누구인지 물어보라고 하기에는 너무나 빤히 드러나게 소란을 피우기에, 처치곤란해하다 보내온 편지를 받고는 야단법석이 났다. 펼쳐 보니, 종이 등도 구혼 때 흔히 쓰이는 멋들어진 것도 아닌데다, 구혼 때는 혹시 흠이라도 잡힐세라 신경 써서 보내는 법이라고 이제껏 들어온 필체 또한 정말 구혼편지일까 싶을 정도로 엉망인지라, 영 납득이 가지를 않았다.

편지에는 다음과 같이 와카가 적혀 있다.

가네이에
두견새[9] 울음 듣고만 있자 하니 안타깝구려
직접 마주 앉아서 소회나 풀고 지고

었다. 떡갈나무는 왕궁을 수비하는 병위부(兵衛府)의 이칭으로 떡갈나무에 수목을 지키는 신이 깃들어 있다는 전설에서 비롯되었다. 당시 가네이에는 우병위좌(右兵衛佐)였다. 또한 높은 나뭇가지는 상류귀족인 가네이에의 사회적 지위를 가리킨다.

7) 미치쓰나의 어머니의 친정아버지 후지와라 도모야스(藤原倫寧). '~에 해당되는'이라는 표현은 모노가타리 수법인 제3자적 호칭이다.

8) 당시 친정아버지 도모야스는 가네이에와 같이 병위부에서 근무하고 있었거나 일적으로 가까운 사이였던 것으로 보인다. 가네이에가 보통의 구혼방식과는 달리 고자세로 나오는 이 단락을 통해 양가의 지체 차이와 가네이에와 도모야스의 관계성 또한 엿볼 수 있다.

9) 이때가 초여름이라는 것을 알 수 있다.

"어찌해야 하나. 답장을 꼭 보내야 하는 건지" 등등 의견이 분분한데, 예스러운 사람[10]이 있어 "당연히 보내야지"라며 송구스러워하며 시녀에게 답장을 대필하게 하여, 이와 같이 와카를 보냈다.

미치쓰나의 어머니
이야기 나눌 사람 없는 마을의 우는 두견새
아무런 소용없는 울음은 이제 그만[11]

이를 기화로 자꾸자꾸 편지를 보내왔지만, 답장도 보내지 않고 있자하니, 또다시 다음과 같은 와카를 보내왔다.

가네이에
지치는구려 소리 없이 흐르는 폭포수[12]인가
어디 있는지 모를 여울[13] 찾는 듯하네

10) 미치쓰나의 어머니의 친정어머니.

11) 『가게로 일기』에는 권말 가집을 제외하고 총 261수의 와카가 실려 있는데, 상권에 126수, 중권에 55수, 하권에 80수 수록되어 있다. 이 가운데 미치쓰나의 어머니가 읊은 와카는 123수(렌가連歌 2수 포함)에 달한다.

12) 교토 시(京都市) 사쿄 구(左京区) 오하라(大原)에 있는 폭포. 미치쓰나의 어머니에게서 답장이 없다는 것을 비유한 것이다.

13) 여울은 일본어로 '세'(瀨)라고 읽는다. '세'는 여울이라는 뜻과 더불어 만남이라는 뜻의 '오세'(逢瀨)도 의미하고 있다. 이렇게 동음이의어로 겉 뜻과 속뜻을 중첩해 표현하는 기법은 와카에서 흔히 볼 수 있으며, 이런 표현법을 '가케코토바'(掛詞)라고 한다.

이에, "바로 이쪽에서 답하지요"라고 말을 했건만, 제정신이 아니었는지 이런 와카를 또 보내왔다.

가네이에
남들 모르게 하마하마 애타게 기다릴 적에
끝내 답장 없음에 쓸쓸한 이내 마음

이 같이 적힌 것을 보고, 친정어머니께서 "황송하기도 해라. 미적대지 말고 제대로 답장을 드리는 게 좋을 듯하구나" 하시며, 이럴 때 답장을 쓰는 시녀를 시켜 법도에 맞게 써서 보냈다. 그것조차도 진심으로 기뻐하며, 뻔질나게 편지를 보내왔다.

또 편지에 곁들여진 와카를 보자니, 다음과 같이 적혀 있다.

가네이에
물떼새 자취 밀려오는 물결에 흔적 없듯이
답장 볼 수 없음은 더 큰 파도[14] 탓인가[15]

이번에도 여느 때처럼 법도에 맞게 깍듯하게 답장을 써주는 사람이 있기에 대필해 보내는 걸로 대신했다. 그랬더니 또 편지가 왔다.

"깍듯이 편지를 보내주시는 것도 더할 나위 없이 기쁘지만, 이번에도

---

14) 다른 남성을 의미한다.
15) '당신 향한 맘 알아달라 물떼새 보낸 첫 편지 흔적 지우지 마오 나보다 더 큰 파도'(浜千鳥頼むを知れとふみそむるあとうちけつなわれを越す波, 『後撰和歌集』恋二, 平貞文)를 인용하고 있다.

손수 써주시는 답장을 받지 못한다면 무척 심한 처사라고 여겨질 듯싶소" 등의 내용을 의례적인 편지 말미에 쓴 뒤, 다음과 같은 와카를 덧붙여 보내왔다.

가네이에
대필이든지 자필이든 같은 맘 전해왔지만
이번만은 여태껏 답장 없는 사람께

이것도 다른 때와 마찬가지로 대필해 답장을 보냈다. 이렇듯 깍듯하게 편지를 주고받는 동안 세월은 흘러갔다.

그 해 가을, 결혼이 성립되다

그러는 동안 가을이 되었다. 덧붙어 있는 편지에, 이렇게 쓰여 있다.

"당신이 항상 너무 이리저리 재며 나를 대하는 듯한 모습에 마음이 무거워도 참아왔소만, 어떻게 될는지요.

가네이에
사슴 울음도 들리지 않는 골에 살고 있건만
잠 못 드는 이 밤[16]이 이상키도 하구려[17]"

---

16) '잠 못 드는 이 밤'의 일본어 표현은 '아와누메'(合はぬ目)인데, '사랑하는 사람을 만날 수 없는 괴로운 일'을 뜻하는 '아와누메'(逢はぬ目)와 이중적인 의미로 쓰였다.

17) '산골 마을은 가을날에 유달리 쓸쓸하구나 사슴 울음소리에 잠 못 들어 하면서'(山里は秋こそことにわびしけれ鹿の鳴く音に目をさましつつ,『古今和歌集』

그래서, 이렇게만 써서 답장을 보냈다.

미치쓰나의 어머니

"다카사고 산[18] 사슴으로 이름난 정상 부근에

나 살아도 그런 말 여태 들은 바 없네

참으로 이상하군요."

또 얼마간 시간이 흐른 뒤, 이런 와카를 보내왔다.

가네이에

오사카 관문[19] 대체 뭐란 말인가 가깝긴 해도

넘어갈 수 없으니 탄식만 쌓여가네

이에, 그에 대한 답가로 이렇게 읊어 보냈다.

미치쓰나의 어머니

소문으로는 오사카 관문보다 더욱 힘든 곳

秋上, 壬生忠岑)를 인용하고 있다.

18) 사슴 명소로 와카에 많이 읊히고 있는 효고 현(兵庫県) 가코 강(加古川) 하구의 지명.

19) 고어에서 오사카의 히라가나 표기는 '아후사카'(逢坂)이다. '만나다'라는 의미의 '아후'(逢ふ)와 표기가 같아, '만날 수 없는 당신'이라는 의미를 '넘을 수 없는 관문'으로 표현했다.

나처럼 견고한 건 나코소 관문[20]인 듯

이런 식으로 깍듯하게 와카를 거듭 주고받다가, 어떠한 일이 있었던 아침[21]이었던가, 다음과 같은 와카를 보내왔다.

가네이에
날이 저물어 당신께로 갈 시간 기다릴 동안
눈물이 흘러흘러 오이 강[22]이 되었네

답가로 다음과 같이 읊어 보냈다.

미치쓰나의 어머니
생각에 젖어 시름 많은 저물녘 저도 모르게
눈물만 흘러내려 오이 강 강물 되네

또 사흘쯤 연이어 찾아온 그 다음날 아침[23]에, 이 같은 와카를 보내

---

20) 나코소(勿来) 관문은 오늘날 후쿠시마 현(福島県)에 있다. '오지 말라'는 의미의 '나코소'(な来そ)를 염두에 둔 표현이다. 시라카와(白河) 관문, 네즈(念珠) 관문과 함께, 오늘날 도호쿠(東北) 6현인 오우(奥羽) 지방의 3관문(三関)으로 불리었다.

21) 함께 밤을 보내고 결혼했다는 의미이다.

22) '오이'(大井) 강의 '오이'는 '많다'는 뜻의 '오이'(多い)를 포함한 이중적 표현이다.

23) 정식 결혼이 이루어졌음을 의미한다. 헤이안 시대에는 남성이 사흘 연속 여성의 집에 찾아와 함께 밤을 보내고 사흘째 되는 날 저녁 '도코로아라와시'(露顕)

왔다.

가네이에
이른 새벽녘 헤어져 가는 길에 보이는 하늘
애달픈 이내 마음 이슬로 되고 지고

이에, 다음과 같은 답가를 보냈다.

미치쓰나의 어머니
이슬과 같이 덧없이 사라져갈 당신 마음을
부질없게도 믿는 나는 뭐란 말인가[24]

결혼 직후 가네이에와 주고받은 증답가

이러는 동안 사정이 있어서 잠시 집을 떠나 다른 곳에 좀 가 있는데, 그

라는 피로연을 열어야 정식 결혼으로 인정받았다. 신랑은 이 날 신부 집을 방문해 정식으로 영접을 받아 본채(母屋)에서 신부 가족과 잔을 주고받고 수행해온 사람들도 잔칫상을 받고 녹을 받았다. 신랑신부는 신부의 나이만큼 만든 바둑돌만한 떡 세 개를 씹지 않고 먹었다. 이 날부터 신랑은 공공연하게 신부 집을 드나들 수 있게 되고, 두 사람의 관계가 역전돼 여성은 남성이 찾아오기를 기다리는 '기다리는 여자'가 된다.

24) '나는 뭐란 말인가'(われはなになり)라는 표현은 남편과의 관계 속에서 배태된 자신의 위치와 남편의 애정 정도를 묻고 있다는 점에서, 미치쓰나의 어머니의 자의식을 가늠해볼 수 있는 가장 상징적인 표현이라 할 수 있다. 미치쓰나의 어머니는 결혼이 정식으로 성립되려는 바로 그 시점에 남편에게 '나는 뭐란 말인가'라는 물음을 던지고 있는데, 여성의 이러한 반응은 현존하는 다른 일기문학에서는 찾아볼 수 없는 독특한 사례이다.

사람이 그리로 와서 묵었다. 그 다음날 아침에, 이런 편지를 보내왔다.

"오늘 하루만이라도 함께 느긋하게 지내볼까 하고 생각했건만, 폐를 끼치는 것 같아서……. 어떻소. 내 생각엔 당신이 산에 들어가 나를 피하는 것만 같소만."

이에 답장으로, 단지 다음과 같은 와카만을 보냈다.

미치쓰나의 어머니

불쑥 찾아와 담장 위 패랭이꽃 꺾어버리면

눈물처럼 꽃잎 위 이슬 흘러내리고

이러는 중에 구월이 되었다.

그 달도 다 지나갈 무렵 연거푸 이틀 밤 정도 모습을 보이지 않고 편지만을 보내왔기에, 다음과 같은 답장을 보냈다.

미치쓰나의 어머니

눈물로 지샌 소매 흠뻑 젖은 밤 밝아왔건만

궂은 아침 하늘에 견디기 힘든 이 맘

그러자, 바로 이 같은 답장을 보내왔다.

가네이에

당신 생각에 흠뻑 젖은 내 마음 하늘에 닿아

오늘 아침 하늘이 이리 궂은가보오

이에 대한 답장을 채 쓰기도 전에 모습을 나타냈다.

또 얼마쯤 지나 발길이 뜸해졌을 무렵, 비가 오락가락 내리던 날, "저녁녘에 들르겠소"라고 전해온 데 대한 것이었던지, 다음과 같은 와카를 읊어 보냈다.

미치쓰나의 어머니

떡갈나무 숲 풀[25]처럼 저물녘엔 기다리잇가

못 믿을 당신 말에 눈물만 흘러흘러

답가는 본인이 직접 온 탓에 흐지부지돼버렸다.

이러는 가운데 시월이 되었다. 내 집에 근신(物忌)[26]할 일이 있어 발걸음을 하지 못하는 동안 안타까운 마음을 전하곤 하다가, 다음과 같은 와카를 보내왔다.

---

25) 떡갈나무는 가네이에를, 그 숲의 풀(下草)은 화자인 미치쓰나의 어머니를 비유하고 있다. 『가게로 일기』에는 가네이에와 미치쓰나의 어머니 자신을 나무와 나무 아래 풀과 같이 '상하'의 구도로 비유하는 와카가 여덟 수 있다. 이를 통해 미치쓰나의 어머니의 자기 인식을 엿볼 수 있다.

26) 헤이안 시대 때는 음양도(陰陽道)에 기반해 불길한 날이나 월경 등의 부정한 일이 있을 때는 외출하지 않고 근신했는데, 이를 '모노이미'(物忌)라고 한다. 음양도란 고대 중국의 음양오행설에 바탕한 학문체계로, 목화토금수(木火土金水)의 다섯 요소를 구사해 삼라만상을 점쳤다. 일본에서는 천문 · 달력과 함께 음양료(陰陽寮)에서 관장했다. 헤이안 시대 귀족사회에서 발전해 후기에는 아베(安倍) · 가모(賀茂) 양씨의 가업이 되었다. 음양도는 '모노이미'라는 근신이나 재계, '가타타가에'(方違え)라는 불길한 방위 피하기 등 궁정이나 귀족 집안의 일상생활에 지대한 영향을 미쳤다. 『가게로 일기』에도 가네이에가 미치쓰나의 어머니 집을 방문할 때 항상 방위를 고려하는 모습이 그려져 있다.

가네이에

당신 보고파 꿈속에라도 볼까 뒤집은 옷[27]이
눈물로 축축한데 하늘조차 궂구나

이에, 아주 고풍스러운 답가를 보냈다.

미치쓰나의 어머니

나를 그리는 당신 맘속 불씨가 타고 있다면
어이해 옷자락이 젖은 채 있을소냐

이렇듯 와카를 주고받던 중에, 내가 미더워하고 있던 사람[28]이 미치노쿠(陸奥)[29] 지방으로 떠나가게 되었다.

친정아버지의 지방관 부임

계절은 바야흐로 마음이 스산해질 무렵인데다, 그 사람과는 아직 정이 들었다고 할 만큼의 관계도 아닌지라, 함께 지낼 때마다 오로지 눈물만 지으니, 너무나 불안하고 슬픈 마음을 어디에 비할 바가 없다. 그런

---

27) 옷 또는 소매를 뒤집어 입고 자면 사랑하는 사람을 꿈속에서 보거나 또는 그 사람 꿈에 자기가 나타난다는 속설이 있다.

28) 친정아버지 후지와라 도모야스. 『가게로 일기』에서 '미더워하고 있는 사람'(頼もしき人), 즉 의지할 만한 사람이라는 표현은 친정아버지와 언니, 미치쓰나 등 혈육에게만 쓰일 뿐 남편인 가네이에에게는 쓰이지 않는다.

29) 오늘날의 도호쿠(東北) 지방. 미치노쿠는 면적이 큰데다 물산이 풍부한 지방이어서, 중류귀족인 도모야스가 미치노쿠 지방의 지방관으로 임관된 것은 영전으로 볼 수 있다. 사위 가네이에의 지원을 받았다는 설이 있다.

내 모습을 지켜보던 그 사람도 너무나 절절하게, 나를 버리거나 하지 않을 거라고 거듭 위로해주지만, 그 사람 마음이 말 그대로 정말 변하지 않을 리는 없다고 생각하는지라 오로지 슬프고 불안하기만 하다.

이제는 정말로 떠날 때가 되어 모두 다 출발하는 날이 되니, 떠나는 사람도 흐르는 눈물을 막을 수 없을 정도이고, 하물며 남아 있는 사람은 말로 다 표현할 수 없을 정도로 슬픔에 잠기니, "예정 시간보다 너무 늦어집니다"라고 주위에서 재촉할 때까지 출발하지 못하고, 옆에 있던 벼루상자에 편지를 둘둘 말아 넣은 뒤 또 눈물을 주룩주룩 흘리며 집을 나섰다.

잠시 동안은 그 편지를 읽어볼 마음조차 생기지 않는다. 뒷모습이 보이지 않을 때까지 밖을 바라다보고 있다가, 마음을 가라앉히고 다가가 무슨 말이 쓰여 있을까라고 생각하며 열어보니, 이와 같이 적혀 있다.

친정아버지(도모야스)

자네 하나만 믿으며 떠나가는 머나먼 길에
오래오래 두 사람 행복하기만 비네[30)]

나를 보살펴줄 그 사람이 읽으라고 써둔 와카인가 생각하며 슬픔이 복받쳐 원래 있던 대로 넣어둔 뒤, 그러고 나서 한참 지난 뒤 남편이 집에 온 듯하다.[31)] 눈도 마주치지 않고 슬픔에 잠겨 있으니, "뭘 그러오.

---

30) '떠나가는 머나먼 길'은 도호쿠 지방으로 가야 하는 본인의 머나먼 여정과 딸 부부의 결혼생활의 전도를 의미한다. 결과적으로 20년 후 두 사람의 결혼생활이 끝난다는 점에서 이 와카는 딸의 결혼생활에 대한 무의식적인 불안을 드러내고 있다고 볼 수 있다.

이런 일이란 살다 보면 다반사가 아니오. 이렇게 슬픔에 빠져 있는 건 날 믿지 못해서인 듯하오"라며 달랜 뒤, 벼루상자 안에 들어 있는 편지를 꺼내 "아, 이렇게도"라며 출발하기 전 잠시 머물러 계신 곳[32]에 와카를 보냈다.

가네이에
나 하나만을 믿는다 하신 말씀 명심하리니
돌아와 변함없는 우리 인연 보시길

이렇게 날이 흘러갈수록 부임지로 향하고 계신 친정아버지의 심경을 생각하며 마음이 몹시 쓸쓸한데, 그 사람의 마음은 아무래도 믿음직스럽게는 여겨지지 않는다.

선달이 되었다. 요카와(橫川)[33]에 갈 일이 있어 히에이 산(比叡山)에 올라간 그 사람에게서 "눈에 갇혀서 무척이나 쓸쓸한데다 당신이 몹시 그립소"라는 편지가 왔기에, 이와 같이 답장을 보내기도 하면서, 그 해

---

31) 과거를 회상해 집필했기 때문에 단정적인 표현을 피하고 있다.

32) 여행지의 방위나 날짜가 집에서 출발하는 게 좋지 않다고 판단될 때, 다른 곳으로 옮겨 그곳에서 출발하기도 했다. 음양도의 속신 가운데 하나로, '가타타가에' 또는 '가타타가이'라고 한다. 출타하는 방향이 천일신(天一神)이 있는 방위일 경우, 전날 좋은 방위에 위치한 집에서 하룻밤 묵어 방향을 바꾸어 출발했다.

33) 요카와 중당(中堂)을 중심으로 하는 일군의 사원. 동탑(東塔), 서탑(西塔) 구역과 함께 히에이 산 엔랴쿠지(延暦寺) 경내를 나누는 '삼탑'(三塔)이라고 불리는 세 구역 중 하나. 이 해 12월 5일, 가네이에의 부친인 모로스케가 법화팔강(法華八講)을 위해 히에이 산에 올랐다는 기록이 『후소랴쿠키』(扶桑略記)에 보인다.

도 덧없이 저물었다.

미치쓰나의 어머니

한숨 내쉬며 요카와 강물 위에 내리는 눈도

사라질 듯 시름에 잠긴 나만 같으랴

| 해설 |

미치쓰나가 955년에 출생한 것으로 보아, 두 사람의 결혼은 954년에 이루어졌다는 것을 알 수 있다. 본조 삼미인(本朝三美人) 가운데 한 명으로 꼽히는데다 와카 솜씨도 빼어났던 미치쓰나의 어머니는 이때 열아홉 살 정도로 추정된다. 청혼 당시 가네이에는 우병위좌에 불과했지만 우대신 후지와라 모로스케의 삼남으로 전도가 유망한 스물여섯 살의 귀공자였다. 두 집안 다 후지와라 씨 북가(北家) 일문이기는 했지만, 미치쓰나의 어머니 집안은 지방관 계급으로 영락한 상태였기 때문에 두 집안의 사회적인 격차는 매우 컸다. 가네이에의 거친데다 위압적인 구혼 태도에 관해서는, 뒷날 그의 성격을 숙지한 미치쓰나의 어머니가 가네이에다움을 형상화하기 위해 그렇게 그렸다는 설도 있지만, 그 심층에 두 사람의 신분 차가 가장 큰 요인으로 자리잡고 있다고 할 수 있다.

결혼이 성립될 때까지 두 사람의 관계는 와카를 매개로 남녀관계가 진전돼가는 헤이안 시대 연애방식의 틀 속에서 진행되지만, 결혼 후 주고받는 와카의 증답을 통해 결혼을 계기로 역전되는 남녀관계의 변화 양상을 살펴볼 수 있다. 결혼 전까지는 가네이에와 대등한 위치에서 와카를 주고받다가 결혼 후 남편의 애정을 확신하지 못하고 한탄하는 미치쓰나의 어머니의 모습에서, 일부다처제 속에서 불안정하고 무력한 위치에 처할 수밖에 없는 전형적인 여성의 심리를 엿볼 수 있다. 게다가 이 같은 불안한 심리는 후견인인 친정아버지가 교토를 떠나 미치노쿠 지방의 지방관으로 부임하게 되면서, 남편의 애정 말고는 의지할 데 없는 미치쓰나의 어머니의 처지와 맞물려 더욱더 증폭되고 있다고 할 수 있다.

미치쓰나의 탄생과 마치노코지 여자의 등장

미치쓰나의 어머니 20세(955)

한숨 내쉬며 나 홀로 지새는 기나긴 밤

정월쯤에 이삼 일 모습을 보이지 않을 무렵, 출타할 일이 좀 있었기에, "그 사람이 오면 전해주게나" 하며 이렇게 써두었다.

미치쓰나의 어머니

들과 산으로 휘파람새와 같이 울며 가누나

어찌 될지 모르는 내 신세 한탄하며

답가는 이러했다.

가네이에

변덕이 심한 휘파람새와 같이 산으로 간들

울음소리 들리면 어딘들 아니 가리

이렇게 와카를 주고받기도 하는 둥 하다가, 내 몸에 심상하게 넘길 수 없는 일[34]이 생겼다. 봄, 여름 내내 몸 상태가 좋지 않은 채 지내다가, 팔월 그믐쯤에 어쨌거나 무사히 일을 치렀다. 그맘 때쯤 그 사람의 마음 씀씀이는 구석구석 따스함이 담겨 있는 듯했다.

그런데 구월쯤 되어 그 사람이 집을 나선 다음에 편지를 넣어두는 상자가 있기에 아무 생각 없이 손으로 더듬어 열어보았더니, 다른 여자에게 보내려고 써둔 편지가 들어 있다. 너무 기가 막혀 봤다는 사실만이라도 알려주려는 마음에, 이렇게 적어두었다.

미치쓰나의 어머니

믿을 수 없네 다른 곳 보내려는 편지 봤기에

앞으로 이곳에는 발길 끊으시려나

이런저런 생각에 심란해하고 있는데, 아니나 다를까 사흘 밤 잇따라 모습을 보이지 않을 때[35]가 있었다. 그 사람은 짐짓 모르는 체하며, "잠

---

34) 외아들 후지와라 미치쓰나(藤原道綱)를 임신한 일.

35) 가네이에가 새로운 여성과 결혼했다는 의미이다. 가네이에는 이때 마치노코지 여자(町の小路の女)와 결혼했다. 미치쓰나의 어머니를 제외하고 작품 속에 언급되고 있는 가네이에와 관계를 맺고 있는 여성은 5명이다. 미치쓰나의 어머니가 결혼하기 전 이미 가네이에의 부인으로 아들 미치타카(道隆)를 낳은 상태였던 도키히메(時姬), 미치쓰나를 낳고 얼마 지나지 않아 그 존재를 알게 된 마치노코지 여자, 양녀의 어머니인 미나모토 가네타다(源兼忠)의 딸, 그리고 후지와라 구니아키(藤原国章)의 딸로 추정되는 오미(近江), 무라카미 천황(村上天皇)의 딸인 호시(保子)로 짐작되는 선제(先帝)의 황녀가 그들이다. 이 밖에도 세 명의 여성이 더 있었다.

시 당신 마음을 떠보느라"라며 의미심장한 말을 한다. 내 집에 있다가 저물녘에 "궁 안에 피치 못할 일이 있어서"라며 나가기에 이상해서 사람을 시켜 뒤따라가보게 했더니, 돌아와 "마치노코지(町の小路)[36] 어디쯤인가에서 우차(牛車)[37]를 멈추셨습니다"라고 한다.

그럼 그렇지, 너무나도 참담한 기분이었지만, 무슨 말을 해야 할지조차 모른 채 지내고 있자니, 이삼 일 뒤 새벽녘에 문을 두드린 적이 있었다. 그 사람이 온 모양이구나 싶었지만, 분한 마음에 열어주지 않았더니, 마치노코지 여자네 집일 듯싶은 곳으로 가버렸다.

이른 아침, 이대로 가만히 있을 수는 없다[38]고 생각돼, 다음과 같은

---

36) '마치노코지'는 교토 무로마치(室町)와 니시노토인(西洞院) 사이에 있는 거리 이름으로 좁은 골목길이었다. 고유명사로 볼 수 있다.

37) 헤이안 시대에는 말이 끄는 수레가 아닌 소가 끄는 수레를 탔다.

38) 외부의 자극에 가만히 있을 수 없어 어떤 행동이든지를 취할 때 쓰이는 '이대로 가만히 있을 수는 없다'(나오아라지なほあらじ)는 표현은, 외부로부터 오는 자극에 대해 아무런 반응도 하지 않고 냉담하거나 아무렇지도 않은 척할 때 쓰이는 '짐짓 모르는 체하며'(쓰레나시つれなし)라는 표현과 대조된다. 이는 가네이에에 대한 미치쓰나의 어머니의 심경 및 태도 변화를 가늠해볼 수 있는 표현이다. 『가게로 일기』에서 '나오아라지' 및 그와 유사한 표현은 상권에 5회, 중권에 3회, 하권에 2회 사용되고 있으며, '쓰레나시'는 상권에 5회, 중권에 11회, 하권에 4회 사용되고 있다. 나오아라지는 『겐지 모노가타리』(源氏物語)에서 남성의 심정을 나타내는 데 4회 쓰였을 뿐 헤이안 시대의 다른 여성 일기문학에는 전혀 쓰이지 않았다. 이는 여성인 미치쓰나의 어머니가 지닌 강한 자의식의 일면을 드러내주는 표현이라고도 할 수 있다.

그런데 가네이에와의 관계 속에서 나타나는 미치쓰나의 어머니의 의식이 변화됨에 따라 이 두 표현의 사용법이 달라지고 있다는 데 주목할 필요가 있을 듯하다. 쓰레나시는 작품 초반에서 미치쓰나의 어머니의 시선에 비친 가네이에의 태도에 사용되었지만, 971년 6월을 분기점으로 하여 미치쓰나의 어머니 본인의 태도에 쓰이게 된다. 나오아라지 또한 973년 이후 하권에 들어가 미치쓰나

와카를 여느 때와는 달리 공들여 써서 퇴색한 국화꽃에 꽂아 보냈다.[39]

미치쓰나의 어머니

한숨 내쉬며 나 홀로 지새우는 초겨울 밤이

얼마나 기나긴지 당신은 아시나요

그랬더니, 이렇게 답장을 보내왔다.

"날이 밝아 문을 열어줄 때까지 어찌하나 기다려보려고 했지만, 급한 일로 심부름꾼이 온지라……. 당신 말이 다 맞소.

가네이에

당신 말대로 초겨울 밤도 아닌 삼나무 문도

의 어머니의 변화된 의식을 드러내는 지표로 삼을 수 있다. 즉, 971년 6월 이전에는 가네이에와의 관계에서 느끼는 외부의 자극에 나오아라지라며 반응을 보이지 않고서는 가만히 있을 수 없었던 미치쓰나의 어머니의 태도는 971년 6월 이후에는 자극이 있어도 감정을 밖으로 드러내는 일 없이 꾹 참는 쓰레나시의 태도로 바뀌고 있다. 미치쓰나의 어머니가 가네이에에게 집착하고 있을 때는 자신에 대한 남편의 태도를 쓰레나시로 받아들여 참지 못하고 나오아라지라며 행동을 취하고 있다. 그러나 남편에 대한 집착에서 어느 정도 자유로워지자 이번에는 그녀 자신이 남편에 대해 쓰레나시의 태도를 취하게 되며, 나오아라지라며 분노하는 격정적인 태도는 모습을 감추고 있는 것이다. 이를 통해 가네이에와의 관계 속에서 배태된 고뇌가 극에 달해 일련의 참배여행을 떠나게 되는 971년 6월 시점은 이 일기의 클라이맥스라고 할 수 있다.

39) 가네이에의 마음이 국화꽃처럼 시들었음을 비유하고 있다. 헤이안 시대에는 이렇듯 편지를 꽃이나 나뭇가지에 꽂아 보냄으로써 보내는 사람의 의중을 드러내거나 미의식을 표현했는데, 이를 '후미쓰케에다'(文つけ枝)라고 한다.

느직이 열리는 건[40] 쓸쓸하기 짝 없네."

그래도 아주 의심스러워하고 있었는데, 보통은 한동안이라도 들키지 않도록 조심스레 궁중에 일이 있다고 핑계라도 댈 만할 텐데, 천연덕스레 마치노코지 여자네 집에 드나드는 태도를 보니, 점점 더 불쾌하게 여겨지는 일이야 이루 말할 수조차 없다.

| **해설** |

결혼 이듬해 외아들 미치쓰나의 출산과 그즈음 가네이에의 배려 깊은 태도는 미치쓰나의 어머니를 행복하게 만들어주었지만, 그 행복은 가네이에의 새로운 여성인 마치노코지 여자의 존재가 밝혀지면서 갑작스레 끝나게 되었다. 미치쓰나를 출산하고 행복에 젖어 있던 직후의 일인데다 자신보다 훨씬 못해 보이는 마치노코지 여자의 존재는 미치쓰나의 어머니의 자부심에 생채기를 내고 깊은 분노와 슬픔에 빠지게 했다.

어느 날 새벽 문을 두드린 가네이에를 돌려보낸 뒤 아침에 읊어 보낸 '한숨 내쉬며 나 홀로 지새우는 초겨울 밤이 얼마나 기나긴지 당신은 아시나요'라는 미치쓰나의 어머니의 와카는, 헤이안 시대를 대표하는 규원가(閨怨歌)로 평가받고 있다. 그러나 이러한 애절한 호소조차 가네이에에게 제대로 받아들여지지 않으면서 결혼과 남편에 대한 미치쓰나의 어머니의 회의는 점점 더 깊어지게 된다.

---

40) 열리다의 고어인 '아쿠루'(あくる)에는 날이 새다는 의미도 있다.

삼월 삼짇날 행사

미치쓰나의 어머니 21세(956)

복사꽃 가지 오늘 꺾은들 무엇 하리

해가 바뀌어 삼월쯤이 되었다. 복숭아꽃 등을 준비해두었던 때[41]였나 싶은데, 기다려도 오지 않았다. 또 한 분[42]도 여느 때는 늘 집에만 계신 듯하더니, 하필 오늘따라 보이지를 않는다. 그러더니 나흗날 이른 아침에는 두 사람 다 모습을 나타냈다. 전날 밤부터 내내 기다리고 있던 시녀들이 그대로 두는 것보다는 낫다며, 삼월 삼짇날 행사에 쓸 물건들을 여기저기서 들어냈다. 어제 쓰려고 준비해두었던 복숭아꽃을 꺾어서 안

41) 삼월 삼짇날. 모모노셋쿠(桃の節句). 이 날은 복숭아꽃을 술에 띄워 마셨다.

42) 미치쓰나의 어머니의 형부인 후지와라 다메마사(藤原為雅). 중납언(中納言) 후지와라 후미노리(藤原文範)의 차남으로, 남동생인 다메노부(為信)는 『겐지모노가타리』의 작자 무라사키시키부(紫式部)의 외조부이다. 이 구절에서 이 당시 미치쓰나의 어머니가 언니와 친정집에서 같이 살았고, 그곳으로 남편들이 방문해온 사실을 알 수 있다. 남성이 여성의 집을 방문해 결혼생활을 유지하던 방처혼(訪妻婚)의 구체적인 예이다.

에서 가지고 나오는 걸 보자니 마음이 편치를 않아, 연습 삼아 적당히 끼적댔다.

미치쓰나의 어머니

하마 오려나 기다리다 어제 술 마셔버리고
복사꽃 가지 오늘 꺾은들 무엇 하리

'됐어, 밉살맞아 죽겠는데'라는 생각에 보여주지 않고 감춘 사실을 알아채고는, 억지로 빼앗아들고 답가를 써서 주었다.

가네이에

삼천 년[43] 동안 당신 향한 내 사랑 변치 않으니
해마다 도화꽃 술 마시는 데 비하랴

또 한 분도 듣고는, 이렇게 읊었다.

형부(다메마사)

삼짇날 오면 도화꽃 술에 끌려 온 것만 같아
어제는 다른 데서 하루를 보냈다오

---

43) 서왕모가 한무제에게 선도(仙桃)를 바치자 무제가 그 씨를 심으려고 했으나, 서왕모가 그 복숭아는 삼천 년에 한 번 열매를 맺는다고 하자 단념했다는 고사를 배경으로 한다.

이러면서 이제는 마치노코지 여자네 집에 드러내놓고 드나들게 되었다. 그 사람과의 인연조차, 어쩐 일인지 후회스럽게 생각되는 듯한 때가 많았다. 말할 수 없이 비참하게 여겨져도 어떻게 할 것인가.

그런데 언니에게 한 분이 드나드는 것을 보면서 한집에서 지내고 있었는데, 이젠 마음 편하게 함께 지낼 만한 곳으로 간다며 언니를 데리고 가게 되었다.[44] 남아 있는 사람[45]은 더욱더 마음이 허전하다. 앞으로는 얼굴조차도 보기 어려울 거라고 생각하니 슬픔이 복받쳐, 우차를 가까이 대는 동안에 이렇게 읊었다.

미치쓰나의 어머니

어찌 이리도 한숨만 가득가득 쌓이는 걸까

떠나가는 사람에 온 집안 휑하건만

답가는 남자 쪽이 보내왔다.

형부(다메마사)

다정이 병인 당신 님 원망하듯 원망 마시오

---

44) 다메마사가 미치쓰나의 어머니의 언니를 데리고 본인의 집이나 다른 곳에 마련한 거처로 데려간다는 것을 통해, 남성이 여성의 집을 찾아오던 혼인 양태가 이때부터 서서히 변해가고 있음을 알 수 있다. 이후 여성이 남성의 집이나 남성이 마련한 거처로 옮기는 것은 그 여성에 대한 남성의 사랑을 입증하는 것으로 여겨졌다. 다메마사가 언니를 데리고 거처를 옮긴 것은 가네이에와 한집에 드나드는 것을 어려워했기 때문으로 보인다.

45) 미치쓰나의 어머니 스스로를 객관화한 표현.

당신 생각한다는 내 말 진심인 것을

이 같은 말을 남기고, 모두 떠나갔다.

도키히메도 찾지 않는 가네이에

짐작했던 대로 나 홀로 날을 보낸다. 세상 사람들 보기에 우리 부부 사이에 무슨 문제가 있는 듯이 여겨질 만한 일은 없다. 단지 그 사람 마음이 내 마음과 다른 것만 문제인 것을. 나만이 아니라 나보다 더 먼저 결혼한 곳[46]에조차 발걸음을 하지 않는다는 소식을 듣고, 편지를 주고받은 일이 있었다. 오월 사나흗날께 이렇게 써서 보냈다.

미치쓰나의 어머니

얕은 못 줄 풀 어느 습지에 뿌리 내리고 있어

거기조차 풀들이 말라버렸는지요[47]

답가로, 이렇게 써서 보내왔다.

---

46) 가네이에와 가장 먼저 결혼한 도키히메를 가리킨다. 후지와라 나카마사(藤原中正)의 딸로 뒷날 섭관정치 체제에서 최고의 권세를 누리게 되는 후지와라 미치나가(藤原道長)의 어머니이다. 미치쓰나의 어머니와는 달리 가네이에와의 사이에 3남 2녀를 두었고, 자식들 모두 최고의 권력을 누림으로써 부인으로서 확고한 지위를 확보했다.

47) 줄 풀은 가네이에를 가리킨다. 뿌리를 의미하는 '네'(根)는 잠이라는 의미의 '네'(寝)와 동음이의어이며, 마르다는 의미의 '가루'(枯る)는 남성이 여성을 찾지 않는다는 '가루'(離る)와 동음이의어이다.

도키히메

줄 풀 마른 곳 다름 아닌 바로 이 요도 못(淀の澤)[48]인걸
뿌리 내린 늪이란 그쪽으로 아오만

유월이 되었다. 새 달에 접어들어서도 오랫동안 비가 심하게 내린다. 밖을 내다보다가 혼잣말로 중얼거렸다.

미치쓰나의 어머니

수심에 잠겨 내리는 비 멍하니 바라보는 새
나뭇가지 아랫잎 어느샌가 시들고[49]

이렇게 읊거나 하는 새 칠월이 되었다.

완전히 인연이 끊어졌다고 생각할 수 있다면 오다말다 하는 것보다 오히려 더 나을 텐데라며 하염없이 생각에 잠겨 있는데, 어느 날 찾아왔

---

48) '요도'(淀)는 교토 시 후시미 구(伏見区) 요도 부근이며, 요도 못은 도키히메 자신을 비유한 것이다.

49) 『가게로 일기』에 처음으로 등장하는 독영가(独詠歌)이다. 미치쓰나의 어머니의 심정을 직접적으로 드러내주는 독영가는 상권에 4수, 중권에 14수, 하권에 5수 실려 있다. 이는 중권에서 고양되고 있는 고뇌의 정도를 엿볼 수 있는 근거로 여겨져 흥미롭다. '나뭇가지 아랫잎'은 미치쓰나의 어머니의 비유이다. 오랫동안 내리는 비를 의미하는 일본어 '나가메'(長雨)는 수심에 잠겨 밖을 바라본다는 '나가메'(眺め)와 동음이의어이다. '꽃잎 색깔은 이리도 허무하게 변해가누나 이 세상 살아가며 탄식하던 동안에'(花の色はうつりにけりないたづらにわが身世にふるながめせしまに, 『古今和歌集』 春下, 小野小町)를 본가(本歌)로 하는 이 와카는, 남편과의 관계 속에서 시름에 잠겨 있는 동안 미모가 퇴색돼 여성으로서 매력을 잃어버리게 됐다는 한탄이 중심 내용이다.

다. 아무 말도 하지 않고 있었더니 하릴없이 심심해하는 듯하다가, 앞에 있던 시녀가 지난번에 읊었던 아랫잎 와카를 무슨 말을 하다가 입 밖에 냈더니, 듣고 나서 다음과 같이 읊는다.

가네이에
계절에 앞서 일찍 물든 단풍잎 가을이 오면
더더욱 고와지듯 당신 또한 그렇소

그러하기에, 벼루를 당겨서는 이렇게 적어둔다.

미치쓰나의 어머니
가을이 와서 고이 물들긴커녕 당신 변심에
시든 아랫잎 같은 내 모습 한탄하네

이렇듯 다른 여자를 찾아다니면서도 완전히 인연이 끊어지지는 않고 내 집에 찾아오건만, 내 마음 편할 날 없어 남편과의 사이는 나날이 냉랭해져만 가니, 집에 찾아와도 내 얼굴빛이 좋지 않으니 질려서 그대로 돌아가는 때도 있다.

우리 부부 속사정을 아는 이웃에 사는 사람이 남편이 돌아가는 것을 보고는, 이러한 와카를 읊어 보냈다.

이웃사람
소금 연기가 하늘 높이 치솟듯 눈에 보이게
화내며 가는구려 질투에 사로잡혀

이렇듯 이웃이 한마디 할 정도로 서로 삐걱대며 신경전을 벌이다가, 요즘[50]은 특히 한참이나 모습을 보이지 않는다.

보통 때는 이 정도는 아니었는데 이렇게 마음이 산란하니, 저쪽에 놓여 있는 물건이 무엇인지 보이지 않을 적도 있다.[51] 이렇게 끝나는 걸까, 뭔가 추억을 떠올릴 수 있는 기념이 될 만한 물건조차 없는 채라고 생각하고 있는데, 열흘쯤 지나 편지가 왔다. 이것저것 쓴 다음에 '장대(帳台)[52] 기둥에 매어둔 작은 활의 화살[53]을 떼게'라고 써둔 걸 보니, 참 이게 있었구나라고 생각하며 풀어 내린 다음에, 이렇게 와카를 써서 답장을 보냈다.

미치쓰나의 어머니
당신 떠올릴 때는 없을 거라고 생각했는데
야,[54] 소리에 놀라서 정신이 드는구려

이렇게 발걸음이 끊어진 동안, 우리 집[55]은 그 사람이 입궐하거나 퇴

---

50) 회상해 집필한 것이 확실시되는 상권과 중권 초반부에도 이렇게 현재의 시점을 나타내는 시간표현들이 많이 보인다. 이를 통해 『가게로 일기』를 집필하는 데 미치쓰나의 어머니가 중요한 일을 기록해둔 비망록을 참고했을 가능성과 현재의 기록을 본질로 하는 '일기'라는 장르로부터 완전히 탈피하지 못한 미치쓰나의 어머니의 일기에 대한 인식을 짐작할 수 있다.

51) 남편과의 관계가 원만하게 풀리지 못한 게 원인이 돼 나타난 히스테리 증상.

52) 방바닥보다 한 단 높게 만들고 사방에 방장을 쳐 귀인이 앉거나 자도록 한 곳.

53) 나쁜 기운을 없애는 부적으로 작은 화살을 달아두기도 했다.

54) 화살을 의미하는 '야'(矢)와 동음이의어인, 소리쳐 부르는 '야'(や)로 의미를 치환해 읊었다.

궐하는 바로 길목에 있는지라 한밤중이건 새벽녘이건 가리지 않고 헛기침을 하며 지나가는 걸 듣지 않으려고 생각해도 편안히 잠을 이룰 수조차 없다. 밤이 길어 잠들 수 없어서[56]라는 시구가 바로 이런 거로구나라고 생각될 정도로 지나가는 기척에 신경을 쓰고 있는 마음을 어디에다 비할까. 이제는 어찌하면 보지도 않고 듣지도 않고 지낼 수 있을까라고만 생각하고 있는데, '옛날에는 애정이 깊었던 사람[57]도 지금은 관계가 끊어졌다든가'라고 하는 둥 그 사람에 관해 이러쿵저러쿵 뒷말하는 것을 들으니, 불쾌하게만 생각돼 저물녘이 되면 마음만 울적할 뿐이다.

자식을 많이 두었다고 듣고 있던 곳[58]에도 전혀 발걸음을 하지 않는다는 소문이다. 안됐구나, 하물며 얼마나 더 마음이 상할까라고 생각하며 안부편지를 보낸다. 구월쯤의 일이었다. 안됐다는 말을 잔뜩 쓴 뒤, 이렇게 와카를 읊어 편지를 보냈다.

---

55) 이치조니시노토인(一条西洞院)에 있다.

56) '秋夜長 夜長無眠天不明'(『白氏文集』, 「上陽白髮人」)의 인용. 상양인(上陽人)은 16세 때 궁궐에 들어온 뒤 단 한 번도 임금과 관계를 맺지 못한 채 일생을 마쳤다. 『가게로 일기』에는 이 구 이외에도 대중적인 한시의 인용이 몇 군데 보이는데, 이는 한적에서 직접 인용했다기보다는 10세기 중엽에 성립된 『센자이카쿠』(千載佳句) 등의 당시선(唐詩選)을 인용했을 가능성이 큰 것으로 보인다.

57) 가네이에. 결혼한 지 2년여밖에 되지 않은 시점에서 '옛날'과 '지금'을 대비시키고 있는 데 주의할 필요가 있다. 미치쓰나의 어머니의 심리가 반영된 표현으로 보인다.

58) 도키히메. 이때는 아직 도키히메가 장남 미치타카만 낳았을 때라, 이 표현에는 일기를 집필했을 때의 화자의 의식이 반영되어 있다고 할 수 있다.

미치쓰나의 어머니

하늘로 향한 거미[59] 길 끊겼어도 당신에게는

바람결에 부쳐서 소식 전하려 하오

답신을 보니, 세심하게 쓴 글 뒤에 와카가 덧붙어 있다.

도키히메

소식 전하는 바람을 생각하니 꺼림칙하네

사람 마음 변하게 만드는 바람인걸[60]

이렇게, 그렇다고 늘 정나미가 딱 떨어진 상태는 아닌 채, 이따금씩 모습을 보이면서 겨울이 되었다. 아침저녁 오로지 어린것하고만 시간을 보내며, '어떻게 하면 어살 안 빙어에게 물을 수 있나'[61]라는 옛 와카를 나도 모르는 새 중얼거렸다.

---

59) 가네이에를 비유하고 있다.

60) 미치쓰나의 어머니가 와카에서 읊은 소식 전하는 '바람'을, 초목을 물들여 변색하게 하듯이 사람 마음을 변하게 하는 '바람'으로 치환해 읊었다.

61) '어떻게 하면 어살 안 빙어에게 물을 수 있나 어찌하여 나에게 찾아오지 않냐고'(いかでなほ網代の氷魚にこととはむ何によりてかわれをとはぬと, 『拾遺和歌集』 雑秋, 修理, 『大和物語』 八九段)의 한 구절. 미치쓰나의 어머니가 말하고자 한 본뜻은 아랫구에 있다고 할 수 있다.

| 해설 |

삼월 삼짇날 당일에도 찾아오지 않은 가네이에가 공공연히 마치노코지 여자네 집에 드나들게 되면서, 특별한 날 남편과 함께 시간을 보내고 싶어하는 미치쓰나의 어머니의 일상적인 바람은 이루어지기 어려운 일이 되어간다. 함께 살며 의지하던 언니도 남편을 따라 거처를 옮겨 떠나가면서, 미치쓰나의 어머니의 외로움은 더욱 깊어만 간다.

이 장에는 마치노코지 여자에게 가네이에의 사랑을 빼앗긴 미치쓰나의 어머니가 그러한 마음을 달랠 겸 도키히메에게 와카를 보내 증답하는 모습이 그려져 있다. 일부다처제에서는 부인들끼리 계절이 바뀌거나 축하할 일이 있거나 위로할 일이 있을 때 사교적 · 의례적으로 와카를 주고받는 게 일반적인 관례였다. 도키히메는 같은 지방관 집안 출신이지만 연상이며 가장 먼저 가네이에와 결혼했고 자식도 많이 두었기 때문에, 언제나 미치쓰나의 어머니가 먼저 와카를 보내고 있다. 그러나 동병상련의 심정으로 도키히메에게 보낸 와카는 공감을 얻지 못했다. 도키히메에게는 미치쓰나의 어머니야말로 가장 큰 경쟁 상대였기 때문이다.

『가게로 일기』에 처음으로 등장하는 독영가인 '수심에 잠겨 내리는 비 멍하니 바라보는 새 나뭇가지 아랫잎 어느샌가 시들고'라는 와카에서는, 남편과의 관계가 생각대로 되지 않아 수심에 잠겨 있는 동안 여성으로서의 매력조차 잃어가고 있다며 자신감을 상실해가는 미치쓰나의 어머니의 내면을 엿볼 수 있다. 급기야 가네이에가 발걸음을 하지 않는 동안 시력이 저하되는 히스테리 증상마저 겪게 되고 가네이에의 우차가 집 앞을 지나가는 기척에 신경 쓰느라 잠 못 이루는 나날이 이어지면서, '기다리는 여자'라는 미치쓰나의 어머니의 자기 인식은 첨예화되어간다.

마치노코지 여자의 출산과 영락, 가네이에와 장가 증답

미치쓰나의 어머니 22~26세(957~961)

마치노코지 여자의 출산

한 해가 또 바뀌어 봄이 되었다. 그즈음 읽을 생각으로 가지고 다니던 책을 깜빡 잊고 우리 집에 놓아두고 갔을 때도, 역시나 책을 찾으러 사람을 보냈다. 책을 싼 종이에, 이렇게 적었다.

미치쓰나의 어머니

거친 포구에 물떼새 발길 끊듯 당신 발자취
남기지 않는구려 마음 다 식은 탓에

생색내듯이 금방 답장이 왔다.

가네이에

책 돌려주며 내 마음 식었다고 당신 말해도
포구 말고 어드메 물떼새 갈 곳 있나

그 사람이 보낸 심부름꾼이 있었기에, 이렇게 읊어 들려 보냈다.

미치쓰나의 어머니

물떼새 간 곳 찾듯이 당신 찾아 헤매 다녀도

가신 곳 알 길 없어 원망하는 내 마음

이와 같이 읊거나 하던 중에, 여름이 되었다.

그 세도 있는 여자는 출산할 때가 됐다고 좋은 방위를 골라, 그 사람과 같은 우차[62]를 타고 온 장안이 뜨르르할 만큼 무리지어 다니며 참으로 듣기 괴로울 정도로 야단스러운데, 그것도 꼭 내 집 앞으로만 지나가는 게 아닌가. 너무나 기가 막혀 말도 하지 못하고 있자, 그런 나를 지켜보는 사람, 곁에서 시중드는 시녀를 비롯해 모두들, "무척이나 가슴 아프네요. 세상에 길이 여기밖에 없는 것도 아닌데……"라며 큰 소리로 비난조로 퍼부어대는 것을 들으니, 차라리 죽어버리고 싶다는 마음까지 든다. 하지만, 사람 목숨이란 게 제 마음대로 되는 게 아닌지라, 죽지 못해 산다면 앞으로는 제발 그 사람 모습만이라도 보지 말고 살았으면 하고 무척이나 속상해하고 있는데, 사나흘쯤 지나 편지가 왔다.

기막히고 참 인정도 없지라고 생각하며 펼쳐 보았더니, 이렇게 쓰여 있다.

"요즘 이곳에 몸이 불편하신 분이 있어 찾아뵙지 못했는데, 어제 무사

---

62) 당시 상류귀족이 애인과 우차를 함께 타고 공공연하게 외출하는 것은 흔한 일이 아니었다. 이즈미시키부와 아쓰미치(敦道) 왕자가 같은 우차를 타고 가모마쓰리(賀茂祭)를 구경하는 『이즈미시키부 일기』의 한 장면에서도 볼 수 있듯이, 이는 두 사람의 깊은 애정을 드러내주는 징표로 볼 수 있다.

히 출산을 하신 듯하오. 부정 탈까 신경 쓰실까 싶어서 발길을 않고 있다오."

너무나 어이없고 불쾌하기가 이를 데 없다. 단 한마디 "편지 잘 받았습니다"라고만 답장을 보냈다. 편지 심부름꾼에게 집안사람 중 하나가 물으니, "도련님입니다"라고 한다. 그 말을 들으니, 가슴이 꽉 막힌다.

사나흘쯤 뒤 그 사람이 직접 너무나도 아무렇지도 않게 모습을 보였다. 뭔 볼일이 있어 왔냐는 듯이 제대로 쳐다보지도 않으니, 무척 멋쩍어하며 그냥 돌아가는 일이 거듭되었다.

칠월이 되어 여느 해라면 스모 축제[63]가 열릴 무렵, "이걸 좀 손질해주시오"라며 헌것 새것 할 것 없이 일습씩 마치노코지 여자의 바느질감[64]을 꾸려 보내니, 이런 기막힐 데가 있는가. 그걸 열어 보니 눈앞이 다 어찔어찔해지는 듯하다. 예스러운 사람[65]은, "어이구, 안됐기도 해라. 그 댁에서는 해드릴 수가 없나 보네"라고 하지만, "변변찮은 여자들만 모여 가지고, 진짜 마음에 안 드네요. 그냥 돌려보내면 자기들 변변찮은 생각은 안 하고 우리를 욕하겠지만 그 욕이나 들어줍시다"라고 시녀들이 의

---

63) 7월 말께 전국에서 역사(力士)들을 모아 궁중에서 씨름을 벌이게 해 천황이 관람하는 행사. 이 해는 고시(康子) 공주의 서거로 중지됐다.

64) 『가게로 일기』에는 바느질감을 둘러싼 가네이에와 미치쓰나의 어머니의 신경전이 여러 차례에 걸쳐 묘사되어 있는데, 이를 통해 가네이에와의 관계 속에서 움직이고 있는 미치쓰나의 어머니의 심경변화를 확인할 수 있다. 상 · 중권에 등장하는 바느질감을 제재로 한 묘사는 가네이에의 뻔뻔함과 미치쓰나의 어머니의 아연함을 표현하면서 바느질감 손질을 거절하는 패턴을 보이지만, 하권에 가서는 미치쓰나의 어머니가 순순히 바느질감 손질을 받아들이는 데서 심경변화의 양상을 확인할 수 있다.

65) 친정어머니.

논을 한 뒤, 그대로 돌려보냈다. 그랬더니, 아니나 다를까 이곳저곳에다 바느질감 손질을 부탁한다는 소문이다. 그 사람 쪽에서도 너무 쌀쌀맞은 처사였다고 생각했는지, 스무여 날 동안이나 편지 한 통 없다.

와카를 매개로 한 두 사람의 관계

언제였던가, 그 사람에게서 편지가 왔다.

"다녀오고 싶지만, 눈치가 보여서 말이오. 오라고 확실히 말해주면 조심조심 가보겠소만."

답장도 쓰지 않으려 했지만, 곁에 있는 사람들이 "그건 너무 박정하네요. 너무 심한 처사입니다"라고 말하는지라, 이렇게 와카를 보냈다.

미치쓰나의 어머니

억새꽃처럼 바람에 흔들리는 당신의 마음
어드메로 가는지 말없이 지켜보리

그랬더니, 금방 이렇게 답장이 왔다.

가네이에

샛바람결에 억새꽃 흔들리듯 내 마음 또한
당신이 불러주면 그대로 따르련만

편지를 가져온 심부름꾼이 있기에, 이러한 와카를 또 들려 보냈다.

미치쓰나의 어머니

폭풍우 부는 내 집 안 억새꽃이 이삭 틔운들
아무런 소용없듯 내 말 또한 그러리

이러면서 적당히 이야기를 주고받은 끝에, 다시 모습을 보였다.

이 색 저 색 뒤섞여 피어 있는 앞뜰의 꽃을 바라보며, 둘이 누운 채 이렇게 와카를 주고받았다. 서로 원망스럽게 여기는 일이 있었나 보다. 그 사람이 불쑥 이렇게 읊는다.

가네이에

이슬 맞은 뒤 형형색색 뒤섞인 꽃 색깔처럼
복잡한 당신 얼굴 맘속 원망 탓인가

이에, 이렇게 답가를 읊었다.

미치쓰나의 어머니

당신 변심에 괴로운 내 마음속 드러났던가
이슬처럼 허무한 맘 표현할 길 없네

그런 뒤, 이전처럼 둘 사이가 서먹서먹해져버렸다. 음력 열아흐렛날의 달이 산등성이에 뜰 무렵 느지막이 나가려는 기색을 보였다. 오늘 같은 밤쯤은 돌아가지 않아도 좋을 텐데라고 생각하는 기색이 표정에 드러났는지, "머물러야 할 일이 있다면"이라고 말한다.

하지만 그렇게까지 꼭 머물렀으면 하고는 생각하지 않는지라, 이렇게 읊는다.

미치쓰나의 어머니
어찌할쏘냐 산등성이에조차 머물지 않고
마음은 벌써 하늘 저편 떠나가는 달

그러자 답가로 이렇게 읊고는 내 집에 묵었다.

가네이에
하늘 저편 달 그 그림자 물속에 머무르듯이
하늘 위 내 마음도 이곳에 머물지니

그러다가 또, 늦가을녘 세차게 불어제치는 것만 같은 바람이 휘몰아치고 난 뒤, 이틀쯤 지나 찾아왔다. "요전 같은 바람이 불면, 보통 사람들은 아무 일 없나 걱정돼 안부라도 물으련만"이라고 말하니, 내 반응을 과연 그럴 만하다고 생각했는지, 오히려 아무렇지도 않다는 듯이, 이렇게 읊는다.

가네이에
바람에 살랑 나뭇잎 떨어지듯 입 밖에 낸 말
사라질까 두려워 오늘 직접 온 것을

이에, 답가로 이렇게 읊었다.

미치쓰나의 어머니

바람에 잎새 날리듯 안부의 말 보냈더라면

세찬 동풍에 실려 이리 왔을 터인데

그랬더니, 이렇게 또 읊는다.

가네이에

동풍이라고 이곳으로만 부는 바람이런가

바람결에 전하다 헛된 이름 날까봐

지고 싶지 않은 마음에 또 한 번, 답가를 읊었다.

미치쓰나의 어머니

다른 데 잘못 갈까 그리 아껴둔 말이었다면

아침에 오자마자 들려줬을 법한데

그러자, 이번 일은 내 말이 그럴 듯하다고 납득하는 듯했다.

그 뒤 시월쯤에 "이건 정말로 도저히 모른 체 그냥 있을 수 없는 일이 있어서"라며 나가려고 할 즈음, 공교롭게도 늦가을비라고 할 수 없을 정도로 비가 쏟아진다. 그런데도 나가려고 한다. 어이가 없어서 나도 모르게 읊조렸다.

미치쓰나의 어머니

피치 못한 일 있음이야 너무 잘 알고 있소만

이 밤에 이 빗속을 이리도 뿌리치고

이렇게 읊었는데도 막무가내로 나가다니, 이런 사람이 어디 또 있단 말인가.

마치노코지 여자의 영락

이리하여 하루하루 날을 보내고 있던 중, 그 사람은 위세 당당한 그 대단한 집[66]에 아이를 낳고 나서부터는 발길을 뚝 끊고 관계가 냉랭해져버린 듯하다. 하여 밉살스럽게 여기고 있던 내 마음으로야, 목숨은 붙여두고 내가 괴로워했던 것처럼 그 여자에게도 같은 고통을 되돌려주고 싶었는데, 그렇게 관계가 소원해지고 난 뒤 결국에는 난리법석을 피우며 낳았던 자식마저 죽어버리는 게 아닌가. 그 여자는 주상의 손녀이긴 했으나, 세상을 피해 살던 왕자의 서출 소생이었다. 더할 나위 없이 하잘것없고 천한 출신이었다. 그런데 요즈음 그 사실을 모르는 사람들이 떠받드는 대로 저 잘났다고 나대다가 갑자기 이렇게 되었으니, 그 속이 어떠할 것인가. 내가 고통스러워했던 것보다는 조금 더 한탄스러워할 것이라고 생각하니, 지금은 속이 다 시원하다.

하지만 그 사람은 지금은 본래 드나들던 댁[67]에 발길을 끊었을 때 쌓였던 먼지를 털어내고 자주 출입한다는 소문이다. 내 집에는 평소와 별반 다름없이 가끔 찾아오기에 걸핏하면 마음이 불편한 일들이 많았다. 그러던 중 집의 아이가 떠듬떠듬 한두 마디 말을 할 만큼 자랐는데, 그

66) 마치노코지 여자네 집.
67) 가네이에의 첫 부인인 도키히메네 집.

사람이 집을 나설 때마다 반드시 남기고 가는 "곧 들르겠소"라는 말을 듣고는 그대로 외워서 늘 흉내를 내고는 한다.

장가 증답을 통해 마음속 생각을 풀어내다

이렇게 또 마음 편할 날 없이 한탄만 하고 있는데, 오지랖이 넓은 사람은 "아직 마음이 젊네요"라며 내가 이러는 것을 아직 철이 없어서인 것처럼 말하기도 한다. 그 사람은 너무나 태연하게 '내가 뭘 잘못했느냐'는 듯이 무심하게 아무 잘못도 없다는 듯한 태도다. 어찌하면 좋을지 이리저리 생각만 많은데, 어떻게든 마음속에 얽힌 사연들을 전부 다 알려줄 수만 있다면 좋을 텐데 싶어 마음이 어지러울 때도, 속상하게도 가슴만 벌렁거리고 말이 나오지를 않는다.

그렇다면 내 마음속 생각들을 낱낱이 풀어내 써서 보여주자고 생각하여, 이렇게 적어서 이층 선반에 올려두었다.

미치쓰나의 어머니

생각해주오 전이나 지금이나 나의 마음은
활짝 갤 날도 없이 끝나는가요
처음 만난 가을엔 사랑의 말도
언젠가 퇴색할 날 있을 거라고
색 바랜 나무처럼 한탄했지요
겨울엔 머나먼 길 떠나가시는
아버지 생각하며 흘린 눈물은
첫 가을비 내린 듯 눈앞을 가려
불안한 마음이야 가득했어도

딸자식 끝까지 잘 부탁한다고
당신께 당부했단 말 전해 듣곤
설마 뭔 일 있으랴 생각했건만
갑작스레 나 홀로 남겨진 곳에
흰 구름만 하늘에 둥실 떠 있네
가슴속 다 뚫린 채 세월은 가고
안개에 가로막혀 끊어진 소식
기러기 무리지어 돌아오듯이
언젠가 내 곁으로 오리라 믿고
기다려도 아무런 소용없네요
허무하다 내 신세 전부터 줄곧
매미 날개[68]와 같은 그 사람 마음
전세의 업보인가 눈물 강 되어
이리도 기가 막힌 내 신세 탓에
눈물에 젖은 생활 청산 못 하고
전생에 무슨 죄가 그리 깊어서
떠나지도 못하고 이러고 있네
고통스런 운명 속 헤매이다가
괴로운 마음에야 물거품처럼
사라질 수 있다면 사라지고파
단 하나 슬픈 일은 동북 지방에
계신 우리 아버지 귀경하시는

---

68) 매미 날개는 허무함의 상징이다.

것조차 기다리지 못하고 어찌
세상 뜰 수 있으랴 오직 꼭 한 번
서로 만나보고픈 생각에 잠겨
흘리는 내 눈물에 젖는 옷소매
이런 슬픔 없는 삶 살 수 없을까
이리저리 생각도 하여보건만
그래도 만날 방도 없었더라면
그 또한 그리웁게 생각할지니
숨김없이 속엣말 풀어낼 만큼
소록소록 쌓인 정 되돌아보니
속세 떠난 보람도 없으리만큼
옛 생각에 눈물만 짓게 되리니
이 생각 저 생각에 시름에 잠겨
산처럼 쌓여 있는 원앙금침의
베갯머리 먼지도 홀로 지새는
외로운 밤 수에는 못 미치리라
머나먼 여행길과 같은 둘 사이
멀어졌다 여겼네 바람 몰아쳐
구름 같은 당신이 모습 보인 뒤
돌아갈 때 인사로 당신이 한 말
금방 또 오겠다는 그 말 믿고서
당신만 기다리는 갓난것 보며
되풀이 흉내 내는 그 말 들을 제
남 보기 부끄러운 눈물만 흘러

호수처럼 차올라 신세타령만
볼품없는 내 곁에 모습 보일 날
결코 없으리란 걸 다 알면서도
살아 있는 한 내게 의지하란 말
진심인지 아닌지 알 수 없으니
내 집에 들르시면 한번만 묻고 지고[69]

여느 때와 다름없이 어느 정도 시간이 지난 뒤 그 사람이 찾아왔다. 그쪽에 얼굴도 보이지 않고 그냥 있었더니, 머물러 있기가 거북했는지 놓아둔 편지만 들고 돌아갔다.

그런데, 그 사람에게서 다음과 같은 답가가 왔다.

가네이에
계절에 맞춰 물드는 단풍잎도 언젠간 지고
색깔 바래가듯이 남녀 마음도
만남을 거듭하며 변하여가도
시름에 잠겨 있는 당신 향한 맘
첫서리 내릴 즈음 떠나간 장인
간곡한 당부 덕에 깊어만졌네

---

69) 장가(長歌) 형식의 와카이다. 보통 와카로 일컬어지는 5 · 7 · 5 · 7 · 7조의 단가(短歌)와 달리, 장가는 5 · 7조를 되풀이 읊은 뒤, 맨 마지막을 7음으로 끝맺는 운문 양식이다. 그런데 『가게로 일기』의 장가를 내용상으로 분석해보았을 때, 그 형식은 윗구인 5 · 7 · 5와 아랫구인 7 · 7 사이에 7 · 5조가 되풀이되고 있어, 그에 따라 구를 배치했다.

당신 향한 내 마음 끊긴 날 없고
언제쯤 찾아올까 날 기다리는
갓난것 만나고자 찾아가지만
다고 포구(田子の浦)에 파도[70] 들이치는데
후지 산(富士山) 언저리에 연기 자욱이
치솟듯 당신 시샘 그치지 않고
하늘에 구름 낀 듯 쌀쌀한 당신
당신 못 잊는 나는 흰 실 감기듯
거듭거듭 당신만 찾아가건만
그래도 원망하는 사람[71]만 많아
이도 저도 아닌 채 어쩔 줄 몰라
그래도 달리 갈 곳 없는 이 몸은
옛집으로 당신만 찾아가던 중
어느 한 날 당신 집 들른 적 있네
당신 홀로 외로이 방안에 누워
달빛만 사립문에 쏟아내리고
난 줄 다 알면서도 그림자조차
비쳐주지 않았던 그 밤 이래로
꺼려지는 마음도 생기게 됐네
대체 누가 딴 데[72]서 밤을 샜겠나

---

70) 다고 포구는 시즈오카 현(静岡県) 후지 시(富士市) 근처에 있는 해안이다. 뒤이어 나오는 후지 산과 쌍을 이루며, 포구의 파도는 가네이에의 방문, 후지 산에 피어오르는 연기는 미치쓰나의 어머니의 질투를 상징한다.

71) 미치쓰나의 어머니 가까이에 있는 시녀들을 가리킨다.

웬 죄 이리 많냐고 한탄하지만
그런 당신 탄식이 죄이겠지요
앞으로 나와 인연 끊어버리고
당신 맘 편케 하는 사람 만나소
내가 무슨 목석은 아닌 터이라[73)]
당신 그리는 마음 금할 길 없고
다년초인 문주란 몇 해나 살듯
몇 겹이고 멀어진 당신 생각에
눈물이 강물 되어 옷을 적셔도
옛 생각에 젖으면 그 열정으로
내 눈의 눈물쯤은 마르겠지요
말해봤자 아무런 소용없지만
가이 국(甲斐国) 헤미(逸見) 목장[74)] 거친 말처럼
자꾸만 멀어져만 가는 당신 맘
잡기 힘들다는 걸 잘 알면서도
아비 알고 보채는 망아지 생각
아비 없이 자라며 눈물짓게 될
아들 녀석 생각에 불쌍한 맘 한없어

이랬던 듯하다.

그 사람이 사람을 보낸 적이 있기에, 이렇게 써 보냈다.

---

72) 마치노코지 여자네 집을 가리킨다.

73) '人非木石皆有情'(『白氏文集』, 「李夫人」)을 인용한 것이다.

74) 오늘날 야마나시 현(山梨県)에 있었던 천황가 소유의 목장.

미치쓰나의 어머니

따라야만 할 사람이 손 놓으면 정처 없어질
미치노쿠 말처럼 나 또한 갈 곳 몰라

무슨 생각을 했는지, 바로 답장을 보내왔다.

가네이에

만약에 내가 거칠기로 이름난 오부치 지방[75)]
망아지라면 믿고 따르기 힘들지도

그래서 나 또한 답장을 보냈다.

미치쓰나의 어머니

망아지처럼 날마다 멀어져만 가는 당신을
오롯이 변치 않고 기다려만 왔다오

그러자 또, 이와 같은 답장을 보내왔다.

가네이에

오랜 날 동안 당신 맘 시라카와 관문과 같이
꽉 막혀 있었기에 내 발길 못 떼었네

---

75) 아오모리 현(青森県) 가미키타 군(上北郡).

| 해설 |

957년부터 5년간은 일기 내에서 시간의 흐름에 혼돈을 보이고 있다. 이 장은 가네이에의 애정을 마치노코지 여자에게 빼앗긴 미치쓰나의 어머니의 불안정한 심경과 멀어져만 가는 남편과의 관계에 뼛속 깊이 쓸쓸함을 느끼는 모습을 그리고 있다. 바라던 대로 가네이에와 마치노코지 여자의 관계는 둘 사이에 태어난 아이의 죽음으로 끝나지만, 오히려 미치쓰나의 어머니는 더 깊은 시름에 잠긴다. 마치노코지 여자가 총애를 잃게 되면 당연히 남편이 자신에게 되돌아올 것이라는 기대와 달리 가네이에의 발걸음은 끊어진 채였기 때문이다.

한편 가네이에는 부인이 출산을 하면 새로운 여성을 찾는 애정 형태를 보이고 있다. 그가 미치쓰나의 어머니와 결혼한 954년은 첫 부인 도키히메가 장남 미치타카에 이어 연년생으로 장녀 조시를 출산한 해로 추정된다. 미치쓰나가 태어난 955년에는 마치노코지 여자와 결혼을 했는데, 그녀 또한 출산 후 가네이에의 애정을 잃는다.

이에 미치쓰나의 어머니는 이제까지의 결혼생활을 되돌아보며 울적한 심사를 장가로 읊어 가네이에에게 보낸다. 이렇게 기나긴 장가를 지어 남편에게 호소하게 된 것은, 마치노코지 여자 건을 통해 권문세가의 여러 부인들 중 한 명인 자신의 위치를 절감하게 되었고, 미치쓰나가 성장하는 모습을 바라보며 가네이에의 애정을 되돌리고 싶다는 바람을 갖게 되었기 때문이다. 미치쓰나의 어머니의 장가는 인종을 강요당했던 헤이안 시대 여성이 자신의 고뇌를 해소하는 한 방법이기도 했다. 가네이에가 답가를 보내 오면서 부부의 관계는 어느 정도 회복되었고, 미치쓰나의 어머니는 결혼한 뒤 처음 부딪친 위기를 무사히 넘기게 되었다.

노리아키라 왕자와 가네이에의 교류

미치쓰나의 어머니 27세(962)

실의에 빠진 가네이에와 보낸 평온한 나날

"내일모레쯤 만나러 가려 하오"라는 편지가 왔다. 칠석 전인 칠월 초닷새 때 일이다.[76] 마침 집에 틀어박혀 기나긴 재계(齋戒) 중이었던지라, 보내온 편지에 이렇게 답장을 보냈다.

미치쓰나의 어머니

견우와 직녀 은하수 다리 위의 만남과 같이

한 해 한 번 방문에 만족하란 건가요

76) 앞 장 장가 부분부터 일기의 시간은 순차적으로 진행되지 않고 애매하게 표현되고 있다. 이번 장에서도 칠월 칠석 부분이 먼저 기술된 뒤 5월 기사가 이어지고 있어 같은 해인지 분명하지 않다. 다만, 7월과 5월 모두 노리아키라 왕자와 가네이에가 와카를 주고받으며 친교를 쌓아가는 내용이어서 같은 해로 보고자 한다. 5월부터는 시간 순으로 기술되고 있다.

내 말이 그럴 듯하다고 여겨졌는지, 조금 마음을 써주는 듯하며 몇 달 간인가 시간이 흘렀다.

눈엣가시처럼 여겨지는 여자 집에서는, 지금은 세상에 있는 모든 방책을 동원해 그 사람 마음을 돌리려 애쓴다는 소식을 전해 들으니, 속이 시원하다. 전부터 내 마음과는 다르게 흘러가는 그 사람과의 관계를 어찌할 것인가. 견디기 어렵더라도 내 박복한 팔자 탓이거니 하며 갈가리 찢어지는 마음자락을 부여잡고 세월을 보내고 있었다.

그러던 중 그 사람은 오랫동안 소납언(少納言)[77]으로 있다가 4위(四位)가 되었지만 편전에 오르지 못하게 되었다.[78] 게다가 이번 관직 인사이동[79] 때, 성격이 아주 꼬여 있는 무슨무슨 대보(大輔)[80] 등으로 사람

---

77) 율령제에서 국정을 총괄하는 최고기관인 태정관의 판관으로 위계는 종5위 하(從五位下)이다. 제 관사에는 일반적으로 장관(長官, 가미), 차관(次官, 스케), 판관(判官, 조), 주전(主典, 사칸)이라는 사등관(四等官)을 두었는데, 그 가운데 판관은 삼등관에 해당한다. 가네이에는 956년 9월 11일 소납언으로 임관된 뒤 962년 현재까지 7년째 같은 관직에 있었던 셈이다.

78) 천황이 일상적으로 머무르며 정무를 보는 청량전(清涼殿) 남쪽에 딸린 방인 덴조노마(殿上の間)에 오를 수 있는 사람들을 덴조비토(殿上人)라고 한다. 3위 이상이거나 4·5위 중 일부, 그리고 6위 중에서도 천황을 근거리에서 보좌하는 장인(藏人)이 이에 해당된다. 당상(堂上)이라고도 한다. 가네이에는 소납언으로 있던 5위 때는 덴조노마에 오를 수 있었지만, 4위로 승진한 뒤에는 오히려 오르지 못하게 돼 실의에 빠진 채 나날을 보내게 되었다는 것을 알 수 있다.

79) '쓰카사메시노지모쿠'(司召の除目)라고 하여, 교토에 근무하는 관리를 임명하는 의식이다. 헤이안 시대에 관리의 서열 · 등급을 나타내는 위계(位階)에 관직(官職)을 배치해 등급을 정하는 관위상당제(官位相当制)는 율령에 정해진 '관위령'(官位令)에 따라 정해졌다. 위계는 황족과 신하로 나누어 살펴볼 수 있다. 황족은 1품에서 4품까지의 4계 품위로 나누어져 있으며, 신하는 정1위에서 소초위 하(少初位下)까지 30계로 나누어졌다. '귀족'이란 5위 이상인 자를 가리

들 입에 오르내리게 되었기에, 세상살이에 정이 떨어진 듯하다. 이 댁 저 댁 드나드는 일 외에는 달리 출입하는 곳도 없어서, 무척이나 여유롭게 내 집에 이삼 일씩 머물고는 한다.

노리아키라 왕자와 와카 증답

그런데 그 별로 마음도 내키지 않는 관아의 장관인 왕자[81]께서 다음과 같은 와카를 보내오셨다.

노리아키라 왕자

얼크러진 실 겨우 한실타래에 감기었는데
당신 발길 어이해 이리도 끊어졌나

답가로, 이렇게 읊어 보냈다.

킨다. 중앙관제는 '2관 8성'을 기본으로 하는 체제였다. 조정의 제사를 총괄하는 신기관(神祇官)과 국정을 총괄하는 태정관(太政官)의 2관, 태정관 아래에서 실제 행정을 담당하는 중무성(中務省)·식부성(式部省)·치부성(治部省)·민부성(民部省)·병부성(兵部省)·형부성(刑部省)·대장성(大藏省)·궁내성(宮內省)의 8성이 그것이다.

80) 병부성 차관인 병부대보(兵部大輔). 관직과 위계의 이동 등을 기록해둔 『구교부닌』(公卿補任)에 따르면, 가네이에는 956년 9월 종5위 하인 소납언, 962년 1월 종4위 하, 같은 해 5월 병부대보로 임관되었다. 이를 통해 이 기사의 시점이 962년 5월이라는 것을 알 수 있다.

81) 다이고 천황(醍醐天皇, 재위 897~930)의 아들인 노리아키라 왕자(章明親王). 이때 노리아키라 왕자는 병부성의 장관이었다.

가네이에

끊어졌다는 그 말 너무 슬프네 님만 믿고서

기껏 같은 관아에 나온 보람도 없이

그러자 바로 이 같은 답가를 보내오셨다.

노리아키라 왕자

지당하구려 두세 곳 출입하며 시간 보내다

등청 못 하였다는 당신의 그 말씀이

그래서, 이렇게 읊어 보냈다.

가네이에

어찌 두세 곳 출입에 관아 출타 시간 없으랴

실타래 일곱 발에 맞먹는 부인 두고

그러자 또 왕자께서 다음과 같은 편지를 보내셨다.

노리아키라 왕자

"더욱더 큰일 생기기 전에 와카 주고받는 일

역시나 어떻게든 멈추는 게 낫겠네

출입하는 곳이 두세 곳이라 한 것은 말씀대로 수를 적게 잡았습니다. 이 이상은 좀 곤란할 듯하니, 더 말하지 않겠습니다."

이에, 그 답으로 이렇게 읊어 보냈다.[82)]

가네이에
오랜 시간을 함께한 뒤 갈라져 가슴 아픈 일
겪는 남녀보다야 우리 둘 사이 낫네

그 무렵 오월 스무날이 지났을 무렵부터 마흔닷새 부정(不淨)[83)]을 피하려고 지방관이신 친정아버지 집으로 갔다. 노리아키라 왕자가 울타리 하나를 사이에 둔 곳에 와 계셨다. 유월에 들어서서도 비가 그치지 않고 몹시 내리니, 모두 비에 갇혀 별달리 할 일도 없었던 듯하다. 머물고 있는 친정아버지 집은 허술한 곳이라 빗물이 새고 축축해져 난리법석을 피우고 있는데 이런 와카를 읊어 보내시고, 거기에다 답을 하다니, 정말 제정신이 아니다.

노리아키라 왕자
오랜 비 탓에 하릴없이 보내는 지루한 날들
옆집 비 소동 소리 갑갑함을 깨누나

위와 같은 와카에 이렇게 답가를 보냈다.

---

82) 이 표현을 통해, 가네이에가 노리아키라 왕자와 증답한 와카는 미치쓰나의 어머니가 대신 지었다는 것을 알 수 있다.
83) 음양도의 금기. 한 해를 입춘부터 45일씩 여덟으로 구분해 제각각 불길한 방위를 피했다. 자기 집이 불길한 방위에 해당되면 45일간 다른 집에 머무르며 부정을 피했다.

가네이에
어느 집이든 장맛비 쏟아지는 계절이 오면
살기에 바쁜 사람 평온할 새 없어라

그러자, 이렇게 읊으셨다.

"평온할 새 없다니까요.

노리아키라 왕자
기나긴 장마 큰물 진흙탕 속에 그 누구든지
연인 만나지 못해 소매 젖지 않으랴"

이에 답장으로, 이렇게 보냈다.

가네이에
늘상 곁에서 끊이지 않는 연인 만나지 못해
님의 눈물 마를 날 있을 것 같지 않네

그러자, 왕자께서 또 이런 답가를 보내셨다.

노리아키라 왕자
당신과 달리 머무는 곳 일정한 나의 사랑은
질척이는 눈물과 아무런 상관없네

"참으로 엉뚱한 말씀을 하시네요"라고 말하며, 그 사람과 함께 읽었다.

비가 그친 틈을 타 그 사람이 늘상 찾아가는 곳[84]으로 출타한 어느 날, 여느 때와 같이 왕자가 편지를 보내셨다. "'나으리는 안 계십니다'라고 하는데도 '그래도'라고 말씀하시기에……"라며 안으로 들여보낸 것을 보았더니, 이렇게 쓰여 있다.

노리아키라 왕자
"패랭이꽃에 연심(恋心) 달랠까 싶어 당신 집 담장
서성이는 내 마음 당신은 아시는가[85]

그래봤자 아무 소용없으니, 그만 물러날까 하오."

그런 뒤 이틀쯤 지나 그 사람이 모습을 보였기에, "이런 편지가 이렇게 왔답니다" 하고 보여주었더니, "시간이 지났으니 지금 새삼스레 답가를 보내는 것도 좀 뭣하군"이라며, 단지 "요즘엔 연락도 없으시네요"라고 나 대신 답을 해주니, 이런 편지를 보내셨다.

노리아키라 왕자
"바닷가처럼 한가득 물 들어찬 두 사람 마음
새 발자국과 같은 내 편지 길을 잃네

---

84) 도키히메네 집으로 추정.
85) 가네이에와 결혼 직후 읊은 '불쑥 찾아와 담장 위 패랭이꽃 꺾어버리면……'을 염두에 둔 와카이다. 노리아키라 왕자는 어떤 기회에 미치쓰나의 어머니의 이 와카를 알게 된 것으로 보인다.

이리 생각하고 있던 차에 이렇게 원망하시는 편지를 보내시다니 심하신 듯하오. 직접 오신다는 것은 참말이신지."

온나데(女手)[86]로 쓰셨기에 오토코데(男手)[87]로 답장을 보내는 것은 좀 민망했지만, 이렇게 써 보냈다.

가네이에

포구에 물 차 편지 자취 찾기가 힘이 든다면

괴로워도 썰물 때 기다릴 수밖에는

그러자 왕자께서 이러한 답장을 보내오셨다.

노리아키라 왕자

"별 생각 없이 보내드린 편지라 썰물 때 와도

편지 자취 찾기엔 아무 소용없겠네

이리 생각하고 있는데, 이토록 얼토당토않은 오해를……."

이렇게 와카를 주고받는 새 유월 그믐 불제(祓除) 시기[88]도 끝났는

---

86) 흘려 쓴 가나 서체의 일종.

87) 한자의 해서 · 행서를 그대로 사용한 가나 서체. 온나데보다 딱딱한 느낌이 난다.

88) 유월과 섣달 그믐날에 왕자 이하 교토에 거주하는 모든 관리가 스자쿠(朱雀)문 앞 광장에 모여, 모든 백성의 죄와 부정(穢)을 쫓는 신도(神道)의 행사. 불

지, 칠석날이 내일쯤이라고 생각되던 무렵이다. 마흔닷새 근신기간도 마흔 날쯤 지났다. 요 근래 찌뿌드드하니 몸이 좋지 않고 기침도 심하게 나니, 악귀[89]라도 들린 건가, 가지(加持)기도[90]라도 해볼까, 좁디좁은 집[91]에서는 견디기 힘들 정도로 날씨가 더운 시절인지라, 평소 자주 가는 산사[92]로 간다. 칠월도 열대엿샛날쯤 되었는지라, 오본(お盆)[93] 공양을 올릴 때였다. 보자니, 사람들이 괴상하게 보일 정도로 공물을 짊어지고 머리에 이고 제각각 서둘러 모여든다. 그 사람과 함께 바라보면서 볼 만하다고 여기며 웃기도 한다. 그러고 있던 중 내 마음도 딱히 나쁘지도 않고 재계기간도 지났기에, 서울[94]로 돌아왔다. 이 해의 가을과 겨울, 별다른 일도 없이 그냥 흘러갔다.

제란 '하라에'(祓え)라고 하여, 신에게 기도를 드려 죄나 부정, 재앙 등을 떨쳐 버리는 의식을 말한다.

89) 헤이안 시대 사람들은 몸이 편치 않으면 사령 · 생령 · 악귀 등의 '모노노케'(もののけ)가 사람에게 들러붙은 탓으로 여겨, 수도자나 승려에게 기도를 부탁해 모노노케를 퇴치하면 몸이 회복된다고 믿었다.

90) 병환의 쾌유를 빌기 위해 올리는 기도.

91) 마흔닷새 근신기간에 미치쓰나의 어머니가 머문 도모야스의 별택.

92) 나루타키(鳴滝)에 있는 한냐지(般若寺). 후일 가네이에와의 결혼생활에 지친 미치쓰나의 어머니가 스무여 날 칩거하게 되는 절이다.

93) 우란분(盂蘭盆). 음력 7월 13~15일경 사후의 괴로움의 세계에서 조상의 영을 구제하기 위한 불교 행사.

94) 일기에서 '교'(京)로 표기되고 있는 헤이안 시대의 수도는 오늘날 교토이다. 한 나라의 수도이자 중앙정부가 있는 곳을 가리키는 보통명사로서, '서울'로 번역하고자 한다.

| **해설** |

관직 인사이동에서 기대에 못 미쳐 실의에 잠긴 가네이에와 상사인 병부경(兵部卿) 노리아키라 왕자의 교류가 그려져 있는 장이다. 두 사람이 와카를 주고받은 것은 사교적인 풍류에 불과했지만, 미치쓰나의 어머니에게는 남편과 한마음으로 즐겼던 행복한 시간이었다. 가네이에에게 이 기간은 정치적으로 소외된 시간이었지만, 그런 남편과 많은 시간을 함께할 수 있었던 미치쓰나의 어머니에게는 행복한 시간이었다고 할 수 있다. 특히 오본 공양을 하러 한냐지에 다녀오며 가네이에와 함께 서민들의 모습을 신기한 듯 지켜본 일은 미치쓰나의 어머니에게는 색다른 경험이었다.

노리아키라 왕자 댁의 억새

미치쓰나의 어머니 28세(963)

행복했던 노리아키라 왕자와의 교류

해가 바뀌어도 이렇다 하게 특별한 일도 없다. 그 사람의 마음이 평상시와 달리 나에게 향하고 있을 때는 모든 일이 다 평온하게만 느껴진다. 그 사람은 이 달 초부터 다시 승전(昇殿)[95]하도록 윤허를 받았다.

가모(賀茂) 마쓰리[96]가 시작되기 전에 가모 신사에 재원(斎院)[97]으로 봉사하고 있는 왕녀가 가모 강가에서 목욕재계하는 날,[98] 노리아키라

---

95) 가네이에는 963년 1월 3일 다시금 승전을 허락받았다. 이를 '겐조'(還昇)라고 한다.

96) 교토 가모 신사의 마쓰리로, 헤이안 시대에는 음력 4월 중순 유일(酉日)에 열렸으며, 지금은 5월 15일에 열리고 있다. 마쓰리 당일 수레 등을 '아오이'(葵)라는 족두리풀 넝쿨로 장식한다고 하여 아오이 마쓰리라고도 한다.

97) '사이인'이라고 한다. 미혼의 공주나 왕족 여성이 임명됐으며, 마쓰리를 주재했다. 이세 신궁(伊勢神宮)에는 '사이구'(斎宮)를 두었다.

98) 『니혼키랴쿠』(日本紀略)에 따르면, 963년에는 4월 13일에 가모 강변에서 재원의 재계가 있었다.

왕자께서 "재계를 보러 가신다면, 함께 그 댁 우차를 타고 가고 싶소만"이라는 전갈을 보내오셨다. 편지 한 끄트머리에 이런 구절이 있다.

노리아키라 왕자

내 나이 이제[99)]

그런데 왕자께서는 항상 머무르시는 저택에는 안 계셨다. 마치노코지 어디쯤에 계시는가 싶어 찾아가봤더니, 아니나 다를까 예상대로였다. "계십니다"라는 대답이다. 먼저, 벼루를 빌려달라고 하여 이렇게 써서 안으로 들여보냈다.

가네이에

님이 계시는 고을 남쪽 거리에 불현듯 봄날

찾아오듯 뒤늦게 이리 달려온 것을[100)]

이리하여 왕자께서는 우리와 함께 구경을 하러 나가셨다.

그렇게 그맘때쯤이 지나간 뒤 왕자께서 전에 계시던 저택에 오셨기에 찾아뵈었다. 그 저택은 작년에 보았을 때도 꽃이 참으로 탐스러웠는데, 억새가 무더기를 지어 울창하게 패어 있는데다 갸름하니 보기가 좋았다. 그래서 "이거 포기 나누기를 하실 때 좀 나눠주셨으면 합니다"라고

---

99) 이하, 와카의 내용은 결락되었다.

100) 표면적으로는 가네이에가 읊은 와카이지만, 실제로는 미치쓰나의 어머니가 읊은 것으로 추정된다.

부탁드려두었다.

얼마쯤 지나 가모 강변으로 나갈 기회가 있었는데, 그 사람과 함께였다. 동행하던 사람이 있어, "저곳이 왕자님의 저택이랍니다"라고 알려주고 사람을 들여보내 인사를 여쭙도록 했다. "'찾아뵙고 싶은데 틈을 내기가 어렵고, 지금도 동행이 있어서 들어가 인사를 아뢸 수가 없다는 점, 그리고 지난번에 부탁드린 억새에 관해서도 잘 여쭈어주게'라고 왕자님을 모시는 사람에게 잘 전하게나"라고 이르고는, 그대로 지나쳤다. 그다지 대단치 않은 불제였기에 얼마 지나지 않아 집에 돌아와보니, "왕자님께서 억새를 보내셨습니다"라고 한다. 보자니, 길쯤한 궤짝에 캐어낸 억새 포기를 제대로 보기 좋게 담고서는, 푸르스름한 색지에 와카를 적어 붙들어 매어두었다.

읽어보니, 이러하다.

노리아키라 왕자
이삭이 패면 길 가는 사람까지 불러들이는
귀한 억새 파자니 가슴이 다 아프네

매우 운치가 있는 왕자님의 와카에 답가는 어떠했는지, 기억도 못 하고 잊어버린 걸 보니 대단치 않았을 터이니, 이대로 두어도 좋을 듯하다. 그러고 보니, 왕자님과 주고받은 앞의 와카와 편지 가운데도 그저 그런 뭣하다 싶은 것도 있었을 것 같긴 하다.

| **해설** |

이 장에서도 노리아키라 왕자와 가네이에의 교류가 계속 기술되어 있다. 이즈음이 미치쓰나의 어머니의 생애에서 가장 행복한 시기라 할 수 있다. 서문에서 밝힌 '천하에 더할 나위 없이 신분이 높은 사람들의 결혼생활은 어떠한가'라는 세상 사람들의 궁금증에 대한 긍정적인 측면에서의 대답으로도 볼 수 있다. 노리아키라 왕자를 비롯해 뒤이어 나오는 정관전 도시, 후시 여어, 아이미야 등 상류계급 사람들과의 교류를 그리고 있는 데서, 미치쓰나의 어머니의 자긍심을 엿볼 수 있다. 하지만 이러한 행복한 경험은 가네이에와의 결혼생활이 전제된 것이기에 두 사람의 관계가 소원해졌을 때 미치쓰나의 어머니의 허무함과 고뇌를 더욱 부각시키는 기능을 하고 있다는 데 주목할 필요가 있다.

가네이에가 좌경대부(左京大夫)를 제수 받아 정계에 복귀하게 되면서 노리아키라 왕자와의 교류는 막을 내리게 된다. 풍류에 조예가 깊은 왕자와 가네이에의 사이는 자연스럽게 멀어졌고, 두 사람의 교류에 함께 참여하며 행복을 만끽했던 미치쓰나의 어머니의 충만했던 시간도 막을 내리게 된다.

불안정한 부인 자리와 친정어머니의 죽음

미치쓰나의 어머니 29세(964)

생각대로 되지 않는 부부 사이

봄이 지나고 여름께, 그 사람은 숙직하는 날이 많아진 듯한 느낌이다. 아침 일찍 찾아와 하루 종일 머물다가 어둑어둑해지면 집을 나서거나 하는 것[101]을 이상하게 여기고 있던 중에 쓰르라미 첫 울음소리가 들려왔다. 언제 벌써 정취 있는 가을이 왔나 하고 무척 놀라서, 이렇게 읊었다.

미치쓰나의 어머니

이상하게도 밤사이 당신 행적 알 수가 없네
오늘은 하루 종일 쓰르라미 우는데[102]

---

101) 가네이에의 사남 미치요시(道義)의 어머니인 후지와라 다다모토(藤原忠幹)의 딸과 가네이에가 이즈음 관계를 맺기 시작했다는 설이 있다.

102) 일본어로 쓰르라미는 '히구라시'(茅蜩)라고 하여, 하루 종일이라는 의미의 '히구라시'(日暮らし)와 동음이의어이다.

그러자, 나가기가 멋쩍었는지 그대로 머물렀다. 이렇듯 이렇다 할 일도 없으니, 그 사람의 마음도 한결같이 느껴졌다.

달밤에 달빛을 받으며 두 사람이 이야기를 나누면 불길하다[103]고 하지만, 서로 감추는 것 없이 마음속 깊은 이야기들을 나누었던 옛일을 생각하니 마음이 우울해져, 이렇게 읊었다.

미치쓰나의 어머니

정처도 없는 내 신세와 구름 낀 밤의 달님과

어느 쪽이 더욱더 갈 곳 몰라 헤매나

답장 온 것을 보니, 능치듯 이렇게 읊었다.

가네이에

어둔 밤 달이 서쪽으로 향하듯 당신의 앞날

바로 내가 너무나 잘 알고 있는 것을

이를 보자니, 미더운 듯이 여겨지기도 하지만, 그 사람이 자기 집이라고 생각하는 곳은 달리 있는지라, 참으로 부부 사이는 생각대로 되지를 않는다. 운 좋은 사람[104]이 되기에는, 그 사람과 오랫동안 함께 지내온

---

103) 남녀가 달을 보면서 이야기를 나누면 불길하다는 속신은, 백거이의 '莫対月明思往事 損君顔色減君年'(『白氏文集』 巻14, 「贈内」)이라는 시구에 의해 헤이안 시대 때 널리 퍼졌다고 한다.

104) 이 표현은 종래 해석이 많이 갈리는 부분이다. 신전집(新全集)에서는 '운 좋은 사람'을 가네이에로 보고 있지만, 이 책에서는 가키모토 쓰토무(柿本奨)의

사람[105]이라고는 하지만, 자식을 많이 두지 못한지라, 이렇게 마음이 허전하고 이래저래 수심에 잠길 때가 많다.

친정어머니의 죽음과 가네이에의 배려

이렇듯 불안한 처지를 생각하며 마음이 착 가라앉을 때도 친정어머니가 살아계실 때는 그래도 어떻게든 견딜 만했는데, 오랫동안 병석에 계시다가 초가을 무렵에 허무하게도 돌아가셨다. 어떻게 해볼 수도 없는 허전한 마음으로 말하자면, 도저히 세상 보통 사람들의 슬픔에는 댈 게 아니다. 많고 많은 육친 가운데서도 나는, 날 두고 먼저 가지 말라는 듯이 슬픔에 겨워 정신을 잃을 정도였다.

그래서 그런가, 어찌 된 일인지 손발이 움직일 수 없을 정도로 저리고 숨이 끊어질 듯하다. 이렇듯 곧 죽을 듯한데, 나 죽은 뒤 여러 가지 뒷일을 부탁해둘 만할 그 사람은 서울에 있고 산사에서 이러한 일을 겪으니, 어린아이를 가까이 불러 겨우겨우 "내가 이렇게 허무하게 죽을 것 같구나. 네 아버지에게 '내가 어찌 되든 신경 쓰지 마소. 어머니 장례 등 뒷일을 다른 사람들보다 더 후히 신경 써주셨으면 하오'라고 말씀드리렴"이라고 이야기한 뒤, "이를 어쩌나"라고만 한마디 뱉은 뒤, 말조차 할 수 없게 되었다.

전주석(全註釈)과 같이 '자식을 많이 둔 일반적인 여성'을 가리키는 표현으로 보고자 한다. 이 문제에 대해서는, 「'さいはひある人'と'年月見し人'—『蜻蛉日記』の本文解釈—」(『解釈』 2010年3 · 4月号, 解釈学会, 2010年4月)에서 고찰한 바 있다. 이 표현은 은연중에 이즈음 벌써 2남 2녀의 자식을 둔 가네이에의 첫째 부인 도키히메를 염두에 두고 있다고도 할 수 있다.

105) 미치쓰나의 어머니 자신을 제3자적으로 표현.

긴병 끝에 그리 된 어머니는 지금은 어찌할 도리가 없다고 생각하고, 울고 있던 사람들이 모두 나한테 달라붙어 어머니 돌아가셨을 때보다 더, "이를 어쩌나. 어쩌자고 이렇게까지"라며 또다시 정신없이 우는 사람들이 많다. 말은 할 수 없어도 아직 정신은 있는지 눈은 보이는데, 나를 진정으로 애달파하는 사람인 친정아버지가 곁으로 다가와, "부모가 어디 하나뿐이더냐. 어찌 이리 상심하느냐"며, 대접에 담긴 약을 억지로 마시게 하여 먹다보니, 몸도 조금씩 나아간다.

그런데 역시나 아무리 생각을 해보아도 살아 있다는 느낌이 들지 않는다. 세상을 버린 어머니가 병석에 누워 계실 적에 다른 건 별로 말씀이 없으셨는데, 이렇게 허무하게 세월을 보내고 있는 것을 내가 밤낮으로 탄식만 하고 있었던지라, 단 하나 말씀하신 거라고는, "불쌍하기도 해라. 앞으로 네가 어찌 될는지"라며 몇 번이나 숨이 그렁그렁하며 말씀하신 걸 떠올리니, 이렇게 살아 있어도 살아 있다는 느낌이 들지 않는다.

그 사람이 소식을 듣고는 찾아왔다. 나는 의식도 또렷하지 않아 아무 기억도 없는데, 곁에 시중드는 사람들이 "여차여차해서 이렇게 저렇게 됐습니다"라고 만나 이야기하니, 눈물을 흘리면서 부정(不淨)도 개의치 않고 방으로 들어오려고 하기에, "참으로 말도 안 되십니다"라며 말리니, 방 안에 선 채 나를 지켜보았다.[106] 그때 그 사람의 태도는 정말로 가슴 깊은 곳에서 애정이 넘쳐나는 듯이 보였다.

이렇게 친정어머니 장례 등 뒷일은 자기 일처럼 봐주는 사람들이 많

---

106) 고대 일본에서는 월경 · 해산 · 상중(喪中)일 때 '게가레'(穢れ) 또는 '게가라이'(穢らひ)라고 하는 부정을 탄다고 생각했다. 그러나 부정한 곳에 앉지 않고 서 있으면 부정을 타지 않는다고 여겼다.

아서 모두 무사히 끝났다. 이제는 너무나 휑하니 쓸쓸함이 감도는 산사에 모여 상중에 있다. 밤이면 눈도 붙이지 못한 채 한탄하며 밤을 지샌 뒤 산 쪽을 바라다보니, 옛 와카[107]에서 읊은 대로 안개는 산기슭 가득 자욱하게 피어오르고 있다. 서울에 돌아간다고 해도 누구에게 내 몸을 의탁하자고 길을 나설 것인가, 아니, 역시 여기서 죽는 편이 낫겠다고 생각하지만, 나를 죽게 놓아두지 않는 사람을 생각하니, 내 자식이긴 하지만 참으로 원망스럽기만 하다.

이러면서 열흘쯤이 지났다. 스님들이 염불 중간에 이야기를 나누는 것을 들으니,

"죽은 사람이 또렷이 보이는 곳이 있다고 하더군. 그런데 가까이 다가가면 모습이 사라진다네. 멀리서는 보이고."

"그게 어딘가."

"미미라쿠(耳楽) 섬[108]이라는 곳이라더군."

이렇게 이야기들을 나누는 것을 들으니, 거기가 어디인지 너무나 알고 싶고 슬픔이 복받쳐 올라, 이렇게 와카를 읊었다.

미치쓰나의 어머니

어머니 모습 멀리서라도 한 번 꼭 보고 지고
미미라쿠여 어디 있는지 알려다오

---

107) '강물 위 안개 산기슭 자욱하게 피어오르니 하늘 위로 가을 산 겨우 보이는구나'(川霧の麓をこめて立ちぬれば空にぞ秋の山は見えける, 『古今和歌六帖』第一, 清原深養父)에 따른다.

108) 나가사키 현(長崎県) 고토 열도(五島列島) 후쿠에지마(福江島)의 미이라쿠초(三井楽町) 가시와자키(柏崎)로 추정된다.

오라버니[109]가 이를 듣고는 눈물을 흘리면서, 이렇게 읊는다.

오라버니(마사토)

소문으로만 들리는 미미라쿠 섬 어드메에

숨어 있는 어머니 어이 찾아낼 건가

이러고 있는 중에도 그 사람은 직접 찾아와 부정을 탈까 앉지도 못하고 선 채로 병문안을 하거나 아랫사람을 보내거나 하며 날마다 내 안부를 챙기고 있다. 하지만 지금 내 마음은 아무 생각도 없이 텅 비어 있어, 그 사람이 부정을 탈까 싶어 나와 만나지 못하고 있는 데 대해 애가 닳아하는 모습, 기다림에 지쳐 불안한 마음 등을 귀찮을 정도로 잔뜩 써서 보냈어도, 멍하니 정신을 놓고 있었던 때였던지라 기억하지 못한다.

친정어머니의 사십구재

서둘러 집으로 돌아가고 싶지는 않지만 하고 싶은 대로 다 할 수는 없는 일이기에, 오늘 모두 떠나가는 날이 왔다. 산사로 올 때는 내 무릎에 기대 누워 계셨던 어머니를 어떻게 하면 조금이나마 편안하게 해드릴 수 있을까 생각하며, 내 몸은 땀으로 범벅이 되면서도, 그래도 절에 가면 낫겠지 하는 생각에 마음이 미더웠다. 그런데 이번에 산을 내려갈 때는 몸은 너무 편안하고 어이없을 정도로 낙낙히 수레를 여유 있게 타고 가는데도, 길을 가는 내내 너무나도 마음이 아프다. 집에 도착해 수레에서 내려 둘러보니, 새삼스레 뭐가 뭔지 모를 정도로 슬프다. 어머니와

109) 후지와라 마사토(藤原理能).

함께 나와 앉아 아랫것에게 손질을 시켰던 뜰의 화초 등도 병석에 누우신 뒤부터 제멋대로 그냥 놓아두었더니, 맘껏 자라나 형형색색으로 꽃을 피우고 있다.

특별 공양 등도 모두 제각각 정성들여 모시기에, 나는 다만 하릴없이 우두커니 앉아 생각에만 잠겨, '한 무더기 억새풀 벌레 울음만'[110]이라고 읊고만 있다.

미치쓰나의 어머니

손질 안 해도 꽃은 잘도 무성히 피어나누나

어머니 남겨두신 이슬 받아먹고서

바로 이 같은 마음이다.

식구 가운데 입궐을 하여 내전에 들 사람도 없는지라, 상중의 부정을 피할 것도 없이 모두 함께 상을 치르기로 한 듯하다. 제각각 병풍 등을 쳐서 잠잘 방을 만들거나 하면서 소란스러운 가운데, 나 홀로 슬픔이 가실 새 없어 밤에는 염불소리가 들리기 시작할 때부터 계속 울면서 밤을 지샌다. 사십구재는 아무도 빠지는 사람 없이 집에서 올린다. 내 아는 그 사람이 필요한 일들 대부분을 도맡아 처리했기 때문인지, 많은 사람들이 조문하러 왔다. 내 마음을 나타내기 위해 불상을 그리게 했다. 그 날이 지나자 모두 제각각 자기 집으로 흩어져 갔다. 이전보다 내 마음은

110) '당신 심어둔 한 무더기 억새풀 벌레 울음만 그치지 않는 들판 이제 되고 말았네'(君が植ゑしひとむら薄虫 の音のしげき野辺ともなりにけるかな, 『古今和歌集』 哀傷, 御春有助)의 한 구절.

더욱더 약해져만 가니, 어떻게 해볼 수도 없다. 그 사람은 약해진 내 마음을 생각해 전보다 더욱 자주 찾아온다.

그런데, 산사에 어머니를 모시고 갔을 때 어질러진 채 놓아두었던 여러 물건 등속을 딱히 할 일도 없는지라 정리하고 있자니, 어머니가 아침저녁으로 항상 사용했던 옷궤랑 써둔 채 그대로 둔 편지 등속이 보인다. 그것들을 보자니, 죽을 것처럼 마음이 아프다. 병세가 안 좋아지셨을 때 부처님의 가호를 얻고자 수계(受戒)[111]를 받으셨던 날, 그 자리에 있던 스님의 가사를 걸쳐 입었는데, 어머니 죽음으로 부정을 탄 바로 그 가사가 물건들 사이에 섞여 있는 것이 눈에 띄었다. 가사를 돌려주어야겠다고 생각해 이른 아침부터 일찍 일어나 '이 가사'라고 쓰기 시작할 때부터 눈물이 앞을 가린다. 이렇게 써서 보냈다.

"이 가사 덕분에,

미치쓰나의 어머니

극락 연꽃 위 이슬로 맺혀 있을 어머니 생각

가사 끈 묶어 매다 눈물에 소매 젖네"

또한 그 스님의 형님 또한 스님인지라 기도 등을 부탁하거나 하면서 의지하면서 지냈는데, 갑자기 돌아가셨다는 소식을 들으니 동생 스님의 마음은 어떠할까 싶고, 나 또한 너무 서럽고 내가 의지하고 있는 사람만 이렇게 되다니라고 생각하며 이런저런 생각에 마음 아파하니, 자주 문안을 온다. 스님의 형님은 그럴 만한 사정이 있어서 천태종 사원인 운린

---

111) 부처님의 가호로 병을 고치기 위해 계율을 받아 불문에 들어가는 일.

인(雲林院)[112]에서 수행하던 사람이었다. 사십구재가 지난 뒤 이렇게 읊어 보냈다.

미치쓰나의 어머니
연기가 되어 구름 숲 사원 두고 떠나갈 줄은
내 어찌 생각이나 할 수나 있었으랴

이렇게 읊었는데, 내 마음 한켠의 쓸쓸함이란 들판이건 산이건 그냥 막 싸돌아다니고 싶기만 했다.[113]

| **해설** |

후지와라 다다모토의 딸이라는 여성과 새롭게 관계를 맺게 됐어도 미치쓰나의 어머니에 대한 가네이에의 태도는 다름이 없었다. 하지만 그러한 남편의 마음을 느끼면서도 일상화되어가는 가네이에의 여성 편력과 두 사람의 불안정한 부부관계는 미치쓰나의 어머니의 불안을 더욱 심화시키게 된다. 이미 자식을 넷이나 두어 가네이에의 부인들 중 가장 안정된 위치에 있는 도키히메와 자기의 처지가 비교되면서, 자신의 불안을 상쇄시켜줄 만큼 많은 자식을 두지 못한 미치쓰나의 어머니의 시름은 더욱 깊어만 간다.

---

112) 교토 시 기타 구(北区) 무라사키노(紫野)에 있었던 천태종 절.

113) '그저 어디든 세상사 꺼리는 맘 있어서인지 들판이건 산이건 싸돌아다니는 듯'(いづくにか世をば厭はむ心こそ野にも山にもまどふべらなれ, 『古今和歌集』 雑下, 素性)에 의한다.

한편 친정어머니의 죽음으로 미치쓰나의 어머니는 결혼생활에서 배태된 슬픔을 어루만져주던 정신적인 지주를 잃음으로써 더욱더 고독한 처지에 놓이게 된다. 사십구재나 스님의 초빙 등 가네이에의 경제적 · 심적인 도움과 위로는 미치쓰나의 어머니에게 큰 힘이 되었지만, 가네이에와의 불행한 결혼생활을 그리고 있는 일기의 성격상 가네이에의 마음 씀씀이가 구체적으로 그려지고 있지는 않다. 친정어머니의 죽음을 그린 이 장은 『가게로 일기』에서 가장 애절한 장면이라 할 수 있다.

친정어머니의 일주기, 언니와의 이별

미치쓰나의 어머니 30세(965)

친정어머니의 일주기

덧없게도 가을, 겨울도 지나갔다. 내 집에는 오라버니 한 명[114]과 이모에 해당되는 사람[115]이 함께 살고 있다. 그 이모를 부모나 마찬가지로 여기며 지내고 있지만, 그래도 역시나 옛날에 어머니와 함께 보냈던 날을 그리워하며 눈물로 지새고 있는데, 해가 바뀌었다. 봄, 여름도 지나니, 이제 일주기 마지막 불사를 열게 되었다. 이번만은 어머니가 숨을 거두신 그 산사에서 치렀다. 돌아가시던 당시의 일 등을 떠올리니, 너무나도 가슴이 아프고 슬픔이 치밀어 오른다. 불사를 이끄는 스님이 법회를 열게 된 까닭 등을 먼저 설명하면서, 이렇게 말한다.

"여기 모이신 분들은 단지 가을 산기슭 경치를 보러 오신 게 아닐 겁니다. 고인이 마지막으로 눈을 감으신 곳에서 불경 말씀을 깨닫고자 오

114) 마사토로 추정된다.

115) 친정어머니의 여동생으로 추정되며 '~에 해당되는'은 제3자적인 호칭.

신 것입니다."

이 말을 들으니, 슬픔에 겨워 정신이 멍해져 뒷일은 생각도 나지 않았다. 해야만 할 일들을 전부 마치고 돌아간다. 그리하여 상복을 벗게 되어, 쥐색 상복 등속과 부채에 이르기까지 액막이를 할 제, 이런 와카를 읊을 만큼 눈물이 치받쳐 오른다.

미치쓰나의 어머니

삼베 상복을 강물에 흘려보내 액막이 할 제
눈물이 상중보다 더 흘러 강물 되네

눈물이 그치지 않고 흘러내리기에, 다른 사람에게는 이 와카에 대해 말하지 않고 그냥 두었다.

기일 등도 지나 평소처럼 딱히 할 일 없이 무료하게 지내다가, 켠다고 할 정도는 아니지만 거문고(琴)를 닦아 훔치고 좀 뜯어보고 있었다. 이미 일년상은 마쳤는데도 가슴 한켠이 뚫린 듯이 허전하고 벌써 이리 세월이 흘렀구나라며 이런저런 생각에 잠겨 있는데, 이모가 이러한 와카를 읊어 보냈다.

이모

거상(居喪) 마친 뒤 처음 꺼내 거문고 타는 소리에
옛일 다시 떠올라 슬픔 가눌 길 없네

어디에서나 있을 법한 상황이고 딱히 특별하달 구석도 없는데, 돌아가신 어머니를 그리는 그 마음을 생각하니 더욱더 눈물이 그치지 않아 이렇게 읊었다.

미치쓰나의 어머니

들려드릴 날 다시 없을 듯하여 치운 거문고[116]

올 수 없는 길 떠난 그 날 돌아왔구려

언니를 눈물로 떠나보내다

이렇게 날을 보내던 중 많은 동기간들 중에서도 특히 미덥게 여기며 지내던 사람[117]이, 올 여름부터 멀리 떠나기로 되어 있었는데, 어머니 상이나 마치고 떠나가려고 미루고 있었던 터라 요즈음 떠나가게 되었다. 언니와 헤어질 생각을 하니, 마음이 허전하다는 말로는 너무나 부족하다.

드디어 떠나간다는 날, 언니 집으로 찾아가 만났다. 선물로 옷가지 한 벌 가량, 그리고 자잘한 물건 등을 벼룻집 한 벌에 넣어 가지고 찾아가니, 온 집안이 너무나도 떠들썩하고 정신이 없다. 나도, 떠나가는 사람도 눈도 제대로 맞추지 못한 채 단지 마주 앉아 눈물을 참지 못하고 있자니, 주위 사람들이 모두 "어찌 그리 슬퍼하시오" "참으셔야 합니다" "길 떠나는데 눈물은 불길하답니다" 등등 한마디씩 한다.

이래서야 우차에 타는 것까지 다 보자면 얼마나 슬플까라고 생각하고

116) 백아(伯牙)가 자기 거문고를 이해해주었던 종자기(鍾子期)가 죽은 뒤, 현을 자르고 두 번 다시 거문고를 타지 않았다는 『여씨춘추』(呂氏春秋)의 고사에 따른다.

117) 후지와라 다메마사의 부인인 언니. 다메마사가 지방관으로 부임하는데 따라간 것으로 보인다.

있는데, "빨리 오시게. 여기에 와 있소"라고 집에서 기별이 왔다. 우차를 가까이 불러 타려고 할 즈음에, 쪽빛과 다홍빛으로 염색한 고우치키(小袿)[118]를 입고 있던 길 떠나는 사람과, 붉은 색이 감도는 황갈색으로 염색한 얇은 고우치키만을 입은 채 머물러 있는 나는 서로 옷을 벗어 바꿔 입고는 헤어졌다.[119] 구월도 열흘쯤 지난 뒤의 일이다. 집에 돌아와서도, "어찌 이리 사위스럽게"라고 한소리 들을 정도로 통곡을 했다.

그런 뒤, 오늘쯤은 관문이 있는 오사카 산 어름에 가 있지 않을까 짐작하며, 달빛이 무척 교교하게 비치는지라 바라다보며 생각에 잠겨 앉아 있자니, 이모도 아직 잠들지 못한 채 깨어 거문고를 뜯기도 하다가, 이렇게 읊어 보냈다.

이모
거문고 타며 눈물만 하염없이 흘러 적시네
갈 길 막는 오사카 관문도 못 막는걸

이모 또한 나와 마찬가지로 언니를 생각하는 혈육이기 때문이다.

미치쓰나의 어머니
이게 끝인지 지금쯤 넘겠거니 생각하면서
듣는 거문고 소리 소매는 축축하고

---

118) 부인이 모(裳)나 최고 정장인 가라기누(唐衣)를 입지 않을 때 다듬이질로 광택을 낸 우치기누(打衣) 위에 입던 통상 예복. 길이가 우치키(袿)보다는 짧다.
119) 먼 길을 떠나갈 때 서로 기념으로 옷을 바꿔 입고 가는 풍습이 기록되어 있다는 데 주목할 만하다.

이와 같이 와카를 읊기도 하면서 언니를 생각하던 중 새해가 밝았다.

| **해설** |

친정어머니의 죽음에 이어 가장 가깝게 지내던 언니도 서울을 떠나게 돼 헤어지게 되는 장면은 954년 친정아버지가 미치노쿠 지방의 지방관으로 부임하게 되어 이별하던 장면과 유사한 점이 많다. 친정어머니의 일주기와 언니와의 이별이 긴밀히 결합되면서, 정신적인 지주와 떨어지게 되어 결혼생활 속에서 더욱더 고독을 느끼게 되는 미치쓰나의 어머니의 처지가 부각되고 있는 장이다.

병중 남편과 행복했던 한때

미치쓰나의 어머니 31세(966)

병석의 남편과 주고받은 정

삼월쯤께 그 사람이 마침 내 집에 와 있을 때 앓기 시작해 참으로 견디기 힘들어하며 괴로워하는 것을 보니, 큰일이 났다고 생각했다.

"여기에 너무 있고 싶소만, 무슨 일을 하든지 간에 여러 모로 불편한 점이 많을 듯하니, 내 집으로 갔으면 하오. 섭섭해하지 마시오. 이리 갑자기 내 살날이 얼마 남지 않은 듯한 마음이 드니 너무나 견디기 힘드오. 아, 내 죽어도 추억이 되실 만한 일을 만들어두지 못한 게 한없이 슬프기만 하구려."

이렇게 말하며 우는 모습을 보니, 나 또한 아무 생각을 할 수 없을 정도로 슬퍼져서 심하게 흐느꼈다.

"울지 마시오. 그러면 더욱더 괴로워진다오. 가장 괴로운 일은 이렇게 갑자기 생각지도 못한 때에 헤어져야 한다는 것이라오. 나 죽은 뒤 어떻게 하실 건가. 결코 혼자서는 못 지내시겠지요. 그리 하더라도 내 상중에는 재혼하시지 말았으면 하오. 만약 죽지 않는다 해도 이게 마지막인 듯하오. 혹여 목숨을 부지한다 해도 약해져서 이곳에 다시 올 수는 없을 듯하오. 내 병세가 나아져 정신이 멀쩡한 때가 있다면 어떻게든 내 집으로 오시게 하고 싶지만, 이렇게 죽으면 뵙는 건 이게 마지막이 되는 셈이오."[120]

이렇게 누운 채 두런두런 많은 이야기를 하며 운다. 그러고는 이 사람 저 사람 곁에 있는 사람들을 가까이 불러서는, 이렇게 말한다.

"내가 얼마나 이 사람을 생각했는지 아느냐. 이렇게 죽으면 앞으로 두 번 다시 볼 수 없다고 생각하니, 참으로 가슴이 미어질 듯하구나."

이에 모두 함께 울었다. 하물며 나는 입조차 뗄 수 없고 오로지 울기만 한다.

이러고 있는 동안에 병세는 한층 더 무거워져만 가서, 우차를 가까이 불러 타려고 할 때도, 부축을 받고 일어나 기댄 채 올라탄다. 이쪽으로 고개를 돌려 나를 아쉬운 듯 지긋이 바라보니, 너무 괴로워 보인다. 함께 가지 못하고 머물러 있는 나의 괴로움이란 더 말할 것도 없다. 오라버니 되는 사람[121]이, "뭘 그렇게까지 슬퍼하는가, 불길하게시리. 참말로 뭔 일이 더 있으시겠소. 빨리 탑시다"라며 재촉하고는, 이윽고 우차에 함께 올라타고서는 그 사람을 부축해 떠나갔다.

상태가 어떠한지 걱정하는 마음을 말로 다 표현할 수조차 없다. 하루에 두세 번씩이나 편지를 보낸다. 이런 나를 지나치다고 탐탁지 않게 생각하는 사람도 있을 듯하지만, 어찌할 수가 없다. 편지에 대한 답은 그

---

120) 가네이에가 미치쓰나의 어머니에게 경어를 쓰고 있는데, 죽음을 앞둔 가네이에의 절박한 마음이 잘 나타나 있다.

121) 마사토로 추정.

사람 곁에서 시중드는 나이 지긋한 시녀에게 대필시켜 보내왔다. "'직접 답할 수 없는 게 견디기 힘드오'라고만 말씀하십니다"라고 쓰여 있다. 내 집에서 병이 났을 때보다 더욱더 심하게 앓고 있다고 듣자니, 떠나기 전에 말했던 것처럼 그 사람 집으로 가 내가 직접 간병할 수도 없고 어떻게 하면 좋을지 한탄만 하고 있자니, 열흘 이상이나 시간이 흘렀다.

스님을 불러 독경과 가지기도 등을 바쳐서 병세가 약간 좋아졌는지, 예상한 대로 직접 편지를 보냈다.

"너무 이상하게도, 병이 나을 기색도 보이지 않은 채 날이 흘러가니, 이제까지 이렇게 크게 앓았던 적이 없어서인가, 당신이 못내 걱정스러웠다오."

이런 내용의 편지를, 곁을 지키던 사람이 자리를 비운 틈에 구구절절이 써서 보냈다. 그리고 이렇게도 쓰여 있다.

"이제 좀 정신을 차렸으니, 남들 눈에 띌 정도로 떠들썩하게는 할 수 없겠지만, 밤에 이쪽으로 건너오시면 어떻겠소. 이렇게 오랫동안 떨어져 날을 보냈으니."

남들은 어찌 생각할까도 싶지만, 나 또한 그 사람의 병세가 너무 걱정스러운데다 잇따라 같은 내용의 편지를 보내오니, 달리 방도가 없다는 생각에, "우차를 보내주시지요"라고 말하고는 그 사람 집으로 갔다. 가서 보니, 본채에서 떨어져 있는 '로'(廊)라는 복도식 별채[122] 쪽에 아주 깔끔하게 방을 꾸며놓고는, 입구 쪽 가까이에 누워 기다리고 있었다.

켜두었던 등불을 끈 뒤 우차에서 내린 뒤 너무 어두워 입구가 어디인

122) '로'는 원래 건물과 건물을 이어주는 복도를 의미하지만, 여기서는 복도에 붙어 있는 방을 가리킨다.

지 몰라 주저하고 있자니, "왜 그러고 있소. 여기 있소"라며 손을 잡아 이끈다. "왜 이리 오는 데 시간이 걸렸소"라며, 평소 어떻게 지내는지를 띄엄띄엄 이야기하고 나서 어느 정도 시간이 흐른 뒤, "불을 켜라. 몹시 어둡구나. 당신은 너무 그리 신경 쓰지 마시오"라며, 병풍 뒤에 희미하게 등불을 켜두었다.

"정진(精進)이 끝난 뒤 먹는 생선 등도 아직 먹지 않았소. 오늘 밤 오시면 함께 들까 했다오. 어서 가져오너라"라며 상을 보아오게 했다. 음식을 조금 먹는 둥 하고 있는데, 줄곧 가까이에 대기하고 있던 진언종(真言宗)[123] 선사(禅師)들이 밤이 어두워진 뒤 보신기도[124]를 하겠다고 들어왔다. "이젠 좀 쉬시게. 평소보다는 좀 편안해졌다네"라고 말하니, 스님들이 "그렇게 알고 있겠습니다"라며 물러갔다.

그러다가 날이 밝아왔기에, "사람을 불러주시지요"라고 말하니, "무슨 소리요. 아직 이렇게 날이 어두운데. 좀만 더 계시다 가시오"라고 말려서 있다보니, 날이 훤하게 밝았기에 남정네들을 불러 들어열개문[125]를 올리게 하고는 바깥을 내다본다. "보시게. 뜰에 심어져 있는 화초들을"이라며 뜰을 내다보고 있기에, "참으로 사람 눈에 띄기 쉬운 곤란한 시각이 되어버렸습니다"라고 돌아가려고 서두르니, "뭘 그러시오. 이제

---

123) 불교 종파의 하나로, 역사상의 석가모니를 넘어선 영원한 우주불인 대일여래(大日如來)야말로 참된 부처라고 주장한다. 즉신성불(卽身成佛)을 목표로 한다.

124) '고신'(護身)이라 하며 진언종의 기도법이다. 손가락으로 인(印)을 맺고 다라니경을 외며 심신을 호지(護持)하는 기도법이다.

125) '시토미'(蔀)라고 한다. 빛이나 비바람을 막기 위해 격자문 한 면에 널빤지를 덧붙인 문으로 위아래 두 장이다. 아랫문은 떼어내거나 고정시켜두며, 윗문은 열 때 위로 들어 올려 처마 밑 걸쇠에 거는 구조다.

아침밥[126]이나 듭시다"라며 시간을 보내고 있던 중에 낮이 되어버렸다.

"자, 함께 돌아갑시다. 다시 내 집에 오는 건 내키지 않을 테니"라기에, "이렇게 이곳에 온 것조차 사람들이 곱게 보지 않을까 싶어 신경이 쓰이는데, 당신을 모시고 가려고 왔다고 남들이 생각한다면 그거야말로 정말 싫네요"라고 말하니, "그렇다면 어쩔 수가 없구려. 얘들아, 우차를 대어라"라고 명해 가까이 대게 했다.

타는 곳까지 비틀거리며 겨우겨우 걸어 나오는 걸 보자니, 가슴이 먹먹해질 만큼 마음이 아파, "언제나 제대로 걸으실지"라며 말하는 도중에 눈물이 글썽거린다. "몹시 애가 타니, 내일이나 모레 정도쯤에는 가보겠소"라며, 너무나도 아쉬워하는 눈치다. 수레를 조금 밖으로 빼서는 소를 수레채에 매는 동안 수레 안에서 밖을 바라보자니, 그 사람은 아까 있었던 곳으로 되돌아가 이쪽을 바라보며 쓸쓸히 앉아 있다. 그 모습을 바라보면서 물러나오자니, 저도 모르게 뒤만 돌아보게 된다.

그런 뒤 점심 무렵에 편지가 왔다. 이것저것 쓴 뒤에, 이렇게 읊었다.

가네이에

마지막이라 생각하며 내 집에 왔을 때보다

어중간한 만남에 외로움 더 사무쳐

답장으로 이렇게 읊어 보냈다.

---

126) 원문에는 죽(粥)이라고 되어 있지만, '가타가유'(固粥)라고 하여 오늘날의 밥과 같다.

"여전히 너무 괴로워하시는 듯하였기에, 지금도 불안하기만 하네요. 어중간한 만남이 더 괴롭다는 그 말,

미치쓰나의 어머니

나 또한 활짝 마음 열고 둘이서 함께 못 있고
돌아오는 발길이 무겁기만 했다오."

그러고는 여전히 몸이 안 좋아 보였지만 아픈 걸 참고 이삼 일 지난 뒤 모습을 보였다. 차츰차츰 건강이 평소와 다름없이 회복되어가니, 내 집에도 평소처럼 가끔 다니러 온다.

가모 마쓰리에서 도키히메와 나눈 증답

때는 바야흐로 사월, 마쓰리[127] 구경을 나갔더니, 그 댁[128]에서도 나와 있었다. 그래 보이기에 맞은편에 우차를 세웠다.[129] 행렬이 지나가기를 기다리는 시간이 지루하기에, 가지고 있던 감귤에 족두리풀을 얹어 이러한 와카를 보냈다.

미치쓰나의 어머니

만나는 날[130]로 들어온 오늘인데 서서만 있나

---

127) 교토 가모 신사의 가모 마쓰리. 『니혼키랴쿠』에 따르면, 966년에는 4월 14일에 열렸다.

128) 가네이에의 첫 부인인 도키히메.

129) 가네이에의 와병을 계기로 두 사람의 관계가 회복된 직후여서 자신감에 차 있었기 때문에 취할 수 있는 행동이다. 먼저 그 자리에서 와카를 보낸 것도 스스로의 와카 솜씨에 자신이 있었기 때문이다.

그러자 시간이 좀 흐른 뒤, 이렇게 답장을 보내왔다.

도키히메
박정한 당신 마음 오늘에야 알겠네

"그쪽에서 밉살스럽게 여겨온 게 언제부터인데, 어째서 '오늘'이라고만 할까"라고 말하는 사람도 있다. 집으로 돌아가, "이런 일이 있었습니다"라고 그 사람에게 말하니, "'씹어 바수어버리고 싶다'고는 하지 않던가"라며, 무척 재미있어했다.

올해는 단오절을 성대하게 치른다고 하여, 모두들 무척이나 들떠 있다.[131] 어떻게 해서든 꼭 보고 싶지만, 자리가 없다. 그 사람이 "보고 싶다면"이라고 했던 말을 새겨두었기에, 전에 나에게 "쌍륙(双六) 두세"라고 했던 적이 있었던 터라, "두실까요. 구경할 자리를 걸고서"라며 함께 쌍륙을 두어 내가 이겼다. 기뻐하며 구경 갈 준비를 이것저것 하다가, 저녁때쯤 사위가 조용할 때 벼루를 끌어당겨 연습 삼아 이렇게 써서 내밀었다.

미치쓰나의 어머니
무성히 자란 창포 수 헤아리며 기다리누나

---

130) 족두리풀을 의미하는 '아오이'의 고어 표기를 히라가나 그대로 읽으면 '아후히'(葵)로서, 만나는 날이라는 의미의 '아후히'(逢ふ日)와 표기가 같다. 아오이 마쓰리에서 만난 것을 빗대 읊었다.

131) 964, 965년은 황후의 상중이라 말 타고 활쏘기, 경마 등 단오절에 치러졌던 행사들이 열리지 않았다.

창포의 뿌리 뽑는 오월 명절 간절히

그랬더니, 웃으며 이렇게 답가를 읊었다.

가네이에

숨겨진 늪의 창포 수 그 누구도 알 수 없듯이

어찌 될지 모르는 자리만 믿고 있네

하지만 구경시켜주겠다는 마음이 있었던지라, 노리아키라 왕자가 구경하시도록 만들어두었던, 보통 자리보다 한 층 더 올라간 자리 옆에 두 칸 있던 자리를 나누어 멋들어지게 손을 봐 구경할 수 있도록 해주었다.

황폐해져가는 집과 소원해져가는 부부 사이

이렇게 다른 사람이 보기에는 별 문제 없어 보이는 우리 결혼생활도 십 년하고도 한두 해나 더 지났다. 하지만, 실상은 세상 사람들과는 다른 이내 결혼생활을 아침저녁으로 한탄하면서 수심이 가실 날 없는 나날을 보내왔다. 그도 그럴 것이 내 신세로 말하자면, 밤이 되어 그 사람이 찾아오지 않을 때는 사람이 적어 적적한데다 불안하기만 하다. 지금 단 하나 미덥게 여기며 의지하고 있는 친정아버지는 요 십여 년 동안 지방관으로 지방만 돌고 있고, 가끔 서울에 계실 때도 사오 조(条) 근방에 살고 계셔서, 이치조니시노토인(一条西洞院)에 있는 좌근위부(左近衛部) 마장(馬場) 한옆의 내 집과는 너무 멀기만 하다.

이렇게 적적하게 살고 있는 집을 돌보며 손봐주는 사람도 없는지라, 집 꼴이 날로 험해져가기만 한다. 이런 꼴을 보고서도 아무렇지도 않게 오가고 있는 것을 보자니, 내가 무척이나 불안해하고 있으리라고는 깊이 생각도 하지 않기 때문인 듯하다. 이렇듯 이런저런 생각에 잠겨 마음이 산란하다. 일이 너무 바빠 정신이 없다고 하지만, 그럼 뭐야, 이리도 황폐한 집의 쑥대밭보다도 더 정신이 없다는 말인가라며 수심에 잠겨 있자니, 팔월쯤이 되었다.

마음 편히 그 사람과 함께 보내고 있던 어느 날, 대수롭지 않은 일로 한 마디 또 한 마디 말싸움을 한 끝에 나나 그 사람이나 불쾌해질 만한 말까지 서로 내뱉게 되어, 그 사람은 날 원망하며 집을 나갔다. 마루 끝으로 걸어 나가더니 어린것을 불러내서는, "난 앞으로 안 올란다"라는 말을 남긴 채 집을 나서자마자, 아이가 내 방으로 들어와서는 대성통곡을 한다. "왜 그러느냐, 대체 무슨 일이냐"라고 물어도 대답도 하지 않기에 필시 그 사람이 심한 소리를 했겠거니 짐작은 되지만, 그렇다고 주위 사람들이 이야기를 듣게 되는 것도 구차하고 체면이 말이 아니기에 묻지도 않고 이런저런 말로 달래기만 한다.

그렇게 대엿새 정도가 지났는데도 편지 한 장 없다. 평소라면 올 날을 훨씬 건너뛰니 너무도 낯이 뜨겁고, 장난삼아 한 말이라고 나는 생각했건만, 이렇듯 허무한 두 사람의 관계인지라 이렇게 끝날 수도 있겠다고 생각하며 심란한 마음으로 수심에 잠겨 있는데, 그 사람이 나가던 날 머리와 수염 만질 때 사용했던 물[132)]이 그릇에 그대로 담겨 있다. 보니, 물 위에 먼지가 떠 있다. 이렇게까지 시간이 흘렀나 싶어 기가 막혀서, 이렇게 읊었다.

---

132) '유스루'(泔)라고 하며, 쌀뜨물이나 밥물을 썼다.

미치쓰나의 어머니

이게 끝인지 그림자만 있어도 물어보련만

당신 남긴 물 위엔 물풀 같은 먼지만

이런저런 생각에 잠겨 있던 바로 그 날, 모습을 보였다. 평소와 마찬가지로 마음자락이 어긋난 채 시간을 보냈다. 이처럼 불안으로 가슴이 두근두근하기만 하고, 한시라도 마음 놓을 수 없는 것이 견디기 어렵기만 하다.

이나리 신사와 가모 신사 참배

구월이 되었다. 산과 들 세상풍경은 아름답겠지, 어디 절이나 신사에 참배[133]라도 하러 갔으면, 가서 이리도 허무한 이내 신세라도 하소연하자고 마음먹고 사람들 눈에 띄지 않게 어느 곳[134]인가로 참배하러 갔다.

---

133) '모노모데'(物詣で)라고 하는 참배여행은, 『가게로 일기』에 16차례에 걸쳐 그려져 있다. 『가게로 일기』를 비롯한 일본 헤이안 시대의 여성문학에는 여행과 불교신앙이 결합된 형태의 참배여행이 여성들의 고뇌를 배출시키는 중요한 통로로 반복적으로 형상화되어 있다. 바깥출입이 자유롭지 못했던 당시의 여성들에게 신사나 절에 참배하러 가는 것은 집을 떠나 바깥세상과 접할 수 있는 유일한 통로였기 때문에, 참배여행은 단순히 종교적인 의미만이 아니라 여행의 의미도 띠고 있었다. 일상생활의 침체와 곤궁에서 벗어나기 위해 떠난 참배여행은 그들에게 단순히 공간적으로 넓은 세계로 나갈 수 있는 기회뿐만 아니라 미지의 세계에 접함으로써 좁은 세계에 머물러 있던 자신을 되돌아볼 수 있는 기회 또한 제공해주었다고 볼 수 있다. 귀족여성들은 성스러운 공간에서 신과 부처에게 비참한 자기 처지와 답답한 마음을 털어놓고 복을 빌고 위로를 받았을 뿐만 아니라, 갈등의 현장에서 잠시나마 떠나 있음으로써 객관적으로 자신을 되돌아볼 수 있는 기회를 얻을 수 있었다.

신에게 바칠 막대기 하나에 끼운 폐(幣)[135]에다가 이렇게 써서 묶어 봉납(奉納)했다.

먼저, 아래쪽 신사에는 이렇게 썼다.

미치쓰나의 어머니

영험 뚜렷한 산골 들머리라면 이 신사에서

신령님 영험함을 바로 보여주시길

가운데 신사에는 이렇게 적었다.

미치쓰나의 어머니

이나리 산 속 삼나무 집에 심고 기도한 세월

오래도 되었구나 영험 있단 말 믿고

마지막 신사에는 이렇게 썼다.

미치쓰나의 어머니

치성드리려 언덕길 오르내려 힘에 부치네

신령님 영험 아직 느끼지 못하는데

---

134) 뒤이어 나오는 와카 중의 '이나리 산'(稲荷山)이라는 표현을 통해, 이곳이 교토에 있는 이나리 신사(稲荷神社)라는 것을 알 수 있다.

135) 종이나 천으로 만들어 대나무나 나무 막대기에 끼워 신에게 바치는 공물.

또 같은 달 그믐께, 저번과 비슷한 방식으로 어떤 신사[136]에 참배를 하러 갔다.

폐는 둘씩 준비해, 아래쪽 신사에는 이렇게 두 수의 와카를 써서 묶었다.

미치쓰나의 어머니

신사 앞 냇물 흐름 주춤거리듯 내 소원 아직
신령님 막고 있나 내 정성 부족한가

미치쓰나의 어머니

비쭈기나무 신성한 푸른 잎에 실을 매달고[137]
비나니 신령이여 날 버리지 마소서

또 위쪽 신사에는, 이렇게 두 수의 와카를 써서 묶었다.

미치쓰나의 어머니

언제나 뵐까 언제나 뵐까 하고 기다려왔네
숲속 나무 틈새로 빛처럼 오시기를

미치쓰나의 어머니

가슴 꽉 막혀 장탄식하는 일만 그치게 되면

---

136) 가모 신사. 가모 신사는 위(上), 아래(下) 두 신사가 꽤 떨어져 있다.
137) '유시데'(木綿垂)라고 하여, 닥나무 껍질의 섬유로 꼰 실을 늘어뜨렸다.

이야말로 신령님 영험으로 알겠네

이 같은 와카 등을 적어, 신께서 듣지 않으시는 곳에서 중얼거렸다.

가을이 지나고 겨울 또한 초하루네, 그믐날이네 하며 날이 지나가며 해가 바뀌니, 신분이 천한 사람이든 귀한 사람이든 누구나 할 것 없이 정신없이 지내는 듯하다. 날마다 나 홀로 밤을 지새듯하며 날을 보냈다.

| **해설** |

가네이에가 큰 병을 앓게 되면서 미치쓰나의 어머니는 생애 단 한 번 남편의 집을 방문하는 좀처럼 없는 드문 경험을 하게 된다. 이러한 만남은 방처혼(訪妻婚)이라는 헤이안 시대 혼인제도에서는 사회적으로 용인되는 일이 아니었다. 이렇듯 비일상적이면서 반사회적인 밀회라는 장을 통해 미치쓰나의 어머니는 여성으로서 가네이에와 나누는 사랑의 기쁨을 만끽할 수 있었다. 하지만 두 사람이 일상으로 돌아오면서 그 기쁨은 사라지게 된다. 병석에서 일어난 가네이에는 감상적인 모습을 떨쳐버리고 본래의 시원시원하고 개방적인 모습을 보이지만, 미치쓰나의 어머니의 외로움은 남편의 무관심 속에서 더욱 깊어질 뿐이다. 지방관 남편을 둔 언니와는 달리 섭관가(摂関家) 출신으로 호색한 남편을 둔 미치쓰나의 어머니는 보통 사람들과 같은 소소한 행복을 누릴 수는 없었다.

'이게 끝인지 그림자만 있어도 물어보련만 당신 남긴 물 위엔 물풀 같은 먼지만'이라는 와카는 쌓인 먼지를 보며 남편의 부재를 구체적인 시간의 경과로 인식하고 있는 미치쓰나의 어머니의 복잡한 내면을 드러내주고 있다. 이러한 뒤얽힌 마음을 풀어내기 위해 미치쓰나의 어머니는 이나리 신사와 가모 신사로 참배를 하러 간다. 헤이안 시대에 여성이 신사나 절로 참배를 가는 것은 종교적인 의미뿐만 아니라 여행과 놀이의 의미도 지녔다.

상류귀족들과의 교류

미치쓰나의 어머니 32세(967)

새알을 쌓아 후시에게 보내다

삼월 그믐께, 물새알이 보이기에 그것을 열 개씩 어떻게 해서든 쌓아 보고 싶어서, 심심하던 차에 손이나 놀려볼까 하고 생명주실을 길게 꼬아 알을 하나 묶고는 동여매고 하나 묶고는 동여매고 하여 세워 늘어뜨려보니, 아주 잘 포개졌다. 이대로 그냥 두는 것보다야 낫겠지 생각해, 그 사람의 여동생인 구조전(九条殿) 후시 여어(忯子女御)[138]님께 드린다. 댕강목 꽃에 매달았다. 이렇다 할 내용은 없이 단지 일반적인 편지

---

138) 여어는 중궁 다음가는 천황의 비로, 주로 섭정 · 관백(摂政 · 関白)의 딸들이었다. 그보다 밑에는 갱의(更衣)가 있다. 후궁의 지위는 친정아버지의 신분과 지위에 따라 정해졌다. 가네이에의 여동생인 후시는 레이제이 천황(冷泉天皇)의 비였는데, 아버지인 후지와라 모로스케는 후지와라 섭정 · 관백 정치의 첫 주자로 구조전이라고 불렸다. 그런데 『니혼키랴쿠』에 따르면, 후시가 여어가 된 것은 968년 12월 7일의 일이므로, 이 호칭은 작중화자인 미치쓰나의 어머니가 일기를 집필한 시점의 의식으로 기술했다는 것을 알 수 있다.

끄트머리에, "이렇게 새알을 열 개나 포개는 것은 무척 어려운 일로 알려져 있지만, 이렇게도 포갤 수가 있네요"라고만 말씀드렸다.

그에 대한 답장으로는, 이렇게 읊어 보내왔다.

후시

셀 수도 없는 내 마음의 깊이에 비해 보자면
열 알 포갠 정도로 어찌 상대가 되랴

답가로, 이렇게 읊어 보냈다.

미치쓰나의 어머니

나를 그리는 그 마음 모른다면 다 무슨 소용
부디 그 마음자락 셀 수 있게 봤으면

그 뒤에 다섯째 왕자님[139]께 헌상하셨다고 한다.

정치적 변동과 희비 엇갈리는 사람들

오월이 되었다. 열흘 좀 지나 궁 안에 약 달이는 냄새가 나기 시작하더니, 크게 술렁일 새도 없이 스무날이 지난 뒤 승하하셨다.[140] 동궁 전하[141]께서 바로 뒤를 이어 즉위하셨다. 동궁량(東宮亮)이었던 그 사람

139) 무라카미 천황(村上天皇)의 다섯째 왕자인 모리히라(守平) 왕자로 뒷날 엔유 천황(円融天皇)이 된다. 재위기간은 969~984년. 후시의 조카.

140) 『니혼키랴쿠』에 따르면, 무라카미 천황은 5월 14일에 발병해 25일에 사망했다. 재위기간은 946~967년.

은 장인두(藏人頭)로 임관이 되었다는 둥 하면서 떠들썩하다.[142] 붕어하신 데 대한 슬픔은 그럭저럭 남들만큼인 듯하고, 승진 축하에 관한 소식만 들린다. 축하인사를 하러 온 사람들에게 답례인사를 하다 보니 약간은 다른 사람들과 비슷한 마음도 들지만, 그 사람을 향한 내 사적인 마음은 여전히 다를 바가 없는데, 주위의 소란스러움이란 전과는 하늘과 땅 차이이다.

장례를 모신다는 둥 어쩐다는 둥 이런저런 소식이 들려올 때마다, 주상이 살아 계실 때 위세를 떨치셨던 분들은 어떻게 지내고 계실까 그 마음을 생각하니, 가슴이 아프다. 서서히 날이 가고 어느 정도 시간이 지나 정관전(貞觀殿) 마마[143]께 어떻게 지내시냐고 안부편지를 보내는 김에, 다음과 같이 읊었다.

미치쓰나의 어머니

세상살이를 부질없다 여기며 님 묻혀 계신

그 능(陵) 그리워하며 한숨짓고 계시리

---

141) 무라카미 천황의 둘째 왕자인 노리히라(憲平) 왕자로, 레이제이 천황이다. 재위기간은 967~969년.

142) 『구교부닌』에 따르면, 가네이에는 967년 2월 5일에 동궁량, 6월 10일에 장인두로 임관되었다. 종5위 하인 동궁량은 황태자를 보필하는 관청의 차관이며, 종4위 하인 장인두는 천황을 가까이에서 보좌하는 장인소(藏人所)의 실질적인 책임자이다.

143) 후지와라 모로스케의 딸인 도시(登子)로 시게아키라(重明) 왕자의 비였지만 왕자의 사후 무라카미 천황 때 입궐했다. 후시와 마찬가지로 가네이에의 여동생이다. 그런데 『니혼키랴쿠』에 따르면, 도시가 정관전 장관인 상시(常侍)가 된 것은 969년의 일이므로, 이 호칭 또한 일기를 집필할 때의 미치쓰나의 어머니의 의식이 반영된 것으로 보인다.

답장을 받아 보니, 참으로 슬픔으로 넘친다.

도시

나 홀로 남아 슬픔에 찬 이 세상 살기 싫다며

능만 그리는 마음 이미 저승 산 너머

선왕의 사십구재도 지나고, 칠월이 되었다. 당상관이었던 병위좌(兵衛佐)[144]가 아직 젊고 세상을 비관할 만한 일이 있는 것 같지도 않은데, 부모도 부인도 모두 버리고 산으로 올라가 스님이 되었다. 참으로 큰일이라고 난리도 아니게 법석을 피우며 안됐다고 수군거리고 있던 참에 이번엔 그 부인[145]이 또 비구니가 됐다는 소문이다. 전부터 편지를 주고받던 사이였던지라, 이토록 가슴 아프고 기가 막힌 이번 일에 대해 안부 편지를 보냈다.

미치쓰나의 어머니

깊은 산골을 생각만 해도 이리 슬플 뿐인데

뒤이은 출가 소식 비구름만 같구나

글씨체는 전과 다름없이, 이렇게 답장을 보내왔다.

---

144) 병위좌는 병위부의 차관. 명필로 유명한 후지와라 스케마사(藤原佐理)를 가리킨다.

145) 후지와라 후미노리(藤原文範)의 딸로, 미치쓰나의 어머니의 형부인 다메마사의 여동생으로 추정된다.

스케마사 부인

산골 깊숙이 들어간 사람 찾아 이리 왔건만
비구름 같은 이 몸 다가갈 수가 없네

이렇게 읊은 와카를 보니, 더욱더 슬퍼진다.

이런 시절에도 중장(中将)이 되었다느니, 3위(三位)로 승진[146]했다느니 하며 잇따라 경사가 겹친 그 사람은 "따로따로 떨어져 있는 것은 여러 모로 지장이 많고 불편했는데, 가까이 맞춤한 곳이 나왔소"라며 나를 이사시켰다. 탈것을 이용하지 않고 걸어서 올 수 있을 정도로 가까운 곳인지라, 세상 사람들이 보기엔 내가 만족하고 있을 것이라고 생각할 것이다. 그것은 십일월 중순쯤의 일이었다.

| 해설 |

헤이안 시대 상류귀족들이 교류하는 모습을 볼 수 있는 장이다. 미치쓰나의 어머니는 자신에 대한 가네이에의 마음에 만족하지 못해 한탄하고는 있지만, 그의 부인으로서 가네이에의 여자형제들과 와카를 주고받으며 교제하는 모습이 그려져 있다.

무라카미 천황이 세상을 떠나고 레이제이 천황이 즉위하면서 가네이에의 정치사회적인 지위가 올라가게 되지만, 남편이 출세하여 미치쓰나의 어머니의 자부심이 높아가면 갈수록 남편과 일상에서 소소한 행복을

---

146) 가네이에가 3위가 된 것은 다음 해인 968년 11월이다. 가네이에의 잇따른 승진을 강조하기 위한 표현으로 보인다.

누리고 싶어하는 그녀의 바람은 더욱더 멀어져가기만 한다. 하지만, 십일월에 가네이에의 주선으로 그의 집 가까운 곳으로 이사를 가는 등 표면적으로 두 사람의 관계는 회복되었다.

도시와 나눈 정과 하쓰세 참배

미치쓰나의 어머니 33세(968)

도시와 쌓은 정

선달 그믐께에 정관전 마마가 궁중에서 퇴궐하셔서 내가 이사 온 곳의 서쪽 채에 잠시 머무르셨다. 그믐날이 되어 구나(驅儺)[147]라고 하는 액막이 행사를 여는지 아직 한낮 무렵부터 어디서나 쿵쿵대고 떠들썩하여, 홀로 웃음을 짓거나 하고 있던 중에 새해가 밝았다. 낮 동안은 손님으로 계신 분께는 새해인사차 방문하는 남자손님도 들르지 않으므로 한가롭다. 나 또한 시끌시끌한 옆집 소리를 들으며, '기다리는 건'[148] 등

---

147) '쓰이나'(追儺)라고 하며, 그믐날 밤에 악귀와 역병을 내쫓는 행사. 원래 궁중의 연중행사였지만, 절이나 신사, 민간에서도 열리게 되었다. 도깨비로 분장한 자를 당상관들이 복숭아나무 활과 갈대 화살로 쏘며 뒤쫓았다. 7세기 말 중국에서 들어왔으며, 근세 시대 이후 민간에서는 입춘 전날 밤에 열렸다.

148) '내일이 오면 새로이 바뀌게 될 한 해보다도 더욱 기다리는 건 휘파람새 울음뿐'(あらたまの年たちかへるあしたより待たるるものは鶯の声, 『古今和歌六帖』第一, 素性)의 한 구절.

옛 와카를 읊거나 하며 웃거나 하고 있던 중에, 옆에 있던 아랫것이 소일거리로 가이쿠리[149]라는 것을 실로 동여매어, 진상품이라도 되는 듯이 한쪽 다리에 혹이 달린 나무로 만든 남자인형 등허리에 짊어지게 만들어 들고 나왔다. 그것을 가까이로 끌어당겨 근처에 있던 색종이 조각을 정강이에 붙인 뒤, 거기에 이런 와카를 적어 정관전 마마께 바쳤다.

미치쓰나의 어머니

한쪽 다리에 혹 붙인 채 산사람 괴로워하듯
들메 쓰면 될 것을 나 또한 짝사랑만[150]

그러자, 미루[151]라고 하는 해초를 말려 짧게 자른 것을 한 다발 묶어서 멜대 끝에 좀 전의 가이쿠리와 바꿔 매달아 등에 짊어지게 하고, 혹 없는 가느다란 한쪽 다리에도 다른 혹을 하나 깎아 붙여서는 원래 보낸 것보다 더 크게 만들어 되돌려 보내셨다.

보자니, 이렇게 적혀 있다.

---

149) '가이쿠리'가 무엇인지는 명확하지 않다.

150) '그리워하는 그 마음 무거운 짐 지듯 지니고 만날 날 없다 하니 쓸쓸하기만 하네'(人恋ふることを重荷と担ひもてあふごなきこそわびしかりけれ, 『古今和歌集』雑躰, 読人しらず)를 인용한 해학적인 와카이다. 혹을 의미하는 '고히'(瘤)와 사랑을 의미하는 '고히'(恋), 멜대를 의미하는 '아후고'(朸)와 만날 날을 의미하는 '아후고'(逢ふ期)의 히라가나 표기가 같다는 데 착안한 것이다.

151) 해초 이름인 '미루'(海松)와 보다라는 의미의 '미루'(見る)의 동음이의어에 착안했다.

도시

산사람 겨우 멜대 구해 다리를 살펴봤더니

혹 하나 더 늘었듯 짝사랑 면해보세

해가 높이 올라오니, 그쪽에서는 설음식을 드시는 듯하고, 우리도 그렇게 했다. 정월 대보름[152]도 예년과 다름없이 지냈다.

삼월이 되었다. 손님으로 머물고 계신 마마께 온 것으로 보이는 그 사람의 편지를 나에게 잘못 가지고 왔다. 보자 하니, 나에 관해 언급하지 않고서는 그냥 있을 수 없었는지, "조만간 찾아뵈려고 생각하지만, '나한테는 안 오고'라고 생각하는 사람이 있는지라"라는 둥 적혀 있다. 평소 자주 보며 친하게 지내온 사이라 편지에 이런 내용도 쓰는구나 생각하니, 그냥 있을 수 없어 편지에다 아주 작은 글씨로 이렇게 적었다.

미치쓰나의 어머니

샘을 내는 일 전혀 없는 나를 왜 끌어들이나

스스로 한눈팔듯 남들도 그러할까[153]

---

152) 정월 대보름날에는 '모치가유'(望粥)라는 팥죽을 먹고, 그 죽을 끓이고 타다 남은 나뭇가지로 여성의 엉덩이를 때리면 남자아이를 잉태한다는 속설이 있었다. 이를 '가유즈에'(粥杖)라고 한다.

153) 원문의 와카는 '松山のさし越えてしもあらじ世をわれによそへて騒ぐ波かな'이며, '당신 두고서 딴 마음 내가 만약 먹는다 하면 스에노마쓰야마 파도도 넘어갈 듯'(君をおきてあだし心をわが持たば末の松山波も越えなむ, 『古今和歌集』 東歌)을 인용했다.

그러고는 "저쪽 마님께 가져다드려라"라며 돌려주었다. 읽어보시고는 바로 답장을 보내셨다.

도시
마쓰시마의 바람 같은 당신만 따르는 파도
그러기에 그 편지 그리로 갔던 것을

이분은 동궁 마마를 부모와 같이 곁에서 모시는 분[154]이기에, 얼마 있지 않아 입궐해야만 했다. "이렇게 헤어지는 건가"라든가, 몇 번이나 "잠깐만이라도"라고 말씀하시기에, 초저녁 무렵 뵈러 갔다. 때마침 내 집 쪽에서 그 사람의 목소리가 들리자, "어서 가보시게"라고 말씀하시지만 못 들은 척하고 있자니, "어린애가 잠투정하는 것처럼 들리는군요. 틀림없이 보채실 텐데, 어서 가보시지요"라고 말씀하신다. 그래서 "유모가 붙어 있지 않아도 괜찮습니다"라며 바로 돌아가지 않고 꾸물대고 있자니, 집에서 사람이 와 마마께 말씀을 드리니, 편하게 있을 수 없어 돌아갔다. 정관전 마마는 다음날 저녁때 입궐하셨다.

오월에 선왕 탈상 때문에 정관전 마마가 또다시 퇴궐하게 되어, 지난번처럼 내 집으로 오시기로 했었는데, '좋지 않은 꿈을 꾸었다'며 그 사람 집으로 퇴궐하셨다. 그런데 자주 좋지 않은 꿈을 꾸시는지라, "나쁜 꿈을 꾸었을 때 액막이라도 했으면"이라고 하셨는데, 달이 아주 밝은 칠

154) 뒤에 엔유 천황으로 즉위하는 무라카미 천황의 다섯째 왕자인 모리히라 왕자는 『니혼키랴쿠』에 따르면, 967년 9월 1일에 동궁이 되었다. 어머니인 안시(安子)가 도시와 자매지간이어서, 도시는 동궁의 이모에 해당된다.

월 어느 날, 이렇게 읊어 보내셨다.

도시

악몽을 꾼 뒤 액막이도 못하는 가을 긴 밤이
잠들기 어려운 걸 이제서야 알겠네

답가로, 이렇게 읊어 보냈다.

미치쓰나의 어머니

말씀 그대로 악몽 꾼 뒤 액막이 이리 힘드네
한동안 뵙지 못한 저 또한 괴롭기만

그러자, 바로 또 답장이 왔다.

도시

격조(隔阻)라니요 꿈길 속에서 당신 만나고 난 뒤
아쉬운 맘에 이리 나 멍하니 있는데

이처럼 읊으셨기에, 다시금 이렇게 보냈다.

미치쓰나의 어머니

만남 길 끊긴 생시는 대체 뭔가 오히려 이리
꿈속에서나 겨우 왕래 길 터 있다니[155)]

그랬더니, "'만남 길 끊'겼다니 그게 무슨 말씀이신가요. 너무나 불길하게도"라며, 이런 와카를 보내셨다.

도시
곁에 머물며 강물에 막힌 듯이 만날 수 없어
수심에 잠긴 내게 끊긴 길 웬 말인가

이에 대한 답가로, 이렇게 다시 읊어 보냈다.

미치쓰나의 어머니
강물 건너서 오시지 않는다면 못 만나는 몸
당신 향한 마음은 여울도 못 막는걸

이러면서 하룻밤 내내 와카를 주고받았다.

하쓰세 참배

이처럼 오랜 세월 간절히 바라던 소원[156]이 있었기에, 어떻게든 하쓰세(初瀨)[157]로 참배하러 가야겠다고 결심했다. 바로 다음 달에 갔으면 했지

---

155) '생시에서는 말도 다 끊기었네 꿈에서라도 계속해 보고 지고 직접 만날 때까지'(現には言も絶えたり夢にだに継ぎて見えこそ直に逢ふまでに, 『万葉集』 巻十二)를 인용했다.

156) 미치쓰나의 어머니의 소원이 무엇인지 명확하지는 않지만, 뒤이어 나오는 도키히메의 딸 조시의 입궐과 하권의 양녀 이야기 등을 통해 볼 때, 딸을 하나 더 얻고 싶어했던 것으로 추정된다.

만, 역시나 마음먹은 대로는 되지 않아서 구월에나 겨우 나서게 되었다.

"다이조에(大嘗会) 전에 열리는 주상의 목욕재계[158]가 다음 달에 열리는데, 우리 집에서 여어 대리[159]로 나가게 됐소. 그게 끝나고 나서 함께 가면 어떻겠소."

그 사람이 이리 말했지만, 우리하고는 아무런 상관도 없는 일이라, 아무 말 없이 떠나기로 마음을 먹었다. 하지만 출발하려 했던 날의 일진이 별로 좋지 않아, 그 전날 집을 나서 호쇼지(法性寺) 부근으로 갔다가 동틀 무렵에 출발해 오시(午時)[160]경에는 우지에 있는 별장[161]에 도착했다.

강 건너편을 보자니, 나무 사이로 수면이 반짝반짝거려 참으로 정취 있게 느껴진다. 눈에 띄지 않게 가려고 생각한지라 아랫것들도 많이 거느리지 않고 출발했는데, 내가 그다지 신경 쓰지 않은 탓도 있지만, 나

---

157) 나라 현(奈良県) 하쓰세에 있는 하세데라(長谷寺)를 가리키며 지명을 따 보통 하쓰세라고 부른다. 현세이익을 기원하는 관음신앙의 영지(霊地)로서, 십일면관세음보살이 유명하다. 고대로부터 많은 참배객이 몰렸으며, 『겐지 모노가타리』 등 헤이안 시대의 문학작품에서도 중요한 작품 무대로 등장한다.

158) 그 해 나온 햇곡식을 신에게 올려 제사지내는 행사를 신조에(新嘗会)라고 하는데, 천황이 즉위한 뒤 첫 해 행사는 특별히 '다이조에'라고 한다. 레이제이 천황은 전년도인 967년 즉위했지만 선왕의 상중이었던 터라 다이조에는 그 다음 해인 968년에 열렸다. 다이조에는 음력 11월 묘일(卯日)에 열리는데, 그 전달인 10월 하순에 천황은 가모 강변에서 목욕재계를 했다.

159) 천황이 목욕재계할 때 여어 대신 옆에서 봉사하는 여성이 있었는데, 이 해에는 가네이에와 도키히메의 딸인 조시가 그 역할을 맡았다. 조시는 이 해 10월 14일에 입궐하여 12월 7일에 여어가 되었으며 산조 천황(三条天皇, 재위 1011~16)이 되는 오키사다(居貞) 왕자를 낳아 가네이에 집안이 영화를 누리는 데 한 축을 담당했다.

160) 오후 11~1시경.

161) 가네이에 소유로 추정된다.

아닌 다른 사람이었다면 얼마나 떠들썩하게 길을 떠났을까라는 생각도 한다. 우차를 돌려 장막을 둘러치고 우차 뒤쪽 편에 타고 있는 사람[162] 만을 내리게 하고 강을 향해 발을 들어 올린 뒤 바깥을 내다보니, 강에는 어살[163]이 쭉 둘러쳐져 있다. 배가 많이 오가는 광경도 여태껏 본 적이 없었던지라, 모두가 다 정취가 있고 볼 만하다.

뒤편을 바라다보니, 노독에 지친 아랫것들이 볼품없는 유자랑 배 등등을 소중히 들고 먹는 모습 등도 정취 있어 보인다. 와리고(破子)[164]에 담긴 음식 등을 먹은 뒤 수레를 짊어져 배에다 올려놓고 강을 건넌 뒤 자꾸자꾸 앞으로 나아간다. 이게 니에노(贄野) 연못, 저게 이즈미 강(泉川)이라는 둥 이야기를 나누면서 물새들이 떼를 지어 있는 풍경 등을 바라보는 일도 마음속 깊이 스며들어 정취 있고 볼 만하게 여겨진다. 하지만 남들 눈에 띄지 않게 살짝 떠난 여행인지라, 모든 것이 다 눈물겹게 느껴진다. 그 이즈미 강도 건넜는데…….

그 날은 하시데라(橋寺)[165]라는 절에 묵었다. 유시(酉時)[166] 경에 우차에서 내려 쉬고 있자니, 부엌으로 여겨지는 곳으로부터 잘게 썬 무채를 유자즙으로 무쳐서 먼저 내왔다. 이처럼 여행지에 어울리는 경험들이야말로 이상하게도 잊혀지지 않고 괜찮은 추억으로 남아 있다.

날이 밝아 강을 건너 계속 길을 가며 나무 울타리가 둘러쳐진 집들을

---

162) 미치쓰나로 여겨진다.

163) 대나무나 나무를 엮어 강 여울에 세우고 그 끄트머리에 바자를 달아 빙어 등을 잡는 장치.

164) 안이 칸으로 나뉘어 있는 상자로, 그 안에 음식을 넣었다. 오늘날의 도시락.

165) 이즈미 강 북쪽 기슭에 있는 센쿄지(泉橋寺).

166) 오후 5~7시.

바라보면서, 어느 것일까, 『가모 모노가타리』[167]에 나오는 집은, 하고 이런저런 생각들을 하며 길을 가자니, 너무나도 정취가 있다. 오늘도 역시 절 같은 곳에서 묵고, 그 다음날은 쓰바이치(椿市)[168]라는 곳에 묵는다. 그 다음날, 아직 서리가 아주 하얗게 깔려 있는 때인데, 참배를 하러 가거나 마치고 돌아가는지 정강이를 천 조각으로 감아 싼 사람들이 서로 오가느라 떠들썩하다. 들어열개문을 올려놓은 곳에 여장을 풀고, 목욕물을 데우는 동안 밖을 내다보자니, 아주 각양각색인 사람들이 오가고 있다. 제각각 모두 고민들을 안고 있는 듯이 보인다.

한참 있다가, 편지를 받쳐 들고 오는 사람이 있다. 저만큼 서서는 "편지입니다"라고 말하는 듯하다. 편지를 보자니, 이렇게 쓰여 있다.

"어제 오늘, 이게 무슨 일인가, 하고 몹시 마음이 불안하구려. 몇 사람 안 데리고 떠났는데, 별 탈 없으신가. 전에 말했듯이 사흘간 머무를 생각이신가. 돌아올 날을 알려주시면 마중이나마 가고자 하오."

답장으로 이렇게 써서 보냈다.

"쓰바이치라고 하는 곳까지는 별 탈 없이 왔습니다. 지금부터는 깊은 산으로 들어갈 듯하니, 돌아갈 날을 확실히 정해서 말씀드리기는 어렵습니다."

"거기서 사흘이나 참배하신다는 건 역시나 너무 말이 안 됩니다"라는 둥 서로 의논하며 정하는 것을 심부름 온 사람이 듣고는 돌아갔다.

그곳을 떠나 점점 더 앞으로 나아가자니, 이렇다 하게 내세울 것도 없

---

167) 전해지지 않고 산일(散逸)한 모노가타리. 근처에 가모(賀茂)라는 지명이 있다는 점에서, 작품 공간과 관계가 있는 듯하다.

168) 나라 현 사쿠라이 시(桜井市) 가나야(金屋)를 이르며, 하쓰세 참배객들이 묵던 곳으로 무척 번창했다.

는 산길도, 깊은 산속 같은 느낌이 드니 참으로 물 흐르는 소리가 운치가 있다. 소문으로 들었던 삼나무도 여전히 하늘을 찌를 듯이 솟아 있고, 나뭇잎은 형형색색으로 물들어 아름답게 보인다. 냇물은 돌멩이가 깔려 있는 바닥 위를 들끓듯이 흘러간다. 석양이 비치는 풍경을 바라보자니, 눈물도 멈추지를 않는다.

사실 이제까지 왔던 길은 딱히 볼 만한 것도 없었다. 단풍도 아직 들지 않은데다, 꽃도 전부 다 져버려, 말라버린 억새만 보였을 뿐이다. 그런데, 이곳은 무척이나 색다르게 보이는지라, 발을 들어 올리고 안쪽에 쳐진 발을 옆으로 치워 끼워놓고 보자니, 몇날며칠 입은 옷이 원래 빛깔을 잃은 듯이 보인다. 허나, 연한 주홍빛이 나는 얇은 모(裳)[169]를 두르니, 치렁치렁하게 늘어진 치마끈이 서로 엇물려, 그을린 듯한 불그스름한 황색 옷과 잘 어울리는 듯하니 참으로 보기 좋다.

거지들이 밥그릇이나 냄비 등을 땅바닥에 내려놓은 채 앉아 있는 모습을 보자니, 마음이 아프다. 미천한 사람들 틈새에 가까이 끼어든 듯해, 절에 들어왔는데도 기분이 더 가라앉은 듯이 느껴진다. 잠도 이룰 수 없고 급할 것도 없는 참배인지라 우두커니 앉아 귀를 기울이고 있자니, 눈이 어두운, 그렇다고 너무 천해 보이지도 않는 사람이 마음속에 쌓여 있는 염원을 다른 사람이 듣고 있을지도 모른다는 것은 생각하지도 않고 큰 소리로 간절히 비는 것을 들으니, 너무 불쌍해 오로지 눈물만 흘러내린다.

169) 여성이 허리에서 뒤로 걸친 옷. 뒤치마.

우지로 마중 나온 가네이에

이렇게 절에서 조금 더 지냈으면 하는 바람이었지만, 날이 밝으니 모두들 시끌벅적하게 갈 길을 서두른다. 귀로(歸路)는, 남의 눈에 띄지 않으려는 여행인데도 이곳저곳에서 대접을 하며 붙드는지라, 떠들썩하게 길을 간다. 사흘째 되는 날 서울에 도착할 예정이었는데, 날이 무척 저물었는지라 야마시로(山城) 지방[170] 구제(久世)에 있는 미야케(三宅)[171]라는 곳에서 묵었다. 너무나도 누추한 곳이었지만 밤이 되었기에 오직 날이 밝기만을 기다린다. 아직 어둠이 가시기 전부터 나아가자니, 거무스레한 것이 활을 메고 말을 타고 달려온다. 좀 멀리서부터 말에서 내려 무릎을 꿇고 있다. 누군가 하고 바라보았더니, 그 사람의 호위 무사[172]였다.

무슨 일이냐고 곁을 따르던 사람 몇몇이 물으니, 이렇게 대답한다.

"어젯저녁 유시경에 우지 별장에 도착하셔서, '귀가하셨는지 알아보고 돌아오시는 길이면 모셔오너라'라고 말씀하셨기에……."

앞장서던 남정네들이 "어서 서둘러라"라며 우차를 이끈다.

우지 강에 가까워졌을 무렵, 안개가 이제까지 내처 왔던 길이 보이지 않을 정도로 잔뜩 끼어 있어, 마음이 불안하기만 하다. 수레를 풀어 내리고는 이리저리 바삐 강 건널 준비를 하는데, 웅성웅성하는 사람소리가 나면서 "수레채를 내려서 강가에 대시오"라고 소리친다. 안개 밑으로

---

170) 오늘날 교토 부의 남부 지역.

171) '미야케'란 조정의 소유지인 논에서 난 벼를 보관하던 창고를 이르며, 그것이 지명이 되었다.

172) '즈이진'(隨身)이라고 하여, 귀인을 호위하기 위해 조정이 내려준 근위부 소속의 수행원.

올 때 보았던 어살도 보였다. 말할 나위 없이 보기가 좋다. 그 사람은 강 건너편에서 기다리고 있을 것이다.

먼저 이렇게 와카를 써서 강을 건너게 해 그 사람에게 건넸다.

미치쓰나의 어머니

어쩌다 가끔 어살에 걸려드는 빙어와 같이

귀가 날 알 수 없는 상처 받은 이 마음

배가 다시 이쪽 강변으로 올 적에 이렇게 답장이 왔다.

가네이에

돌아올 날을 마음속 깊이깊이 손꼽아보며

어살 찾아온 이유 당신 말고는 없네

읽고 있노라니, 수레를 짊어져 배에 내려놓고는 큰 소리로 영차영차 하면서 노를 저어 간다. 대단히 고귀한 신분은 아니지만 비천하지는 않은 양가의 자제들, 그리고 무슨무슨 승(丞)[173]이라는 벼슬을 하는 양반 등이 앞 수레채와 뒤 수레채 사이에 들어앉아서들 강을 건너가는데, 햇살이 살짝 비쳐서 곳곳에서 안개가 걷혀간다. 건너편 기슭에서 양가 자제, 위부좌(衛府佐)[174] 등을 거느리고 이쪽을 바라다보고 있다. 가운데

173) 차관 아래에 위치하는 삼등관. 관아에 따라, 위(尉)라고도 한다.

174) 가네이에와 도키히메의 장남인 후지와라 미치타카. 하지만 미치타카는 이때 아직 시종(侍從)에 불과해, 이 표현도 집필 시점의 관직명으로 보인다. 좌(佐)는 차관.

서 있는 그 사람도 여행에 어울리게 가리기누(狩衣)[175] 차림이다. 강기슭에서 가장 높은 곳에 배를 대고는 달리 어쩔 도리가 없이 무조건 안아 올린다. 수레채를 마루에 걸고는 우차를 세웠다.

정진 해제 음식준비가 되어 있었기에 들고 있던 중에, 강 건너편에는 안찰사(按察使) 대납언(大納言)[176]께서 소유하신 영지가 있었는데, "요즈음 어살을 보시겠다고 이곳에 머무르고 계십니다"라고 누군가 말했다. "우리가 여기 온 것을 아실 테니 찾아뵈어야 하겠구먼" 하고 의논하고 있는데, 단풍이 아주 예쁘게 달린 가지에 꿩이랑 빙어 등을 매달아, "이렇게 같이 오셨다는 소식을 듣고 식사라도 함께 들었으면 하는 마음이지만, 공교롭게도 이렇다 할 먹을거리도 없는 날이라……"라며 보내오셨다.

답장으로, "여기에 와 계시는데, 죄송합니다. 지금 바로 찾아뵙고 인사라도……" 등의 내용을 쓰고는 홑옷을 벗어 심부름꾼에게 행하(行下)로 걸쳐주었다. 심부름꾼은 그 옷을 걸친 채 건너간 듯하다. 그쪽에서 또 잉어, 농어 등을 잇달아 보내왔다. 함께 있던 풍류를 즐기는 남정네들이 얼큰하게 취한 채 함께 몰려와, "참으로 대단하였답니다. 수레바퀴에 햇빛이 비쳐 빛나는 모습이요"라고들 떠들어대는 모양이다. 수레 뒤편에 꽃과 단풍 등이 꽂혀 있었는지, 양가 자제로 여겨지는 사람이, "꽃 피고 열매 맺듯이 머잖아 좋은 날이 곧 올 듯한 요즘이네요"라고 말을 하

---

175) 원래 사냥복이었지만, 이 당시에는 귀족들의 간편한 외출복으로 이용되었다.

176) 가네이에의 숙부인 후지와라 모로우지(藤原師氏)이다. 하지만 모로우지가 이리 불리게 된 것은 다음 해인 969년 2월인데다 970년 7월에 사망했다는 점을 고려해보았을 때, 미치쓰나의 어머니는 일기 집필시의 가장 자연스러운 호칭으로 기술했다고 할 수 있다.

는 듯한데, 뒤편에 앉아 있던 사람도 뭐라뭐라 대답을 하는 사이에, 기슭 건너 대납언 댁에 모두 배를 타고 건너가게 되었다. "틀림없이 술을 실컷 권할 거요"라며, 술꾼들만 모두 골라 그 사람이 데리고 건너갔다.

강 쪽으로 우차를 향하게 하고 수레채를 수레 고정대에 걸쳐둔 채 바라보고 있자니, 배 두 척을 저어 건너갔다. 그러다가 잔뜩 취해서 노래를 부르며 돌아오자마자, "수레를 소에 매어라, 매어라"라며 소리를 쳐서, 고단해서 몸이 무척 지쳐 있었지만 힘들어하며 집으로 돌아왔다.

날이 밝으니, 다이조에 전에 열리는 주상의 목욕재계 준비가 바로 닥쳐왔다. "그쪽에서 해주실 일은 이거하고 이거라오"라고 하는지라, 어쩔 것인가, 정신없이 준비를 한다. 행사 당일에는 위엄 있게 단장한 우차들이 줄을 지어 나아간다. 지체가 낮은 시녀들이나 하인들이 옆에 따라가는 모습을 보니, 경사스러운 일에 나도 같이 나선 것 같은 마음이 들어 너무 눈이 부시다.[177]

달이 바뀌니, 다이조에 준비가 미흡한 데가 없는지 챙기는 일로 정신이 없는데다, 나 또한 구경 갈 준비 등을 하는 동안에 날이 가고 연말이 되니 또 분주히 새해 맞을 준비를 하였던 듯하다.

---

177) 하쓰세로 참배여행을 떠날 때의 미치쓰나의 어머니의 심경과는 대조적이다. 자신에 대한 가네이에의 마음을 확인한 뒤 여유로워졌다고 볼 수 있다.

| 해설 |

후시와 마찬가지로 가네이에의 여동생인 도시는 미치쓰나의 어머니와 와카를 주고받는 사이로 그녀의 마음을 어루만져주는 존재다. 도시가 미치쓰나의 어머니의 집으로 퇴궐해 와카를 주고받으며 보낸 연말연시는 여느 해보다 행복한 시간들이었다.

이 장에서 미치쓰나의 어머니는 평소에 간절히 바라던 딸을 낳고 싶다는 소원을 빌기 위해 생전 처음으로 교토를 떠나 하쓰세로 참배여행을 떠난다. 도키히메의 딸인 조시가 새로 즉위한 레이제이 천황의 여어로 입궐하게 되어, 딸이 없는 자신의 처지와 도키히메에 대한 부러움 등으로 마음이 어지러웠기 때문이다. 참배여행을 오가며 그려지는 자연묘사는 미치쓰나의 어머니의 심정과 일체화되어 있다. 당초 공사가 다망해 함께 참배를 가지 못한다고 했던 가네이에가 돌아오는 길에 우지까지 마중을 나와준 것은 커다란 애정표현으로 볼 수 있다. 가네이에와 우지에서 함께 보낸 하루는 미치쓰나의 어머니에게 행복에 겨운 시간이었다.

이 하쓰세 참배여행은 『가게로 일기』 속에서 특히 밝은 분위기의 장면으로 지적되고 있지만, 하세데라로 떠날 때와 돌아올 때의 차이에 주목할 필요가 있다. 즉, 미치쓰나의 어머니는 자연 속에서 자신의 고뇌를 어루만지고 일시적이기는 하지만 마음의 평안을 얻었다고 할 수 있다.

아지랑이처럼 허무한 여자의 일기

상권 발문

이렇게 세월은 흘러가는데도 생각대로 되지 않는 이내 신세를 한탄하고만 있는지라, 새해가 밝아도 기쁘지 않고 변함없이 허무함을 느끼고 있으니, 있는지 없는지도 모를, 아지랑이[178]처럼 허무한 여자의 처지를 기록한 일기라고 할 수 있겠다.

---

178) 원문에는 '가게로 일기'(かげろふの日記)라고 되어 있다. 일본어 고어에서 '가게로'란 단어는 '아지랑이, 하루살이, 잠자리' 등의 다중적인 의미를 띠고 있는 표현이었기 때문에, 서명의 해석은 연구자의 작품 이해에 따라 차이를 보여왔다. 그러나 『가게로 일기』 직전에 성립된 『고센와카슈』(後撰和歌集, 951년경)에 실린 와카들(654, 856, 1191, 1264번 노래)에 쓰인 '가게로'라는 표현이 『가게로 일기』와 마찬가지로 '있는지 없는지'(あるかなきか)라는 표현과 함께 '아지랑이'라는 의미로 쓰이고 있다는 점 등을 고려했을 때, 『가게로 일기』에서 '가게로'는 20여 년에 걸친 자신의 결혼생활을 되돌아보았을 때 아지랑이처럼 실체가 잡히지 않을 만큼 허무함을 느낀다는 화자의 의식을 나타내는 상징적인 표현으로 볼 수 있다.
『고센와카슈』에 실린 와카들은 다음과 같다.

| 해설 |

상권 서문과 서로 호응하는 발문(跋文)이다. 이 발문에서 미치쓰나의 어머니는 자신의 반생을 '아지랑이'처럼 있는 듯 없는 듯 손에 잡히지 않는 허무한 시간으로 규정하고 있다. 이 내용에서 『가게로 일기』라는 서명의 유래를 확인할 수 있다.

• 아지랑이를 본 듯 어렴풋하게 본 탓이런가 정처 없이 헤매는 물떼새 같은 사랑(かげろふに見し許にや浜千鳥ゆくゑも知らぬ恋にまどはむ, 巻第十, 恋二, 654番歌)

• 아지랑이를 흘끗 본 듯한 만남 허무하기에 저물녘 꿈이었나 기억만 더듬누나(かげろふのほのめきつれば夕暮の夢かとのみぞ身をたどりつる,, 巻第十二, 恋四, 856番歌)

• 먹먹하다고 슬프다고도 않네 있듯 없는 듯 아지랑이와 같이 사라져갈 이 세상(あはれともうしとも言はじかげろふのあるかなきかに消ぬる世なれば, 巻第十六, 雑二, 1191番歌)

• 이 세상이란 아지랑이와 같이 있듯 없는 듯 잡히지 않을 만큼 짧은 시간일지니(世中と言ひつる物かかげろふのあるかなきかのほどにぞ有ける, 巻第十八, 雑四, 1264番歌)

중권 中卷

"내리는 눈에 쌓이는 내 나이를 헤아려보니
죽지도 못하는 내 신세를 한恨하노라"

서른 날 낮밤은 내 곁에

미치쓰나의 어머니 34세(969)

새해 첫날의 바람

이렇게 허무하게 세월을 보내던 중 새해 첫날이 되었다. 이제까지 우리 집은 별나게도, 세상 사람들이 다 한다는 정월 초 입조심[1]도 하지 않았다. 그래서 이 모양으로 사는가 싶어, 아침에 일어나 무릎걸음으로 나오자마자, "여보게들, 어떤가"라고 물으니, 곁에 있는 사람들도 "올해만이라도 어떻게든 입조심을 해서 세상일이 잘 풀리는지 지켜보지요" 한다.

이 말을 듣고, 내 동기간에 해당되는 사람[2]이 여전히 누운 채로, "말씀드려볼까요. 세상천지를 주머니에 꿰매어……"[3]라고 먼저 신년 축하

---

1) 불길한 말을 입 밖에 내지 않도록 삼가는 일. '고토이미'(言忌)라고 한다. 소극적으로 입조심하는 데 그치지 않고 축하노래까지 읊으며 새해의 행복을 염원하고 있는 데서, 신년을 맞아 가네이에와의 관계를 적극적으로 타개하고자 하는 미치쓰나의 어머니의 자세를 읽을 수 있다.

2) 여동생으로 추정. '~에 해당되는 사람'은 제3자적인 모노가타리적인 표현.

3) '세상천지를 주머니에 꿰매어 행복을 넣어 쥐고 있으면 더 바랄 게 없네'라는 축

노래를 읊으니, 무척 흥이 나기에 "거기에 더해 나로서는 '서른 날 낮밤은 내 곁에'라고 말하고 싶구나"라고 했다. 그러자 앞에 있던 사람들이 웃으며, "참으로 그리만 된다면 바라고 바라던 일이지요. 같은 값이면 이 말을 적어 나으리께 올리면 어떨지요"라고 한다. 누워 있던 사람도 일어나, "너무 괜찮은 생각이네요. 천하의 어떤 비방보다도 낫겠네요"라며 웃음을 띠며 말하기에, 그대로 써서 어린것을 시켜 갖다드리게 했다.

그 사람은 요즘 한창 잘 나가는 사람[4]인지라, 사람들이 인사차 많이 찾아와 붐비는데다 서둘러 입궐도 해야 하는 상황이라 무척 시끌벅적하고 정신없는 듯했지만, 이렇게 써서 보내주었다.

올해는 오월이 윤달이라서 이런 와카를 읊은 듯하다.

가네이에

그리되면은 날 그리는 당신 맘 햇수 넘치니
그런 당신 때문에 윤달이 드나보오[5]

아주 넘칠 정도로 연초에 덕담을 주고받은 듯하다.

그 다음날, 우리 집과 저쪽 집[6] 아랫것들 사이에 싸움이 일어나, 골치

하노래의 일부분이다.

4) 가네이에는 한 해 전인 968년 11월 중장인 채로 종3위로 특별 승진했다. 사회적으로 영달해가는 가네이에에게 심리적인 거리감을 느끼는 미치쓰나의 어머니의 복잡한 심경이 엿보인다.

5) 이 시대는 음력을 사용했기 때문에 28일이나 29일인 달도 있었다. 따라서 달마다 30일이라면 한 해가 넘치는 데서, 이렇게 윤달과 관련지어 읊었다.

6) 가네이에의 첫 부인 도키히메네 집.

아픈 일들이 있었다. 그 사람은 우리 집 편을 들며 안됐게 여기는 기색이었지만, 나는 이 모두가 가까이 살아서 생긴 일[7]이로구나, 내 판단이 잘못됐구나라며 이 생각 저 생각을 하고 있던 차에, 또다시 이사를 가게 되었다. 그 사람 집과는 약간 떨어진 곳으로 이사를 했더니, 일부러 눈에 띄게 그럴듯하게 행렬을 꾸며 하루걸러 찾아왔다. 허무함으로 가득한 요즈음 내 마음[8] 같아서는, 역시 그 정도면 괜찮은 편으로 생각할 만했는데, 비단옷을 입고[9]까지는 아닐지언정 전에 살던 옛집[10]으로 가고 싶은 생각만 들었다.

아랫사람들끼리의 증답

삼월 삼일, 삼월 삼짇날 명절을 지내려고 이것저것 공물을 준비했다. 사람이 별로 없으면 섭섭하다며, 내 집의 시녀들이 그 사람 집 종자(從者)에게 이렇게 써서 보냈다. 장난스레 읊었다.

시녀
복숭아꽃 술 마실 이 찾기 위해 사람 보내오

---

7) 967년 11월 중순 미치쓰나의 어머니가 가네이에의 집 근처로 이사한 기록이 상권에 있다. 도키히메의 집과도 가까운 곳이었기에, 여주인들의 표면적인 교제와는 달리 대항의식을 지닌 아랫사람들 간에 부딪침이 있었다는 것을 알 수 있다. 이 일을 계기로 겉으로는 우호적인 듯 보였던 도키히메와의 관계는 결정적으로 틀어졌다.

8) 집필 시점의 미치쓰나의 어머니 마음.

9) 금의환향(錦衣還鄕)의 뜻으로, '富貴不帰故郷, 如衣錦夜行'(『史記』 項羽本紀)과 '卿衣錦帰郷'(『南史』 柳慶遠伝)에 의거한 표현이다.

10) 전에 살던 이치조니시노토인에 있던 집.

그 댁 정원이 바로 서왕모 뜰인 것을

그러자 곧바로 무리지어 몰려왔다. 공물로 바쳤던 것을 내니, 모두 얼큰하게 술을 마시며 하루를 보냈다.

그 달 중순경에 그 사람들이 편을 갈라서 작은 활 시합을 하게 되었다. 서로 연습이다 뭐다 하며, 시끌시끌하다. 후발 사수들만 이곳에 모여 활쏘기 연습을 하던 날, 시녀에게 상품을 졸라댔다. 갑자기 그럴 만한 물건이 떠오르지 않아서인지, 고심 끝에 장난삼아 푸른 색지에 와카를 써서 버드나무 가지[11]에 매달아주었다.

시녀
표적 뒤 천막 흔들흔들 산바람 앞에서 부니
올 봄 버들가지는 뒤로만 쏠리누나

답가는 이 사람 저 사람이 읊어서 보내왔지만, 기억하지도 못하고 있는 것을 보면 그 수준은 상상에 맡긴다. 그 가운데 한 수는 이러했다.

가네이에의 종자
이리도 우리 편을 들어주시니 시름에 찌든
찌푸린 우리 눈살 환히 피어나겠네

---

11) 춘추시대 명궁이었던 초나라 사람 양유기(養由基)가 버드나무 잎을 표적으로 화살을 쏘아 백발백중했다는 고사에 의한다.

시합은 그믐께 열자고 의논을 정해두었는데, 세상에, 어떤 무거운 죄를 저질렀는지, 사람들이 귀양을 가는 둥 세상을 시끄럽게 하는 큰일[12]이 생겨서 흐지부지돼버렸다.

미나모토 다카아키라의 좌천

스물대엿샛날쯤에 서궁(西宮)에 계시는 좌대신(左大臣)[13]이 유배를 가시게 되었다. 그 모습을 뵙겠다고 세상이 떠들썩할 정도로 서궁으로 사람들이 허둥지둥 부산을 떨며 달려간다. 이 얼마나 참담한 일인가라고 생각하며 소식에 귀 기울이고 있던 차에, 사람들에게 모습을 보이지도 않으시고 댁을 빠져나가 도망치시고 말았다. 아타고(愛宕)[14]에 계신다는 둥, 기요미즈(清水)[15]에 계신다는 둥 난리법석을 피운 뒤 결국 찾아내 유배를 보내셨다고 한다.

이 소식을 들으니, 이렇게까지 하다니라고 생각될 정도로 무척이나 슬프다. 나처럼 둔한 사람조차 이러한데, 인정이 많은 사람치고 눈물 흘리지 않는 사람은 아무도 없을 정도다. 많은 자제분들도 궁벽한 지방을 떠도는 신세가 되어 행방도 모르고 뿔뿔이 흩어지시거나, 또는 출가하

---

12) 안나(安和)의 변. 미나모토 쓰라누(源連) 등의 모반으로 시작돼, 좌대신 미나모토 다카아키라(源高明)에게 누명을 씌워 다자이 부(大宰府) 임시 장관으로 좌천시킨 사건이다. 후지와라 씨가 타 성씨를 배척하기 위해 일으킨 정치적 모략이면서 후지와라 씨 내부의 대립도 표면화된 정치적으로 매우 중요한 사건이다.

13) 다이고 천황의 아들인 미나모토 다카아키라. 서궁은 그 저택 이름이며, 신적(臣籍)으로 내려왔기 때문에 미나모토라는 성을 갖게 되었다.

14) 교토 시 우쿄 구(右京区)에 있는 아타고 산(愛宕山).

15) 교토 시 히가시야마 구(東山区)에 있는 기요미즈데라(清水寺).

시거나 하니 말로는 다 표현할 수 없을 정도로 가슴 아픈 일이다. 대신도 출가해 스님이 되셨지만 억지로 다자이 부의 임시 장관에 임명해 규슈(九州)로 내치시고 말았다. 그즈음엔 온통 이 일에 관한 소문만으로 날을 보냈다.

내 신상에 관한 일만 적는 일기에는 넣기에 어울리지 않는 내용이지만, 몹시 슬퍼한 건 다른 사람이 아닌 바로 나이기에 기록해두는 것이다.[16)]

유서를 쓰다

윤달이 아닌 첫 번째 오월하고도 스무여 날 지난 장맛비 내리는 어느 날의 일이다. 근신할 일도 있는데다 긴 정진에 들어간 그 사람은 산사에 틀어박혀 있었다. 비가 억수같이 퍼붓는 것을 바라보며 시름에 잠겨 있는데, "참으로 이상하게도 마음이 불안해지는 곳이구려"라는 그 사람 편지를 받았던지, 이러한 와카를 읊어 보냈다.

미치쓰나의 어머니

때맞춰 이리 장맛비 줄곧 내려 더하는 불안
먼 곳 가 계신 당신 귀가 더 늦어지고

이에 대한 답가는 이러했다.

---

16) '내 신상에 관한 일만 적는 일기에는 넣기에 어울리지 않는 내용'에서 미치쓰나의 어머니의 '일기'관을 엿볼 수 있는 대목이다. 즉, 미치쓰나의 어머니는 정치권력을 둘러싼 세력 다툼 및 역모와 같은 정치적인 사건, 즉 남성들이 관여하는 정치세계의 일은 일기로 적기에 어울리지 않는 내용이라고 인식하고 있다는 것을 알 수 있다.

가네이에

붓는 빗물에 당신 보지 못한 채 세월 흐르면

정진 그만두고서 늪에 함께 빠지세

이렇게 주고받는 동안에, 윤 오월이 되었다.

그 달 그믐부터, 어디가 안 좋은 것인지 딱히 이렇다 할 이유도 없이 몸이 무척 괴롭기만 한데, 될 대로 되라는 심정이다. 목숨에 연연해하는 것처럼 그 사람에게 보이기는 싫다고 오직 그 생각만 하며 참고 있었다. 하지만, 옆에서 지켜보던 사람들은 그냥 둘 수 없어서 양귀비(芥子)를 태우는 등 이런저런 비방[17]을 써보지만, 여전히 아무런 효험도 없이 시간만 흘러간다.

그 사람은 이렇게 내가 부정을 멀리하고 재계 중이라는 이유로 보통 때보다도 더 찾아오지를 않고, 신저(新邸)[18]를 짓는다며 오가던 중에 겸사겸사 찾아와서는, 앉지도 않고 선 채 "어떠시오"라고 문안을 한다.[19] 마음이 약해져서인지 아깝지 않고 슬프게만 여겨진다[20]며 시름에

---

17) 유즙이 많이 나는 뽕나무 등의 생나무를 태워, 그 속에 양귀비 열매 등을 던져 악인악업(惡因惡業)의 소멸을 기원하는 진언종의 치료 방법. '芥子'는 '겨자'의 한자어이기도 해, 실은 양귀비가 아니라 겨자를 불 속에 던졌다는 견해도 있다.

18) 히가시산조인(東三条院)으로 추정된다. 가네이에가 이 저택을 개축해 자신의 본저로 삼은 뒤, 이곳은 후지와라 섭관정치의 주된 무대가 되었다. 970년 미치쓰나의 어머니는 이 저택에 본인이 아니라 도키히메가 들어가게 되었다는 데 큰 충격을 받게 된다. 본저에 들어가면서 도키히메는 가네이에의 부인으로서 사회적으로 인정받게 되었고, 미치쓰나의 어머니는 여러 처들 중 한 명의 위치에 머물게 되었기 때문이다.

19) 앉지 않고 선 채로 병중인 사람을 위문하면, 부정을 타지 않는다고 믿었다.

잠겨 있던 황혼 무렵, 그 신저에서 돌아오는 길이라며 연밥 한 줄기를 사람을 시켜 들여보냈다.

"어두워져 들어가지 않고 그냥 가오. 이것은 저쪽 집 것이라오. 보시게"라고 한다. 답장으로는 단지, "'살아 있어도 죽은 것과 별반 다를 게 없네요'라고 말씀드리게"라고 시키고는 생각에 잠겨 누워 있었다.

아아, 사람 목숨이 어찌 될지 모르는데다 그 사람의 마음도 모르는지라, 참으로 너무나도 멋지다는 그곳을, "어서 빨리 당신께 보여주고 싶소"라고 했던 것도 어찌 되든 상관은 없지만, 이걸로 끝나는가 싶어 서글픈 생각이 든다.

미치쓰나의 어머니

꽃 피고 열매 맺듯 활짝 펴가는 세상 버리고

연잎 위 이슬처럼 사라지는가보다

이렇게 생각할 정도로 날이 가도 몸 상태는 여전한지라, 마음이 불안하다.

별로 순탄하지 않을 것 같은 인생이지만 그러면 또 어떤가라고 생각하고만 있던 신세인지라, 손톱만큼도 목숨이 아까운 것은 아니다. 단지 이 홀로 있는 사람을 어찌하면 좋을꼬, 그 생각이 머리에서 떠나지 않으니 눈물이 멈추지를 않는다. 여전히 이상하게도 몸 상태가 평소와는 다

---

20) '아깝지 않고 슬프기만 한 건 이 몸이라네 당신 마음 향방을 짐작할 수 없기에'(惜しからで悲しきものは身なりけり人の心のゆくへ知らねば, 『西本願寺本·類従本貫之集』, 紀貫之)의 한 구절을 인용해, 화자의 심정을 표현했다.

르다고 느끼는 게 겉으로 드러났는지, 그 사람이 대단히 영험 있는 스님들을 불러 보내주거나 하여 기도도 해보지만, 아무리 해도 효험이 전혀 없다. 이러다가 정말 죽을지도 모르겠다, 급작스레 죽음을 맞으면 하고 싶은 말도 다 못 한다는데, 그렇게 가버리면 정말로 여한이 남을 듯하니 목숨이 붙어 있는 동안에 기회만 있다면 떠오르는 대로 속마음을 적어두어야겠다고 생각해, 팔걸이 좌의자에 기대어 이렇게 썼다.

"당신은 제가 오래오래 살 거라고 항상 말씀하시고, 저 또한 살아 있는 한 끝까지 당신을 옆에서 지켜보겠다고 늘 생각하고 있었건만, 이제 목숨이 다했는지 묘하게도 마음이 불안하기만 하기에 이리 씁니다.

평소에 늘 말씀드리듯이 이 세상에 오래도록 머물 거라고는 전혀 생각하지 않았기에 손톱만큼도 목숨이 아깝지는 않지만, 오직 이 어린 것의 앞날이 너무나도 마음이 쓰일 뿐입니다. 장난삼아 당신이 불쾌하다는 기색을 비추기만 해도 너무나도 견디기 어려워하므로, 아주 큰일이 아니시라면 불쾌한 기색을 보이지 말아주십시오.

저는 참으로 죄 많은 몸[21]이기에,

미치쓰나의 어머니

바람조차도 고뇌 없는 곳[22]으로 밀어 안 주면

---

21) 이 세상에서 이렇게 많은 고생을 하고 미치쓰나에 대한 걱정이 끊이지 않는 것은 전생에 죄 많은 몸이었기 때문이라는 자기 인식을 엿볼 수 있다.

22) '고뇌 없는 곳'의 일본어 표현은 '오모와누카타'(思はぬかた)이다. 이 표현은 종래 병치레를 하며 죽음을 의식하여 정진하고자 하는 미치쓰나의 어머니의 심경을 근거로 지옥, 극락정토 등 종교적인 의미로 해석되거나 또는 '예기치 못한 방향'으로 해석되어왔다. 그러나 바로 직전에 가네이에가 히가시산조 저택

이 세상의 괴로움 저 세상에서까지

맛볼 듯합니다. 제가 이 세상을 뜬 뒤에조차 이 아이를 쌀쌀맞게 대하시는 분이 있다면, 반드시 원망스럽게 여길 것입니다.

우리 모자를 끝까지 보살펴주지는 않을 거라고 생각하면서도 이 날 이때까지 변하지 않은 그 마음을 보아왔기에, 부디 이 아이를 잘 거둬주십사 부탁드립니다. 제게 무슨 일이 있을 때는 당신에게 부탁드리려고 생각해왔는데, 그 생각 그대로 지금 제가 이리 되었으니, 부디 먼 훗날까지 부탁드립니다. 남몰래 멋있다고 말씀드린 것도 잊지 않고 기억해주실는지요.

공교롭게도 직접 뵙고 말씀드릴 계제는 아닌지라,

미치쓰나의 어머니

이슬 푹 젖은 길이라고 들어온 저승 산인걸

젖고젖고 또 젖는 소매 어이할거나"

그런 다음 끄트머리에는 이렇게 썼다.

"저 죽은 다음에는, 문답할 때 아주 자잘한 것이라도 잘못 대답하는 일이 없도록 철저히 학문을 닦으라는 유언을 제가 남겼다고, 그 아이에게 전해주십시오."

그러고 나서 봉투를 봉한 뒤 그 위에, "재계기간이 끝난 다음에 보셔

을 조성하고 있다는 기술에 주목했을 때, 이 표현은 '고뇌 없는 가네이에와의 결혼생활', 가네이에의 신저에 들어갈 수 있을 정도로 안정된 결혼생활을 의미하는 표현으로 해석된다.

으면 합니다"라고 쓴 뒤, 옆에 있던 다리가 여섯 달린 중국식 궤짝[23]에 무릎걸음으로 다가가 넣었다. 곁에서 지켜보고 있던 사람에게는 이상하게 비쳤겠지만, 혹여 병이 더 오래 끌게 될 경우 이렇게라도 해두지 않으면 무척이나 가슴 아플 거라고 생각되었기 때문이다.

다카아키라 부인에게 보낸 장가

이렇게 몸이 여전히 별 차도가 없기에, 너무 떠들썩하지는 않게 이따금씩 쾌유를 비는 제(祭)를 지내거나 불제를 하거나 하며 지내던 중, 유월 그믐께가 되었다. 약간은 기력을 되찾았을 때 소문에 듣자니, 다자이부 임시 장관인 다카아키라 전 좌대신의 부인[24]께서 비구니가 되셨다는 소식이다. 참으로 안됐고 마음이 몹시 아프다. 부부가 살던 서궁은 다카아키라 전 좌대신이 유배를 가시고 사흘 정도밖에 지나지 않았을 때 불이 나서 다 타버렸다. 하여, 부인께서는 당신의 소유인 모모조노(桃園)[25]에 있는 사저로 옮기신 뒤 몹시도 비탄에 잠겨 계시다는 소식을 전해 들으니 그것만으로도 너무나 슬프다. 내 마음이 개운하지도 않은 탓인지, 멍하니 방에 누워 이 생각 저 생각 이런저런 생각에 빠져 있는 일이 심하다 싶을 만큼 많다. 그 마음속의 생각을 글로 써내보니, 참으로 보기 민망하지만 이러하다.

---

23) '가라우쓰'(唐櫃)라고 한다.

24) 다카아키라의 부인인 아이미야(愛宮). 후지와라 모로스케의 다섯째 딸로 가네이에의 이복여동생이다.

25) 당시 교외에 있던 별장지로서 이치조(一条) 북쪽으로 추정된다.

미치쓰나의 어머니

아아, 지금은 이런 말 하는 것도 소용없지만
떠오르는 옛일은 늦은 봄날에
꽃 지듯 유배길에 오르던 그 일
가슴 아파하면서 듣고 있던 중
서쪽 깊은 산골의 휘파람새[26]는
마지막 울음소리 토해내면서
전세에 무슨 인연 있는 곳인지
아타고 산에 입산 했다 들었네
그 일 또한 사람들 입길 오르니
무도(無道)한 일이라며 탄식만 했네
몸 숨긴 골짜기의 산속 냇물에
끝내 흘러가셨다 법석 피던 중
서러운 세월 흘러 사월이 되니
휘파람새 대신한 산속 두견새
님 그리는 울음은 그치지 않고
방방곡곡 어디든 울지 않으랴
하물며 시름 깊은 오월 장마철
이 서러운 세상에 살아가는 한
어느 누구 소매가 젖지 않으랴
게다가 올 오월은 윤달까지나
옷소매 겹쳐지듯 겹쳐졌으니

---

26) 서궁에 거주하던 다카아키라 왕자를 가리킨다.

위아래 가리잖고 후줄근하네
하물며 부자지간 정으로 묶인
그 많은 자제들은 제각각 자기
삶 살며 어이 눈물 젖지 않으랴
넷으로 갈라지는 새떼[27]와 같이
이리저리 뿔뿔이 새집 떠나니
겨우 새집 지키는 부화란(孵化卵)에도
그 무슨 소용이나 있을까 싶어
찢긴 가슴 붙잡고 시름 잠기리
말해서 무엇 하랴 아홉 길 깊은
구중궁궐 생활에 젖어 있다가
같은 아홉 수지만 아홉 섬 규슈(九州)
생각에 잠겨 섬 둘[28] 바라보겠지
한편으론 꿈인가 혼잣말하며
만날 기약 없어져 버렸다면서
당신 또한 한탄만 몇 겹 쌓다가
결국엔 비구니가 되어버렸네
배를 물에 떠내려 보내고 난 뒤
적적하기 이를 데 없는 세상을
멍하니 바라보네 되돌아오는

---

27) 『공자가어』(公子家語)에 나오는 고사로, 중국 환산(桓山)의 새가 네 마리 새끼를 낳았지만 커서 사해로 뿔뿔이 날아가, 어미새가 슬피 울었다는 이야기이다. 부모자식간의 슬픈 이별을 비유한다.

28) 이키(壱岐) 섬과 쓰시마(対馬) 섬.

잠시만 헤어지는 이별이라면
당신의 잠자리도 깔끔할 텐데
먼지만 쌓이는 게 허무만 하여
눈물로 베개 행방 모를 정도네
지금은 눈물 또한 다 말라버려
유월 나무그늘 속 우는 매미도
가슴 찢어질 듯해 탄식하는 듯
하물며 가을바람 불어오며는
바자울 물억새가 어설프게도
그 마음 안다는 듯 사각거릴 제
그때마다 잠이 깨 잠 못 이루니
꿈속에도 낭군을 만나지 못해
기나긴 밤중 내내 우는 벌레와
같은 울음소리로 느껴 우는데
제 마음속 생각은 베어둔 채로
그냥 둔 나무 숲 밑 풀열매같이
똑같이 젖어 있단 사실을 아시나요

또, 안쪽에다가 이렇게 썼다.

미치쓰나의 어머니
집 둘러보니 쑥대풀 출입문도 닫힌 그대로
이리 황폐해질 줄 생각도 못 하였네

이를 그대로 놓아두었는데, 앞에 있던 시녀가 발견하고는 이렇게 말했다.

"참으로 가슴 깊이 다가오네요. 이것을 다카아키라 마님께 보여드리고 싶네요."

"그게 좋겠구나. 허나, 우리 집에서 보냈다고 하면 멋쩍고 보기 민망할 것 같구나"라며, 두께가 좀 두꺼운 가미야 종이(紙屋紙)[29]에 쓰게 해 다테부미(立文) 형식[30]으로 싸서 껍질을 벗기고 다듬은 나무에 매달았다.

"'어디서 보냈느냐'고 물으면, '도노미네(多武の峰)[31]에서'라고 말하거라"라고 이른 것은, 불문에 귀의하신 마님의 친오라버니[32]께서 보내신 것처럼 말하게 하려는 생각에서였다. 편지를 전해 받은 사람이 안으로 들어간 사이에 심부름꾼은 돌아왔다. 그 댁에서 어떻게 판단하셨는지는 모른다.

이러고 있는 중에 내 심기도 이제 웬만큼 회복이 되었다. 스무날쯤 지났을 무렵, 그 사람이 미타케(御嶽)[33]로 서둘러 참배를 떠났다. 어린것도 함께 데리고 떠나게 된지라, 이것저것 준비를 해 떠나보낸 뒤, 그 날

---

29) 교토 시 덴진 강(天神川) 상류인 가미야(紙屋) 강변에 있던 도서료(図書寮) 부속기관인 지옥원(紙屋院)에서 헌 종이를 풀어 다시 만든 두꺼운 종이.

30) 정식으로 편지를 봉하는 형식. 편지를 종이로 감고 위아래 남은 부분을 꼬아 묶었다.

31) 도노미네는 나라 현 사쿠라이 시(桜井市)에 있는 산.

32) 후지와라 다카미쓰(藤原高光). 후지와라 모로스케의 아들로 아이미야의 친오빠이자 가네이에의 이복형제. 961년에 출가해 그 다음 해에 도노미네에 올라갔다는 사실이 『도노미네랴쿠키』(多武峰略記)에 나온다.

33) 나라 현 요시노 군(吉野郡)에 있는 연봉(連峰)을 일컫는다. 긴푸(또는 긴부) 산(金峰山). '가네노미타케'(金の御岳)라고도 한다.

저녁 무렵 나 또한 원래 머물던 집[34]의 수리가 끝났기에 옮겼다. 그 사람이 데리고 가야 할 사람들을 남겨두고 갔기에 이들의 도움으로 이사를 했다. 그러고 나서는, 아직까지 마음이 놓이지 않는 아이까지 딸려 보냈기에 어떻게 지내는지 가슴 졸이며 무사하기를 빌었다. 칠월 초하룻날, 아이가 새벽녘에 와서는 "지금 막 돌아왔습니다"라고 한다. 이사 온 집하고 그 사람 집은 거리가 꽤 멀기에 한동안은 찾아오는 게 어려울 거라고 생각하고 있는데, 낮에 무척이나 지친 모습으로 찾아왔다. 이게 어쩐 일인가.

그런데, 이즈음 다자이 부에 가 계신 다카아키라 왕자님의 마님께서 어떻게 아셨는지, 내 집에서 와카를 보냈다는 걸 들으시고는, 요 유월에 내가 머무르고 있던 곳으로 보내야겠다고 생각하시고 편지를 보내셨는데, 심부름꾼이 잘못 알고 또 한 분 댁[35]으로 가져가버렸다. 그 댁에서는 편지를 받아들고는 그런데도 이상하다고 생각도 하지 않았는지, 답신 등을 보내드렸다고 전해 들었다. 허나, 마님 댁에서는 보내온 답신이 또 한 분 댁에서 온 것이라고 전해 듣고는, 답가가 잘못 전해졌구나, 별 볼일도 없는 답가였는데, 같은 것을 또 보낸다면 앞서 보낸 와카를 전해 들을 수도 있을 텐데 그러면 그 얼마나 남부끄러운 일일까, 참으로 성의도 없다고 여길 거라고 어쩔 줄 몰라 하신다는 소문이다.

이를 전해 듣자니 흥미가 생겨 이대로 가만히 놔둘 수는 없다고 생각해, 앞서 보낸 와카와 같은 필체로 아주 연한 쪽빛 종이에 이렇게 적었다.

---

34) 967년 11월에 이사를 나왔던 본집인 이치조니시노토인.
35) 도키히메로 추정된다.

미치쓰나의 어머니

메아리 같은 답신 보내셨단 말 듣긴 들어도

자취 없는 하늘을 찾느라 지치누나

이를 무척이나 잎이 무성하게 붙어 있는 가지[36]에 다테부미 형식으로 묶은 뒤 매달았다. 이번에도 또 심부름꾼이 편지를 놓아두고는 모습을 감춰버렸기에, 전처럼 실수를 하면 어쩌나 싶어 마님 댁에서 이번에는 신중하게 지켜보고 계셨으려나, 역시 미덥지 못하기만 하다. 참 이상하게도 와카를 주고받았다는 생각이 든다. 얼마간 시간이 지난 뒤, 확실하게 전해줄 수 있는 사람을 수소문해 이러한 와카를 읊어 보내주셨다.

다카아키라 부인(아이미야)

부는 바람에 소금 연기 하늘로 날아가듯이

비구니의 편지는 아직 찾지 못했나

두말할 나위 없이 너무나 유려한 필체인데, 옅은 쥐색 종이에 무로[37] 라는 나뭇가지에 매달아 보내셨다. 답가는 호두색 종이에 다음과 같이

---

36) '말'을 뜻한다. 일본어로 '고토바'(言葉)라고 한 데서 나온 착상이다. '들판도 산도 나뭇잎 무성해진 여름인데도 매정한 님에게선 한 마디 말도 없네'(野も山もしげりあひぬる夏なれど人のつらさは言の葉もなし, 『拾遺和歌集』 恋二, 読人しらず)라는 와카를 바탕으로 하여, 답가가 없는 것을 빗대어 말한 것으로 보인다.

37) '무로'(榁 또는 杜松)가 무슨 나무인지는 명확하지 않다. 냇가의 버들이나 노간주나무, 또는 소나무라는 설 등이 있다.

써서 변색한 소나무 가지[38]에 매달아 보냈다.

미치쓰나의 어머니

황폐한 포구 소금 굽는 연기는 올라오지만

이쪽으로 보내줄 바람은 불지 않네

후지와라 모로마사의 쉰 살 축하 병풍가

팔월이 되었다. 그즈음, 고이치조(小一条) 좌대신(左大臣)[39]의 쉰 살 축하연으로 세상이 떠들썩하다. 좌위문독(左衛門督)[40] 님이 축하선물로 병풍을 제작해 올리신다며 거절하기 힘든 연줄을 수소문해 병풍가(屛風歌)[41]를 지어달라고 부탁을 해온 일이 있었다. 병풍에 그려 넣을 그림 가운데서 군데군데 골라낸 장면들을 몇 점 보내왔다. 참으로 민망한 일이라며 몇 번이나 거듭 되돌려 보냈건만, 어떻게 할 수 없을 정도로 간곡하게 부탁을 해오니, 새벽녘이나 달빛 보이는 날 등에 하나 둘 구상하

---

38) '세월이 흘러 의지할 데 없구나 늘 푸르렀던 소나무 가지 또한 색이 변해가누나'(年を経て頼むかひなしときはなる松の梢も色変りゆく, 『後撰和歌集』 雑一, 読人しらず)를 염두에 둔 것이다.

39) 가네이에의 숙부인 후지와라 모로마사(藤原師尹).

40) 후지와라 요리타다(藤原頼忠). 후지와라 북가(北家)의 적류(嫡流)인 후지와라 사네요리(藤原実頼)의 차남으로, 가네이에의 사촌. 독(督)은 '가미'라고 읽으며 장관을 의미한다.

41) 이하 9수의 와카는 '병풍가'이다. 병풍가란 병풍 그림을 제재로 해 읊은 와카로, 사계절 12개월을 읊은 것과 명소를 읊은 것으로 크게 나눌 수 있다. 이들 와카에 관해서는 권말 가집 말미에 "축하 와카는 일기에 있기에 쓰지 않는다"라고 언급되어 있다.

며 와카를 지었다.

어느 인가(人家)에서 잔치를 벌이는 장면이 있다.

미치쓰나의 어머니

넓은 하늘을 해와 달 되풀이해 돌고 돌듯이

앞으로도 오늘만 같은 날 오고 지고

여행 중인 사람이 바닷가에 말을 멈추고, 물떼새 지저귀는 소리를 듣는 장면이 있다.

미치쓰나의 어머니

첫 울음소리 한번 듣고 물떼새(千鳥) 알아봤기에

천 년 만 년 끝없이 영화 누릴지어다

아와타 산(粟田山)[42]을 거쳐 진상할 말을 끌고 가는데, 그 근방에 있는 인가에 말을 끌고 들어가 사람들이 구경을 하는 장면이 있다.

미치쓰나의 어머니

오랜 세월을 진상마(進上馬) 넘어가는 기슭에 살아

버티며 고집 피던 말조차 순해졌네

또 인가 앞 가까이에 있는 샘물에 팔월 보름날 밤 달빛이 비치는 것을

42) 교토 시 동쪽 근교에 있는 산.

여인네들이 바라다보고 있는데, 담 밖을 지나 큰길로 피리를 불며 가는 사람이 있다.

미치쓰나의 어머니

하늘 저 너머 호적(胡笛) 소리 가까이 들려오는데
샘 속 달빛은 마치 퍼올려질 듯하네

시골집 앞 바닷가에 소나무 숲이 있는데, 거기서 학이 무리를 지어 놀고 있다. "두 수를 짓도록"이라고 적혀 있다.

미치쓰나의 어머니

물결 부딪는 물가 저편 보이는 잔솔나무 밭
학 무리 그 솔밭에 마음 주고 있는 듯

미치쓰나의 어머니

소나무 그늘 모래사장 쪼아대는 한 무리 학 떼
이보다 더 이상 무엇을 바랄손가

어살 모습을 그린 장면이 있다.

미치쓰나의 어머니

어살 목책에 마음을 빼앗긴 채 날이 흐르니
많고 많은 밤들을 밖에서 지새웠네

바닷가에 횃불을 켠 낚싯배 등이 나와 있는 장면이 있다.

미치쓰나의 어머니

내건 횃불도 갯사람 작은 배도 무사하기를
사는 보람 느끼는 포구에 찾아왔네

시녀 등 여인네들이 탄 우차가 단풍놀이를 하러 온 김에, 단풍이 가득한 인가에 또 들른 장면이 있다.

미치쓰나의 어머니

오랜 세월을 이 들녘 근방에서 사는 사람은
해마다 돌아오는 가을 기다리겠지

이렇듯 별로 마음이 내키지도 않는데 몇 수나 억지로 읊게 한 끝에, 그 가운데 횃불 낚싯배와 물떼새 와카가 채택되었다는 소식을 듣자니, 뭔가 모르게 마음에 차지를 않는다.

이렇게 지내고 있는 동안에 가을은 저물고 겨울이 왔다. 딱히 이렇다 할 특별한 일이 없는데도 마음이 안정되지 않고 시끄러운 채 날을 보내고 있었다.[43] 십일월 어느 날 눈이 무척이나 많이 와 두껍게 쌓였는데, 어찌 된 일인지 견디기 힘들 정도로 내 신세가 처량하고 그 사람이 원망

43) 969년 가을부터 겨울에 걸쳐 레이제이 천황의 양위와 엔유 천황의 즉위, 가네이에의 인사이동, 미치쓰나의 승전 견습, 후지와라 모로마사의 사망 등 조정과 미치쓰나의 어머니 신변에 여러 일들이 일어났다.

스럽고 마음이 너무 슬픈 날이 있었다. 멍하니 밖을 내다보며 생각에 잠겨 있다가, 이 같은 와카가 떠올랐다.

미치쓰나의 어머니

내리는 눈에 쌓이는 내 나이를 헤아려보니

죽지도 못하는 내 신세를 한(恨)하노라[44]

이렇게 생각에 잠겨 있노라니, 섣달 그믐날이 지나고, 봄도 성큼 다가와 한창때가 되었다.

| **해설** |

중권 도입부의 '이렇게 허무하게 세월을 보내던 중'이라는 구절은 상권에서부터 축적되어온 결혼생활에서 배태된 고뇌가 중권에서도 그대로 이어지고 있음을 나타낸다.

미나모토 다카아키라의 비운을 기술하고 있는 것은 역사 속에서 살아가는 인물을 그린다는 일기문학의 의의를 나타내줄 뿐만 아니라, 비애로 가득 찬 인생에 직면한 미치쓰나의 어머니 스스로의 처지를 토로하고 있다고도 할 수 있다. 다카아키라의 부인이자 가네이에의 여동생인 아이미야에게 보낸 장가 또한 표면적으로는 두 사람에 대한 동정을 표

---

44) 자신의 나이를 의식하는 미치쓰나의 어머니의 심경이 처음으로 드러난 와카이다. 이렇듯 절망스러운 심정을 드러낸 원인으로는 바로 직후 묘사되는, 가네이에가 개축한 저택으로 이사 가는 문제가 지적되고 있다.

현하고 있지만, 그 이면에는 미치쓰나의 어머니의 가슴속에 뒤얽혀 있는, 생각대로 되지 않는 자기 인생에 대한 한탄을 표출하고 있다고도 할 수 있다.

또한 가네이에가 개축하고 있는 히가시산조인을 둘러싼 묘사는, 점점 더 사회적으로 출세해가는 가네이에와 미치쓰나의 어머니의 격차를 느끼게 할 뿐만 아니라, 결국 그 저택에 자신이 들어가지 못하게 됨을 알게 되면서 정처의 자리에서 멀어진 불안정한 위치를 인식시키는 역할을 한다. 미치쓰나의 어머니의 바람이란, 가네이에의 정처로 자리를 잡아 사회적으로 위신을 세우는 것과 외아들 미치쓰나가 입신출세하는 것이다. 그런데 자신이 아니라 도키히메가 새 저택에 들어가 부인으로서의 지위를 확고히하게 되면서, 미치쓰나의 어머니는 자신과 아들의 장래를 불안하게 여길 수밖에 없게 된 것이다. 그즈음 유서까지 쓸 정도로 몸 상태가 좋지 않았던 것도 미치쓰나의 어머니의 정신적인 고뇌가 표출된 신경성 질환으로 볼 수 있다. 도키히메의 세 아들보다 자질면에서 한참 뒤떨어지는 미치쓰나의 앞날을 부탁하는 유서 내용을 통해 부인으로서가 아니라 아들의 어머니로서밖에는 남편과 연결고리를 지니지 못한 미치쓰나의 어머니의 위치를 확인할 수 있다.

쌓인 눈을 바라다보며 '내리는 눈에 쌓이는 내 나이를 헤아려보니 죽지도 못하는 내 신세를 한(恨)하노라'라는 와카를 읊으며 한 해를 보내고 있는 미치쓰나의 어머니의 모습에서, 정처가 될 가능성도 없어진 채 눈이 쌓이듯 점점 나이 들어가며 남편을 붙잡아둘 여성으로서의 매력조차 잃어가고 있다는 절망스러운 자기 인식이 드러난다. 『가게로 일기』가 다음 해인 970년쯤부터 집필되기 시작한 것으로 보인다는 점에서, 이즈음의 미치쓰나의 어머니의 심경이 일기 집필의 계기가 된 듯하다.

한편 가네이에의 숙부인 후지와라 모로마사의 쉰 살 축하 병풍가를 의뢰받은 데서 미치쓰나의 어머니가 와카의 가인(歌人)으로서 사회적으로 인정받고 있었던 사실을 알 수 있다.

비바람도 개의치 않던 옛날과 발길 멀어진 지금

미치쓰나의 어머니 35세(970)

궁중 활쏘기 시합에서 활약한 미치쓰나

그 사람은 멋들어지고 호화스럽게 지어진 새 저택[45]에 내일 이사 간다, 오늘 밤 이사 간다 야단법석이지만, 내 쪽은 예상했던 대로 지금 이대로라도 괜찮지 않느냐로 결말이 난 듯하다. 그렇다면, 참으로 그 사람이 약속을 지키지 않는 데는 질렸기에 오히려 마음을 편히 먹고 지내고 있다.[46]

삼월 열흘날께 궁중에서 활쏘기 시합[47]을 하기로 되어 있어서, 대대

---

45) 히가시산조인.

46) 새 저택을 "어서 빨리 당신께 보여주고 싶소"(969년 윤 5월 기사)라던 가네이에의 말에 기대를 걸며 새 저택에 들어가기를 바랐던 기대가 무산됨에 따라, 가네이에에 대한 배신감과 실망감을 느끼고 있는 미치쓰나의 어머니의 심경이 반어적으로 표현되어 있다.

47) 천황이 나와 구경하는 궁중의 활쏘기 시합으로 '노리유미'(賭弓)라고 한다. 연중행사는 1월 18일께 열리므로, 이때는 임시 행사라는 것을 알 수 있다.

적으로 준비하고 있다는 소문이다. 우리 집 어린것이 후발대로 뽑혀 출장을 하게 되었다. "그쪽 편이 이기면 그 조가 다 함께 춤도 추어야 한다"라고 하기에, 요즈음은 만사 다 제쳐놓고 오직 이 일에만 신경을 쓴다. 춤을 연습한다면서 날마다 풍악을 울리며 시끌벅적하다. 활쏘기 연습을 하러 갔던 아이가 상품을 들고 퇴출했다. 무척이나 뿌듯한 일이라 생각하며 아이를 바라다본다.

열흘날이 되었다. 오늘은 우리 집에서 춤 예행연습 같은 것이 열렸다. 춤을 지도하는 선생인 오 요시모치(多好茂)[48]가 시녀들로부터 많은 물건을 받아 어깨에다 걸쳤다. 남정네들도 모두들 옷을 벗어 하사품으로 내렸다. "나으리는 재계 중이십니다"라며 그 사람 아랫것들만 빠짐없이 모두 왔다. 예행연습이 거의 끝나갈 무렵인 저녁때쯤, 요시모치가 호접무(胡蝶舞)를 추며 나오니, 노란 홑옷을 벗어주는 사람이 있다. 참으로 분위기에 어울린다는 느낌이 든다.

그리고 열이튿날에는, "후발대로 나가는 사람들이 모두 모여 춤을 추어야 하는데, 여기는 궁터가 없어서 좀 곤란하다"며, 그 사람 집에 모여 난리법석이 났다. "편전(便殿)에 오를 수 있는 상류귀족인 덴조비토가 많이 모여서 요시모치가 하사품에 묻혔다"라는 소문이다. 나는 우리 아이가 어떻게 하고 있나, 괜찮으려나 걱정이 태산인데, 밤늦게 많은 사람들의 배웅을 받으며 집으로 돌아왔다.

그런데 잠시 뒤 그 사람은 다른 사람들이 이상하게 생각하는데도 개의치 않고 내 처소로 들어와, "이 녀석이 참으로 대견스럽게 춤을 추었

48) 오(多) 씨 집안은 무악(舞樂)의 명가로, 이때 요시모치는 37세로 명인 반열에 올라 있었다.

다는 것을 이야기하러 왔다오. 모두들 감동해 눈물을 다 흘렸다오. 내일과 모레 근신하는 날이라 너무나 마음이 불안하오. 열닷샛날은 아침 일찍 건너와 이것저것 챙기겠소"라고 말한 뒤 돌아갔기에, 평소 그 사람의 마음 씀씀이에 만족하지 못하던 내 마음도 무척이나 뿌듯하고 기쁘기 한량없다.

행사 당일[49]이 되어 그 사람이 아침 일찍부터 건너왔다. 사람들이 아주 많이 몰려와 난리법석을 피우며 춤출 때 필요한 의복 등을 준비해 내보냈다. 나는 또다시 활쏘기 시합에서 좋은 결과가 있기를 마음속으로 비는데, 시합 전부터 "후발대는 이러니저러니 해도 이길 승산이 없어. 사수를 잘못 뽑은 듯해"라는 말이 떠돌아서다. 이러다 그렇게 열심히 연습한 춤도 다 아무런 소용이 없어지는 건 아닐까, 어떻게 하고 있을까, 이를 어쩌나 하며 걱정하고 있는데, 밤이 되었다. 달이 무척이나 밝기에 격자문도 내리지 않고 한마음으로 빌고 있는데, 아랫것들이 뛰어 들어오며 먼저 이렇게 보고를 한다.

"지금 몇 번까지 쏘았습니다."

"도련님 상대는 우근위 중장(右近衛中将)[50]입니다."

"정신을 집중해 신중히 쏘셔서 누르셨습니다."

이렇게들 아뢰기에, 이런저런 뒷말들에 걱정하고 있던 차에 너무나도 기쁘고 대견하기가 이를 데 없다. "패배가 거의 확실하다고 사람들이 말하던 후발대가 도련님이 쏜 활들 덕분에 무승부가 됐습니다"라고 잇따

---

49) 970년 3월 15일 임시 활쏘기 시합 당일.

50) 다이고 천황의 손자이며 아리아케(有明) 왕자의 아들인 미나모토 다다키요(源忠清)로 추정된다.

라 알려주는 사람도 있다.

무승부가 되었기에, 먼저 선발대의 아이부터 능왕무(陵王舞)를 추었다. 그 아이도 비슷한 또래의 소년으로 내 조카[51]이다. 연습할 때 우리 집에서 보거나 그쪽 집에서 보거나 하며, 함께 했던 터였다. 그런 뒤 우리 아이가 이어서 춤을 추었는데, 평판이 좋았는지 주상으로부터 옷을 하사받았다.[52]

궁중에서 퇴출할 때 그 사람이 우차 뒤편에 능왕무를 추었던 조카도 함께 태워 그길로 우리 집으로 왔다. 오늘 있었던 일들을 이것저것 이야기하며, 자기 체면을 세워주었다는 것, 공경(公卿)들이 모두 눈물을 흘리며 대견해했다는 것 등을 거듭거듭 눈시울을 붉히며 이야기한다. 활쏘기를 지도해주었던 선생을 부르도록 시켜 우리 집으로 오자, 또 여기서도 이것저것 상을 내리니, 나는 처량한 신세라는 것도 잊어버리고 기쁘기 이를 데 없다. 그 날 밤은 물론이고 그 다음 이삼 일 동안까지 아는 사람들 모두, 스님에 이르기까지 젊은 도련님의 경사스러운 일에 인사를 아뢰러 직접 찾아오거나 사람을 보내온다는 것을 듣자니, 내가 생각해도 이상할 정도로 기쁘다.

밤에 본 것은 서른여 날, 낮에 본 것은 마흔여 날

이러는 가운데 사월이 되었다. 그 달 열흘날부터 또다시 오월 열흘날쯤까지, "너무 이상하게도 몸이 좋지를 않구려"라며, 평상시 찾아오던

---

51) 미치쓰나의 어머니의 오라버니인 마사토의 아들, 다메타카(爲孝)로 추정된다.

52) 천황에게 옷을 하사받는 것은 크나큰 영광으로 여겨졌다. 『니혼키랴쿠』에 이 날 미치쓰나가 홍색으로 염색된 홑옷을 하사받았다는 기록이 있다.

간격보다도 더 뜸하게 이레, 여드레 만에 와서는, "몸이 좋지 않은데 참고 온 길이라오. 걱정이 되어서"라고 한다. 그런 뒤, "밤이라 사람 눈을 피해 왔소. 이렇게 힘에 겨우니……. 입궐도 못 하고 있는데 이렇게 나다니는 걸 사람들이 보는 것도 민망할 듯하오"라며 돌아갔다. 그런 다음 그 사람은 몸이 좋아졌다는 소문이 들리는데도, 찾아올 때가 지나도 오지를 않으니 기다림에 지친다. 무척 이상하다고 생각하면서도 오늘 밤에는 찾아와주지 않을까 기다려보자며 마음을 다스리고 있는데, 끝내는 편지조차 보내오지 않은 채 날이 꽤 흘렀다.

이런 일이 있을 수 있나, 이상한 일도 다 있구나라고 속으로는 생각하면서도 겉으로는 아무렇지도 않은 척하고 있자니, 밤에는 세상의 우차 소리에 혹시나 싶어 가슴이 미어지고, 가끔은 잠이 들었다가 벌써 아침이구나 하며 깨어 일어나 간밤에도 그 사람이 오지 않았다는 사실을 생각할 때마다, 전보다 더욱더 기가 막힐 뿐이다. 어린것이 아버지 집을 오가며 물어보지만, 딱히 그럴 만한 일도 없는 듯하다. 어떻게 지내느냐고 아이에게 내 안부 한마디 묻지도 않는다.

그 사람이 그러하니 하물며 내 쪽에서 어째서 오시지 않나요, 이상하군요 하고 어찌 말할 수 있겠는가라고 생각하며, 날을 보내고 있다. 그러던 어느 날, 격자문을 올리니 밖이 내다보이는데, 밤새 비 내리는 소리가 들리더니 나뭇가지 등에 이슬이 달려 있다.

그 광경을 보자마자 떠오른 와카는 이러했다.

미치쓰나의 어머니

밤 사이 내내 기다리며 눈물만 맺히는구나
동 트니 이슬처럼 꺼질 듯한 이 마음[53)]

이렇게 하루하루를 보내고 있는 동안에 그 달 그믐께, 이리도 한참 동안 연락도 안 한 끝에 "세상이 무척이나 시끄럽고 술렁이기에 몸을 삼가느라 찾아가지를 못했소. 상복을 입어야 하는데, 이걸 빨리 손질해주오"라고 연락을 해오다니, 이게 말이나 되는가. "오노 궁(小野の宮)의 대신[54]께서 돌아가셨다"며 세상이 시끄러울 때였다. 참으로 어처구니가 없어서, "요즘 바느질을 하던 시녀들이 사가(私家)에 가 있습니다"라며 돌려보냈다. 여기에 더욱더 정나미가 떨어졌는지 안부를 묻는 일조차 전혀 없다.

그러면서 유월이 되었다. 손을 꼽아 헤어보니, 밤에 본 것은 서른여 날, 낮에 본 것은 마흔여 날이나 되었다. 너무나 갑작스레 변한지라 이상하다는 말로도 부족할 따름이다. 내 마음에 흡족하게 여겨지는 부부 사이는 아니었지만, 아직 이처럼 심한 경우는 처음인지라, 주위에서 지켜보는 사람들도 이상하다, 결코 있을 수 없는 일이라고 생각하고 있다. 나는 너무 기가 막혀 아무것도 생각할 수 없기에, 단지 멍하니 앉아 시름에만 잠겨 있을 뿐이다. 다른 사람이 어찌 생각할까 수치스럽기에, 흘러내리는 눈물을 억지로 참으면서 누워 듣자니, 휘파람새가 제철이 지났는데도 울고 있다.

그 울음소리를 들으며, 떠오르는 대로 이렇게 읊었다.

---

53) '저물녘 되어 기다리는 새 맺힌 솔가지 이슬 헤어지는 아침엔 모두 꺼져 있겠지'(夕暮はまつにもかかる白露のおくる朝や消えははつらむ, 『後撰和歌集』 恋一, 藤原かつみ)를 인용해, 함께 밤을 보내고 헤어지는 아침을, 홀로 잠들고 일어난 아침으로 치환해 읊은 와카이다.

54) 가네이에의 백부인 후지와라 사네요리. 당시 섭정 태정대신이었다. 『니혼키랴쿠』에 따르면, 970년 5월 18일에 서거했다.

미치쓰나의 어머니

휘파람새도 기약 없는 시름에 젖어 있는가

유월인데 끝 모를 울음만 토해내네

가라사키 불제

이런 상태로 스무날도 지나가니, 내 마음은 어떻게 할 바를 모르겠고 이상하게도 마음 둘 곳이 없는데, 시원한 곳이라도 어데 없을까, 기분도 바꿀 겸 어디 물가에라도 가서 불제라도 꼭 했으면 싶어 가라사키(唐崎)[55]로 출발했다.

인시(寅時)[56]쯤에 집을 나서니, 달이 무척이나 밝다. 우리 일행은 나와 같은 처지의 지인 말고 시녀 한 명쯤밖에 데리고 가지 않아 단출하니 셋이서 같은 수레[57]를 타고 가고, 말을 탄 남자들이 일고여덟 명쯤 수행했다. 가모 강(賀茂川) 근방에 이르니 어슴푸레 날이 밝아온다. 그곳을 지나쳐 산길로 접어들어 서울과는 다른 풍경을 보자니, 요즘처럼 심란한 내 마음 탓이겠지만, 참으로 정취 있어 보인다. 하물며 오사카 관문에 도착해 우차를 멈추고 소를 쉬게 하며 여물을 주고 있자니, 수레를 몇 대나 이어붙인 짐차가 듣도 보도 못한 나무를 베어내어 무척이나 어두컴컴한 나무숲 속에서 나오는 광경도, 기분이 완전히 새롭게 바뀐 듯이 느껴져 꽤 볼 만하다.

관문의 산길에 연신 감탄하며 앞으로 나아가야 할 길을 바라다보니,

---

55) 시가 현(滋賀県) 오쓰 시(大津市)에 있는 비와 호(琵琶湖) 서쪽 호숫가에 있는 곶(串).

56) 새벽 3~5시.

57) 수레 한 대에는 네 명이 탈 수 있다.

끝 간 데도 없이 호수가 눈앞에 펼쳐져 있다. 새가 두세 마리 물 위에 앉아 있는 듯이 보이는 것은 곰곰이 생각해보니, 낚싯배인 듯하다. 이 광경을 눈앞에 두고 보자니, 눈물을 억누르기가 어려워졌다. 나처럼 뭐라고 말할 수조차 없이 참담한 심경인 사람조차도 이렇게 느낄 정도이니, 동행한 다른 사람은 아름다운 경치에 감동을 받아 흐느껴 울고 있다. 서로 멋쩍게 느껴져, 눈길조차 맞출 수가 없다.

갈 길이 아직 먼데 우차는 오쓰의 누추한 집들 사이로 비집고 들어간다. 그것 또한 색다른 느낌으로 바라보며 지나치니, 먼 여정 끝에 호숫가에 다다랐다. 지나쳐 온 길을 바라다보니, 호숫가에 쭉 늘어서 몰려 있는 집들 앞에 배들이 물가에 나란히 대어 있는 광경이 무척이나 볼 만하다. 물 위를 저어 가면서 서로 스쳐 지나치는 배들도 있다. 앞으로 앞으로 나아가자니, 사시(巳時)[58] 끝 무렵이 되어버렸다.

잠시 말들을 쉬게 하려고 시미즈(清水)라는 곳에 있는, 멀리서도 바로 그 나무라고 알아볼 수 있을 만큼 한 그루 홀로 서 있는 커다란 멀구슬나무 그늘 아래 수레채를 풀고 수레를 끌어내린다. 말들을 물가로 이끌고 내려가 더위를 식히거나 하면서, "여기서 도시락 상자가 오는 것을 기다리지요. 목적지인 곳은 아직 꽤 멉니다"라고 말하는 중에, 어린것이 홀로 지쳐빠진 얼굴로 기대어 있기에, 매 먹이를 넣어두는 대나무바구니 용기에 들어 있는 먹을 것을 꺼내 먹거나 하는 중에 도시락이 도착했기에 이것저것 나누거나 했다. 아랫것들 중 몇몇은 여기서 되돌려보내, "시미즈에 도착했습니다"라고 전갈하도록 조치를 취하는 듯하다.

그런데, 수레를 소에다 맨 뒤 가라사키에 도착해 수레 방향을 바꾸어

---

58) 오전 9~11시.

불제를 하러 가면서 보니, 바람이 부는 데 따라 파도가 높게 일고 있다. 오가는 배들이 돛을 올리며 나아간다. 호숫가에 남정네들이 모여 앉아 있기에, "노래를 좀 들려주고 가게"라고 말하니, 듣기 민망한 목소리를 크게 내며 노래를 부르며 간다. 불제 시간이 좀 어중간하기는 할 것 같지만 목적지에 도착은 했다.

그곳은 참으로 협소한 곳이었다. 수레를 대는데, 수레 뒤편이 물가에 닿을락 말락 할 정도였다. 그물을 내리니 파도가 자꾸자꾸 다가와, 끝내는 예로부터 없다고 이야기되던 조개조차 있어, 온 보람이 있었다.[59] 뒤에 타고 있던 시녀 등은 금방이라도 떨어질 듯이 밖을 내다보는 통에 모습을 훤히 다 드러내고 있다. 그때 어부들이 좀체 볼 수 없는 진귀한 해산물들을 이것저것 잡고서는 웅성거리는 듯하다. 젊은 남정네들도 약간 떨어진 곳에 죽 앉아서는, '잔물결 이네 시가(志賀) 가라사키'라며 앞에서 읊던 노래를 목청 높여 부르는 것도 무척이나 정취 있게 들린다. 바람은 꽤 불어오지만, 나무그늘이 없는지라 무척이나 덥다. 어느 새 아까 들렀던 시미즈에 갔으면 하고 생각하고 있다. 미시(未時)[60] 끝 무렵 모든 행사를 끝냈기에 출발했다.

---

59) 이 구절은 황실과 인연이 깊은 신사 등에서 신에게 제사지낼 때 연주하는 가무인 '가구라'(神楽)에 쓰인 '가구라우타'(神楽歌)를 배경으로 하고 있다. '오늘 재계 날 가라사키에 그물 드리우는데 신이 승낙하시는 징표로 보이누나'(みそぎするけふ唐崎におろす網は神のうけひくしるしなりけり, 『拾遺和歌集』神楽歌, 平祐挙)라는 노래와 '잔물결'(ささなみ)이라는 노래의 '가이나게를 하는구나'(かひなげをするや)라는 구에 의거한다. '가이나게'(かひなげ)란 원래 게의 동작을 가리키는 표현인데, '조개가 없다'(貝無げ), '보람이 없다'(甲斐なげ)는 의미와 동음으로서 다중적인 의미로 쓰이고 있다.

60) 오후 1~3시.

못내 마음속에서 떨쳐버리지 못하고 미련 가득한 눈으로 주변 풍경들을 바라보며 지나쳐 산 입구[61]에 접어드니, 신시(申時)[62]가 끝나갈 무렵이 되었다. 쓰르라미가 지금이 절정이라는 듯 사방이 울음소리로 가득하다. 듣고 있자니, 이와 같은 와카가 떠올랐다.

미치쓰나의 어머니

울부짖듯이 우는 울음소리는 경쟁하는 듯
나를 기다렸던가 관문 쓰르라미여

나 혼자 중얼거렸을 뿐 다른 사람에게는 들리도록 말하지 않았다.

맑은 물이 샘솟는 곳[63]에는 말을 빨리 달린 아랫것들 몇몇이 먼저 가 있었다. 우리 일행이 도착해 보니, 먼저 와 있던 사람들이 시원한 데서 더위를 식히고 쉬었던 덕분에 아주 기분 좋은 얼굴로 수렛대를 말에서 풀어내는 곳으로 다가왔다. 나와 같이 늦게 도착한 사람이 와카의 윗구를 읊기에, 내가 아랫구를 읊었다.

동행인

부러울 따름 발걸음 재촉한 말 벌써 샘가에

미치쓰나의 어머니

허나 시미즈에 말 그림자 머무를까[64]

---

61) 오사카 산(逢坂山) 동쪽 기슭.

62) 오후 3~5시.

64) 오사카 관문 가까이에 있는 샘터.

64) '오사카 관문 맑디맑은 샘물에 비친 그림자 지금은 날 저물어 보름달 밑 말 한

샘가 가까이 수레를 끌고 와 맞춤한 곳에 대고는 장막 등을 내려 치고는 모두 내렸다. 손과 발을 물에 담그니, 괴로운 심사도 다 날아가고 마음이 산뜻해지는 느낌이다. 자잘한 바위 따위에 기댄 채 물이 흘러내리고 있는 나무로 만들어진 홈통 위에다 나무쟁반 등을 올려놓고 음식을 먹기도 하고, 내가 직접 물에다 밥을 말아 먹거나 하는 기분은 이루 말할 나위가 없다. 출발하는 게 너무 싫지만, "날이 저물어 오네요"라고 주위에서 야단들이다. 이렇게 기분을 상쾌하게 해주는 곳에서는 시름에 잠기는 사람이 아무도 없을 거라고 생각하면서도, 날이 저물어오는지라 어쩔 도리 없이 출발했다.

앞으로 나아가자니, 아와타 산이라는 곳에 서울에서 온 사람이 횃불을 들고 우리 일행을 기다리고 있었다. "오늘 낮에 나으리께서 오셨습니다"라고 한다. 정말로 이상하구나, 내가 없는 틈을 타 찾아온 듯한 마음까지 든다. "그래서 어찌 되었느냐"며 옆에 있던 사람들이 이것저것 묻는 듯하다. 나는 너무나도 기가 막힌다고만 생각하며 집에 도착했다. 우차에서 내리니, 마음이 어떻게 할 수 없을 정도로 괴롭기만 하다. 집을 지키고 있던 시녀들이, "나으리께서 오셔서 물으시기에, 있는 그대로 말씀드렸습니다. 그러자, '어째서 그런 마음을 먹었을꼬. 형편이 안 좋을 때 찾아온 듯하구나'라고 말씀하셨습니다"라고 말하는 것을 듣는데도, 꿈처럼만 생각된다.

그 다음날은 하루 종일 너무 지친 상태로 날을 보내고, 날이 밝은 뒤 어린것이 그 사람 집으로 가느라 집을 나섰다. 그 사람의 이해할 수 없

필'(逢坂の関の清水に影見えていまやひくらむ望月の駒, 『拾遺和歌集』 秋, 紀貫之)을 인용해 서로 경쾌하게 응수하고 있는 와카이다.

는 행동들을 묻고 싶기는 하지만 마음이 내키지 않는다. 하지만, 불제하러 갔을 때의 호숫가 광경이 마음속에 떠오르는 것을 억제할 수 없어, 거기에 져서 이렇게 읊었다.

미치쓰나의 어머니
원만치 못한 부부관계 이토록 속 끓인 끝에
미쓰(御津) 호숫가[65]에서 눈물 다 말랐다오

"이것을 보시기 전에 살짝 놓아두고 바로 돌아오거라" 하며 아이에게 일러 보냈더니, "말씀하신 대로 하고 왔습니다"라며 돌아왔다. 하지만 말과는 달리 혹시 그 와카를 보고 뭔가 반응을 보이지는 않을까 마음속에서는 기대하고 있었을 것이다. 하지만, 아무런 연락도 없는 채 그믐께가 되어버렸다.

모자지간의 정

일전에 별다른 일 없이 적적하기에, 뜰 앞 화초들을 손질하도록 시켰던 적이 있었다. 모종이 많이 나 있는 것을 한데 모으도록 해 처마 밑에 대어 심도록 했는데, 그게 참으로 보기 좋게 이삭이 팰 만큼 속이 찼다. 물을 끌어들이도록 일을 시키거나 했지만, 물들기 시작한 잎이 생기 없이 서 있는 것을 보자니, 너무 마음이 좋지 않아 이렇게 읊었다.

---

65) 미쓰 호숫가는 오쓰 시의 비와 호숫가를 의미하며, 경험했다는 의미의 '미쓰'(見つ)와 동음이의어로 사용되고 있다.

미치쓰나의 어머니

번갯불조차 닿지 않는 집 그늘 처마끝 모종

님 그리다 시름에 겨운 나와 같구나[66]

정관전 마마께서 재작년 상시(尙侍)가 되셨다.[67] 그런데 이상하게도 이렇게 지내는 나에게 안부편지 한 장 없다. 멀어질 리 없는 남매 사이[68]가 껄끄러워져 나까지 멀게 느껴지시는 걸까, 이렇게 그 사람과 나 사이가 소원해진 것조차 모른 채 계시는 걸까라고 생각하다가, 편지를 드리는 김에 겸사겸사 이렇게 읊어 보냈다.

미치쓰나의 어머니

거미줄처럼 그 사람과 나 사이 다한다 해도

당신과는 한시도 멀어지고 싶잖네

답장을 보내셨는데, 몹시 가슴에 와닿는 이런저런 말씀을 많이 해주

---

66) 번갯불은 가네이에, 처마끝 모종은 미치쓰나의 어머니의 비유. 번갯불에 벼가 익는다는 속신이 있었다.

67) 가네이에의 여동생 도시가 상시가 된 것은 969년의 일로서 970년인 현 시점에서 보자면 작년에 해당한다. 이를 재작년이라 한 것은 작자의 집필 시점의 의식이 반영되어 있다고 볼 수 있다. 상시는 천황을 가까이에서 모시며 주청(奏請), 전언(伝言) 등을 관장하는 내시사(內侍司)의 장관으로 갱의에 준한다. 도시는 967년 무라카미 천황의 총애를 받았기에 천황의 사후에 상시로 임관되었다는 설이 있다.

68) 가네이에가 형인 가네미치(兼通)와 정치적으로 대립하고 있을 때 도시가 사돈인 가네미치를 편들었을 가능성이 있다.

신 다음에, 이렇게 와카를 읊으셨다.

도시
두 사람 사이 끊어졌다 들으니 슬픔만 가득
함께 보낸 긴 세월 구름 한 점 있었나

이것을 보는데도 마마께서는 우리 부부 사이를 가까이에서 다 보고 들으셨기에 이미 다 알고 계시는구나라고 깨달았다. 슬픔이 더욱더 복받쳐 올라 바깥만 바라다보며 시름에 잠겨 있는데, 그 사람에게서 편지가 왔다.

"편지를 보냈는데 답장도 없고 냉랭한 태도로만 지내는 듯하기에 연락을 삼가고 있었소. 오늘이라도 찾아가고자 하오만."

이렇게 쓰여 있는 듯하다. 옆에서 다들 권하기에 답장을 쓰는 사이에 날이 저물었다. 아직 편지를 들려 보낸 심부름꾼이 그 사람 집에 도착하지도 않았을 거라고 생각하고 있을 때, 그 사람이 찾아왔다. 그러자 곁에 있는 시녀들이 "아무래도 뭔가 사정이 있겠지요. 모른 척하며 어찌 나오나 기색을 보시지요"라고 말하기에, 마음을 고쳐먹고 가만히 있었다. "근신할 일이 잇따라 있어 못 왔다오. 이제 앞으로 찾아오지 않겠다는 생각 같은 건 난 하지도 않소. 당신 얼굴에 불편한 심사가 다 드러나, 토라져 있는 모습을 이해하기 어렵구려"라며 무심한데다 아무렇지도 않은 듯한 모습을 보자니, 꼴도 보기 싫어졌다.

다음날 아침, "일이 있어서 오늘 밤에는 못 올 것 같소. 내일이나 모레라도 바로 오겠소"라고 한다. 그 말을 전부 다 믿는 것은 아니지만, 내 기분을 좀 돌려놓으려고 저러는가, 아니면 이번이 마지막 방문인가 등등 이러저런 생각을 하며 지켜보고 있자니, 찾아오지 않은 채 시간만 점점 더 흘러간다. 그럼 그렇지라고 생각하니, 예전보다 더욱더 슬프기만 하다.[69]

한결같이 곰곰이 생각하는 거라고는, 역시 어떻게 해서든 내 소원대로 죽기라도 했으면 좋겠다는 생각 말고는 없는데, 그저 이 하나밖에 없는 것을 생각하니, 참으로 마음이 아프다. 한 사람 몫을 하도록 만들어 마음이 놓일 만한 반려와 짝을 지어놓으면 마음 편히 죽으련만 하고 생각했건만, 지금 내가 잘못되면 이 아이가 어떤 마음으로 헤맬 것인가라고 생각하니, 역시나 죽는 것도 너무 어렵다.

"어떻게 하면 좋을까. 비구니라도 되어 이 세상 번뇌를 떨쳐낼 수 있을지 시도해볼까 하는구나"라고 말을 꺼내니, 아직 어려서 분별이 있는 것도 아니고 깊은 속사정을 알 리도 없는데도 무척이나 엉엉 흐느껴 운다. "어머니가 그리 되시면, 저 또한 법사가 되어 살겠습니다. 무엇을 하려고 세상 사람들과 섞여 살겠습니까"라며, 그치지 않고 계속 큰 소리로 통곡을 하니, 나 또한 솟구치는 눈물을 주체하기 어렵지만, 아이가 너무 슬퍼하기에 농담으로 돌리려고 이렇게 말했다.

"그런데 스님이 되면 매 사냥[70] 때 쓰려고 키우고 있는 매는 어떻게 하실 참인고" 하고 물으니, 천천히 일어나 매 있는 데로 달려가서는 묶어둔 매를 주먹에 올려서는 날려 보냈다. 옆에서 보고 있던 시녀들도 눈물을 참기가 어려운데 하물며 나는 더 말할 나위가 없어, 고통스럽게 하루를 보냈다. 그러한 내 마음을 떠오르는 그대로 읊자니, 이러하다.

---

69) '잊을 거라고 마음속 떠오르는 의구심 탓에 예전보다 더욱더 슬프기만 하구나'(忘るらむと思ふ心のうたがひにありしよりけにものぞ悲しき, 『伊勢物語』 二十一段)를 인용한 것이다.

70) 당시 귀족들 사이에서는 매 사냥에 쓸 매를 키우는 습속이 있었다.

미치쓰나의 어머니

빼걱거리는 부부 사이에 지쳐 비구니라도

매 날리며 붙잡는 아들 보니 슬픔만

날이 저물 무렵, 그 사람에게서 편지가 왔다. 새빨간 거짓말일 거라고 생각했기에, "지금 몸 상태가 별로 좋지 않아서"라고 말하고는 심부름꾼을 돌려보냈다.

칠월도 열흘날이 지났기에 세상 사람들은 오본 준비로 정신이 없다. 이제까지 오본에 필요한 준비는 그 사람네 집안 살림을 도맡아 보던 정소(政所)[71]에서 다 해주었는데, 이제 이리 되었으니 멀어져버린 건가라고 생각하니, 마음이 쓸쓸하다. 돌아가신 친정어머니도 가슴 아프게 생각하시겠지, 어떻게 되어가나 상황을 좀 살펴보다가, 아무런 연락이 없으면 법회에 필요한 식사 등의 공물도 우리 집에서 준비해야겠구나라고 줄곧 생각하고 있자니, 주체할 수 없을 정도로 눈물만 흐른다.[72] 그런데 그렇게 날을 보내고 있는데, 여느 때와 다름없이 필요한 물품을 챙겨서 편지와 함께 보내왔다. "돌아가신 어머니를 당신이 잊지 않으셨네라고 생각하니, 아깝지 않고 슬프기만 한 것은[73]이라는 옛 노래가 떠오르네

---

71) 왕자나 귀족 집안의 가정경제를 담당하는 곳을 말하며, 정소에서 근무하는 사람을 가사(家司)라고 한다.

72) 하권 972년 기사에도 오본을 앞두고 공물 마련을 걱정하며, 가네이에와의 불안정한 관계에 가슴 아파하는 미치쓰나의 어머니의 심경이 그려져 있다. 이렇듯, 『가게로 일기』에서 연중행사의 묘사는 가네이에와 미치쓰나의 어머니의 관계를 드러내는 중요한 제재로 쓰이고 있다.

73) '아깝지 않고 슬프기만 한 건 이 몸이라네 당신 마음 향방을 짐작할 수 없기에'(惜しからで悲しきものは身なりけり人の心のゆくへ知らねば, 『西本願寺本・類

요"라고 써서 들려 보냈다.

이시야마데라 참배

이런 상태로 하루하루를 보내며 생각해보니, 아무래도 여전히 그 사람의 태도가 이상하게만 여겨진다. 각별하게 여길 만한 새로운 여자에게 빠졌다는 이야기도 듣지 못했는데, 이리도 갑자기 발길을 끊어버리게 된 연유를 이래저래 생각해보고 있자니, 내 사정을 다 알고 있는 시녀가 이런 말을 한다.

"돌아가신 오노 궁의 대신을 모셨던 메슈도(召人)[74]들이 있답니다. 이들에게 관심이 있는 게지요. 그들 중에서도 오미(近江)[75]라는 여자는 좋지 않은 소문도 나도는 등 남자를 홀리는 여자인 듯하니, 그것들에게 이곳에 찾아온다는 걸 알리지 않으려고 미리 관계를 끊으시려는 게지요."

그러자 옆에서 듣고 있던 다른 시녀가 말하길, "그럴까요. 그렇게까지 하지 않더라도 그들은 아주 쉽사리 넘어오는 사람이라고 들었습니다. 뭐 하러 그리 복잡하게 일을 꾸밀 필요가 있으실지요"라고 한다. "그게 아니라면 혹여 선제(先帝)의 공주님 중 한 분[76]이실는지요"라고 의심해 보기도 한다.

從本貫之集』, 紀貫之)를 인용. 중권 주 20번과 같다.

74) 주인을 가까이에서 모시며 시중을 들던 시녀로서, 주인과 정을 통하기도 하는 여성.

75) 후지와라 구니아키의 딸로 추정되며, 가네이에와의 사이에 낳은 딸인 스이시(綏子)는 산조 천황의 여어가 되었다.

76) 무라카미 천황의 셋째 공주인 호시(保子) 공주로 추정된다. 이즈음부터 가네이에의 여성관계가 확대되어가고 있다는 것을 알 수 있으며, 그에 따라 깊어만 가는 미치쓰나의 어머니의 고뇌가 그려져 있다.

이렇든 저렇든 간에 도저히 이해할 수 없을 뿐이다. 이런 나에게 주위에서는, "지는 해를 바라만 보고 있듯이 시름에만 잠겨 계시면 안 됩니다. 어디 참배라도 다녀오시지요"라고 권한다. 이때는 다른 것에는 일절 마음을 주지 않고 그저 날이 밝으나 저무나 내 신세를 한탄하기만 한다. 그렇다면, 아주 날씨가 더운 때이기는 하지만 이렇게 죽도록 탄식만 해봤자 무슨 소용인가 싶어 마음을 다잡고, 이시야마데라(石山寺)[77]로 열흘쯤 가 있자고 마음을 먹었다.

살짝 다녀와야겠다고 생각했기에 동기간에게도 알리지 않고, 나 혼자 생각해 그러자고 마음을 먹고는, 곧 동이 트겠구나라고 생각될 즈음에 달리듯 서둘러 집을 나섰다. 가모 강 근처쯤에 도착했을 무렵 어떻게 알게 되었는지 뒤쫓아오는 사람도 있다. 새벽달은 매우 밝은데 만나는 사람도 없다. 벌판에는 시체까지 나뒹굴고 있다는 말을 들었지만 무섭지도 않다. 아와타 산이라는 곳까지 내달려와 몹시 지쳐서 잠시 쉬어 가기로 했다. 아무것도 제대로 생각할 수가 없고 그저 눈물만 흘러내린다. 사람이 오지는 않을까 하며 눈물을 훔쳐 운 흔적을 없애고, 오로지 달리듯 서둘러 길을 재촉한다.[78]

야마시나(山科)라는 곳에서 환하게 날이 밝아오니, 내 모습이 너무나 훤하게 드러나는 듯한 마음이 들어 내가 나인지 남인지 모를 정도로 정

---

77) 시가 현 오쓰 시 이시야마에 있는 진언종의 절. 무라사키시키부가 『겐지 모노가타리』를 집필했다고 전해 내려오는 '겐지노마'(源氏の間)가 있다.

78) 새벽녘에 아무에게도 알리지 않고 집을 나서서 어둠도 두려워하지 않고 길을 재촉하면서 눈물을 흘리는 미치쓰나의 어머니의 격정적인 모습을 볼 때, 시녀들과 가네이에의 여성관계에 대해 이야기를 나누다 오미라는 여성에 대해 알게 되어 큰 충격을 받았음을 알 수 있다.

신이 없다. 수행해 가는 자들을 모두 뒤따르게 하거나 앞세우거나 하며 조용조용 걸어가자니, 지나쳐 가는 사람들이나 내 쪽을 바라다보는 사람들이 이상하게 생각하며 수군대며 말을 주고받는 모습이 너무나도 견디기 힘들다.

겨우겨우 그곳을 지나쳐 오사카 관문 근처의 샘터에서 도시락 등을 먹기로 했다. 장막 등을 둘러치고 식사 등을 하거나 하며 있는데, 몹시도 떠들썩하게 소리치며 오는 일행이 있다. 어쩌나, 누구일까, 수행원들끼리 혹시나 알고 지내는 사이이기라도 하면 어쩌나, 참으로 골치 아프네라고 생각하고 있는데, 말에 탄 수행원들을 많이 데리고 우차를 두세 대 거느린 채 떠들썩하게 다가온다. "와카사(若狭)[79] 지방관의 수레입니다"라고 한다. 수레를 세워 머무르지 않고 그냥 지나가기에, 가슴을 쓸어내린다. 아아, 지방관도 그 나름대로 신분에 따라 제 잘났다고 아무런 거리낌없이 기세 좋게 지나가는구나, 실제로는 서울에서 아침저녁으로 무릎을 꿇고 머리를 조아리며 지내던 자가 이렇게 지방으로 나오면 큰소리치며 지나가는 법이로구나 생각하니, 가슴이 미어지는 듯하다.

수레 앞에 붙어 가는 놈이나 그렇지 않은 놈이나 아랫것들이 모두 내가 있는 장막 근처에 가까이 다가와서는 몸에다 물을 끼얹으며 시끄럽게 군다. 나를 얕잡아 보고 하는 행동들인 것 같아 뭐라 말할 수 없이 불쾌하다. 나와 동행하던 사람이 살짝 "어이, 저리 좀 가게"라고 말하는 듯하다. 하니, "항상 이곳을 지나가는 사람들이 들르는 곳이라는 걸 모르시는지요. 너무 그리 뭐라 하시는 건 좀……"이라고 대답하는 것을 보고 듣는 마음은 어떠하겠는가.

---

79) 옛 지방명으로 오늘날 후쿠이 현(福井県)의 서부 지역.

그 일행을 앞질러 그곳을 떠나 앞으로 길을 재촉하니, 오사카 관문을 넘은 뒤 우치이데(打出) 호숫가[80)]에 금세라도 죽을 것처럼 기진맥진한 채 도착했다. 앞서 출발했던 사람이 배에다가 줄이라는 풀로 이은 지붕을 치고 기다리고 있었다. 뭐가 뭔지 모른 채 기다시피 배에 올라타니, 멀리멀리 배를 저어 나아간다. 그때의 내 마음이란 너무나 처량한데다 괴롭고, 참으로 내 신세가 슬프기만 하니, 어디 비할 바조차 없다.

신시가 끝나갈 무렵 절 안에 도착했다. 요사채에 이불 등을 깔아놓았기에 가서 드러누웠다. 마음이 어떻게 할 수조차 없이 괴롭기에, 누워서 몸부림을 치며 운다. 밤이 되어 목욕재계를 하고 법당에 오른다. 내 신세를 있는 그대로 부처님께 고하는데도 눈물로 목이 메이기만 해 제대로 아뢸 수조차 없다.

밤이 깊어 밖을 내다보니, 법당은 높은 데 있고 그 아래는 계곡으로 보였다. 벼랑 한쪽은 나무가 짙게 우거져 더욱 어둡다. 스무날 달, 밤이 깊어 더욱 밝은데, 나무그늘 틈 사이로 달빛이 새어나와 군데군데 지나온 길이 다 보인다. 내려다보니, 산기슭에 있는 샘물은 마치 거울처럼 보인다. 고란(高欄)[81)]에 기대어 한참 동안 바라다보고 있자니, 벼랑 한켠 풀숲 속에서 사그락사그락거리며 희끄무레한 것이 이상한 소리를 내기에, "저게 무언가"라고 물으니, "사슴이 울고 있는 거랍니다"라는 대답이다. 어째서 여느 때와는 울음소리가 다를까라고 생각하고 있는데, 저 멀리 떨어져 있는 계곡 쪽에서 아주 앳된 울음소리로 멀리 길게 여운을 남기며 우는 소리가 들려왔다. 그 소리를 듣고 있는 내 마음을, 편치

---

80) 시가 현 오쓰 시 마쓰모토(松本) 근처의 비와 호숫가로 추정.
81) 집채의 툇마루 바깥쪽이나 다리, 복도 등의 양쪽에 세워둔 난간.

않다는 한 마디 말로만은 다 설명할 수가 없다.

마음을 한군데로 모으고 예불을 드리고 있자니 무념무상의 상태가 되어 그대로 한동안 가만히 있었다. 저 멀리 바라다보이는 산 저쪽에 밭 지키는 파수꾼이 짐승을 내쫓느라 정취라고는 정말로 하나도 없는 목소리로 소리를 내지른다. 이리도 골고루 내 마음을 산산이 흐트러뜨리는 일이 많은가라고 생각하니, 끝내는 질려서 앉아 있기만 했다. 그 뒤 밤중부터 새벽까지 올리던 후야(後夜) 예불[82]이 끝났기에 법당에서 내려왔다. 몸이 너무 지쳐서 요사채에 머물렀다.

날이 밝아오는 것을 바라보고 있자니, 동쪽에는 바람이 아주 잔잔히 불고 안개가 온통 끼어, 강[83] 저쪽은 그림 같은 풍경이다. 강변에 풀어 둔 말들이 먹이를 찾아 돌아다니는 것도 아득히 건너다보인다. 참으로 가슴이 저민다. 둘도 없이 귀한 내 자식을 남의 눈을 꺼려 두고 왔기 때문에, 집 떠난 김에 죽을 궁리나 하자고 생각해보지만, 무엇보다 먼저 인연의 굴레로 얽힌 자식이 마음에 걸려 그립고도 애절하다. 눈물이 말라 나오지 않을 때까지 실컷 흐느꼈다.

따라온 종자들 가운데 몇몇이 "여기서 별로 멀지 않다네. 자, 사쿠나(佐久奈) 계곡[84]을 보러 가세", "계곡 입구에서 안으로 끌려 들어간다는 말이 있어 내키지 않는데"라고 주고받는 말을 듣고 있자니, 내 마음

---

82) 새벽 4시경의 예불. 후야는 하루를 여섯으로 나눈 육시(六時)의 하나로, 육시는 성조(晨朝) · 일중(日中) · 일몰(日沒) · 초야(初夜) · 중야(中夜) · 후야(後夜)를 말한다.

83) 비와 호 남쪽에서 흐르기 시작해 이시야마데라 동쪽을 흐르는 세타 강(瀬田川).

84) 이시야마데라 가까이에 있는 세타 강 하류에 있었다고 알려진 곳으로, 이 계곡 입구로부터 저승으로 끌려 들어간다는 말이 전해 내려온 듯하다.

과는 상관없이 끌려만 갔으면 싶다. 이렇게 신경만 쓰고 있으니, 음식도 먹을 수가 없다. "절 뒤편 연못에 시부키라는 풀이 나 있네요"라기에 "따 오너라"고 했더니, 가지고 왔다. 그것을 그릇에다 담고 유자를 잘라 위에다 얹으니, 꽤 괜찮게 여겨졌다.

그러다 밤이 되었다. 법당에 올라가 여러 가지 일들을 아뢰고, 울음으로 밤을 지새우다 새벽녘에 졸고 있다가 꿈을 꾸었다. 보자니, 이 절의 별당(別当)직[85]으로 계시는 스님으로 여겨지는 분이 쇠 국자[86]에 물을 담아 가져와서는 오른쪽 무릎에 붓는 꿈이었다. 문득 놀라 깨어나, 부처님께서 보여주신 꿈이로구나 하고 생각하니, 더욱더 서글픈 생각에 가슴이 저미듯 아프다.

날이 밝았다고 하기에 바로 법당에서 내려왔다. 아직 무척이나 어두울 무렵인데 호수 위 수면이 희뿌옇게 바라다보인다. 스무 명 남짓한 사람들이 떠나가는 걸 아쉬워하며 있는데, 타려고 하는 배가 나막신[87] 한 짝쯤으로 내려다보이는 게 너무 불안해 보여 마음이 쓰였다. 부처님 전에 등불을 올리도록 한 스님이 우리들을 배웅하겠다고 기슭에 서 있건만, 그저 배를 저어 앞으로 나아가기만 하니 참으로 허전한 듯 우두커니 서 있다. 그 모습을 보자니, 우리들과 많이 가까워진 듯이 여겨지는 그 절에 남겨져 그는 슬픔에 빠져 있는 듯이 보인다. 남정네들이 "내년 칠월에 다시 또 오도록 하겠습니다"라고 소리를 치니, "그렇게 알겠습니다"라고 대답한다. 그러고는 점점 멀어지면서 그 모습이 그림자처럼 보

---

85) 절의 사무를 총괄하는 최고위 승려.

86) '조시'(銚子). 술 등 액체를 따르기 위한 기다란 손잡이가 달린 금속제 그릇이다.

87) 4위 이하 관원들이 신던 신발로 오동나무신의 일종. '사시카케'(差掛)라고 한다.

이는 것도 무척이나 슬프다.

하늘을 바라보니, 달은 몹시도 갸름하고 달그림자가 호수 위에 비치고 있다. 바람이 휙 불어와 수면에 물결을 일으키니, 쏴 하고 술렁거린다. 젊은 남정네들이 "목소리는 가냘프고, 얼굴은 수척해졌네"라는 노래를 부르기 시작하는 것을 듣자니, 눈물이 뚝뚝 듣는다. 이카가 곶, 야마부키(山吹) 곶이라는 곳 등을 이곳저곳 바라다보면서, 갈대숲 속을 저어나아간다. 아직 사물이 똑똑히 보이지도 않을 무렵인데 멀리서 노 젓는 소리가 들리더니, 쓸쓸한 목소리로 노래를 부르며 다가오는 배가 있다. 서로 스쳐 지나갈 적에 "어디로 가는 배인가요"라고 물으니, "이시야마에 마중을 가는 길이랍니다"라고 대답하는 듯하다. 그 목소리 또한 쓸쓸히 들린다. 마중을 오라고 말을 해두었는데도 늦도록 오지 않아 그쪽에 있던 배를 타고 나왔는데, 서로 길이 어긋나 마중 가는 길인 듯하다. 배를 세우고 남정네들 몇몇은 그쪽 배로 옮겨 타고 마음 내키는 대로 노래를 부르며 나아간다.

세타 다리 근처를 지나갈 무렵에야 어슴푸레하게 날이 밝아왔다. 물떼새가 하늘 높이 날아올라 서로 스쳐 날아다닌다. 괜스레 쓸쓸해지고 슬퍼지는 마음을 이루 다 말로 표현할 수조차 없다. 그런데, 갈 때 배를 탔던 그 우치이데 호숫가에 도착하니, 우차를 끌고 우리 일행을 마중 나와 있었다. 서울에는 사시쯤 도착했다.

이 사람 저 사람 모두들 모여서들, "어딘지 모를 먼 곳으로 가버리신 것은 아닐까 하고 난리가 났었답니다"라고 말하기에, "말하게 내버려두게나. 지금은 아직 그럴 수 없는 처지인 것을"이라고 대답했다.[88]

---

88) 미치쓰나의 어머니가 출가했다는 헛소문으로 시끄러웠다는 것을 알 수 있다.

여전한 남편과의 거리

조정에서 스모 축제를 여는 계절[89]이 다가왔다. 어린것이 구경하러 입궐하고 싶어하는 것 같기에, 의관을 정제해 내보냈다. 먼저 부친 댁으로 가야겠다고 생각해 갔더니, 수레 뒤에 태워 데려갔다고 한다. 저녁 무렵에는 우리 집 쪽으로 퇴궐하시는 적당한 사람에게 아이를 부탁하고, 본인은 저쪽 집으로 갔다고 들으니, 더욱더 참담하기만 하다. 그 다음날도 어제와 마찬가지로 입궐했지만 그저 그뿐으로 전혀 돌봐주지를 않고, 밤이 되자 "장인소(藏人所) 잡부 누구누구야, 이 아이를 집에 데려다줘라"라고 시키고는 아이보다 먼저 퇴궐했기에, 아이 홀로 돌아왔다. 아이 마음이 어떨까, 전처럼 부모님 사이가 좋다면 함께 퇴궐했을 텐데라고 어린 마음에 생각하지는 않을까, 풀이 죽어 집으로 들어오는 것을 보자니, 너무 안타깝고 가슴이 미어지지만, 무슨 소용이 있겠는가. 온몸을 전부 다 도려내듯이 고통스러울 따름이다.[90]

이렇게 팔월이 되었다. 초이튿날 밤에 갑자기 찾아왔다. 이상하게 여기며 가만히 있자니, "내일은 근신을 해야 하니, 문단속을 엄중히 시키시오"라고 지껄여댄다. 너무나 어이가 없어 속이 부글부글 끓어오르는데, 그 사람은 곁에 있던 시녀들 옆으로 다가가거나 그녀들을 끌어당기거나 하며, "참게나, 참게나"라며 귓가에 입을 가까이 가져다대고는 화난 내 모습을 흉내내고 속삭이며 정신없이 만든다. 나는 뭐가 뭔지 정신을 차릴 수 없어 얼빠진 상태로 마주 앉아 있었으니, 그 꼴이란 완전히

---

89) 스모 축제는 7월 말경 열린다.

90) 미치쓰나에 대한 가네이에의 차가운 태도는 이시야마데라에 무단으로 참배하러 가 세상 사람들의 소문거리가 된 미치쓰나의 어머니에 대한 불만에서 나온 것으로 보인다.

풀이 죽어버린 듯이 보였을 것이다. 그 다음날도 하루 종일 그 사람이 하는 말이라고는, "내 마음은 전혀 변하지 않았는데 당신이 나쁘게만 보니"라는 말뿐이다. 기가 콱 막힐 따름이다.

닷샛날은 관직 인사이동이 있는 날이었는데, 그 사람은 대장(大将)[91]으로 승진하는 등 더욱더 영달하게 되니, 참으로 경사스러운 일이다. 그러고 나서 얼마간은 가끔씩 찾아왔다.

"이번 다이조에 때는 레이제이인(冷泉院)의 연급(年給)[92]에 따른 서위임관(敘位任官) 하사를 부탁드릴 생각이오. 저 어린것의 관례(冠礼)[93]를 올리도록 합시다. 열아흐렛날에……"라고 결정을 하고 일을 치렀다. 모든 일은 관례(慣例)에 따라 치러졌다. 관례 때 관(冠)을 씌워주는 역할은 겐지(源氏) 대납언[94]께서 오셔서 맡아주셨다. 일이 다 끝난 뒤 원래 그 사람 집에서 우리 집 쪽이 방위가 좋지 않은 날이어서 묵을 수 없었는데도, 밤이 깊었다며 내 집에서 묵었다. 이런 모습을 보자니, 내 마음속에는 이번이야말로 이 사람과 함께하는 마지막이 아닐까라는 생각이 떠나지를 않았다.

---

91) 근위부(近衛府)의 장관으로 종3위. 좌우 한 명씩 있으며, 이때 가네이에는 근위부 우대장을 겸했다.

92) 천황자리를 양위한 인(院) 등 서위, 임관을 조정에 신청할 수 있는 일정 정도의 이권을 지니고 있는 사람이, 다른 사람을 추천해 서위, 임관시킨 뒤 그 녹봉을 바치게 하는 것을 연급이라 한다.

93) '우이코부리'(初冠)라고 하여, 남성이 성인이 된 것을 과시하고 축하하는 원복(元服) 의식 후, 비로소 관모를 쓰는 행사. 10대 전반에 올리는 경우가 많다. 여성의 경우에는 허리 아래에 '모'라는 치마를 착용하는 의식인 '모기'(裳着) 행사가 이에 해당한다.

94) 미나모토 다카아키라의 형인 미나모토 가네아키라(源兼明).

구월과 시월도 비슷한 상태로 지난 듯하다. 세상은 다이조에 전에 열리는 주상의 목욕재계로 떠들썩하다. 나와 함께 집에 있던 사람이 구경할 수 있는 자리가 있다고 해서 건너가보았더니, 그 사람이 주상이 타고 계신 연(輦) 근처 가까운 행렬에 끼어 있다. 남편으로서 내게 하는 행동은 박정하다고 생각하지만, 그 당당한 모습은 눈이 어찔할 정도이다. 주위에 있던 이 사람 저 사람들이 "야, 정말로 다른 사람보다 훨씬 훌륭하시네요. 계속 볼 수 없다는 게 너무나도 안타깝네요" 하고 수군거리는 듯하다. 그런 말을 들으면서도 하릴없이 가슴만 아프다.

십일월이 되어 다이조에라서 경황이 없을 텐데, 그 기간 동안에는 조금 자주 찾아오는 듯한 느낌이다. 아이가 종5위 하로 서위(敍位)되게 되어 그 사람도 나와 마찬가지로 위계를 수여받을 때 아이가 추어야 하는 춤 솜씨가 불안하게만 여겨졌는지 연습하라며 여러 모로 신경을 써주기에, 마음이 무척 분주하다.

다이조에가 끝난 날,[95] 밤이 그다지 깊지 않았을 때 찾아와, "주상의 행차를 마지막까지 수행하지 못해 송구스러웠지만, 밤이 깊어질 듯해 꾀병을 앓는 체하며 물러나 이리 온 것이라오. 사람들이 뭐라고 할는지. 내일은 이 아이의 옷[96]을 갈아입혀서 나갑시다"라고 하니, 얼마간은 옛날과 같은 관계로 돌아온 듯한 느낌이다. 다음날 아침, "함께 데리고 나갈 종자들이 아직 오지 않은 듯하니, 저쪽 집으로 가서 차비를 차리도록 하겠소. 옷을 제대로 잘 갖춰 입고 오너라"라고 말하고 집을 나섰다. 아이의 경사스러운 서위인사를 함께 하러 다니니, 참으로 가슴이 뿌듯하

95) 『니혼키랴쿠』에 의하면, 이 해 다이조에가 끝난 날은 11월 20일이다.
96) 종5위 하로 서위된 미치쓰나에게 5위가 입는 붉은 관복을 입히겠다는 말이다.

고 기쁘기 그지없다.

그러나 그 일 이후에는 늘 말하던 그대로 또 근신할 일이 있다고 한다. 스무이튿날에도 아이가 저쪽 집으로 간다기에, 좋은 기회이기도 해서 혹시나 찾아오지는 않을까 내심 기다리고 있었는데, 밤은 한없이 깊어만 간다. 늦게까지 돌아오지 않아 걱정하고 있던 사람은 그저 혼자서 퇴궐해 왔다. 가슴이 미어지고 기가 막힐 뿐이다. "아버님은 방금 저쪽으로 퇴궐하셨습니다"라고 한다. 이렇게 밤이 깊었는데, 옛날과 같은 마음이라면 이렇게 아이 혼자 보내지는 않았을 텐데라고 생각하니, 참담할 따름이다. 그 뒤로도 아무런 연락이 없다.

선달 초순이 되었다. 초이렛날쯤 한낮에 잠깐 들렀다. 지금은 얼굴을 마주하고 싶은 마음도 들지 않기에 휘장을 늘어뜨린 칸막이[97]를 끌어당기고, 어두운 표정으로 앉아 있었다. 그런 나를 보고는, "참, 날이 저물었군. 궁에서 들어오라는 부름이 계셔서"라고 자리에서 일어난 뒤, 아무런 기별도 없는 채 열이레, 열여드렛날이 되어버렸다.

오늘 한낮부터 굵은 빗방울이 매우 심하게 떨어지기 시작하더니, 심란하게 계속 내린다. 이래서는, 혹여 들를지도 모른다고 생각하던 옅은 기대도 사라져버렸다. 옛날을 되돌아보니, 나에 대한 애정 때문은 아니고 그 사람의 타고난 본성 때문일 수도 있겠지만, 비바람에도 개의치 않고 찾아와주곤 했다. 오늘 지난날을 되돌아보니, 전에도 마음을 놓을 수는 없었기에, 나를 계속 찾아오기를 바랐던 것은 주제넘은 내 욕심이었구나, 슬프다, 비바람에도 개의치 않을 거라 생각해왔는데, 더 이상 그

---

97) '기초'(几帳)라고 한다. 방안에 세워 가리개나 칸막이로 썼던 가구. 두 기둥을 이은 가로대에 휘장을 늘어뜨린 것.

것을 바랄 수는 없겠구나라며, 시름에 잠긴 채 날을 보냈다.[98)]

빗발은 여전히 세찬 채로 등불을 켜야 할 무렵이 되었다. 남쪽 채[99)]에는 요즈음 오가는 사람이 있다. 발소리가 들리기에, "그분 같구나. 아아, 이런 날에 잘도 오셨네"라고 부글부글 끓는 속마음은 제쳐두고 중얼거렸다. 그러자, 오랫동안 나를 지켜보아 속사정을 다 알고 있는 시녀가 마주 앉은 채 "정말로 이보다 더한 비바람이 부는 날에도 옛날에는 전혀 개의치 않는 듯이 보이셨는데"라고 말하는 것을 듣는데도, 흘러넘치는 눈물이 뜨겁게 볼을 타고 흐른다. 떠오르는 대로 이렇게 읊었다.

미치쓰나의 어머니
꾹꾹 누른 채 겉으로 안 드러난 뜨거운 불꽃
안에서 타올라와 눈물 끓어 넘치네

이를 되풀이하여 읊던 중에 침소에도 들지 못한 채 밤이 새버렸다.

그 달에 세 번 정도 찾아오고는 해가 바뀌었다. 연말연시의 행사는 평소와 다름이 없었기에 따로 적지 않는다.

98) 가네이에와 한마음이었던 '옛날'(昔)과 소원해진 '지금'(今)을 비교하는 기술은 전권에 걸쳐 나타나는데, 이는 미치쓰나의 어머니의 '지금'의 불행을 강조하는 표현법이다.

99) 미치쓰나의 어머니와 동거하고 있던 여동생이 묵고 있는 곳으로 추정된다.

| 해설 |

가네이에의 새 저택에 들어가지 못하게 됐다는 기사로 시작되는 970년은 미치쓰나의 어머니의 고뇌가 정점을 향해 나아가는 시기이다. 궁중 활쏘기 시합에 나가는 미치쓰나의 영광스러운 무대를 위해 후원을 아끼지 않는 가네이에와 미치쓰나의 활약, 그리고 남편이 감격하는 모습을 지켜보며 가슴 뿌듯해하지만, 뒤이어 가네이에가 한 달여나 발걸음을 하지 않아 고통스러워하는 미치쓰나의 어머니의 모습이 묘사되면서 일시적인 행복 뒤의 고뇌가 더욱더 부각되고 있다.

가네이에가 발걸음을 끊게 된 것은 오미라는 여성의 존재 때문이었음이 드러나고, '밤에 본 것은 서른여 날, 낮에 본 것은 마흔여 날'이라는 기나긴 가네이에의 부재는 중권 도입부에 묘사된 '서른 날 낮밤은 내 곁에'라는 바람이 일부다처제 속에서 얼마나 허무한 기대였는지를 드러내주고 있다. 이에 미치쓰나의 어머니는 울적한 기분을 풀기 위해 가라사키와 이시야마데라로 불제와 참배여행을 떠난다. 여행을 통해 기분을 전환하고 억눌린 내면이 해방되면서 미치쓰나의 어머니의 내적 고독은 더욱 첨예화되어간다.

그 가운데 이시야마데라 참배여행은 『가게로 일기』의 기사 중 압권으로 평가받는 부분이다. 가라사키 불제 때 전통적인 발상에 기반하면서도 구체적 체험으로서 표현되었던 여정이 한층 더 깊이를 더해, 비일상적인 공간을 독자적인 표현으로 묘사함으로써 여행을 매개로 자연과 교감하며 심화된 인생관조가 남김없이 기술되고 있다. 이시야마데라에 참배하러 가는 길에 와카사 지방의 지방관 일행과 만났을 때 드러난 미치쓰나의 어머니의 반감은 내면에 억눌린 울분이 맞춤한 대상을 만나 분출됐다고 할 수 있으며, 부처님의 자비를 느낄 수 있도록 해준 이시야마데라에서 꾼 꿈은 미치쓰나의 어머니가 자신의 처지를 더욱더 절실하게 들여다보도록 하는 계기이기도 했다.

그리고 다이조에 행렬에 참가한 가네이에의 멋진 풍채에 주위 사람들이 감탄하는 모습을 보면서 기뻐만 할 수도 없는 자신의 처지를 다시금 되돌아보는 심리를 통해, 가네이에의 부인이라는 위치를 내면화하지 못하는 미치쓰나의 어머니의 자기 모순을 엿볼 수 있다. 스모 축제 때 궁중에 입궐한 미치쓰나에게 그다지 신경을 써주지 않는 가네이에의 태도를 바라보며 남편과 마음이 점점 더 멀어지고 있는 데 대해 슬퍼하면서도, 미치쓰나가 5위에 임명되어 벼슬길에 나아가게 되어 부자가 함께 인사를 다닌다거나 다이조에 행사 중 가네이에가 몰래 빠져나와 찾아오는 등 잠시 동안 행복을 만끽하던 순간도 있었다. 하지만 정초부터 가네이에가 찾아오지 않으면서 행복했던 한때는 두 사람의 관계의 불안정성을 더욱 부각시키는 역할을 할 뿐이다.

내 집 앞을 그냥 지나쳐 가시지 않는 세계를 찾아

미치쓰나의 어머니 36세(971)

깊어만 가는 가네이에와 오미의 사이

그런데, 지금까지 그 사람과 함께한 세월을 되돌아보니, 어떻게 그럴 수 있었는지, 정월 초하룻날 그 사람이 찾아오지 않았던 적은 없었다. 그래서 올해도 그러려니 하면서도 마음이 쓰였다. 미시쯤에 벽제(辟除) 소리가 요란스럽게 들려왔다. 그 사람이 오는가보다 하며 사람들이 수런거리고 있는 동안에 집 앞을 쑥 지나쳐 갔다. 급한 일이 있었나보다 하고 마음을 돌려보았지만, 다시 찾아오지 않은 채 그 밤이 지나갔다.

다음날 아침, 우리 집에 맡겨둔 바느질감을 찾으러 보낸 사람 편에, "어제 집 앞을 그대로 지나쳐 간 것은 볼일이 있는데다 날이 저물어서"라는 전갈을 보내왔다. 답장을 보내고 싶은 마음이 도저히 들지 않았지만, "그래도 연초부터 화를 내지는 마시지요"라고 주위에서 말리기에 약간은 삐친 채 편지를 썼다. 이렇듯 내가 평온하지 않은 마음으로 시름에 잠기거나 말이 곱게 나오지 않거나 하는 것은, 모두 다 전부터 짐작하고 있었던 오미라는 여자 때문이다. 그 사람이 오미와 편지를 주고받는다는 둥, 부부의 연을 맺었다는 둥 세상에서 쑥덕대는 걸 들으며 마음이 상했기 때문이다. 이렇게 또 이삼 일이 지나갔다.

초나흗날도 신시 무렵, 초하룻날보다도 더욱 요란스럽게 행차를 알리며 오는데, "오십니다, 오십니다"라고 아랫것들이 계속 말하는데도, 초하루 같은 일이 또 벌어지면 어쩌나, 민망할 텐데라고 생각하며 그래도 가슴 졸이며 기다리고 있었다. 그런데 행차가 가까워져 우리 집 하인들이 중문을 활짝 열고 무릎 꿇고 기다리고 있는데도, 아니나 다를까 그대로 또 스쳐 지나갔다. 오늘 내가 어떤 마음이었는지 상상에 맡기겠다.

그 다음날은 정월 큰 잔치[100]가 열린다며 온통 술렁대는 분위기다. 잔치가 열리는 곳에서 우리 집이 아주 가깝기에[101] 오늘 밤에야 들르지 않을까 다시 한 번 기다려보자며 내 마음속으로만 생각하고 있었다. 수레소리가 들릴 때마다 가슴이 두근두근한다. 밤이 깊어 이슥해졌을 때 모두들 돌아가는 소리도 들린다. 대문 근처를 많은 수레 행렬이 벽제소리를 드높이며 지나가는데, 우리 집 앞을 스쳐 지나갔다고 들을 때마다 내 마음은 흔들린다. 마지막 행차소리를 다 듣고 나니, 아무것도 생각할 수조차 없다. 날이 밝은 뒤 아침녘에 역시 그대로는 있을 수가 없었는지, 그 사람이 편지를 보내왔다. 답장은 보내지 않았다.

그 뒤 이틀쯤 지나서 편지를 보내왔다.

"내가 게으른 탓도 있겠지만 참으로 공사다망한 때라오. 밤에 갈까 하

---

100) 궁중이나 섭정 · 관백, 대신 집에서 열리는 잔치로, 정월에는 중궁 · 동궁 · 대신이 잔치를 여는 게 관례였다. 이 해에는 가네이에의 장형인 우대신 후지와라 고레마사(藤原伊尹)의 집인 이치조인(一条院)에서 열렸다.

101) 미치쓰나의 어머니의 집인 이치조니시노토인과 고레마사의 집인 이치조인은 멀지 않은 거리였다.

는데, 어떠한지요. 당신이 어떻게 나올까 무섭다오."

"몸이 좀 좋지 않아 답장을 드릴 수가 없군요"라고 일러 보내고 나서 기대를 않고 있었는데, 아무 일도 없었다는 얼굴로 찾아왔다. 기가 막혀 죽겠다고 생각하고 있는데 아무 일도 없었다는 듯 장난을 치기에 너무 미운 마음이 들어, 요 근래 오랜 기간 마음속에 꾹꾹 눌러 담아두었던 생각들을 전부 다 퍼부었는데, 이렇다 저렇다 전혀 대답도 없이 자는 척만 하고 있다. 줄곧 듣고 있더니 자다가 깬 듯한 태도로 "자, 그래서요. 벌써 주무시는 게요?"라고 말한 뒤 웃고는, 남부끄러울 정도로 못살게 군다. 하지만 내가 목석이라도 된 듯이 딱딱한 모습으로 밤을 새우니, 날이 밝자 아무런 말도 하지 않은 채 돌아갔다.

그러고 난 뒤 아무렇지도 않은 척 막무가내로 "여느 때나 마찬가지로 기분이 별로 좋지 않은 듯한데 당연한 일이겠지요. 이걸, 이러저러하게 손질 좀 해주시오"라며 바느질감을 보내왔다. 너무 얄미워서 한마디 하며 돌려보낸 뒤, 연락이 끊긴 채 스무날께가 되었다. '새로워져가는데'[102]라고 와카에서 자주 읊기도 하는 봄날의 기운, 휘파람새 울음소리 등을 느끼고 들을 때마다 눈물이 맺히지 않은 적이 없다.

친정아버지 집에서 기나긴 정진을 하다

이월도 열흘날여가 지났다. 그 사람은 소문으로 들었던 곳에 사흘 밤 잇따라 방문[103]했다고 이러쿵저러쿵 말들이 많다. 쓸쓸히 하릴없이 지

---

102) '수많은 새들 지저귀는 봄날엔 세상사 모두 새로워져가는데 나만 늙어가누나'(百千鳥さへづる春は物ごとにあらたまれども我ぞふりゆく,『古今和歌集』春上, 読人しらず)의 한 구절.

내던 중에 춘분 법회[104]가 가까워졌기에 그냥 이대로 있기보다는 정진이라도 하자고 마음을 먹고, 다다미 위에 깔아놓은 화려한 윗돗자리를 깨끗한 보통 돗자리로 바꿔 깔라고 시켰다. 먼지를 털고 있는 모습 등을 보고 있는데도, 이러한 일이 있을 줄은 예상도 하지 못했건만이라고 생각하니 가슴이 미어져, 이렇게 읊었다.

미치쓰나의 어머니
털어버리는 깔개 위 쌓여 있는 저 먼지 수도
내 쉬는 한숨 수엔 미치지 못하리라

지금부터 바로 긴 정진[105]에 들어가 산사에라도 칩거하자, 그리고 출가하여 그것으로 내 마음이 편해진다면야 역시 어떻게 해서든 세상 사람들과 관계를 끊기도 쉬우니, 세상을 등지고 출가라도 한다면 어떨까라고 마음을 먹었다. 하지만 주위 사람들이 "정진은 가을 무렵부터 하는 것이 가장 좋다고 합니다"라고 말하는데다, 내가 모른 체 할 수 없는 출산도 앞두고 있었기에, 그 일이 다 끝난 뒤가 낫겠다고 생각해, 달이 바뀌어 다음 달이 오기를 기다렸다.

그렇기는 하지만, 세상만사 모든 것을 심드렁하게 여기고 있던 차에, 작년 봄 담죽(淡竹)[106]을 심어볼까 하고 부탁을 해둔 곳에서 요 근래 들

103) 오미와 정식으로 결혼했다는 의미이다.
104) 추분 법회와 더불어 '히간에'(彼岸会)라고 하며, 춘분과 추분 전후 7일간 열리는 불도 정진기간이다.
105) 뒤에 나오는 나루타키 한냐지 칩거의 준비.
106) 대나무는 영원을 상징한다.

어와 "드리겠습니다"라고 한다. 그래서 "아니, 이제는 뭘요. 오랫동안 행복하게 살 수 있을 것 같지도 않은 이 세상에서 생각이 짧아 보이는 짓을 해둘 마음은 없습니다"라고 대답했다. 그러자, "참으로 소견이 좁으시군요. 교기 보살(行基菩薩)[107]은 장래에 올 사람을 위해 열매를 맺는 과실수를 뜰에 심으셨답니다"라며 담죽을 보내왔다. 아아, 이곳에 그 여인이 살았구나라고 나중에 이를 보는 사람이 있다면 보기라도 했으면 하는 생각에 눈물을 흘리며 심도록 시켰다. 이틀쯤 지나 비가 몹시 심하게 내리고 샛바람도 세게 휘몰아쳤다. 한두 줄기가 비스듬히 쓰러져 있기에, 어떻게 해서든 다시 심도록 해야지, 비가 좀 드는 때가 있으면 좋으련만이라고 생각하며 이렇게 읊었다.

미치쓰나의 어머니

쓰러지는가 예상 못한 곳[108]으로 담죽 줄기는

시름 많은 내 결혼 그 끝과 닮았구나

---

107) 749년 입적한 야쿠시지(藥師寺)의 스님으로 민간 포교에 힘을 쏟았다.

108) '예상 못한 곳'은 969년에 읊은 '바람조차도 고뇌 없는 곳으로 밀어 안 주면 이 세상의 괴로움 저 세상에서까지'의 '고뇌 없는 곳'과 마찬가지로 '오모와누카타'(思はぬかた)로 표현되어 있다. 오미에게 푹 빠져 점차 자신에게서 멀어져가고 있는 가네이에를 보며, 미치쓰나의 어머니가 더 이상 되돌리기 어려울 정도로 골이 패인 남편과의 관계에 절망하고 있을 때 읊은 와카라는 점에서, 비바람에 맞서지 못하고 자신의 의지와 달리 바람이 부는 방향으로 쓰러질 수밖에 없는 담죽은 미치쓰나의 어머니 자신을 비유한다고 볼 수 있다. 따라서 이 표현은 생각대로 되지 않는 가네이에와의 결혼생활을 의미한다고 생각된다.

오늘은 스무나흗날, 빗발이 너무나도 조용조용 내려 정취 있는 날이다. 저녁 무렵이 되어 아주 드물게도 그 사람에게서 편지가 왔다. "당신이 너무 무섭게 나를 대하는지라, 겁이 나 이렇게 날이 흘러버렸소"라는 등의 내용이 쓰여 있다. 이쪽에서 답장은 없었다.[109]

스무닷샛날, 비는 여전히 그치지 않는다. 무료하게 시간을 보내다 '생각도 못 한 산에'[110] 등과 같은 생각만 뇌리에서 떠나지를 않는데, 그치지 않는 것은 눈물뿐이로구나.[111]

미치쓰나의 어머니

내리고 있는 빗발처럼 흐르는 눈물이로고

천 갈래 만 갈래로 생각에 잠긴 탓에

바야흐로 삼월 그믐이 되었다. 무척이나 적적하여, 마흔닷새 부정도 피할 겸 다른 집에 잠시 옮아가 있어야겠다고 생각해 지방관을 역임하신 친정아버지 집으로 건너가기로 했다. 마음에 걸려 있던 출산 건도 무사히 끝났기에 긴 정진을 시작해야겠다고 마음을 먹고 물건 등을 정리하고 있던 중, 그 사람이 "벌은 여전히 무거운 채인지요. 용서해주신다

---

109) '답장을 보내지 않았다'라고 하지 않고 '답장은 없었다'라는 제3자적인 표현을 씀으로써 가네이에에 대한 거리감이 더욱 뚜렷하게 드러나는 어법이다.

110) '한창때로고 활짝 핀 꽃이 너무 괴롭기만 해 생각도 못 한 산에 들어만 가고 싶네'(時しもあれ花のさかりにつらければ思はぬ山に入りやしなまし, 『後撰和歌集』 春中, 藤原朝忠)의 한 구절.

111) '당신 발걸음 끊긴 채 옛 마을에 세월 흘러도 그치지 않는 것은 눈물뿐이로구나'(君まさで年は経ぬれど古里に尽きせぬものは涙なりけり, 『後撰和歌集』 哀傷, かしこなるひと)를 인용한 것이다.

면 저녁에라도 찾아가고 싶소만. 어떠한지요"라는 편지를 보내왔다.

이걸 전해 듣거나 옆에서 지켜본 사람들이, "이토록 어떻게 해볼 도리도 없도록 끝내는 것은 아주 좋지 않은 처신입니다. 이번 한 번만이라도 답장을 보내시지요. 이대로 둘 수는 없잖습니까"라고 수선을 피우기에, 단지 "달도 안 보았는데, 이상하군요"[112]라고만 써서 보냈다.

설마 찾아올 리는 없다고 생각했기에 서둘러 건너갔다. 그런데, 어떻게 그렇게 아무렇지 않은 척할 수 있는지, 친정아버지 집으로 밤이 이슥해서 찾아왔다. 여느 때와 마찬가지로 속에서 천불이 나는 일도 많았지만, 비좁은데다 사람도 많은 곳인지라, 숨을 죽이고 가슴에 손을 얹은 듯한 불편한 상태로 아침을 맞았다. 그 다음날 아침, 그 사람은 "이것저것 할 일이 많아서"라며 서둘러 돌아갔다. 더 이상 기대하지 말고 그저 그런 거라고 있는 그대로 편하게 생각하면 되었을 것을, 또다시 오늘은 찾아오려나, 하마 오려나 하며 마음속으로 기다리고만 있는데 아무런 연락도 없이 사월이 되었다.

ㅁ[113]도 아주 가까운 곳이기에, "대문 앞에 우차가 섰습니다. 이리로 오실 생각이실까요" 등과 같이 마음 편치 않게 말하는 사람까지 있으니, 무척이나 괴롭기만 하다. 전보다도 더욱더 마음이 갈가리 찢어지는 듯하다. 답장을 보내라고 보내라고, 옆에서 재촉해댔던 사람들까지도 귀찮고 원망스럽기만 하다.

---

112) '이상하게도 다스릴 수도 없는 마음이구나 오바스테 산중의 달도 안 보았는데'(あやしくも慰めがたき心かなをばすて山の月も見なくに, 『小町集』)의 한 구절을 인용함으로써, 가네이에가 오랫동안 방문해 오지 않았다는 사실을 지적하고 있다.

113) 본문 결락.

사월 초하룻날, 어린것을 불러 "이제 긴 정진을 시작할까 한다. '함께 하도록' 하라는구나"[114]라며 정진에 들어갔다. 그렇기는 하지만, 나는 처음부터 야단스럽게는 하지 않고, 그저 토기(土器)에 향을 가득 담아 팔걸이 좌의자 위에 놓고, 그대로 기대어 염불만 드린다. 염불을 드리는 마음속 생각이란, 참으로 그저 불행한 신세였습니다, 오랜 세월을 오로지 세상에 마음 편할 날 없이 괴롭다고만 생각해왔는데, 결국에는 이렇게 기가 막힌 신세가 되었습니다, 어서 빨리 성불하게 해주시어 번뇌를 끊을 수 있게 해주시옵소서 하며 근행(勤行)을 하고 있자니, 눈물만 뚝뚝 떨어진다.

아아, 요즘 세상엔 여인네도 염주를 손에 늘어뜨리고 불경을 손에 들고 있지 않은 사람은 없다는 말을 들었던 적이 있었는데, 참으로 꼴불견이로고, 그런 여자들은 과부가 된다고들 하는데라며 흉보던 그때 그 마음은 지금은 어디로 가버렸는가. 밤이 새고 날이 저물어가는 것도 초조해하며 전혀 쉴 틈 없이, 그렇다고 뚜렷한 목적이 있는 것도 아닌 채 정성들여 불공을 드리면서, 아아, 저렇게 말한 것을 들은 사람은 얼마나 우습다고 생각하며 나를 볼 것인가, 지금 되돌아보면 이리도 허무했던 부부 사이였으면서도 어째서 그런 말을 했을꼬라며 하염없이 생각에 잠겨 불공을 드리고 있자니, 잠시라도 눈물이 마를 새가 없다. 다른 사람들 눈에 띄면 더욱 면목 없고 창피하므로, 눈물을 참으며 날을 보낸다.

스무 날 정도 불공을 드린 어느 날 밤 꿈을 꾸었다. 머리를 잘라내고 앞머리를 이마에서 가른 비구니 모습의 나를 보았다. 좋은 꿈인지 나쁜 꿈인지는 전혀 알 수 없다. 그러고 나서 일고여드레쯤 지나서는 내 뱃속

---

114) 주어가 명확하지 않은 문장이다.

에 있는 뱀이 꿈틀거리며 내장을 파먹고 있는데, 이를 고치기 위해서는 얼굴에 물을 끼얹으면 좋다고 하는 꿈을 꾸었다. 이 꿈도 좋은지 나쁜지 모르지만, 이렇게 적어두는 것은 이렇게 흘러온 신세의 끝을 보고 들은 사람이 꿈이나 부처님을 믿어도 될 것인지 말 것인지 판단하도록 하게 함이다.

오월이 되었다. 내 집에 머물며 집을 지키고 있던 사람한테서, "집에 계시지 않더라도 창포를 처마에 꽂지 않으면 불길하다고 하는데, 어떻게 할까요"라는 전갈이 왔다. 정말로 이제 와서 뭐가 불길하단 말인가, 당장이라도 다음과 같은 와카를 읊어 보내고 싶었지만, 내 마음을 구석구석 알아줄 사람도 없기에, 마음속으로만 생각하며 날을 보낸다.

미치쓰나의 어머니

그 사람과 나 더 이상 행복할 수 없단 시름에

세상 이치 분별도 더더욱 모르겠네

내 집 앞을 그냥 지나쳐 가시지 않는 세계를 찾아

이리하여 재계가 끝났기에, 내 집으로 돌아와 전보다 더 적적한 날을 보낸다. 장마철에 접어들어 뜰의 화초들이 무성하게 자라 있는지라, 근행하는 중에 캐어내 뿌리 나누기 등을 시켰다.

그 질리게 만드는 사람이 내 집 대문 앞으로 여느 때처럼 기세 등등하게 벽제소리를 드높이며 지나쳐 간 날이 있었다. 불공을 드리고 있는데 "오십니다, 오십니다"라고 수선을 피우기에, 다른 때처럼 그냥 지나치겠거니 생각하면서도 가슴이 쿵당쿵당 뛴다. 그대로 지나쳐 가니 모두들 서로 얼굴만 바라보고 있다. 하물며 나는 두세 시각[115] 동안이나 말조차 할 수가 없다. 곁에 있는 사람들 가운데는 "어떻게 이런 일이 있을 수 있나요. 도대체 어떻게 하실 생각이실까요"라며 우는 사람도 있다. 나는 마음을 겨우 가라앉히고는, "참으로 분하게도 사람들이 이러저러한 말로 말리기에 지금까지 이렇게 속세의 내 집에서 지내다가, 또 이렇게 참담한 꼴을 겪는구나"라고만 했다. 내 마음이 까맣게 타들어가는 괴로움은 이루 다 말할 수조차 없다.

유월 초하룻날, "나으리께서는 지금 재계 중입니다만, 대문 밑으로라도 편지를 전하고자 합니다"라며 그 사람의 편지를 전해왔다. 재계 중에 웬 편지람, 묘한 일이라고 생각하며 펼쳐 보니, 이렇게 쓰여 있다.

"재계는 지금은 이미 다 끝났을 텐데 언제까지 그곳에 머무를 생각이오. 그쪽 거처는 너무나 불편했던 터라 다시 가기가 그렇구려. 참배는 부정을 탄 일이 있어 취소됐소."

내가 집으로 돌아온 것을 지금까지 듣지 못했을 리도 없을 터인데라고 생각하니 마음이 더욱더 무거워졌지만, 꾹 눌러 참고 답장을 써 보냈다.

"너무나도 희한한 편지이기에 누가 보낸 편지인지 짐작하기조차 어려웠습니다. 여기로 돌아온 것은 꽤 오래되었는데, 어째서 그리도 짐작을 못 하셨는지요. 그런데 이전에 지나친 적이 있으셨던 집 부근이라는 걸 알아차리지 못하시고 지나쳐 간 적이 자주 있었습니다. 이 모든 게 지금까지 이 세상에 머물고 있는 제 과실이므로 더 드릴 말씀도 없습니다."

그런데, 생각해보니 이렇게 떠올리는 것만으로도 가슴이 답답해지고 요전처럼 분한 일이 또 일어날 수도 있으니, 역시 잠시 물러나 있자고

---

115) 1시각은 약 2시간을 가리킨다.

마음을 먹고, 평상시 자주 참배하러 가는 니시야마(西山)에 있는 절[116]로 가자, 그 사람의 재계가 끝나기 전에 출발하자고 생각해, 나흗날에 집을 나섰다.

그 사람의 재계가 오늘 끝나는 날이지 싶어서 마음이 바쁘다. 짐을 꾸리고 있는데 윗돗자리 아래에 그 사람이 아침마다 먹던 약이 접어서 품속에 넣고 다니는 종이[117] 안에 싸여 있다. 친정아버지 집에 갔다가 이리로 돌아올 때까지 그대로 있었나본데, 이 사람 저 사람이 보고는, "이게 뭐지"라고 한다. 그것을 받아들고는 바로 품속에 넣고 다니는 종이에 싸서 이렇게 적었다.

미치쓰나의 어머니
깔개 밑 약도 내 신세도 갈 곳 몰라 헤매이누나
당신 기다리는 맘 이미 다 끊겼기에

그런 다음, "이제부터 산사에 쭉 칩거하는 거지요. 전해드려야겠어요"라며 그 사람 집에 어린것이 인사하러 가는 길에 다음과 같은 편지와 함께 들려 보냈다.

"'그 모습 안 바꾸니'[118]라는 와카에서도 읊고 있듯이 어디를 가나 당

116) 교토 시 우쿄 구 나루타키 강의 북쪽에 있는 한냐지. 현존하지 않지만, 나루타키한냐지 초(鳴滝般若寺町)라는 지명에서 자취를 확인할 수 있다.
117) '다토가미'(畳紙) 또는 '가이시'(懐紙)라고 하여, 접어 품속에 넣고 다니면서 시가의 초고를 적거나 휴지로도 쓰던 종이다.
118) '어디를 가나 그 모습 안 바꾸니 구름이 걸린 산속 들어간대도 찾아오지 않으리'(いづくへも身をしかへねば雲懸かる山ぶみしてもとはれざりけり, 『仲文

신이 나를 찾아주지는 않겠지만, 그래도 당신이 내 집 앞을 그냥 지나쳐 가시지 않는 세계도 있지 않을까 싶어 오늘 출발합니다. 이 또한 이상한 나 홀로 신세타령이 되고 말았군요."

"혹시 이 일에 대해 물으시거든, '이것을 써두시고 이미 출발하셨습니다. 저도 뒤따라가기로 되어 있습니다'라고 말씀드려라"라고 일렀다.

산사로 가려는 내 거동이 얼마나 황망해 보였던가, 편지를 읽고 이렇게 답장을 써서 보내왔다.

"구구절절 다 옳은 말씀이긴 합니다만, 가려고 하는 절이 어디인지 먼저 알았으면 하오. 요즘은 불공을 드리기에도 힘든 계절일 텐데, 이번 한 번만 내 말을 듣고 가지 않았으면 하오. 의논하고 싶은 일도 있으니, 지금 바로 건너가겠소."

그러고는 이렇게 읊었다.

가네이에
"기가 막히네 온 마음 다해 당신 믿어왔건만
이부자리 뒤집듯 바뀌는 당신 마음

참으로 괴롭기 짝이 없소."

이를 보니, 더욱더 마음이 바빠져 집을 나섰다.

集』)의 한 구절을 인용하고 있다.

나루타키 한냐지에 도착

산길은 이렇다 하게 특별할 것도 없는데도 마음에 절절히 스며든다. 옛날에 그 사람과 단 둘이 가끔 오기도 했던 길이다. 그리고 내가 몸이 아팠을 때 사나흘이나 산사에 머물렀던 적이 있었는데, 그때도 지금과 같은 계절이었다. 그 사람이 등청(登廳)하지 않고 있었을 때, 함께 칩거하고 있었던 곳도 여기였는데 하고 이런저런 옛일을 생각하자니, 먼 길을 가는 동안 눈물이 솟아 흐른다. 수행원 세 명 정도가 나와 동행했다.

절에 도착해서는 먼저 승방(僧坊)으로 내려가 자리를 잡고 밖을 내다보니, 뜰 앞에 바자울이 둘러쳐져 있고, 또 이름도 모르는 풀들이 우거진 가운데, 모란꽃들이 참으로 정취도 없이 꽃잎을 다 떨어뜨리고 서 있는 것을 보니, '꽃도 한때'[119]라는 와카를 거듭 떠올리며 더욱 슬픔에 젖는다.

목욕 등을 하며 몸을 깨끗이 한 후 법당에 올라가려고 생각하고 있는데, 서울 집에서 몹시 바삐 사람이 달려왔다. 집에 머물러 있는 사람의 편지를 전해왔다. 편지 내용은 이러했다.

"방금 나으리 댁에서 편지를 들고 아무개가 왔습니다. '여차저차해서 산사로 가신다고 하네, 일단 자네라도 먼저 가서 못 가시게 하게'라고 하셨습니다. 나으리께서는 바로 오실 겁니다'라고 말하기에, 있는 그대로 '이미 떠나셨소. 누구누구도 함께 뒤를 좇아갔습니다'라고 대답을 하니, '어떤 생각으로 절에 가시는지 신경을 쓰시는 모습이셨는데, 어떻게 이

---

119) '가을 들녘에 아리땁게 서 있는 마타리꽃아 잘난 척하지 마라 꽃도 한때인 것을'(秋の野になまめき立てる女郎花あなかしがまし花も一時, 『古今和歌集』雜躰, 遍照)의 한 구절.

일을 고할까요'라고 하기에, 요 근래 지내시던 모습, 정진하시게 된 까닭 등을 이야기하니, 울면서 '어찌 됐든 어서 빨리 말씀드려야겠습니다'라며 서둘러 돌아갔습니다. 그러니 어찌 된 영문인지 틀림없이 그쪽으로 기별을 하실 겝니다. 그렇게 아시고 마음의 준비를 하시지요."

편지를 보자니, 지겨운 마음이 든다. 생각이 짧아서 크게 부풀려 이야기라도 했으면 어쩌나, 정말로 마음에 안 들기도 하지, 달거리라도 있으면 내일이나 모레쯤이라도 절을 나설 생각인데라고 생각하면서 서둘러 몸을 씻고 법당으로 올랐다.

더워서 잠시 문을 열고 주위를 둘러보자니, 법당은 아주 높은 데 세워져 있다. 산에 둘러싸여 품속 같은데다, 나무숲이 짙게 우거져 보기 좋은데, 어스름녘이어서 지금은 어둠뿐이다. 초야 예불[120]을 드리려고 법사들이 서두르고 있기에, 나 또한 문을 열어둔 채 염불을 하고 있는 동안에, 시각은 산사 풍습으로 법라(法螺)를 네 번 부는 시간[121]이 되었다.

절 대문 쪽에서 "오십니다, 오십니다" 하며 웅성거리는 소리가 들리기에, 감아 올린 발 등을 내려뜨려놓고 보자니, 나뭇가지 사이로 횃불이 두셋 보인다. 어린것이 맞이하러 서둘러 나가니, 그 사람은 절 안에 들어오지 않고 수레 안에 그대로 탄 채로 있다.[122]

"마중을 하러 왔는데, 오늘까지 근신 중이라 수레에서 내릴 수가 없구

---

120) 오후 8시부터 9시경에 올리는 예불.

121) 밤 9~11시 동안의 해시(亥時). 음양료(陰陽寮)의 누각(漏刻) 박사가 물시계로 시각을 측정해 종을 쳐서 시간을 알리면 산사 등에서는 그 종과 같은 횟수의 나각(螺角)을 불었다.

122) 근신 중인 사람이 다른 집을 방문하거나 또는 반대로 근신 중인 집을 방문하거나 할 때, 선 채 있으면 부정을 타지 않는다고 여겼다.

나. 수레는 어디에 대면 좋겠느냐"라고 하니, 참으로 미칠 것만 같다. "무슨 생각으로 이렇게 해괴한 발걸음을 하셨는지요. 오늘 하룻밤만이라고 생각하며 올라왔는데, 부정한 일도 있으신 듯한데 너무 도리에 맞지 않는 행보이십니다. 밤이 깊었습니다. 어서 돌아가시지요"라고 서로 주고받기 시작하여, 아이가 양쪽에 말을 전하러 오가는 것이 몇 번이나 거듭되었다.

일 정(町)[123] 정도의 거리로 돌계단을 오르내리는 길이었기에, 오가던 사람이 지쳐서 매우 고통스러워할 정도가 되었다. 주위의 시녀들은, "정말로 가엾기도 하지"라며 자꾸 내 마음을 약하게 만드는 소리만 한다. 양쪽 사이를 오가던 사람은, "아버님이 '이 모든 게 다 네가 한심해서다. 그 정도 일도 제대로 수습을 못하다니' 하시며 화를 내셨어요"라며 울음을 그치지 않는다. 그렇지만, "어떻게 지금 이 상태로 갈 수 있겠느냐"라고 굽히지 않고 잘라 말하니, "좋소. 이렇게 부정한 일이 있으니 여기에 계속 머무를 수도 없소. 어쩔 수가 없구려. 수레에 소를 묶도록 해라"라고 했다는 말을 전해 들으니, 무척이나 마음이 놓인다.

양쪽을 오가던 사람은, "아버님을 배웅해드리겠습니다. 수레 뒤에 타고 가겠습니다. 이제 다시는 여기엔 안 올 거예요"라며 울면서 나선다. 이 아이를 미더운 사람으로 여기며 살아왔는데, 말을 심하게도 하는구나 싶었지만 아무 말 안 하고 있자니, 다른 사람들은 모두 다 출발한 듯한데 이 사람만 되돌아왔다. "배웅해드리겠다고 했지만, '너는 내가 부를 때 오너라' 하시며 가셨어요"라며, 훌쩍거리며 운다. 가여웠지만, "이런 바보같이 울기는. 너까지 이렇게 인연을 끊겠느냐"라며 위로를 했다.

---

123) 약 110미터.

시간은 이미 축시(丑時)[124]였다. 서울까지의 여정은 멀기만 하다. "수행하고 온 사람들은 떠나실 때 그 자리에 있는 사람들만을 데리고 오신 듯 서울 안에서 행차하실 때보다 더 단출했습니다"라고 시녀들이 안됐어하는 사이에 날이 밝았다.

서울에 가야만 할 일이 있어서, 사람을 보내게 되었다. 대부(大夫)[125]가, "어젯밤 늦게 돌아가신 게 매우 마음에 걸립니다. 아버님 댁에 들러 어떠신지 문안을 여쭙겠습니다"라며 나서기에, 그 편에 편지를 보냈다.

"너무나도 해괴하고 정신이 하나도 없도록 만드는 어젯밤 행차셨는데, 밤늦게 서울로 돌아가신 것을 생각하니 걱정스러워, 그저 무사히 돌아가게만 해주십시오라고 부처님 전에 빌기만 했습니다. 하지만, 무슨 생각을 하시고 여기까지 오셨나 하고 생각하니, 너무 부끄러워 지금 당장은 돌아가기 어려울 듯한 마음뿐입니다."

이렇게 소상히 쓴 뒤 편지 끄트머리에 다음과 같이 적어, 이끼가 낀 소나무 가지에 편지를 매달아 보냈다.

"옛날에 함께 왔던 적이 있어 당신도 보셨던 길이라고 생각하면서 절로 들어왔기에, 한없이 옛 생각에 젖었답니다. 머잖아 곧 하루라도 빨리 돌아가겠습니다."

새벽 풍경을 보자니, 안개 같기도 하고 구름 같기도 한 것이 자욱하게 끼어, 마음이 저린 듯 쓸쓸하다. 점심때쯤에 서울로 나갔던 사람이 돌아왔다. "편지는 아버님이 부재중이셔서 아랫것들에게 맡기고 왔습니다"

---

124) 새벽 1~3시.

125) 5위의 총칭으로 미치쓰나를 가리킨다. 미치쓰나는 한 해 전인 970년 11월에 종5위 하를 하사받았다.

책으로 세계를 짓는다

한길사

지중해 세계가 이슬람 ㅎ

로마멸망 이후의 지중

"영고성쇠가 역사의 이치라면, 로마제국도 예외가 될 수는 없다. 로마인0
팍스 로마나도 과거지사가 되었다. 이 질서 없는 지중해를 지배한 것은 이
지중해의 제해권을 둘러싸고 펼쳐진 기독교와 이슬람 간의 천년의 공방을

• 시오노 나나미

시오노 나나미 대하역사평설

로마인 0

• 로마를 읽으면 우리가 보이고, 세계를 큰 눈으로 보게 된ㄷ
• '로마'는 여전히 벤치마킹의 모델이며 『로마인 이야기』는
• 로마제국은 바로 우리의 현실과 미래를 비추는 거울이다.
• 1천여 년의 역사 대로망이 우리를 상상의 세계로 날게 한

라고 한다. 그렇지 않더라도 답장은 없을 것이라고 생각했다.

이모와 여동생의 방문

그런데, 낮에는 하루 종일 늘상 하도록 정해져 있는 불공을 계속 드리고, 밤에는 본존(本尊) 부처님께 기도를 드린다. 사방이 산으로 둘러싸여 있는 곳이라, 낮에도 사람이 보지는 않을까 염려할 필요가 없다. 발을 감아 올려놓고 있자니, 철 지난 휘파람새가 끊임없이 울어댄다. 말라 죽은 나무 위에서 "히토쿠, 히토쿠"[126]라고만 날카롭게 울어대니, 발을 내려야만 할 것 같은 마음이 든다. 그것도 마음이 평상심을 잃고 있기 때문일 것이다.

이렇게 지낸 지 얼마 지나지 않아, 달마다 있는 부정을 탈 일[127]이 생겼다. 그리 되면 절을 떠나겠다고 처음부터 마음을 먹고 있었지만, 서울에서는 모두들 내가 머리를 깎고 비구니가 되었다고 수군대고 있다면 지금 돌아가도 너무나 멋쩍은 느낌만 들 듯해, 절에서 좀 떨어진 건물로 내려갔다.[128]

서울에서 이모에 해당되는 사람[129]이 찾아왔다.[130] "보통 거처하던

---

126) '매화꽃 보러 날아온 휘파람새 듣기 싫게도 히토쿠 히토쿠라 소리 내 울고 있네'(梅の花見にこそ来つれ鶯のひとくひとくと厭ひしもをる, 『古今和歌集』 雑躰, 読人しらず)의 인용. '히토쿠'(人来)란 '사람이 온다'는 의미로서, 가네이에의 방문이나 그의 편지를 기다리는 미치쓰나의 어머니의 내면이 반영된 새 울음소리로 이해할 수 있다.

127) 여성의 달거리.

128) 미치쓰나의 어머니의 한냐지 칩거가 본래 의도와 달리 세상 사람들의 입초시에 오르며 점점 큰 문제로 비화되어가고 있다는 것을 알 수 있다.

129) 제3자적 표현. 함께 살고 있는 이모.

곳과 너무 달라 마음이 안정되지를 않아서……"와 같은 이야기들을 나누던 중에 대엿새쯤이 흘러 유월도 한창때가 되었다.

나무그늘이 무척이나 보기가 좋다. 산그늘이 어둑어둑해진 곳을 보자니, 반딧불이가 놀라울 정도로 밝게 빛을 발하고 있다.[131] 서울 집에 있을 때 그 옛날 그다지 깊은 시름에 잠기지 않았을 무렵, '그 울음소리 두 번 듣지 못하는'[132]이라며 애달아하던 두견새도 여기서는 맘껏 울고 있다. 흰눈썹뜸부기는 바로 옆에 있는 듯 여겨질 만큼 가까이에서 물건을 두드리듯 딱딱거리며 운다.[133] 참으로 더욱더 가슴이 미어지는 듯 시름만 깊어가는 처소다.

다른 사람이 시킨 것도 아니고 내 스스로 절로 들어온 것이기에 안부를 묻거나 찾아오거나 하지 않는 사람이 있다 하더라도 꿈에서라도 원망스럽게 여겨서는 안 되기에, 무척이나 마음 편하게 지내고 있다. 하지만, 단지 이렇게 절에 들어와 살도록 전생에서부터 정해져 있는 내 운명

---

130) 위문품을 가지고 출가한 사람을 방문하는 것은 당시의 습속이었다. 미치쓰나의 어머니의 한나지 칩거가 장기화되면서 주위 사람들에게 본격적인 산사 칩거로 여겨지기 시작했다는 것을 알 수 있다. 절을 나서기까지 일기의 내용은 서울에서 방문해 온 사람들에 대한 기술과 서울에 머무르는 사람들과의 안부편지가 주를 이루고 있다.

131) '밤이 깊어서 내 기다리는 사람 이제 온다고 놀랄 만큼 밝히는 반딧불이 빛이네'(さ夜更けてわが待つ人やいま来ると驚くまでに照らす蛍か, 『古今和歌六帖』 第六)를 인용.

132) '그 울음소리 두 번 듣지 못하는 두견새로고 깊은 밤 이슥한데 잠이 깨고 말았네'(二声と聞くとはなしにほととぎす夜深く目をもさましつるかな, 『後撰和歌集』 夏, 伊勢)의 한 구절이다.

133) 물새 울음소리를 물건 두드리는 소리에 비유하는 데서, 마음속으로는 가네이에를 기다리는 미치쓰나의 어머니의 내면을 엿볼 수 있다.

을 곰곰이 생각할 때마다 슬픔이 치밀어 오른다. 거기에 더해 또 슬픈 것은 요 근래 긴 정진을 해온 사람[134]의 건강이 미덥지 않지만 마땅히 부탁할 만한 사람도 없다. 하여, 절 밖으로 머리끝조차 드러내지 못한 채, 솔잎만 먹어도 된다고 생각하고 있는 나와 마찬가지로 거친 음식만을 먹고 있기에, 잘 먹지 못하는 모습을 볼 때마다 눈물이 끊임없이 흘러내린다.

이렇게 지내고 있자니 마음은 몹시 편하지만, 단 하나 눈물이 많아진 것은 무척 괴로운 일이었다. 어둑어둑한 저물녘에 울리는 종소리, 쓰르라미 울음소리, 가까이 있는 작은 절에서 서로 잘났다는 듯 타종해 들리는 종소리들, 앞쪽 언덕에 신사도 있는데 그곳에서 법사들이 바치는 독경소리 등을 들을 때마다, 정말로 뭐라 할 수 없이 마음이 어지럽다.

이렇게 부정 탈 일이 있는 동안에는 밤이든 낮이든 틈이 나기에 문가 쪽으로 나앉아 밖을 내다보며 시름에 잠겨 있는데, 이 어린것[135]이 "안으로 들어오세요, 어서요"라고 말하는 모습을 보자니, 내가 너무 시름에 잠기지 않도록 마음을 쓰는 듯하다. "어째서 그리 말씀하시는가" 하니, "어쨌든 좋지 않습니다. 졸리기도 하고요"라기에, 이렇게 말했다.

"내 마음 같아서는 이 세상을 하직했으면 하는 이내 몸이지만, 네가 마음에 걸려 지금까지 살아 있건만 앞으로 어쩌면 좋겠느냐. 세상 사람들이 수군거리는 것처럼 비구니라도 되어볼까. 무작정 이 세상에서 사라지기보다 그렇게라도 살아 있을 테니, 네가 걱정이 되지 않을 정도로 드나들며 이 어미를 불쌍히 여겨 돌보아주려무나. 나로서는 이렇게 지

---

134) 미치쓰나.
135) 미치쓰나가 '어린것'으로 표현되는 마지막 장면이다.

내게 돼 정말 잘됐다고 진심으로 생각하지만, 단지 네가 이렇게 거친 음식만으로 식사를 해온 탓에 이리도 심하게 여윈 것을 보는 것이 몹시 괴로울 따름이다. 내가 출가를 해도 서울에 있는 그 사람이 있어 네 걱정은 하지 않는다만, 출가를 한다는 게 세상 사람들의 비난[136]을 살 만한 일이기에, 이렇게 이런저런 생각을 하고 있는 거란다."

그러자, 대답도 않고 엉엉 흐느껴 운다.

그런데 닷새 정도 지나 부정한 일도 없어져 몸이 깨끗해졌기에 다시 법당에 올랐다. 한동안 여기에서 나와 함께 머물렀던 사람[137]이 오늘 돌아갔다. 우차가 절을 나서는 것을 배웅하고 우두커니 서서 나무그늘 사이로 점점 더 멀어져 가는 모습을 보자니, 마음이 너무나 쓸쓸하다. 배웅하며 시름에 겨워 서 있는 동안 신경을 써서 열이 올라 그런지, 기분이 몹시 안 좋고 다른 때보다 더욱더 괴롭기에, 산에 칩거해 있는 스님을 불러 보신기도를 올리도록 시켰다.

석양 무렵 염불을 외며 가지기도를 드리고 있는 것을 참으로 가슴 아프게 들으며 생각에 젖는다. 옛날에 이런 일이 내게 있으리라고는 꿈에도 생각하지 못한 채, 가슴 저미고 쓸쓸한 일로만 여겨 고조된 마음으로 그림[138]으로도 그리고 마음에 가만히 담아두지 못하고 입 밖에 내어 말

---

136) 남편을 원망하는 마음에 이성을 잃어 자식을 버리고 출가하는 여성은 세상 사람들에게 비난의 대상이 되었다. 『겐지 모노가타리』, 「하하키기」(帚木) 권에 이러한 내용이 나온다.

137) 이모.

138) 미치쓰나의 어머니가 그림을 그리며 자신의 시름을 잊는 모습은 하권에도 한 차례 더 기술되어 있다. 헤이안 시대에 그림 그리기는 귀족여성들의 취미 중 하나였으며, 친정아버지 후지와라 도모야스가 그림을 그렸다는 기술도 권말 가집에서 확인할 수 있다.

하면서, 한편으로는 너무나 재수 없다고도 여겼다. 그렇게 생각했던 일들이 하나도 다를 바 없이 지금 바로 내 신세라는 것을 생각하니, 장래에 내가 이리 되리라는 것을 신께서 알려주셨나보다고 누워서 생각하고 있자니, 서울에서 나와 함께 살고 있던 여동생이 다른 사람과 함께 찾아왔다.

여동생은 무릎걸음으로 다가와서는, "어떠한 마음으로 지내실까 집에서 생각했던 것보다도 이렇게 산에 들어와 직접 보자니, 너무 마음이 아프네요. 이런 처소에서 지내시다니……"라며 훌쩍이며 운다. 다른 사람이 시킨 것도 아니고 내 스스로 택한 일이라 마음을 다잡고 눈물을 참지만, 도저히 억누를 수가 없다. 울다가 웃다가 이런저런 많은 일들에 관해 두런두런 이야기하며 밤을 지새웠다.

날이 밝자, 여동생은, "함께 온 사람이 서둘러 가야 한다니, 오늘은 일단 돌아가고 나중에 다시 찾아뵐게요. 그렇지만 이렇게 이도저도 아니게 지내시면……"이라고 말하고는, 그것도 너무나 마음이 안 놓인다는 듯 말을 하고는 조용히 돌아갔다.

사람을 보내 하산을 종용하는 가네이에

기분이 그다지 나쁘지는 않기에 여느 때처럼 배웅을 한 뒤 바깥을 바라다보며 생각에 잠겨 있는데, 또다시 "오신다, 오신다"라는 아랫것들의 술렁거림 속에 이리로 오는 사람이 있다. 그 사람이 보낸 사람이로구나 라고 생각하고 있는데, 참으로 떠들썩하니 위세 등등한 게 서울에 있는 듯한 느낌이다. 멀쑥한 사람들이 다채롭게 옷을 갖춰 입고 우차 두 대에 함께 타고 왔다. 많은 말들을 이곳저곳에 나누어 묶느라 소란스럽다. 도시락이니 뭐니 많이도 가져왔다. 절에 시주를 하고 안돼 보이는 스님들에게 가타비라(帷子)[139]나 옷감 등 여러 가지를 다 나누어주고, 이런저런 이야기 끝에 다음과 같이 말한다.

"이렇게 오게 된 것은 모두 나으리 지시에 따른 것입니다. '여차여차 해서 절에 갔지만 절에서 결국 나오지 않았네. 다시 간대도 마찬가지일 걸세. 내가 가면 소용이 없을 줄 알기에 가지 않으려 하네. 자네가 올라가서 잘 이야기해보게나. 법사들도 참으로 괘씸하게도 불경을 가르치거나 하다니, 대체 뭐 하는 짓인가'라고 말씀하셨습니다. 이렇게 이도저도 아닌 어중간한 상태로 지내시는 분이 세상에 어디 있단 말인가요. 세상 소문처럼 어찌 됐든 출가하셔서 세상을 버리고 지내신다면, 너무나도 가슴이 아프지만 어쩔 수 없는 일이겠지요. 이제 나으리가 이렇게 돌아오시라는 말씀도 안 하시게 되었을 때 댁으로 돌아가셔서 지내시게 되면, 그 얼마나 남부끄러운 일이겠습니까. 그렇지만 나으리께서 앞으로 한 번은 더 오실 것입니다. 그때도 절을 나서지 않으신다면 참으로 남들의 웃음거리[140]가 되고 말 것입니다."

이렇게 잘났다는 듯이 사자(使者)가 요란스레 해대고 있는 자리에, "서경(西京)에 출사(出仕)하는 사람들[141]이 '여기에 오셨다'는 소문을

---

139) 속을 덧대지 않은 홑옷.

140) '히토와라에'(人笑へ)라고 하여, 타인의 입초시에 올라 비웃음을 당할까 두려워하는 헤이안 시대 귀족여성들의 외문(外聞) 의식을 말한다. 좁은 귀족사회 속에서 타인의 웃음거리가 되지 않고 적절하게 처신하며 살아가는 것은 헤이안 시대 귀족여성들의 삶에서 가장 중요한 문제였다. 이러한 의식 때문에 신분 차가 많이 나는 결혼을 단념하고 거부하는 여성들의 이야기는 많은 공감을 얻었으며, 이 문제는 『가게로 일기』에 뒤이어 등장하는 『겐지 모노가타리』에 형상화된 여성 이야기(女物語)의 큰 축을 이루었다.

141) 서경은 교토의 중앙에 있는 스자쿠 대로(朱雀大路)를 기준으로 서쪽 지역을

들으시고 헌상한 물건입니다" 하기에 보니, 엄청나게 물품들이 많다. 산 속 깊이 들어가려고 생각하고 있는 듯한 나 같은 사람을 위해 멀리 있으면서 이렇게 마음을 써주는데, 그와는 동떨어진 처지인지라 내 신세의 처량함이 먼저 가슴을 저민다.

저녁 어스름녘이 되자, 사자는 "서둘러 돌아가야겠기에, 이만……. 날마다는 찾아뵐 수 없습니다. 몹시 걱정스럽습니다. 이런 생활은 아무리 생각해도 좋을 게 없습니다. 그런데 언제쯤 돌아가실 건지 생각하고 계신 바는 없으신지요"라고 묻는다. 이에, "당장은 어떻게 할지 아무런 생각이 없습니다. 머잖아 돌아가야만 할 일이 생기면 나가지요. 요즘 그저 시간만 보내며 지낼 뿐인 걸요"라고 대답했다. 어떤 방식으로 내려가든 웃음거리가 될 것이다, 그리 생각하고 내가 절을 나서지 않을 거라고 짐작한 그 사람이 이렇게 말하도록 시킨 것일 것이다, 이래서야 집으로 간다 한들 불도를 닦는 것 말고 달리 내가 할 게 뭐가 있겠는가 하는 생각이 든다. 그래서, "이렇게 있을 만한 동안에는 머물려고 합니다"라고 말하니, "기한도 없이 계시려는 생각이시네요. 다른 것은 차치하고라도, 도련님이 이렇게 별 의미도 없는 정진을 하고 계신 게……"라면서 눈물을 흘리며 우차에 탄다.

여기에 있는 시녀들이 배웅을 하러 나가 서 있자니, "당신들도 모두들 나으리께 문책을 당하실 겁니다. 잘 말씀드려서 어서 빨리 나오시도록 하시게"라고 야단을 치고는 돌아갔다. 이번에 사자가 왔다 간 일은 다른 때보다 더욱더 마음을 쓸쓸하게 만드니, 나를 빼고 모두들 금방이라도 울음을 터뜨릴 듯한 기색이었다.

이른다. '출사하는 사람들'이 누구인지는 알 수 없다.

이렇게 이 사람 저 사람 제각각 하산하도록 권하지만, 내 마음은 흔들리지 않고 태연하기만 하다. 좋다고 하든 나쁘다고 하든 내가 거역할 수 없는 친정아버지는 요즈음 서울에 계시지 않는데, "지금 이렇게 지내고 있습니다"라고 편지로 말씀드리니, "그것도 괜찮겠지. 조용히 그렇게 잠시 동안 불공을 드리는 것은"이라고 답장을 주셔서, 마음이 한결 편하다.

그 사람은 여전히 나를 달래볼 겸, 사자를 시켜 그렇게 다시 올 듯 운은 떼어놓았지만 지난번 왔을 때 아주 화가 난 듯, 내가 절에서 지내는 모습을 다 지켜보고 돌아간 채로 어떻게 지내느냐고 물어오지도 않는다. 나에게 혹여 무슨 일이라도 생기면 아는 척이나 할까라고 생각하니, 이곳보다도 더 깊은 산속으로 들어갈지언정 서울로는 가지 않겠다고 생각했다.

가네이에와 주고받은 편지

오늘은 열닷샛날, 정진결재(精進潔齋)[142]를 하고 있다. 아침녘에 아이를 억지로 타일러 "생선이라도 먹고 오너라"며 서울로 보내놓고 생각에 잠겨 있는데, 하늘이 어두워지고 솔바람소리가 커지더니, 우르르하고 천둥이 친다. 당장이라도 쏟아질 것만 같은데, 도중에 비라도 내리면 어쩌나, 천둥이 더 심하게 치지는 않을까 생각하니, 몹시 심란하고 슬퍼졌다. 부처님께 빌어서인지 날이 개더니, 얼마 지나지 않아 아이도 돌아왔다.

"어떠했느냐" 하고 물으니, "비가 엄청나게 쏟아지지는 않을까 생각

142) '이모이'(斎ひ)라고 한다. 매월 8, 14, 15, 23, 29, 30일을 6재일(六斎日)이라고 하여, 정진을 했다. 오후에는 음식을 일절 입에 대지 않았다.

됐기에, 천둥 치는 소리를 듣자마자 바로 나서서 돌아왔습니다"라는 말을 듣는데도 무척이나 마음이 아프다. 이번 아이 편에 그 사람이 편지를 보내왔는데, 내용은 이러했다.

"지난번에는 너무나 참담한 마음으로 돌아왔기에, 또다시 찾아가도 마찬가지일 것 같았소. 세상살이에 무척이나 진절머리를 내며 마음을 접은 듯이 여겨졌기에 말이오. 만약 혹시라도 절에서 나올 날이 결정되면 알려주시오. 마중 가겠소. 결혼생활을 두렵게 여길 정도로 당신 마음이 외곬인 듯 여겨지는지라, 가까운 시일 내에는 갈 마음이 없소."[143]

그리고 다른 사람들이 보내온 편지들을 보자니, "언제까지 그렇게만 지내려고 하는지요. 날이 갈수록 정말로 너무 걱정이 됩니다" 등등 여러 가지로 안부를 물어왔다.

다음날 답장을 보냈다. '언제까지 그렇게만'이라고 물어온 사람에게, 이렇게 보냈다.

"이렇게 칩거만 계속하려고 생각하지 않습니다만, 시름에 잠겨 하루하루 허무하게 지내는 동안 날짜만 쌓였네요.

미치쓰나의 어머니
깊은 산중의 저녁종소리 맞춰 내가 울 줄은
이제껏 단 한 번도 생각해본 적 없네"

---

143) 하산을 권하지도 않고 마중 오겠다는 말도 없는 가네이에의 편지는, 문안을 다녀간 다른 사람들의 말을 통해 미치쓰나의 어머니가 출가할 마음이 없다는 것을 그가 간파하고 있다는 것을 보여준다.

다음날 또 답장이 왔다. "더 무슨 말씀을 드릴 수 있겠습니까. 저녁종 와카라고 쓰신 것을 보자니, 가슴이 찢어지는 듯만 합니다"라며, 이렇게 읊고 있다.

집에 머물러 있는 사람
저녁종 와카 읊는 당신보다 더 슬픔에 젖네
이 땅 세상 틈에서 살아서 무엇 하랴

참으로 가슴 깊이 슬픔에 젖어 시름에 잠겨 있노라니, 많은 시녀들이 있었는데, 그 가운데 지금은 그만두었지만 내 바로 가까이에서 시중을 들던 사람이 어떤 마음에서인지 지금 내 곁에 머물고 있는 시녀에게 다음과 같은 전갈을 보내왔다.

"평소에도 허투루 여긴 적 없는 댁이셨지만, 그만두고 물러난 뒤에는 더더욱 좀체 볼 수 없는 운명을 타고난 분이라고 여겨왔습니다. 옆에 계신 당신들도 정말로 어떤 마음으로 모시고 계실지요. '천한 사람도'[144]라는 말도 있어, 참으로 마음속 생각을 전부 다 말씀드릴 방도가 없네요.

옛 시녀
출가 안 하고 세상살이 어려움 모르는 나도

144) '먼먼 옛날의 옷감 짠 베실꾸리 천한 사람도 귀한 사람도 한창 때 모두 다 있는걸'(いにしへの倭文の苧環いやしきもよきもさかりはありしものなり, 『古今和歌集』 雑上, 読人しらず)의 한 구절.

여행 중 산길에는 시름에 잠기는데"

이런 내용의 편지를 시녀가 들고 나와서는 읽어 들려주니, 이 또한 너무나도 가슴이 미어진다. 이처럼 별일 아닌 일도 이렇게 가슴 깊이 스며들 때가 또한 있는 법이었다. "빨리 답장을 보내거라"고 시키니, 이렇게 써서 보낸 듯하다.

"베실꾸리처럼 초라한 저 같은 사람에게는 이렇게 슬픔을 깊이 느끼는 게 어렵다고 생각해왔습니다. 마님께서도 참으로 눈물을 억누를 수 없을 만큼 마음속 깊이 느끼고 계신 듯한데, 그런 모습을 지켜보는 괴로운 이 마음을 그저 헤아려주십시오.

시녀
옛일 떠올릴 그때마다 슬픔을 금할 수 없네
나무 밑 이슬방울 한결 더 맺혔는데"

대부가, "지난번 아버님 편지에 대한 답장을 어떻게든 받고자 합니다. 이번에도 또 꾸지람을 하실 테니, 답장을 가지고 가고 싶습니다"라고 하기에, "못 할 것 있겠느냐"라며 답장을 썼다.

"곧바로 답장을 보내드려야 한다고 생각했으면서도 어떻게 된 일인지, 아이가 당신 집에 찾아가는 걸 어렵게 생각하는 듯하여 이리 되었습니다. 제가 언제쯤이나 산을 내려가게 될지 아직 잘 모르겠기에 뭐라 말씀드리기가 어렵네요."

이렇게 쓴 뒤, 그리고 그 사람 편지에 뭐라고 덧붙여 쓰여 있었던가, 다음과 같이 덧붙여 쓴 뒤 길을 나서게 했다.

"덧붙여 쓰신 글이 어떤 내용이었는지 생각을 더듬어보는 것만으로도 불쾌해질 듯하기에, 더 말씀드리지 않겠습니다. 그럼, 이만 총총."

그런데 전처럼 때맞춰 비가 엄청나게 쏟아지고 천둥 또한 무섭게 치기에, 가슴이 꽉 막힐 듯이 걱정이 된다. 빗발이 조금 약해진 뒤 어둑어둑해질 무렵 돌아왔다. "능 근처를 지나는데 너무 무서웠습니다"라고 말하는 것을 듣자니, 그거야말로 참으로 가슴이 아팠다. 들고 온 답장을 보자니, 이러하다.

"지난번 내가 찾아갔을 때보다는 그 마음이 누그러진 듯이 여겨지니, 불공을 드리다 마음이 약해진 듯하여 마음이 안됐소."

문안 온 친척들

그 날이 저물고 그 다음날, 먼 친척이 문안차 찾아왔다. 도시락 등을 많이 가지고 왔다. 무엇보다 먼저, "어째서 이렇게 지내고 계시는지요. 어쩔 생각으로 이렇게 칩거하고 계시는지요. 특별한 사정이 없다면 너무나도 면구스러운 일입니다"라고 말한다. 그래서 내가 마음속으로 생각하고 있는 일, 현재의 내 신세를 하나하나 이야기로 풀어내니, 나중에는 참으로 지당하다며 무척 심하게 흐느낀다. 하루 종일 이야기를 나눈 뒤, 찾아온 사람들이 모두 그러했듯이 저물녘에 가슴 아픈 작별인사를 나눈 뒤, 저녁종소리들이 다 울렸을 즈음에 돌아갔다. 사려 깊고 사정도 다 알게 된 사람인지라 진심으로 나를 가엾이 여기며 돌아갔을 거라고 생각하고 있는데, 그 다음날 집을 떠나 산사에서 오랫동안 지낼 만한 물품들을 아주 많이 보내주었다. 나로서는 뭐라 다 말할 수조차 없을 정도로 슬프고 가슴이 아리다.

"어떻게 돌아왔는지 정신이 없을 만큼 돌아올 때의 마음이 황망했는데, 나무가 높이 솟아 있는 머나먼 이 길을 헤치고 산으로 들어가셨구나 생각하니, 더욱더 가슴이 미어지는 듯합니다."

이렇게 이것저것 쓴 다음, 이 모든 걸 진짜로 마주 앉아 이야기나 하는 듯이, 다음과 같이 소상히 썼다.

친척
"부부 금슬이 남만큼만 됐어도 여름 풀 성한
그 같은 산 언저리 찾지 않았을 것을

그렇게 산에 계신 것을 보고도 그대로 두고 산을 내려와 집에 돌아오다니라고 생각하니, 눈앞이 거의 보이지 않을 정도로 눈물이 앞을 가립니다. 아, 당신, 깊디깊은 시름에 빠져 있는 듯했습니다.

친척
세상살이(世の中)[145]는 어찌 될지 모르네 누가 이 깊은
나루타키(鳴滝)[146] 산길을 당신께 알려줬나"

나루타키란 이 절 앞을 흘러가는 내를 이른다. 온 마음을 다해서 답장을 써서 보냈다.

"찾아와주셨을 때, 저 또한 참으로 어쩌다 이렇게까지 됐나라고 생

145) '세상살이'는 부부 사이를 의미하는 한편, 인간세상 전체를 가리킨다. 당시 여성들에게 부부관계는 사회적인 인간관계의 전부였다.
146) 여기에 나온 '나루타키'라는 표현을 통해 미치쓰나의 어머니가 칩거한 절이 한냐지라는 것을 알 수 있다.

각했습니다만,

미치쓰나의 어머니

이내 시름의 깊이를 대보려고 찾아왔건만

여름 풀 무성함도 비할 바 못 되누나

산을 내려갈 날이 아직 언제일지 모르지만, 당신께서 이리도 여러 말씀을 해주시니 그것을 생각하면 마음이 몹시 어지러워지는 듯도 하지만, 이리 생각되니 내가 본받아야 할 본보기가 있는 듯하네요.

미치쓰나의 어머니

나 홀로 이리 나루타키 찾아와 내다보자니

강물도 앞으로만 맑게 흐르고 있네"

그리고 상시 마마[147]께서 안부편지를 보내주셨는데, 그 답장으로 내가 불안한 마음을 이리저리 쓴 다음 편지 봉투에 '니시야마(西山)로부터'라고 써서 보냈다. 그러자, 마마께서 이를 어찌 생각하셨는지 재차 보내주신 답장에 '동쪽 큰 마을에서'라고 써서 보내셨다. 무척 정취 있다고 여겼던 듯한데, 서로 어떠한 마음으로 바라보고들 있었던 걸까.

이렇게 하루하루 날을 보내며 내 시름도 더욱더 깊어졌을 때, 오미네(大峰)를 거쳐 미타케에서 구마노(熊野)로 간 어느 수행자의 짓으로 여겨지는데, 이런 와카를 써서 살짝 두고 갔다.

147) 가네이에의 여동생인 도시.

수행자
서울 가까운 산인데도 이렇게 흰 구름 덮여
당신의 깊은 시름 모르는 사람 없네

미치타카와 친정아버지의 방문

이런 일 저런 일도 있었네 하며 날을 보내던 중, 어느 날 점심녘에 대문 쪽에서 말 울음소리가 들리더니, 많은 사람들이 온 듯한 기척이 들렸다. 나무 틈새로 찬찬히 보았더니, 여기저기 아랫것들이 많이 보이는데 이쪽으로 걸어오는 듯하다. 병위좌[148]인 듯싶었다.

대부를 불러, "이제껏 안부를 여쭙지 못한 사죄말씀도 드릴 겸 찾아뵈었습니다"라고 연통을 넣고는 나무그늘 아래에 서서 쉬고 있는데, 그 모습이 서울을 떠올리게 할 정도로 참으로 멋있게 보인다. 요즈음 지난번 왔다 가며 다음에 또 오겠다던 사람[149]도 올라와 있었는데, 여동생에게 관심이 있어 그냥 가만히 있을 수는 없다고 생각하는 듯, 무척이나 젠체하며 서 있다.

답하기를, "정말로 반가운 분이 오셨군요. 어서 이쪽으로 드시지요. 이제까지 범하신 죄장(罪障)[150]이 어떻게든 무사히 소멸될 수 있도록 부처님 전에 빌겠습니다"라고 하니, 나무그늘에서 걸어 나와 고란에 기대어, 먼저 물로 손을 씻어 몸을 정결히 한 뒤 들어왔다.

이런저런 일들에 대해 이야기를 나누다가, "예전에 저와 만나신 것은

148) 가네이에와 도키히메의 장남인 후지와라 미치타카. 좌(佐)는 '스케'라고 읽으며 차관을 의미한다.

149) 여동생.

150) 미치타카가 과거에 범한 죄와 부정 탄 일.

기억하고 계시는지요" 하고 물으니, "기억하고말고요. 뚜렷이 기억하고 있답니다. 지금껏 이렇듯 소원하게 지내왔습니다만" 하고 대답한다. 여러 일들을 곰곰이 생각하니, 말문도 막히고 눈물로 목소리도 변한 듯한 기분이 들어 잠시 말없이 주저하고 있자니, 그 사람도 가슴 아픈 듯 바로 입을 열지 않는다.

그런데, "눈물이 복받쳐 목소리 등이 변하신 것은 너무나 당연하십니다만, 계속 그리 생각하실 일은 아닌 듯합니다. 결코 이대로 계속 지내시지는 않으실 겁니다" 등등, 내 마음을 잘못 이해했다고밖에 볼 수 없는 말을 한다. "아버님께서는, '산에 올라가게 되면, 잘 이야기해서 마음을 어루만져드려라' 하고 말씀하셨습니다"라고 하기에, "어째서 그리 말씀하실까요. 그 사람이 그리 말씀하시지 않으셔도 곧 내려갈 텐데요"라고 했다. 그러자, "그렇다면 같은 값이면 오늘 나서시지요. 바로 수행할 사람들을 부르지요. 무엇보다 대부가 가끔 서울로 와서는 날만 저물면 산사로 발걸음을 재촉하는 모습을 보았는데, 무척이나 걱정스러웠습니다"라고 이야기를 해도 내가 아무런 반응을 보이지 않으니, 잠시 머물다가 돌아갔다.

이렇듯 내려가려 해도 쉬이 내려갈 수도 없어 고민만 거듭하면서, 올 사람은 거의 다 왔다가 갔기에 더 찾아올 사람도 없다고 마음속으로 생각하고 있었다.

이렇게 하루하루를 보내고 있는데, 서울에 있는 이 사람 저 사람으로부터 편지가 왔다. 읽어보았더니, 이러하다.

"오늘 나으리가 그쪽으로 가실 거라는 이야기를 들었습니다. 이번에도 내려오지 않으면 참으로 냉정하다고 세상 사람들은 생각할 겁니다. 나으리도 다시는 더 안 가실 겁니다. 그 뒤에 내려오시게 되면 그 얼마나 세상의 웃음거리가 될까요."

사람들이 모두들 비슷비슷한 소리만 해대니, 정말로 납득할 수 없는 일도 많구나, 어찌할까, 이번에는 내가 주저하도록 내버려두지 않을 듯해 마음이 불안한데, 내가 의지하고 있는 친정아버지가 임지에서 상경한 그길로 나를 찾아왔다.[151] 있는 말 없는 말 모두 다 이야기한 뒤, 이렇게 말씀하신다.

"지난번 편지에도 썼지만, 잠시 동안 여기서 불도를 닦으며 지내는 것도 괜찮다고 생각했지만, 젊은 도령이 참으로 너무 안쓰럽게 되셨다. 아무래도 어서 내려가거라. 오늘이라도 일진이 좋다면 나와 함께 내려가자. 오늘이든 내일이든 마중하러 오겠다."

단호하게 이리 말씀하시니, 너무 기운이 빠지고 마음만 산란하다. 친정아버지는 "그러면 내일 내려가자"며 산을 내려가셨다.

가네이에에게 끌려 하산하다

고기 잡는 어부의 부레[152]처럼 어찌할 바 모르고 이 생각 저 생각 생각만 많은데, 웅성거리며 기세 좋게 오는 사람이 있다. 그 사람이려니 하고 생각하니, 정신이 하나도 없다. 이번에는 지난번과 달리 주저하는 기색도 없이 성큼성큼 걸어 방으로 들어오니, 나는 견디기 어려워 그저 휘장을 늘어뜨린 칸막이만을 끌어당겨 반쯤 몸을 숨겨보지만, 아무런 소용이 없다. 향을 수북이 담아두고 염주를 손에 늘어뜨리고 불경을 놓

---

151) 가네이에의 요청에 의한 것으로, 하산은 결정적인 일이 되었다.

152) '이세 바닷가 고기 잡는 어부의 부레인 건가 내 마음 한 자락을 이리도 못 정하고'(伊勢の海に釣する海人のうけなれや心ひとつを定めかねつる, 『古今和歌集』恋一, 読人しらず)의 한 구절.

아둔 모습들을 보고는, "거참, 두렵구려. 이렇게까지 하고 있을 거라고는 생각지도 못했소. 너무 보기 싫은 모습이구려. 혹시나 절에서 나가실 마음이신가 싶어 이렇게 찾아왔건만, 잘못하다간 벌을 받을 것 같소. 대부야, 이렇게 네 어머니가 지내시는 걸 어찌 생각하느냐" 하고 묻는다. "너무나도 괴롭지만, 어쩔 수가 없습니다"라며 고개를 숙이고 앉아 있으니, "이게 뭔 꼴인고"라고 말하고는 이렇게 이른다.

"그렇다면 어떻게 하든지 모두 네 마음이다. 네 어머니가 절에서 나가실 것 같으면 우차를 대도록 일러라"라고 말도 다 끝나기 전에, 아이가 일어서더니 뛰어다니면서 흩어져 있는 물건 등을 바로바로 집어들고는, 보자기와 자루에 넣을 것은 넣고 수레 등에 모두 싣게 하고, 둘러쳐놓았던 가로닫이 막[153]을 걷어내고 세워둔 칸막이나 병풍 등을 소리를 내며 치우니, 나는 기가 막혀 정신줄을 놓고 앉아 있고, 그 사람은 내 쪽으로 눈길을 주면서 무척이나 활짝 웃으며 그 광경을 지켜보고 있는 듯하다.

"이렇게 짐을 전부 다 꾸렸으니, 떠나셔야 될 듯하네요. 부처님 전에 인사말씀 드리세요. 그게 정해진 예법이라오"라는 등, 그 사람은 너무나도 웃긴 농담을 시끄럽게 잔뜩 늘어놓았다. 나는 전혀 받아치지도 못하고 글썽거리는 눈물만 꾹 눌러 참고 있자니, 수레를 댄 지 꽤 시간이 지났다. 그 사람은 신시경에 이리 왔는데, 등불을 켤 시간이 되고 말았다. 내가 모른 척하며 꼼짝 않고 있자니, "좋소. 그럼 나는 가겠소. 뒷일은 네게 맡기마" 하고 일어서 문을 나서니, 아이가 "어서요, 어서요"라고 서두르며 내 손을 잡고 곧 울 것처럼 말하니, 어찌할 수 없어 나서는 내

---

153) 생명주 등 부드러운 천의 겉면에 풍경 등이 그려져 있는, 칸막이로 쓰인 가로닫이 막. 부드러운 칸막이라는 의미로 '제조'(軟障)라고 했다.

마음은 제 정신도 아닌 듯하다.

대문에서 수레를 끌어내자 그 사람이 올라타고는, 길을 가는 내내 웃음을 터뜨릴 만한 농담 등을 내내 쏟아내니, 나는 마치 꿈만 같아 말 한마디조차 할 수 없다. 나와 함께 머물고 있었던 사람도 날이 어둑어둑하기에 괜찮겠지 하고 한수레에 탔기에, 그 여동생이 가끔 대답을 해주고는 한다.

머나먼 길을 서둘러 와 도착하니, 때는 벌써 해시가 되었다. 서울 집에는 낮에 그 사람이 찾아갈 거라고 연통을 넣어준 사람들이 마음을 써서 먼지를 털어내고 문도 열어두었기에, 안으로 들어가 멍한 상태로 수레에서 내렸다.

마음도 안 좋고 괴롭기에, 칸막이를 둘러쳐 가리고 드러누웠다. 집에 머물러 있던 사람이 그곳으로 불쑥 가까이 다가와서 말하길, "패랭이꽃 씨를 갈무리해두려고 했습니다만, 뿌리도 없어져버렸습니다. 참대나무도 한 그루 쓰러졌습니다. 그건 손을 봤습니다만"이라고 한다.

지금 말하지 않아도 될 텐데라고 생각하며 대답도 안 하고 있자니, 잠자고 있는 줄 알았던 그 사람이 잘도 듣고서는, 맹장지문[154] 너머에 누워 있는 같은 수레를 타고 온 사람[155]을 향해, "들으셨나요. 지금 아주 큰 사건이 일어났네요. 이 세상을 버리고 집을 나가 성불을 하고자 하는 사람에게 방금 집에 머물러 있던 사람들이 하는 말을 듣자니, 패랭이꽃을 쓰다듬어 키울 만큼 소중히 여겨왔다는 둥 참대는 세웠다는 둥 하는

---

154) '쇼지'(障子)라고 하며, 종이나 천을 발라 햇볕 등을 차단했다. '쇼지'는 실내를 나누는 데 세우는 칸막이의 총칭이기도 하다.

155) 여동생.

데, 이게 어디 할 소리겠소"라고 말하니, 여동생이 듣고서는 웃음을 터뜨렸다. 나 또한 어이가 없고 우스웠지만, 손톱만큼도 우습다는 기색을 보이지 않았다.

이러고 있는데 밤은 점점 더 깊어져 한밤중이 되었다. 그 사람이 "오늘은 어느 쪽 방위가 막혔는가"라고 묻기에, 손을 꼽아보았더니 아니나 다를까, 우리 집 방위가 좋지를 않다. "이를 어쩌나. 참으로 난처한 일이군. 아예 나와 함께 어디 가까운 다른 곳에라도 가겠소"라고 하기에, 대답도 하지 않고, 이거 진짜 미칠 노릇이로구나, 이렇게 어디 비길 바 없이 기가 막힐 데가 있나 생각하며 누운 채 꼼짝 않고 있었다.

그랬더니, "이렇게 새삼스레 나가는 것은 좀 내키지 않소만 불길한 방위를 피하지 않을 수는 없잖소. 이쪽 방위가 열리면 바로 찾아오는 게 낫다고 생각하오만, 곧 엿새 근신[156]을 하게 되오"라며 몹시 심란하다는 듯이 말하면서 집을 나섰다.

다음날 아침, 편지가 왔다. 이렇게 쓰여 있었던 듯하다.

"어젯밤 무척 늦었기에, 오늘 아침에는 기분이 깨끗지가 않소. 당신은 어떻소. 어서 빨리 정진 해제 음식을 드시지요. 대부가 무척이나 야위어 꼴이 말이 아니오."

이건 뭔가, 이렇게 생각해주는 듯한 것도 말뿐이지라고 생각하며 신경을 쓰지 않으려 애써보지만, 근신이 끝나는 날 정말 찾아와주려나 하는 반신반의하는 마음도 함께 지닌 채 지내자니, 엿새가 지나 칠월 초사흗날이 되었다.

---

156) 천일신(天一神)은 닷새나 엿새 걸러 방위를 바꾸어 순행하기 때문에, 이에 따른 근신을 '엿새 근신'이라고 한다.

다시 발길을 끊은 가네이에

점심때, "나으리께서 이리로 오실 겁니다. '여기서 기다리도록'이라는 분부가 있었습니다" 하며 그 사람 집 종자들이 왔다. 그래서 모두들 야단법석을 하며 평소 어질러져 있던 곳들까지 달그락달그락 소리를 내며 정리하는 것을 보며, 참으로 민망해하면서 하루를 보냈다. 날이 다 저물었기에 우리 집에 와 있던 아랫것들이, "수레 준비 등도 다 마치셨는데, 어쩐 일로 지금까지 오시지 않는지 모르겠습니다"라고 말들을 하던 중에 이윽고 밤도 깊어졌다.

곁에 있던 시녀들이, "아무래도 이상하네요. 자, 사람을 시켜 어떻게 된 일인지 살펴보고 오게 합시다" 하여 사람을 보냈다. 어떻게 된 일인지 알아보고 오라고 보냈던 사람이 돌아와서는, "방금 준비해두었던 우차도 도로 풀고, 호위할 수행원들도 모두 흩어졌습니다"라고 한다.

그럼 그렇지라고 다시금 생각하니 남보기 부끄럽고 민망하여, 한탄하는 마음을 이루 다 말로 표현할 수 없다. 산사에 그냥 있었더라면 이렇게 기막힌 꼴은 당하지 않았을 텐데 하며, 짐작했던 그대로라고 생각한다. 집안사람들도 모두 이해할 수 없고 기가 막히다며 서로 난리다. 마치 사흘 밤 연거푸 찾아와 혼인이 이루어진 뒤 신랑이 바로 발길을 끊은 듯한 소동이다.

얼마나 중요한 일이 있어 올 수 없었는지 그것만이라도 물어본다면 마음이 가라앉을 텐데라며, 이 생각 저 생각에 심란해하고 있는데, 손님이 왔다. 이리도 우울한데라고 생각했지만, 이런저런 이야기를 나누는 중에 조금 마음이 풀렸다.

그런데 날이 밝자 대부가, "무슨 사정이 있으셔서 못 오셨는지 찾아뵙고 여쭤보겠습니다"라며, 그 사람 집으로 건너갔다. "어젯밤에는 편찮으셨다고 합니다. '갑자기 너무 아파서 갈 수가 없었다'라고 말씀하셨습니다"라고 말하는 것을 듣자니, 아무것도 물어보지 않고 아무렇지도 않다는 듯 느긋하게 그냥 있는 게 나았을걸 하는 생각이 든다.

"피치 못할 사정이 생겼소"라고 한마디 전해주었더라면 심란해하지 않아도 됐을 텐데라는 생각에 불쾌한 기분에 사로잡혀 있는데, 상시 마마께서 편지를 보내주셨다. 읽어보자니, 내가 아직 산골에 있다고 생각하셨는지, 참으로 가슴이 저려올 만큼 절절한 내용이다.

"어이하여 풀이 무성해지는 것처럼 시름만 깊어가는 산골 칩거[157]를 하고 계신지요. 하지만 그런 시름에도 개의치 않으시고 부부의 연을 다하려는 사람[158]도 있다고 들었는데, 오라버니와 사이가 멀어졌다고만 말씀하시고 계신 듯하기에, 어떻게 해야 하나 걱정스럽기만 하군요.

도시

오라버니와 당신 사이 옛날과 다름없다면

오가는 그림자를 끊임없이 봤을걸"[159]

---

157) '나 홀로 사랑 깊은 산골 숨겨진 풀이로구나 무성하게 자라도 아는 사람도 없네'(わが恋はみ山がくれの草なれや繁さまされど知る人のなき, 『古今和歌集』恋二, 小野美材)를 인용해, 깊은 시름을 의미한다.

158) 시름이 아무리 많아도 거기에 꺾이지 않고 남편과 끝까지 함께하려고 하는 사람. '쓰쿠바 산골 얕은 산 무성한 산 울창하여도 헤쳐 들어가는 일 아무런 지장 없네'(筑波山端山繁山しげけれど思ひ入るには障らざりけり, 『重之集』)를 인용했다.

159) 일기에 묘사된 도시와의 편지 왕래는 이것이 마지막이다.

답장으로는 이렇게 보내드렸다.

"산골 칩거는 가을 경치를 볼 때까지로 생각하고 있었습니다만, 마음속 시름이 사라지지 않고 뭉쳐 있기에 하산해 내려왔건만, 또다시 이도저도 아닌 상태로 지내고 있습니다. 제 깊은 시름을 알아주는 사람 하나 없다고 생각해왔습니다만. 어떻게 들으셨는지요, 넌지시 말씀하시는데도 참으로…….

미치쓰나의 어머니
멀어져가는 부부 사이 한탄도 어쩔 수 없네
이모세 강(妹背川)이라는 그 이름 변했으니[160)]"

이리하여 그 날[161)]만은 빼고, 그 다음날 또 근신했다는 소식이다. 또 그 다음날은 우리 집 쪽 방위가 막혀 있었지만, 바로 그 다음날에는, 오늘은 찾아와주지 않을까 질리지도 않고 또 기다리고 있었더니, 밤늦게 모습을 나타냈다.

지난번 밤에 갑자기 찾아오지 못한 일 등에 대해 이러저러했다고 변명한 다음, "오늘 밤은 반드시 와야겠다고 생각해 서둘렀다오. 불길한

---

160) '이모세'(妹背)란 서로 사랑하는 남녀나 부부라는 뜻이다. 기 강(紀の川)이 와카야마 현(和歌山県) 이토 군(伊都郡) 이모 산(妹山)과 세 산(背山) 사이를 흐를 때는 이모세 강이라고 하며, 나라 현을 흐를 때는 요시노 강(吉野川)이라고 한다. 즉, 이모세 강과 요시노 강은 같은 강이다. '요시노 강물 흘러흘러 이모 산 세 산 사이로 떨어지듯 어찌할 수 없는 부부 사이'(流れては妹背の山のなかに落つる吉野の川のよしや世の中, 『古今和歌集』 恋五, 読人しらず)를 인용했다.

161) 7월 4일. 3일까지 근신을 한 뒤 하루를 쉬고 5일부터 다시 근신을 했다.

방위를 피하려고 집안사람들이 모두들 나가는 걸 지켜본 다음, 그대로 내버려두고 그길로 바로 왔다오"라며, 미안해하는 기색도 없이 아무렇지도 않게 말한다. 뭐라고 할 말도 없다. 날이 밝자, "잘 알지도 못하는 곳에 간 사람들이 어떤지 걱정이 되어서……"라며, 서둘러 집을 나섰다.

그로부터 일고여드레가 지났다. 지방관이셨던 친정아버지 댁에서 하쓰세로 참배를 떠나신다기에, 함께 갈 생각으로 정진을 하고 계신 곳으로 건너갔다. 장소를 바꾼 보람도 없이, 오시쯤에 갑자기 떠들썩한 소리가 났다. "기가 막히군. 누가 저쪽 문을 열었단 말인가"라며 집 주인인 친정아버지도 놀라 허둥대는데, 그 사람이 불쑥 들어와서 평소 향을 담아두고 불공 때 쓰던 것을 갑자기 이리저리 던져버리고 염주도 기둥 사이 안쪽으로 덧댄 나무 위 선반 위로 던져올리는 등 난폭하게 구니, 참으로 아연할 뿐이었다.[162] 사정을 알고 난 뒤 그 날은 편안하게 지낸 뒤 다음날 돌아갔다.

다시 떠난 하쓰세 참배

그러고 나서 일고여드레쯤 지난 뒤 하쓰세로 참배하러 떠났다. 사시쯤에 집을 나섰다. 수행하여 가는 사람들도 많고, 한껏 기세를 올리며 나아가는 듯하다. 미시쯤에 안찰사 대납언[163]께서 소유하고 계셨던 영지인 우지인(宇治院)[164]에 도착했다. 다른 사람들은 모두들 이렇게 왁

---

162) 미치쓰나의 어머니가 다시 산사로 칩거하러 들어가기 위해 정진하고 있다고 오해한 데서 빚어진 일이다.

163) 안찰사 대납언으로 불린 가네이에의 숙부 후지와라 모로우지는 한 해 전인 970년 7월 14일에 사망했다.

164) 상권의 하쓰세 참배 때 나왔던 우지에 있는 가네이에의 별장과는 다르다.

자지껄하지만 내 마음은 가라앉기만 하고, 주위를 둘러보니 참으로 마음에 사무친다. 대납언께서 신경 써 손질하신다고 하던 곳이 여기로구나, 바로 이번 달이 돌아가시고 일주기를 맞은 달일 텐데, 아직 얼마 지나지도 않았는데 벌써 이렇게 황량해졌구나 싶었다.

이곳을 맡아 관리하고 있는 사람이 우리 일행을 맞을 준비를 해주었다. 둘러 세워둔 세간들을 보자니, 대납언께서 쓰시던 것으로 보이는 물품, 흑삼릉(黑三稜)이라고 하는 물가에서 나는 풀의 줄기로 만든 발, 대나무나 갈대, 노송나무를 가늘게 잘라 엮은 아지로(網代) 병풍, 검은색을 띤 먹감나무 심재(心材)로 만든 가로대에 황갈색 얇은 천을 휘장으로 늘어뜨린 칸막이 등의 가구 또한 무척이나 주위 풍경과 잘 어울려서 그저 정취 있다고 감탄만 해댔다.

피곤한데다 바람은 쓸어버릴 듯이 불어대 머리까지 아파올 정도라서, 바람막이를 치고 밖을 바라다보니, 어두워지자 가마우지로 물고기를 잡는 배들이 화톳불을 밝히면서 강 한가득 저어 나아간다. 그 정취란 이루 말할 수 없다. 두통도 없어졌기에 발 가장자리를 들어 올리고 밖을 내다보면서 생각에 젖는다. 아아, 전에 내가 원해서 하쓰세에 참배하러 갔을 적에 서울로 돌아오는 길에, 그 사람이 아가타(県)라는 곳에 있는 그 별장에 오갔던 적이 있었는데 그게 이곳이었구나, 여기에 안찰사님께서 계셔서 갖가지 물품들을 보내주셨던 듯한데 너무나도 감사한 일이었지, 전세에 어떠한 인연이 있어서 한때나마 그런 시간까지 함께 보낼 수 있었던가 하며 이런저런 생각에 빠져 있던 통에 눈도 붙이지 못한 채 한밤중이 지날 때까지 바깥을 내다보며 시름에 잠겨 있었다. 가마우지 고기잡이배가 강을 오르내리며 서로 스쳐 지나가는 것을 보면서 느낀 것을 이렇게 와카로 읊었다.

미치쓰나의 어머니

위로 아래로 온통 타버리는 게 뭐냐 한다면

내 맘속 시름하고 가마우지 배라네

계속 지켜보고 있자니, 새벽녘에는 확 바뀌어서 그물로 고기를 잡고 있다. 이 또한 더 없이 정취가 있고 보기가 좋았다.

날이 밝아 서둘러 출발해 길을 간다. 니에노 연못, 이즈미 강이 처음 봤을 때와 다름없는 모습으로 있는 것을 보는데도 그저 운치 있다고 여겨질 뿐이다. 머릿속을 맴도는 생각들이 한없이 많지만, 무척이나 시끌벅적하고 번잡한 주위 분위기에 섞여 잊고 지낸다. 요타테 숲[165]에 수레를 세우고, 도시락 등을 꺼내 먹는다. 모두들 맛있다는 듯한 입놀림이다. 가스가 신사(春日神社)[166]에 참배한다며 아주 누추한 신사에 딸린 숙방(宿坊)에 묵었다.

거기를 떠날 즈음부터 비바람이 몹시도 휘몰아친다. 미카사 산(三笠山)[167]이라는 우산 모양의 산을 향해 나아간 보람도 없이, 온몸이 흠뻑 젖어 낭패스러워하는 사람들이 많다. 겨우 신사에 도착해 폐를 봉납하고 하쓰세 방향으로 향한다. 아스카(飛鳥)[168]에 등명(燈明)[169]을 바치

165) 교토 부 소라쿠 군(相樂郡) 기즈 초(木津町) 남쪽 이치사카(市坂) 근방으로 추정된다.

166) 후지와라 씨에 의해 창건돼, 이후 후지와라 씨의 씨족신으로 숭상된 신사이다. 나라 시 가스가노 초(春日野町)에 있다.

167) 우산 모양을 한 산으로 가스가 신사 동쪽에 있다.

168) 나라 시 아스카데라(飛鳥寺).

169) 하세데라에 참배하는 사람들은 반드시 관음보살에게 등명을 바쳐야 했다.

는 동안 나는 수렛대를 그저 구기누키(釘貫)라는 목책에다 걸고 내다보자니, 숲이 무척이나 볼 만한 곳이었다. 경내의 뜰이 청결하고 우물도 마시고 싶은 마음이 들 정도로 깔끔한데, 아, 그래서 '아스카 샘에 묵을 만하다'[170]라는 노랫말이 있구나 싶다. 그런데 줄기차게 내리던 비가 더욱더 빗발이 세차지니 어떻게 해볼 도리가 없다.

겨우겨우 쓰바이치에 도착했다. 여느 때와 다름없이 이런저런 채비를 차리고 길을 떠날 무렵에는 날도 완전히 저물었다. 비바람은 그칠 줄을 모르고, 불을 밝혔지만 바람에 꺼져 칠흑같이 어두운데, 꿈길을 걷는 듯 마음은 산란하고, 이러다 무슨 일이 일어나는 건 아닐까라는 생각까지 들 정도로 정신이 없다.

가까스로 참배 전에 몸을 정결히 하는 전각에 도착했다. 안에서는 비가 얼마나 내리는지도 알 수 없고 그저 물소리가 무척 시끄럽게 들리기에 아직도 비가 퍼붓고 있다는 걸 알 수 있다. 법당에 올라갈 즈음에 마음이 견디기 힘들 정도로 괴롭다. 마음속으로 절실하게 바라는 일들도 많지만, 이렇게 몸이 힘든 통에 머리가 멍하니 아무것도 생각나지 않아 아무것도 빌지도 못했다. 날이 샜다고 하지만 비는 여전히 어제와 다름없이 퍼붓는다. 어젯밤에 너무 질려서 출발을 무턱대고 낮으로 미뤘다.

소리를 내지 말고 지나가야 한다는 숲[171] 앞을 지나칠 때는 과연 모두들 조용히 하라는 듯이 오로지 손짓만 하고 얼굴만을 흔들어, 사람들이 모두 물고기가 입을 뻐끔뻐끔 움직이는 듯한 모양이기에, 나 역시 어쩔

---

170) 사이바라(催馬楽)라고 하는 민요 중 하나인 「아스카이」(飛鳥井)의 한 구절.

171) 다지카라오노미코토(手力雄命)라는 신이 사람 목소리를 빼앗았다고 전해 내려오는 숲으로 추정된다. 하세 산(長谷山) 입구에 있는 신사의 숲이라는 설이 있다.

도리가 없이 우습기만 하다. 쓰바이치에 돌아와 모두들 정진 해제 음식을 먹는다고들 하지만, 나는 여전히 정진을 계속했다. 그곳을 시작으로 우리 일행을 대접해주려는 곳이 길을 재촉할 수 없을 정도로 많다. 옷 등을 답례로 내리니 온 정성을 다해 대접을 해주는 듯하다.

이즈미 강은 강물이 불어 있었다. 이를 어쩌나 하고 말들을 하고 있을 때, 누군가 "우지에서 솜씨 좋은 뱃사공을 데리고 왔습니다"라고 한다. 하지만, 남정네들이 "배로 건너는 건 귀찮다. 보통 때처럼 훠하니 건너 갑시다" 하고 의논들을 하고 있는데, 여인네들 쪽에서 "역시 배로 건너가는 게 나을 듯해요"라고 해서 그렇게 하기로 했다. 모두들 배에 타고 멀리멀리 하류로 내려가니, 참으로 사공의 배 젓는 솜씨는 볼 만했다. 뱃사공은 물론이고 모두들 큰 소리로 노래를 부른다. 우지 부근에서 배에서 내려 다시 수레에 탔다. 그리고 "오늘 집 쪽이 방위가 나쁘다"라며 집으로 들어가지 않고 우지에 묵었다.

가마우지 고기잡이 준비가 되어 있었기에, 가마우지 고깃배들이 모두 몰려나와 강 한가득 떠서 시끌벅적하다. "자, 좀더 가까이에서 보자"며 강기슭에 막을 치고 수레 고정대 등을 가져와서 그것을 발판삼아 내려오니, 강 가까이 마련해둔 구경할 자리 바로 발밑에서 가마우지 배가 왔다 갔다 하며 고기를 잡고 있다. 물고기가 이토록 많이 있는 것을 아직 본 적이 없었기에, 무척이나 흥미진진하게 구경했다. 오느라 몹시나 피곤했지만, 밤이 깊어가는 것도 모르고 정신없이 구경하고 있자니, 시녀들이 "이제 돌아가시지요. 이것 말고 달리 볼 만한 것도 없는데요"라고 하기에, "그러자"라며 물가에서 올라왔다.

숙소로 온 뒤에도 질리지 않고 바라보고 있자니, 평상시처럼 밤새도록 화톳불을 피워놓고 있다. 깜박 졸고 있는데, 뱃전을 탁탁 두드리는 소리가 마치 날 깨우는 듯해 잠에서 깨어났다. 날이 밝은 뒤 봤더니, 어젯밤에 잡은 은어가 그득그득하다. 거기서 그럴 만한 곳들에 선물로 이리저리 보내는 모습 또한 무척 보기 좋은 풍경이다. 해가 중천에 올라왔을 무렵 출발했기에, 어둑어둑해져서야 서울에 도착했다. 친정아버지 집에서 바로 내 집으로 가고 싶었지만, 사람들이 지쳤다고 하기에 돌아갈 수 없었다.

칩거 후의 조용한 일상과 변함없는 가네이에의 태도

그 다음날 낮에 아직 친정아버지 집에 있을 때 그 사람에게서 편지가 왔는데, 이렇게 쓰여 있다.

"마중을 나갈까라고도 생각해봤지만, 당신 혼자 결정해 참배를 간 것도 아닌지라, 폐가 될 듯해 가지 않았다오. 당신 집으로 가시는지요. 지금 바로 가겠소."

주위의 시녀들이 "어서 빨리 서두르시지요"라고 옆에서 재촉하기에 집으로 돌아갔더니, 기다렸다는 듯 금방 모습을 보였다. 이렇게 성의를 보이는 것은, 옛날과는 비교할 수도 없을 정도로 그 사람이 변했다고 내가 생각하고 있을 줄 알기 때문일 것이다. 그 다음날 아침, "내가 한턱내야 할 연회[172]가 다가와서……"라며, 그럴 듯한 이유를 대고 나갔다. 이렇게 아침에 나가며 변명하는 일이 많아졌지만, '이제 와 뭘 더'[173]라고 생각하니, 슬프기만 하다.

---

172) 스모 축제 뒤 근위대장 등이 주최하는 잔치.

173) '거짓이라고 생각하고 있지만 이제 와 뭘 더 누구의 참마음을 기대할 수 있으랴'(いつはりと思ふものから今さらに誰がまことをか我は頼まむ, 『古今和歌集』 恋四, 読人しらず)의 한 구절.

내일이면 팔월이라고 하는 날, 그 날부터 나흘간 그 사람은 언제나처럼 근신을 한다고 들었는데, 그게 끝나고 두 번쯤 찾아왔다. 그 사람이 주최한다고 하던 연회를 다 마친 뒤, 아주 깊은 산사에 가서 기도를 올리게 하겠다고 길을 나섰다는 소문이다. 사나흘 지나도 아무런 소식이 없더니, 무척이나 비가 많이 오던 날 편지가 왔다.

"마음이 허허로운 산사 칩거 중에는 사람들이 안부를 물어오는 법이라고 듣고 있었건만……. 그렇게 하지 않으면 박정하다고 말하는 사람도 있다오."

이 편지에 대한 답장으로 이렇게 써서 보냈다.

"잘 지내고 계시는지 안부를 물어보아야 한다는 것은 다른 누구보다도 더 먼저 생각이 미쳤지만, 아무런 연락을 하지 않으면 박정한 처사라는 걸 당신께 알려드리려고요. 눈물은 이제 흔적도 남지 않았을 정도로 눈물로 지새워왔다고 생각되기에, '남남 된 떼구름이'[174]라고 하는 것처럼 사이가 멀어졌는데, 혹여 눈물이라도 나면 너무 싫기에……."

그러자 또다시 답장이 왔다. 그러고 나서 사흘쯤 지난 뒤, "오늘 산사에서 내려왔소"라며 저녁 무렵 찾아왔다. 평소에 어떠한 생각을 하고 있는지 짐작을 할 수 없게 되었기에 냉담하게 있었더니, 그 사람 또한 아무렇지도 않은 듯이 이레나 여드레에 한 번꼴로 가끔씩 찾아온다.

구월 그믐께, 날씨가 무척이나 스산했다. 게다가 어제 오늘은 바람이 몹시도 찬데다 가을비도 한바탕 쏟아지는 등 몹시도 쓸쓸한 마음이었

---

174) '이제는 벌써 다 시들어져버린 이 잎새 탓에 남남 된 떼구름이 어찌 눈물 흘리나'(いまははやうつろひにけむこの葉ゆゑよそのくもむらなにしぐるらむ, 『御所本元良親王集』)의 한 구절.

다. 먼 산을 내다보고 있자니, 감청색 물감을 칠하기라도 한 듯해 '싸라기눈 내린 듯'[175]이라는 구절이 떠오른다.

"들판 풍경이 얼마나 아름다울까, 구경할 겸 어디엔가 참배라도 하러 가고 싶구나"라고 말하니, 앞에 있던 시녀가, "그러게요. 얼마나 멋질까요. 이번에는 아무도 모르게 살짝 하쓰세에 다녀오시지요"라고 한다. "작년에도 불력(仏力)으로 내 운명이 어떠한지 알아보려고 정말로 절실한 마음으로 참배를 하러 갔구나. 이시야마데라의 부처님 뜻이 어떠한지를 다 확인할 겸 봄철에 한번 참배 가자. 그렇지만 그때까지 이리도 박복한 내가 살아나 있을런지"라며, 마음이 약해져 이런 와카가 절로 나온다.

미치쓰나의 어머니
눈물에 소매 젖을 때도 한탄만 하고 있었네
가을비에 온몸을 적신 채 늙어가네

세상만사 살아가는 보람도 전혀 느낄 수 없고 요즈음은 지루한 마음만 가득할 뿐이다. 그런 상태로 하루하루 날을 보내며 스무날이 되었다. 날이 밝으면 일어나고 날이 저물면 자리에 누울 뿐인 단조로운 나날이 전혀 좋을 것 없는 생활이라 여겨지지만, 오늘 아침에 일어난다고 해도 무슨 뾰족한 수나 있을까. 오늘 아침에도 밖을 내다보고 있자니, 지붕

---

175) '깊은 산에는 싸라기눈 내린 듯 마을 가까운 야산의 사철나무 갈색물 들었구나'(み山には霰降るらし外山なる真拆の葛色づきにけり, 『古今和歌集』 神遊びの歌)의 한 구절.

위의 서리가 무척이나 하얗다. 어린 하인이 어젯밤 잠자던 모습 그대로 나와 "동상 걸리지 않게 양방(良方)합시다"라며 떠드는 것도 가슴이 저민다. "아아, 춥기도 하지. 눈보다 더한 서리네"라며 옷자락으로 입을 가리며, 이런 나를 의지하고 있는 듯한 사람들의 중얼거림을 듣고 있자니, 참으로 아무렇지 않게 들어넘길 수 없는 마음이다. 시월도 흘러가는 것을 몹시도 아쉬워하며 지나갔다.

십일월도 같은 상태로 별 다른 일도 없이 시간이 흘러, 스무날이 되어버렸다. 그 날 모습을 보인 그 사람은 그길로 스무여 날이나 발길을 끊었다. 편지만 두 번 정도 보내왔다. 이렇게 마음이 편치 않는 나날이지만 이미 온갖 시름은 전부 다 겪어왔기에, 기운이 하나도 없고 멍하니 아무런 생각도 하지 못하고 지내고 있었다.

그런데, "나흘쯤 걸리는 근신이 잇따라 이어졌다오. 오늘만이라도 바로 찾아가겠소"라며, 이상할 정도로 소상한 편지를 보내왔다. 한 해 마지막 달인 섣달하고도 열엿샛날쯤의 일이었다. 잠시 있다가 하늘이 갑자기 흐려오더니, 비가 내리기 시작했다. 그 사람은 아마도 질렸소, 이런 날에는 갈 수 없다고 하겠지라고 상상하며 밖을 내다보며 시름에 잠겨 있자니, 날이 저물어가는 기색이다. 너무 심하게 비가 내리기에, 이렇게 비에 발길이 막혀 올 수 없는 것도 당연하다고 생각하면서도, 그래도 옛날에는 그렇지 않았다고 그 생각만 하고 있자니, 눈물이 맺히고 너무 가슴이 아프기에 도저히 참을 수 없어 그 사람 집에 사람을 보냈다.

미치쓰나의 어머니

못 오신다고 단념하는 이 마음 슬플 뿐이네

예전엔 비가 와도 개의치 않았건만

이렇게 써서 지금쯤 도착했을까 생각할 즈음, 격자문도 올리지 않은 남쪽으로 향한 방 바깥에 사람이 온 듯한 기척이 있다. 집안의 다른 사람들은 다들 알아채지 못하고 나 홀로 이상하게 여기고 있는데, 쌍여닫이문[176]을 열어젖히고 그 사람이 쑥 들어왔다. 비가 몹시도 쏟아 붓고 있던 중이라 기척도 잘 듣지 못했다. 그제야 "우차를 어서 빨리 안으로 들여라"라며 웅성거리는 소리가 들린다. "오랫동안 쌓인 노여움이 있더라도 오늘 이런 날씨에 찾아온 것으로 용서받을 수 있다고 생각한다오"라며 이런저런 이야기를 많이 한 다음, "내일은 저쪽 집 방위가 막히오. 그리고 모레부터는 근신이라오. 지키지 않을 수도 없고 말이오"라며 말을 번드레하게 한다. 이 사람 집으로 보낸 심부름꾼과는 길이 어긋났다고 생각하니, 무척 마음이 놓인다.

밤새 비가 그친 듯하기에. "그럼, 저녁때 오겠소"라며 돌아갔다. 방위가 막혀 있었기에 기다렸지만 예상했던 대로 오지 않았다. 이런 편지를 보내왔다.

"어젯밤에는 손님이 온데다 밤도 이슥해졌기에 독경 등을 대신 시키고 그냥 집에 있었소. 또 여느 때와 같이 얼마나 생각이 많았겠소."

지난번 산에 칩거한 뒤부터는 '아마가에루'[177]라는 별명이 붙었기에, 이렇게 써서 보냈다. 우리 집 쪽이 아니라면 방위도 막히지 않았을지도 모르지라고 생각하니, 불쾌해져서 이렇게 읊었다.

---

176) '쓰마도'(妻戸)라고 한다. 몸채에 붙은 조붓한 방인 '히사시'(廂)와 툇마루 사이에 있는 문. 밖으로 열린다.

177) '아마가에루'는 '청개구리'(雨蛙)라는 의미와 '환속한 비구니'(尼還る)라는 이중적인 의미를 지니고 있다.

미치쓰나의 어머니

죽은 개구리 살린다는 질경이 효험도 없나[178]

오겠다는 그 약속 이리 뒤집혔으니

평소와 다름없이 날이 흘러가, 그믐이 되었다.

| **해설** |

971년은 미치쓰나의 어머니의 고뇌가 최고점에 달해 표출된 해로서, 『가게로 일기』 작품 전체의 클라이맥스에 해당된다. 가네이에와 오미의 관계는 점점 더 깊어갔으며, 미치쓰나의 어머니와 가네이에 사이에 틈이 벌어져 있는 만큼 오미의 존재는 두 사람의 관계를 더욱더 멀어지게 하는 계기가 되었다. 급기야 971년 정월 초하룻날에는 가네이에가 결혼 후 처음으로 방문조차 하지 않았고, 미치쓰나의 어머니의 집 앞을 스쳐 지나가기만 했다. 이는 결혼 초 출산을 앞둔 마치노코지 여자와 가네이에가 미치쓰나의 어머니 집 앞을 함께 우차를 타고 스쳐 지나가던 장면을 연상시키는데, 일부다처제 속에서 여성이 가장 굴욕감을 느낄 만한 행위였다.

이에 미치쓰나의 어머니는 친정아버지 집에서 기나긴 정진기간을 거쳐 가네이에가 '내 집 앞을 그냥 지나쳐 가시지 않는 세계를 찾아' 나루타키 한냐지로 참배여행을 떠난다. 조용한 산사에 머물며 미치쓰나의 어머니는 자연과 깊이 교감하면서 자신의 내면을 여러 각도로 응시하는

178) 죽은 개구리에 질경이를 걸쳐두면 살아난다는 속신이 있다.

시간을 갖는다. 그러나 가네이에는 근신기간인데도 산사를 찾아왔고, 여러 친지들이 미치쓰나의 어머니를 서울로 데려가기 위해 절을 방문한다. 그 가운데 가네이에의 장남인 미치타카와 친정아버지의 방문은 미치쓰나의 어머니의 마음을 흔들었고, 결국 그녀는 뒤이어 다시 찾아온 가네이에에게 이끌려 산사를 내려가게 된다. 삼 주간에 걸친 나루타키 한냐지 칩거는 미치쓰나의 어머니와 가네이에의 결혼생활에 아무런 변화를 가져오지 못했지만, 이를 계기로 미치쓰나의 어머니의 마음속에는 가네이에와의 결혼생활을 있는 그대로 받아들이려는 체념의 심경이 싹트게 된다.

다시금 하쓰세로 참배여행을 떠난 미치쓰나의 어머니는 지난번 참배여행을 떠올린다. 그것은 단순한 회고가 아니라 과거와 현재가 내면에서 혼연일체를 이루어 인생의 허무함을 더욱더 첨예하게 느끼는 계기가 된다. 시간의 흐름 속에서 삶의 허무함과 쓸쓸함을 음미하고 있는 미치쓰나의 어머니의 인생을 바라보는 시각이야말로 『가게로 일기』의 주제로서 형상화되어 있다고 할 수 있다. 하쓰세에 참배하러 가기 위해 친정아버지 집에서 정진하고 있을 때 가네이에가 찾아와 난동을 부리는 장면을 객관적으로 묘사하는 데서 가네이에에 대한 집착에서 벗어나려는 미치쓰나의 어머니의 시선을 확인할 수 있다.

법석대는 세밑 행사와 동떨어진 내 신세

중권 말미

내가 진절머리를 내며 싫어하는 곳[179]에 밤마다 그 사람이 찾아간다고 알려준 사람이 있었기에 마음 편치 않게 날을 보내고 있는데, 세월은 여전히 흘러흘러 액신을 내쫓는 구나 시기가 되었다. 하지만 어이없고 참담해하며 갖은 생각에 시달리며 가슴 아파하고 있는 내게, 어린아이고 어른이고 할 것 없이 주위 사람들이 "귀신은 사라져라, 사라져라" 하며 난리법석을 피우는 모습은 참으로 거리감만 느껴지기에, 나 홀로 가라앉은 마음으로 지켜보고 있다. 이런 귀신 쫓는 행사 같은 것은 흡사 행복에 겨워 만족해하고 있는 곳에서나 하고 싶어하는 행사인 듯이 여겨졌다. 눈이 펑펑 내린다고 외치는 소리가 들린다. 한 해가 끝날 무렵[180]에는 무슨 일에나 온갖 시름을 맛보지 않겠는가.

---

179) 오미의 집.

180) 한 해가 저물어가는 데 맞추듯이 한 권의 막을 내리고 있는 수법은 『가게로 일기』의 의도된 집필 방법의 하나로 볼 수 있다.

| **해설** |

중권 말미 부분에서 미치쓰나의 어머니는 연말에 열리는 구나 행사를 지켜보며 가네이에의 부인으로서의 자신의 고뇌를 객관화하고 있다. 떠들썩한 세밑의 바깥 풍경과는 달리 자신의 내면에 침잠해 한 해를 보내며 권을 마무리하는 수법은 하권 말미에서도 살펴볼 수 있는데, 이는 『가게로 일기』의 의도적인 집필 방법으로 생각된다.

하권 下卷

"희디흰 이 옷 당신께 바치나니 우리 두 사람
한마음 한뜻이던 옛날로 돌려주오"

올해는 아무리 미운 사람이 있어도 한탄하지 않으리

미치쓰나의 어머니 37세(972)

차분한 연초의 마음가짐

이렇게 또 새해를 맞이하니, 덴로쿠 3년(天祿三年)[1]이라고 한다. 마치 우울한 내 신세도 원망스러운 일도 모두 다 사라져 마음이 환히 밝아진 듯한 느낌이다. 의관을 정제시켜서 새해인사를 드리라고 대부를 내보냈다. 뜰로 뛰어내려 그길로 춤추듯 새해인사를 올리는 모습을 보자니, 한결 의젓해진 것 같아 눈물이 핑 돈다. 불공을 드리고 싶다고 생각했는데 오늘 저녁부터 부정한 일[2]이 있는 듯하다. 이것은 세상 사람들이 불길하게 여기는 일인지라, 또다시 내 신세가 어떻게 되어가는 것인가 하고 온통 그 생각뿐이다. 올해는 천하에 다시없을 미운 사람이 있다 해도 한탄하지 않으리라 등등 차분한 마음으로 곰곰이 생각하니, 참으

---

1) 972년. 『가게로 일기』 본문 중에서 유일한 연대 표기다. 그밖에 권말 가집에 986년을 가리키는 '간나 2년'(寬和二年)이라는 연대 표기가 있다.

2) 여성의 달거리.

로 마음이 편안하다. 초사흗날은 주상[3]이 관례를 올린다고 하여 세상이 떠들썩하다. 백마절(白馬節)[4]이다 뭐다 하지만, 흥도 안 나고 마음이 썰렁한 채 초이렛날도 지났다.

초여드렛날쯤 그 사람이 모습을 보였다.[5] "잇따라 연회가 너무 많이 열리는 때라 이제야 왔다오"라고 한다. 다음날 아침 돌아갈 즈음, 잠시 기다리고 있던 그 사람 종자들 가운데 한 사람이 이렇게 써서, 내 집 시녀 중 한 명에게 들여보냈다.

가네이에 시종

이 통 뚜껑을 거울인 양 아무리 들여다봐도
당신 모습은 아예 그림자도 없구려[6]

그 뚜껑에 술과 과일 등을 담아서 내주었다. 질그릇 술잔에 시녀가 이렇게 답가를 써서 보냈다.

시녀

내민 뚜껑에 내 그림자 비칠 리 만무하다네

---

3) 엔유 천황.

4) 1월 7일 좌우 마료(左右馬寮)에서 내놓은 백마를 천황이 구경한 뒤, 신하들에게 연회를 베푸는 행사.

5) 971년에 이어 972년에도 가네이에는 정월 초하루에 방문하지 않고, 8일에야 찾아왔다. 가네이에의 부인들 중 미치쓰나의 어머니의 위치를 짐작할 수 있다.

6) 상대방이 이쪽을 생각해주면 거울이나 물에 상대방 모습이 비친다는 속설을 기반으로 하고 있으며, 통 안에 술이 담겨 있지 않다는 것을 암시하고 있다.

온 정성 다해 빈 건 이 술 때문 아닌가

이렇게 이도저도 아니게 그 사람이 찾아오는 내 신세가 편치 않아, 세상 사람들이 야단법석하며 치르는 정월 불공도 드리지 않은 채 두 이레[7]가 지났다.

대납언으로 승진한 가네이에의 당당한 풍채

열나흗날쯤에 낡은 조복(朝服) 웃도리를 보내면서, "이거 좀 잘 손질해주시오"라고 한다. "입을 날은……"이라며 날짜도 알려주었지만, 바삐 서둘러 손질하려고는 생각도 않고 있는데, 그 다음날 아침 심부름꾼이 "이리도 늦다니요"라는 말과 함께 이러한 와카를 들고 왔다.

가네이에
이리도 시간 걸리니 기다림에 지쳤네 내 옷
너덜거릴 때까지 입을 테니 보내길

그런데 이 전갈을 받기 전에 내 쪽에서 편지도 동봉하지 않고 그 사람 옷만 손질해 보낸지라 길이 어긋났다. 그랬더니, "옷 손질은 꽤 잘 되었구려. 하지만, 보낼 때 순순히 마음을 써줬으면 좋았을 텐데 좀 아쉽구려"라는 전갈을 보내왔기에, 나 또한 이리 읊어 보냈다.

---

7) 14일. 8일부터 7일간 조정에서 나라의 안녕과 풍년을 기원하는 법회인 '고사이에'(御斎会)가 열리고 민간에서도 불사를 올렸다.

미치쓰나의 어머니

늦단 재촉에 법석대며 서두른 보람도 없이

오래된 것은 이리 손질 간단치 않네

그 뒤 "관직 인사이동 때문에"라며 소식도 없다.

오늘은 스무사흗날, 아직 격자문도 올리지 않았을 이른 아침 무렵, 내 가까이 있던 시녀가 일어나 쌍여닫이문을 밀어 열고는, "눈이 왔네요"라고 한다. 그때 휘파람새 첫 울음소리가 들려왔지만, 마치 마음까지 더욱더 늙어버린 듯, 여느 때와 같이 별 소용없는 혼자 읊는 와카도 떠오르지 않았다.

관직 인사이동으로 스무닷샛날에 대납언(大納言)[8]이 되었다고 시끌벅적하다. 허나 내 입장에서 생각해보자면, 지금까지보다도 더 옴짝달싹할 수 없을 거라고 생각하니, 축하인사말을 보내온 사람도 있었지만 난 오히려 비꼬임을 당한 느낌이 들어 전혀 기쁘지 않다.[9] 대부만이 말은 하지 않지만 마음속으로 무척 기뻐하고 있는 듯하다. 그 다음날쯤, "어째서 '이 얼마나 기쁜 일인지요'라는 인사를 전해오지 않는 거요. 이래서는 승진한 기쁨도 아무런 소용없지 않소"라고 전해왔다.

그러고는 그믐날께 편지를 보내왔다. "무슨 일이라도 있는 거요. 나는 바쁘기 짝이 없다오. 어째서 연락조차 없는 거요. 박정하기도 하오"라고

---

8) 율령제에서 태정관의 차관으로 우대신(右大臣) 다음의 고관. 정3위. 가네이에는 972년 1월 24일 임시 대납언, 같은 해 윤 2월 29일 정대납언이 되었다. 25일은 미치쓰나의 어머니가 가네이에의 임관 소식을 들은 날이다.

9) 가네이에가 출세해 바빠지면 바빠질수록 두 사람의 관계는 더욱더 소원해질 수밖에 없고, 미치쓰나의 어머니 또한 행동에 제약을 받을 수밖에 없다.

쓴 다음, 끝에 가서는 할 말이 없어서인지, 내가 할 원망의 말을 거꾸로 나에게 다 하고 있다. 오늘도 그 사람이 직접 찾아오리라는 기대는 할 수 없겠구나 생각되었기에, 답장으로 "조정에서 주상께 아뢰는 소임이야말로 틈을 낼 겨를이 없이 바쁜 일이시겠지만, 저로선 그저 그렇네요" 라고만 써서 보냈다.

그렇지만, 지금은 그 사람의 발길이 멀어져 자주 찾아오지 않아도 그다지 마음에 담아두지 않게 되었기에, 오히려 무척이나 마음이 편하다. 그래서 밤중에도 아무 생각 없이 누워 잠들어 있는데, 문을 두드리는 소리에 놀라 깨어났다. 이상하게 여기고 있는데, 하인이 불쑥 문을 열어주었기에 내심 당황하고 있자니, 쌍여닫이문 앞에 서서 "어서 문을 여시오, 빨리"라고 하는 듯하다. 앞에 있던 시녀들도 모두 편안한 차림으로 있던 터라, 다들 도망쳐 숨어버렸다. 보고만 있기가 꼴사나워 문 가까이 무릎걸음으로 다가가, "혹시나 오실까 싶어 문단속을 할까 말까 망설이는 일조차 없어졌기에, 좀체 열리지 않네요"[10] 하며 문을 여니, "오로지 이리로만 발길을 재촉해 왔는데, 어찌 이리 문이 열리지 않는단 말이오"라고 한다. 그런데, 새벽녘에 소나무를 휘감아 부는 바람소리가 무척이나 거칠게 들린다. 혼자서 날을 지새웠던 많은 밤들, 저런 소리가 나지 않았던 것은 정말 신불(神仏)의 가호였구나라고 생각될 만큼 거친 소리였다.

날이 밝으니, 어느새 이월이 된 모양이다. 비가 무척이나 조용히 내렸다. 격자문 등을 올렸는데도 여느 때처럼 경황없이 수선대는 듯이 느껴

---

10) '당신이 올까 내 가는 게 나을까 망설이다가 판자문 걸지 않고 그대로 잠들었네'(君や来むわれや行かむのやすらひにまきの板戸をささで寝にけり, 『古今和歌六帖』 第二)를 반어법적으로 인용하고 있다.

지지 않는 것은 비가 와서 그 사람이 돌아갈 준비를 서두르지 않기 때문인 듯하다. 하지만 이대로 우리 집에 머무르리라고 기대할 수는 없는 일이다. 잠시 뒤 "종자들은 와 있느냐"라며 자리에서 일어난다. 풀 먹인 게 다 사라져 부드럽고 나긋나긋한 노시(直衣)[11]를 입고, 뉘어 부드럽게 만든 홍색 명주로 만든, 몸에 착 감기는 우치키(袿)[12] 한 벌을 사시누키(指貫)라는 바지 안에 넣지 않고 그 옷자락을 노시 밑으로 늘어뜨린 채, 띠를 느슨하게 매고 걸어 나간다. 시녀들이 "아침식사라도"라며 권하는 듯한데, "아침은 늘 먹지 않으니, 괜찮다"라고 기분 좋게 말하고는, "내 칼을 어서 가져오너라" 하니, 대부가 칼을 들고 한쪽 무릎을 꿇은 자세로 툇마루[13]에 앉아 있다. 천천히 걸어 나와 주위를 한 번 둘러보고는, "앞뜰 마른 풀을 아무렇게나 태워버렸구나"라고 한다. 그러고는 바로 그곳으로 비 가리개 덮개를 둘러친 우차를 대게 해, 수행하는 남정네들이 수렛대를 가볍게 들자 올라탄 듯하다. 수레 안쪽 발을 제대로 쳐 내리고 중문으로 우차를 끌어내며 딱 알맞을 만큼 벽제소리를 내며 가는 소리도 얄밉게만 들린다.

요 근래 며칠간 바람이 무척이나 심하게 불어 남쪽으로 향한 방의 격자문은 올리지 않은 채 지내고 있었는데, 오늘 이렇게 한참 동안이나 밖을 내다보며 있자니, 비가 적당히 조용히 내린다. 앞뜰 풍경은 황량해 보였지만, 군데군데 풀들이 파릇파릇 돋아나고 있다. 참으로 보기 좋았

---

11) 천황이나 공경 등의 평상복.

12) 노시나 가리기누 같은 평상복 아래 입었던 옷으로, 정면 깃의 왼쪽과 오른쪽을 늘어뜨려 엇갈리게 여미고, 소맷부리의 아래쪽을 꿰매지 않았다.

13) '스노코'(簀子)라고 한다. 몸채에 붙은 조붓한 방인 히사시(廂) 바깥쪽 주위에 있는 툇마루.

다. 낮에 바람이 다시 불어와 비구름을 몰아내고 하늘은 다시 맑아졌지만, 내 마음은 이상할 만큼 안정되지 않아, 날이 저물 때까지 밖을 내다보며 멍하니 생각에 잠겨 하루를 보냈다.

눈 오는 날의 상념

사흗날이 된 한밤중에 내린 눈이 서너 촌(寸)[14]쯤 쌓였는데, 지금도 여전히 내린다. 발을 감아 올리고 내다보고 있자니, "어유, 추워라" 하는 목소리가 이곳저곳에서 들려온다. 바람까지 세차게 불고 있다. 온 세상이 참으로 정취가 있다.

그런데 날이 맑아져 여드렛날쯤에 지방관이셨던 친정아버지 댁으로 건너가니, 친척들이 많이 모여 있다. 젊은 사람들이 많았는데, 쟁(箏),[15] 비파(琵琶)[16] 등으로 제철에 맞는 곡을 타거나 하며, 웃음꽃을 피우며 하루를 보냈다. 다음날 아침, 손님들이 다 돌아가고 나자 마음이 여유로워졌다.

집에 돌아와 방금 도착한 편지를 보자니, 아주 소상하게 쓰여 있다.

"기나긴 근신이 끝났는가 싶었는데 바로 이어서 새로운 소임을 맡게 되니 여러 가지 행동거지를 삼가야 했다오. 오늘 바로 찾아가려고 하오."

답장을 보낸 뒤, 참으로 금방 올 듯한 편지였지만, 설마 그런 일은 있을 리가 없겠지, 지금은 잊혀진 존재처럼 되어가고 있는 나인데라고 지레짐작을 하며, 너무하다 싶을 만큼 편한 차림으로 쉬고 있었다. 그런데

---

14) 1촌(寸)은 약 3센티미터.
15) 13줄의 현악기.
16) 4줄의 현악기.

오시쯤이 되어, "오십니다, 오십니다"라는 왁자지껄한 소리가 들린다. 무척이나 허둥지둥하고 있을 때 그 사람이 들어왔기에, 아연실색해 제정신도 못 차린 상태로 마주 앉아 있자니, 정신이 다 멍하다. 잠시 후에 상을 올리니 조금 먹거나 한 뒤 날이 저물었을 무렵에, "내일 가스가(春日) 축제여서, 신께 바칠 제물(祭物)을 조달하러 심부름을 보내기로 되어 있는지라……"라고 한다. 멋들어지게 의관을 정제하고 앞에서 행렬을 이끄는 사람들을 많이 거느리고 야단스럽게 벽제소리를 드높이며 집을 나선다.

그 사람이 나가자마자 시녀들이 모두 몰려와, "참으로 기막힐 정도로 푹 퍼져 있었는데, 그런 우리들 모습을 어떻게 보셨을지요"라며 나 보기 민망하다는 말을 제각각 한마디씩 한다. 하지만, 그들보다 내가 더욱더 볼품없었다는 생각에, 그저 그 사람은 이제 나한테 정나미가 떨어졌겠구나라는 생각만 들 뿐이다.[17)]

어찌 된 일인지, 요 근래의 날씨는 햇살이 나왔다가 흐렸다가 하여 봄 날씨치고는 추운 해인 듯하다. 밤에는 달이 밝다. 열이튿날에, 동풍과 함께 눈이 이리저리 날린다. 오시쯤부터 눈이 비로 변해 하루 종일 내내 조용히 내리는데, 온 세상이 정취 있게 느껴진다. 그 사람에게서는 오늘까지도 소식이 없어 내가 생각했던 그대로인 듯하다. 오늘부터 나흘 동안, 전에도 하곤 하던 근신기간[18)]일지도 모르겠다고 생각하니, 조금은

---

17) 나이 들어 관록이 붙은 가네이에의 모습과 나이 들어 미모를 잃은 미치쓰나의 어머니의 대비는 하권에서 되풀이 묘사되고 있다. 미치쓰나의 어머니는 스스로의 나이를 인식하면서, 가네이에에 대한 마음 또한 체념해가는 양상을 보인다.
18) 『가게로 일기』에는 가네이에가 나흘간에 걸쳐 근신을 한다는 기사가 많이 기술되어 있다.

마음이 가라앉는다.

미치쓰나의 장래를 꿈꾸다

열이렛날에 비가 조용히 내린다. 그 사람 집에서 내 집 쪽으로 방위가 막혀 있었던 날인 듯싶은데, 세상이 온통 쓸쓸하고 허전하게 느껴진 적이 있었다. 재작년 이시야마데라에 참배했을 때, 마음이 몹시 스산하던 밤마다 다라니경을 무척이나 엄숙하게 읽으면서 예당(礼堂)[19]에서 예불을 드리고 있던 법사가 있었는데, 그에게서 전갈이 왔다. 그 법사는 그때 내가 알아보니, "작년부터 산에 칩거하고 있답니다. 곡기를 끊고 있습니다"라고들 하기에, "그러면 나 대신 기도해주십시오"라고 부탁해둔 스님이었다.

"지난 열닷샛날 밤 꿈에 부인께서 달과 해를 소매에 받으셔서, 달을 발밑에 밟고, 해를 가슴에다 대고 안고 계신 꿈을 꾸었습니다. 이것을 해몽하는 사람에게 물어보시기 바랍니다"라는 말을 전해왔다. 참으로 귀찮고 너무 야단스럽다는 생각과 함께 그게 정말일까 하는 의심하는 마음까지 더해 바보 같은 생각이 들기에, 아무에게도 해몽을 시키지 않고 있었다.

그런데 바로 그때 해몽을 하는 자가 왔기에, 다른 사람의 일인 척하며 물어보았다. 그러자 예상했던 대로, "대체 어떤 사람이 꾼 꿈인가요"라고 놀라며, "조정을 자기 뜻대로 하며, 원하는 대로 정치를 하실 수 있게 된다는 꿈입니다"라고 한다. "과연 생각했던 대로구나. 이자의 꿈풀이가 엉터리는 아닌 듯하다. 꿈 이야기를 전해준 스님을 믿을 수가 없구

---

19) 본존을 예불하기 위해 본당 앞에 있는 당.

나. 이 말은 입 밖으로 내지 말거라. 정말로 말도 안 되는 일이로구나"라며, 그것으로 끝을 냈다.

그리고 또 어떤 시녀가 말하기를, "이 댁 문을 사각문(四脚門)[20]으로 새로 고치는 것을 보았습니다"라고 하니, "그 꿈은 이 댁에서 대신공경(大臣公卿)[21]이 배출되신다는 꿈입니다. 이렇게 말씀드리면 부군께서 가까운 시일 내 대신이 되신다는 것을 아뢰는 것처럼 생각되시겠지요. 그러나 그렇지 않습니다. 공자님[22]께서 장래에 그리 되신다는 꿈입니다"라고 한다.

또 나 자신이 그저께 밤에, 오른쪽 발바닥에 대신문(大臣門)이라는 글자가 갑자기 적히기에 놀라서 발을 움츠린 꿈을 꾸었다고 말하니, "좀 전에 풀어드린 꿈과 같은 꿈을 꾸신 겝니다"라고 한다. 이것도 너무 어처구니없는 일이기에 얼토당토않은 일이라고 생각했지만, 이런 일이 전혀 이루어질 수 없는 미천한 일족[23]도 아니기에, 하나밖에 없는 내 자식이 혹시라도 생각지도 못한 행운을 붙잡지는 않을까 하고 마음속으로 생각해본다.[24]

---

20) 문기둥 앞뒤로 보조 기둥이 두 개씩 있는 문으로, 대신 이상 벼슬아치 집의 문이다.

21) 지위가 높은 조정 관료의 총칭. 섭정 · 관백 · 대신, 대납언 · 중납언, 3위 이상의 조신(朝臣), 4위인 참의(參議).

22) 미치쓰나. 공자는 '긴다치'(公達)라고 하여, 황손가 · 대신가 · 공경가 등의 자제의 경칭.

23) 972년 당시 정치적 실권은 가네이에의 아버지 후지와라 모로스케의 뒤를 이어 장형인 후지와라 고레마사가 쥐고 있었고, 가네이에는 986년 실권을 쥐게 되어, 가네이에 집안은 명실상부한 최고 권세가였다.

24) 미치쓰나가 아버지의 비호로 출세하기를 바라는 미치쓰나의 어머니의 마음이

버려진 가네이에의 딸을 양녀로 들이다

이렇게 지내고 있는데, 남편과의 관계가 지금처럼 소원해서는 앞날조차 불안하기만 한데다 그나마 아들만 하나 있다. 그래서 이제까지 늘 이곳저곳으로 참배를 하러 갈 적마다 자식을 더 점지해주십사 하고 있는 정성을 다해 빌어보았지만, 이젠 더 이상 아이를 가지기 어려운 나이가 되어버렸다. 바라는 것은 어떻게 연이 닿아 미천하지 않은 사람의 여식 하나를 양녀로 맞아 뒷바라지를 했으면, 하나 있는 아들과도 사이좋게 지내게 해 내 늘그막과 임종이라도 지켜보게 했으면 하는 마음이 요 근래에는 부쩍 더 든다.[25]

이런 내 생각을 몇몇 사람들에게 의논을 했더니, "예전에 나으리와 한때 관계가 있었던, 재상(宰相)[26] 미나모토 가네타다(源兼忠)라는 분의 따님이 여자 아기씨[27]를 낳으셨다고 합니다. 굉장히 아름답다는 소문입니다. 같은 값이면 그 아가씨를 양녀로 맞아들여 의지하시면 어떠시겠는지요. 지금은 시가 산(志賀山) 중턱[28]에 모녀가 살고 있는데, 어머니 쪽

꿈을 계기로 구체적으로 기술되어 있다. 그러나 미치쓰나는 모두 대신 반열에 오른 도키히메의 아들들인 미치타카, 미치카네, 미치나가와는 달리, 대신에 오르지 못하고 대납언에 머물렀다.

25) 헤이안 시대에는 외척인 후지와라 씨에 의해 의해 섭관정치가 이루어졌으므로 딸을 입궐시켜 다음 천황을 낳게 하는 게 반드시 필요했다. 양녀라도 들여 소원해진 부부관계를 타개해보려는 미치쓰나의 어머니의 의도가 엿보인다.

26) 재상은 참의를 가리킨다.

27) 뒷날 가네이에와 도키히메의 딸인 센시(詮子)가 황후로 책봉된 뒤 선지(宣旨)로 임관된 여성으로 추정된다. 가네이에의 딸인데다 어머니의 신분도 그리 낮지 않아, 미치쓰나의 어머니로서는 양녀를 천황의 비로 입궐시킬 수도 있다고 판단한 것으로 보인다.

오라버니 되는 선사께 의지해 지내신답니다" 라는 사람이 있다.

"아아, 참 그런 일이 있었군요. 고인이 되신 요제이인(陽成院) 마마의 후손이랍니다. 재상께서 돌아가시고[29] 상중일 때, 그 사람이 그런 여인네에 관한 소문은 항상 그냥 듣고는 넘기지 못하는 성향인지라, 이런저런 일이 있던 중에 그런 관계가 되었지요. 그 사람은 원래 그런 사람인데다, 그 여인네는 뛰어나게 화려한 구석도 없고 나이도 이미 꽤 들었던 터라, 여자 쪽에서는 그 사람 뜻에 따를 의향은 없었던 듯합니다. 하지만 그 사람 편지에 답장은 보내고 있었던 듯하고, 그러던 중에 그 사람이 직접 두 번쯤 찾아갔는데, 어째서인지 겉옷만을 들고 찾아간 적도 있었습니다. 그밖에 여러 가지 다른 일들도 있었지만 잊어버렸답니다.

그런데 어떤 일이 있었는지 기억이 확실하지 않지만, 그 사람이 다음과 같은 와카를 읊어 보냈던 듯합니다.

가네이에

오사카 관문 넘어 여행지에서 청한 듯한 잠

함께 보낸 하룻밤 덧없다 생각 않네

아주 평범한 와카였기에, 답가 또한 대단할 게 없었습니다.

---

28) 시가 산은 시가 현 오쓰 시의 서쪽, 히에이 산 남쪽에 있는 산으로, 그 중턱에 시가데라(志賀寺)가 있다.

29) 『니혼키랴쿠』에 따르면, 가네타다는 958년 7월에 사망했다.

가네타다의 딸

제 정신 없이 풀베개 벤 하룻밤 불안하기만

여행 가 자는 듯한 이런 잠 처음일세

이 와카를 받아들고, '여행이라는 표현을 그대로 반복해 쓰다니, 좀 이상하구나' 하며 다들 함께 웃었던 적이 있었답니다. 그 뒤로는 별반 눈에 띄는 일도 없었던 듯한데, 어떠한 내용의 편지에 대한 답장이었는지, 이런 와카도 온 적이 있었던 듯합니다.

가네타다의 딸

내린 이슬에 눈물 더해 밤마다 젖어든 소매

불꽃 같은 시름 속 넣는다고 마를까

이렇게 와카를 읊어서 보냈던 듯한데, 그러다가 두 사람 사이는 더욱더 소원해졌다고 합니다. 나중에 듣자니, '한때 연을 맺었던 사람에게서 여자아이가 태어났다고 하오. 내 아이라고 한다고 하오. 아마 그럴 것이오. 여기에 데려와 키울 생각은 없소?'라고 말씀하신 적이 있었는데, 바로 그 아이인 듯하네요. 그 아이를 양녀로 맞이합시다."

나 또한 이렇게 마음이 동해, 말을 넣어줄 사람을 찾아 수소문해보았다. 그랬더니, 헤어진 뒤 그 사람도 소식을 모르고 있었던 어린것은 열두세 살 정도가 되었고, 그 어미는 그 아이 하나만을 옆에 끼고 앞으로는 오미 호수를 바라다보고 뒤로는 시가 산을 바라보는 시가 산 동쪽 기슭의, 말할 수 없이 쓸쓸한 곳에서 하루하루를 보내고 있다고 한다. 마치 내 일인 듯싶어, 그러한 곳에서 지내면서 얼마나 서러운 생각이 들었

겠으며 푸념 또한 남았을 리 없을 정도로 자기 신세를 한탄했을 거라고, 먼저 그 마음이 헤아려진다.[30]

이리하여, 그 아이 어머니의 배다른 오라버니도 서울에서 법사가 되어 지내고 있었는데, 나에게 이 이야기를 해온 사람이 그와 아는 사이이기에 불러서 의논을 해보라고 부탁했더니, 법사는 이러한 말을 남겼다.

"이렇게 고마울 데가요. 소승 생각엔 참으로 고마운 말씀이십니다. 애당초 그쪽에서 아이의 뒷바라지를 한다는 것은 그 신세가 너무 처량하지요. 거기다 이제는 머리를 깎고 비구니가 되려고 하는지라, 여차저차 한 곳에 요즈음 머물고 있답니다."

그러고는 바로 그 다음날, 시가 산을 넘어갔던 것인데, 그 여자는 배다른 형제인데다 평소 친밀하게 소식을 주고받지도 않는 사람이 일부러 찾아온 것을 이상히 여겨, "무슨 일이신지요"라고 물었다고 한다. 그래서 한참 동안 이런저런 이야기를 나눈 뒤, 이 이야기를 꺼냈다고 한다. 그러자 처음에 어안이 벙벙해 있다가 어떻게 생각했는지, 대성통곡을 했다고 한다. 어찌어찌 마음을 가라앉힌 다음에는, "저로서도 이제는 다 끝났다고 생각하는 제 신세는 그렇다 치고, 이런 곳에 여식까지 데리고 들어온 것을 참으로 가슴 아프게 생각했지만 달리 방도가 없어 그냥 지내고 있었습니다. 그런 이야기시라면 어떻게 하시든지 당신이 판단해 결정해주십시오"라고 했다고 한다.

법사가 그 다음날 돌아와서는, "여차저차 하였다"고 이야기를 했다.

30) 가네이에에게 버림받은 여성에게 느끼는 동병상련. 소원해져가는 남편과의 관계 속에서 가네타다의 딸이 현재 처한 상황은 미치쓰나의 어머니의 미래이기도 하다.

생각했던 대로로구나, 인연이 있었던 걸까라고 생각하며 마음이 몹시 절절해졌다. 그러자 법사가, "그러면 그쪽에다 먼저 편지를 보내주십시오"라고 하기에, "그러지요"라며 이렇게 썼다.

"이처럼 이제까지 편지를 드리거나 하지는 않았지만 소식은 듣고 있었습니다. 누가 보낸 편지인가 하고 의심스럽게는 생각하지 않으시겠지요. 이상하게 생각하실 만한 일입니다만, 마음 붙일 데 없는 내 신세의 불안함을 선사께 말씀드린 걸 당신께 전해드렸다 들었습니다. 너무나도 기쁜 답을 주셨다고 들었기에, 기쁨에 가득 차 인사말씀 여쭙니다. 대단히 송구한 말씀이지만, 비구니가 되신다는 말씀을 들었기에 곁에서 떠나보내기 어려운 따님이겠지만 떠나보낼 결심을 하실 듯해서요."

이런 내용 등을 써서 보내니, 그 다음날 답장이 왔다. "기꺼이 보내드리지요" 등의 내용이 적혀 있어, 아주 기분 좋게 승낙해주었다. 선사와 나누었던 이야기의 구체적인 시종(始終)도 편지에 전부 다 적혀 있었다. 기쁘면서도 한편으로는 자식을 떠나보내는 어미의 마음이 헤아려져 무척이나 가슴이 아프다. 이런저런 내용을 적어나간 끝에, "안개가 가득 낀 듯 눈물이 앞을 가려 붓을 어떻게 놀렸는지도 알지 못해, 부끄러울 따름입니다"라고 쓰여 있는 것을 보는데도, 과연 그러하다고 생각했다.

가네이에와 양녀의 부녀 상봉

그 뒤에도 두 번 정도 더 편지를 주고받은 끝에 의논이 다 이루어졌기에, 선사 일행이 그쪽으로 가서 그 여식을 서울로 데려오는 것으로 이야기가 되었다. 어미가 딸자식을 혼자 보내는 그 마음을 헤아려보니, 참으로 슬픈 일이다. 보통 생각으로 그런 결심을 할까, 그저 아비가 혹시라도 뒷바라지를 해주는 것은 아닐까 하고, 그걸 바라고 보내는 걸 텐데

……. 나한테 와도 어미 곁에 있을 때와 마찬가지로 그 사람이 보살펴주기를 기대하기란 어려울 텐데, 그리고 나중에 바라던 대로 이루어지지 않았을 때 오히려 더 애처로운 신세가 될 텐데라는 마음이 들지만, 이제 어떻게 하겠는가, 이미 그렇게 약속을 다 했는데 이제 와서 돌이킬 수도 없는 일이다.

"이 달 열아흐렛날이 양녀를 들이기에 좋은 날이라오"라고 정해두었기에, 아이를 데리러 보냈다. 사람들 눈에 띄지 않도록, 그저 대나무나 갈대, 노송나무를 가늘게 잘라 엮은 아지로(網代)라는 발을 수레 지붕에 입힌 깔끔한 아지로 우차[31]와 말 탄 남정네 네 명, 그리고 하인들을 많이 딸려 보냈다. 대부가 지체 없이 올라타고, 수레 뒷좌석에는 이번 양녀 건을 소개해준 사람을 태워 보냈다.

그 날 바로, 별나게도 그 사람에게서 소식이 있었다. "오늘 오실지도 모르는데, 이를 어쩌나. 서로 마주쳐서는 곤란할 텐데. 어서 빨리 데려오너라. 한동안은 양녀를 들인 일을 알리고 싶지 않구나." "모든 걸 되어가는 대로 맡깁시다"라고 주위 사람들과 의논해 데려오게 한 보람도 없이, 그 사람이 먼저 집에 와버렸다. 어떻게 할 방도가 없다고 생각하고 있는데, 한참 지나 양녀를 데리고 일행이 돌아왔다. "대부는 어디에 갔소"라고 묻기에, 적당히 말을 둘러대고 있던 차였다.

하지만 평소부터 이리 될 거라고 예상하고 있었기에, "너무 적적한 처지라, 아버지가 돌보지 않고 내버려둔 아이를 데려다 키우기로 했답니다"라는 이야기를 해두었던 터였다. 그 사람이 "어디 보자. 누구 아이인

---

31) 신분이 높은 사람은 가벼운 외출 시에, 중류귀족은 평상시 타고 다니는 우차이다.

가. 이제 내가 나이가 들었다고 젊은 남자를 구해 나를 내치시려는 게지요" 하기에, 너무 우스워서, "그렇다면 보여드리지요. 자식으로 삼아주시겠습니까"라고 물으니, "그거 좋겠소. 그렇게 합시다. 자, 어서어서"라기에, 나 또한 벌써부터 신경이 쓰이고 있었던지라 불러내었다.

전해 들었던 나이에 비해서는 몸집이 아주 작고, 말할 수 없이 어려 보였다. 가까이 다가오도록 불러서는, "일어서 보거라" 해서 일어선 모습을 보니 키가 사 척(尺)[32]쯤 되고, 머리카락이 빠졌는지 끝을 쳐낸 듯한데, 키보다 사 촌(寸)[33]쯤 짧았다. 참으로 애처로운 모습으로, 머리 생김생김도 아름다운데다 전체적인 모습이 무척이나 우아해 보였다.

그 사람이 보고는, "아아, 무척이나 귀염성 있게 생겼구나. 누구 아이인가. 어서 다 말해보게나" 하기에, 이 아이도 그 사람이 아버지라는 것을 알아도 그리 부끄러워할 것 같지 않기에 그렇다면 좋다, 다 밝히자고 생각해, "그렇다면 말씀드리지요. 사랑스럽게 보이시는지요"라고 하니, 더욱더 채근을 한다. "정말로 성가시군요. 당신 아이랍니다" 하니, 놀라서 "뭐, 뭐라고. 어디에서 데려온 거요"라고 반문을 하는데도 금방 대답을 하지 않고 있자니, "혹시 전에 말했던 여차여차한 곳에 태어났다고 하던 아이인 거요"라고 한다. "그렇답니다"라고 대답하니, "참으로 가슴 아픈 일이로고. 벌써 전에 영락해 어디 있는지도 모르게 되었다고 여기고 있었거늘. 이렇게 자랄 때까지 모르고 있었다니……"라며 저도 모르게 눈물을 쏟았다.

아이도 어떻게 생각했는지, 엎드려서 울고 있다. 주위에서 보고 있는

---

32) 약 1미터 20센티미터.

33) 약 12센티미터. 1촌은 1척의 10분의 1.

사람들도 가슴이 저려오고 마치 옛날이야기(昔物語) 같은 상황인지라 모두들 눈물을 흘린다. 나 또한 홑옷 소매를 거듭거듭 꺼내며 눈물이 절로 흘러 울고 있자니, "이다지도 갑작스레, 앞으로는 발걸음을 하지 않으려고 했던 곳에 이렇게 사랑스런 아이가 있다니. 내가 데려가야겠소"라며 이런저런 농담을 던지면서 밤늦게까지 울다가 웃다가 한 뒤, 모두 잠이 들었다.

다음날 아침 돌아가려는 길에, 아이를 불러 지긋이 바라다보며 무척이나 귀엽다는 표정이었다. "지금 바로 데려가야겠다. 수레를 대면 빨리 타거라"라면서 웃으며 집을 나섰다. 그 뒤로 편지 등속을 보낼 때는 어김없이 "자그마한 아이는 어떻게 지내고 있소"라는 안부를 자주 물어왔다.

이웃에 난 화재와 가네이에의 위문

그런데, 스무닷샛날 밤 초저녁을 지났을 무렵 주위가 시끌시끌하다. 불이 난 것이다. 바로 옆이라는 둥 웅성거리는 소리를 듣자니, 얄밉게 생각하고 있던 곳[34]이었다. 그 사람은 스무닷새, 스무엿샛날이 근신하는 날이라 했는데, "문 밑으로 받으시지요"라며 그 사람에게서 편지가 왔다. 이것저것 세세한 데까지 마음을 써주는 내용이었다. 지금은 이런 편지를 보내오는 것조차 이상하게 생각된다. 스무이렛날은 그 사람 집에서 내 집 방위가 막히는 날이었다.

스무여드렛날 낮 미시쯤에 "오십니다, 오십니다"라며 소란스러운 소리가 났다. 중문을 밀어 열고 수레채를 안으로 끌어들이는 것을 보자니,

34) 오미네 집.

벽제를 울리던 많은 종자들이 수렛대에도 매달려 있고, 수레의 발을 감아 올리고 안쪽 발을 좌우로 열어서는 옆에다 끼워놓는다. 시종이 끌채 받침을 갖고 다가가자, 그 사람이 우차에서 뛰어내려 바야흐로 흐드러지게 핀 홍매화 밑을 걸어오는데, 그 모습이 너무나도 풍경과 잘 어울린다. 목소리를 높여 "참으로 보기 좋구나"[35]라면서 방으로 걸어 올라온다.

다음날 방위를 점쳐봤더니, 남쪽이 막혀 있는데 그 사람 집 쪽이었다. "어째서 그걸 알려주지 않았소" 하기에, "그렇게 말씀드렸으면 어떻게 하실 생각이었나요"라고 물으니, "불길한 방위를 피해 다른 곳으로 갔겠지" 한다. "당신이 무슨 생각을 하시는지 이제부터는 잘 살펴보아야겠네요"라며, 둘 다 모두 가만히 듣고만 있을 수는 없다는 듯이 억지를 부렸다.

자그마한 아이에게는 습자(習字)와 와카 등[36]을 가르치고 있어, 내 생각으로는 그리 부족할 것은 없다고 생각되는데, 그 사람은 "생각했던 것과 달라서는 안됐지 않소. 조만간 저쪽 집에 있는 아이[37]와 함께 관례[38]를 올리도록 합시다"라는 말들을 하며, 날이 저물었다. "어차피 불길한 방위를 피해야 한다면, 레이제이인을 찾아뵈러 가겠소"라며 떠들썩하게 내 집을 나섰다.

요 근래 날씨가 좋아지기 시작하여, 화창하니 맑았다. 따뜻하지도 차

---

35) 가요의 한 구절로 추정된다.

36) 습자와 와카 익히기는 당시 여성교육의 기본이었다.

37) 도키히메의 딸인 센시. 978년 엔유 천황의 여어로 입궐하게 된다.

38) '모기'(裳着)라고 하며, 헤이안 시대 여자아이가 처음으로 치마(裳)를 다는 의식. 남자아이의 원복(元服)에 해당한다. 일반적으로 12~14세경에 이루어진다. 이때 늘어뜨리고 있던 머리도 올린다.

지도 않은 바람[39]이 매화 향기를 날라 와서 휘파람새를 꾀어낸다.[40] 닭 울음소리 등도 온화하게 가지각색으로 들려왔다. 지붕 위를 올려다보니, 집을 짓고 살고 있는 참새들이 기와 밑을 들락날락하며 지저귀고 있다. 앞뜰의 풀은 겨우내 얼었던 얼음이 겨우 풀려 봄을 맞을 준비가 되어 있는 듯한 느낌이다.[41]

윤 이월 초하룻날, 비가 조용조용 내렸다. 그런 뒤 하늘이 개었다. 사흗날, 우리 집 쪽으로 방위가 열려 있다고 생각되는데, 아무런 연락이 없다. 나흗날도 그대로 날이 저물어, 이상하다고 생각하면서 잠자리에 들었는데, 한밤중께 잠결에 듣자니 불난리가 난 집이 있다고 한다.

근방이라고 들었지만 귀찮기도 해서 깨어 일어나지도 않고 있는데, 이 사람 저 사람 안부를 묻는 사람들이 찾아오고 개중에는 걸어 다닐 신분이 아닌 사람들도 섞여 있다. 그래서 겨우 자리에서 일어나, 나가서 응대하거나 했다. "불도 이제 꺼진 듯하다"며 모두 흩어졌기에 다시 안으로 들어와 누워 있자니, 구종별배(驅從別陪)가 우리 집 문 앞에 멈추는 듯하다. 이상하게 여겨 귀를 기울이고 있자니, "나으리께서 오셨습니다"라고 한다.

등불도 꺼져 있어 들어오는데 어두웠던지, "어이구, 어둡기도 하지. 좀 전에 난 불을 믿고 등불도 켜지 않은 거로구먼. 당신 집과 가까운 곳

---

39) '不明不暗朧朧月 非暖非寒漫漫風'(『千載佳句』, 白楽天)의 인용. 원시는 '不明不闇朦朧月 不暖不寒慢慢風'(『白氏文集』巻十四).

40) '봄꽃 향기를 바람 편에 실어서 보내야겠네 휘파람새 오도록 길잡이 삼고 지고'(花の香を風のたよりにたぐへてぞ鶯さそふしるべにはやる, 『古今和歌集』 春上, 紀友則)의 인용.

41) '樹根雪尽催花発 池畔氷消放草生'(『千載佳句』, 白楽天)의 인용.

에서 불이 난 듯해 와보았소. 이제 불도 꺼졌으니, 가는 게 나을런가"라고 말을 하면서, 내 옆으로 와 눕는다. "초저녁 때부터 찾아오고 싶었는데, 수행할 종자들이 모두 돌아가버려서 오지를 못했다오. 옛날 같았다면 말이라도 훌쩍 타고 찾아왔을 텐데, 옹색하기 짝이 없는 신세로고. 얼마나 큰일이 일어나면 이번처럼 이렇게 쫓아올 수 있을까 생각을 하면서 잠자리에 들었는데, 이렇게 소동이 일어났으니 참으로 재미있구려. 이런 일이 생기다니 이상하기까지 하다오"라며, 마음을 써주는 듯했다.

날이 밝자, "서둘러 왔기에 수레가 다른 때와 달리 초라할 거요"라며 서둘러 돌아갔다. 엿샛날과 이렛날은 근신기간이라고 한다. 여드렛날에는 비가 내렸다. 밤에는 돌 위에 난 이끼가 비를 맞아 괴로워하는 듯한 빗소리가 들렸다.[42)]

열흘날에는 가모 신사에 참배를 하러 갔다. "함께 갑시다"라고 권하는 사람이 있어, 뭐 어떻겠느냐 싶어 조용히 참배를 하러 갔다. 언제나 색다른 마음이 드는 곳이기에 오늘도 속이 탁 트이는 느낌이 든다. 밭을 일구는 사람들의 모습을 바라보면서도, 이렇게 모두 힘들게 살아갈 수밖에 없는 거로구나라는 생각이 든다. 무라사키노(紫野)[43)]를 거쳐 기타노(北野)로 가는데, 못에서 뭔가를 뜯는 여인네들과 아이들이 있다. 불쑥 '에구'라는 풀을 뜯는구나라고 생각하니, 여인네들의 치맛자락이 얼마나 젖어들까, 그 수고로움을 알 듯하다.[44)] 무라사키노에 있는 후나오

---

42) '春風暗剪庭前樹 夜雨偸穿石上苔'(『千載佳句』, 傅温)의 인용.

43) 교토 시 기타 구 다이토쿠지(大德寺) 부근 일대.

44) '당신을 위해 산간 논 얕은 못의 에구 뜯자니 눈 녹은 시린 물에 치맛자락 젖누나'(君がため山田の沢 にゑぐ摘むと雪消の水に裳の裾濡れぬ, 『万葉集』 巻第十)를 염두에 둔 표현이다.

카(船岡) 언덕을 휘돌아보는 것도 무척이나 정취가 있었다.

어두워진 뒤 집에 돌아와 누워 자고 있을 무렵, 문을 세게 두드리는 소리가 난다. 깜짝 놀라 깨어 일어나니, 생각지도 않게 그 사람이었다. 공연히 그 사람을 의심하는 마음에, 혹시 내 집 가까이에 있는 다른 여자네 집에 갔다가 사정이 생겨 돌려보내진 것은 아닐까 생각하니, 그 사람은 아무렇지도 않은 듯하지만 나는 마음이 풀어지지 않은 채 이런저런 생각을 하며 밤을 지새웠다. 다음날 아침, 해가 좀 높이 올라온 뒤 돌아갔다. 그러고 나서 대엿새쯤 날이 흘렀다.

열엿샛날, 무척이나 마음을 허전하게 만드는 빗발이다. 날이 밝았는데, 내가 아직 자고 있는 동안에 자상하게 마음을 쓴 듯한 편지가 왔다. "오늘은 방위가 막혀 있기에 말이오. 어쩌면 좋겠소"라고 쓰여 있었던 듯하다. 답장을 보내고 얼마쯤 지난 뒤 그 사람이 직접 찾아왔다. 날도 저물려고 하는데, 이상하기도 하지라고 생각했던 듯하다.[45]

밤이 되어, "어쩌나. 신에게 공물을 바쳐 허락을 얻고 묵을까"라고 망설이는 기색이 보였지만, "그래 봤자 아무런 소용이 없답니다"라며 채근을 해서 내보냈다. 걸어 나가는 동안, 한심하게도 나도 모르게 불쑥 "오늘 밤은 방문한 날수에는 넣지 않을 거예요"라고 조용히 살짝 말하니 그것을 듣고는, "그래서는 온 보람이 없잖소. 다른 날 밤은 어쨌든 간에 오늘 밤은 꼭 넣어주시오" 한다.

그 말 그대로 그 날 이후 기다려도 아무런 소식도 없는 채 여드레, 아흐레쯤이 지났다. 이런 일을 미리 생각해두고 찾아온 날수에 넣으라고 했나보다 생각다 못해, 드물게도 내 편에서 이런 와카를 읊어 보냈다.

---

45) 그 당시 미치쓰나의 어머니 자신의 심정을 제3자적으로 표현한 것이다.

미치쓰나의 어머니

머물지 않고 잠시 방문한 날수 헤아려보면

양 날개 저려 우는 도요새만 같구나[46]

답가는 이러했다.

가네이에

어쩐 일인가 도요새 날갯짓 수 셀 수 없듯이

찾아간 보람 없이 그리 울고 있었나

답장은 이러했지만, 내 편에서 먼저 소식을 전했는데도 오히려 분하게만 느껴지니, 어째서일까라고 생각했다. 요 근래 뜰 한가득 벚꽃이 하늘하늘 잔뜩 떨어져 깔린 모습이 바다라도 된 듯이 보였다.

오늘은 스무이렛날, 비가 어제저녁 때부터 내리기 시작해 남아 있는 꽃잎을 바람이 쓸어버린다.

야와타 마쓰리와 참배, 끊이지 않는 화재

삼월이 되었다. 나무에 싹이 움터 참새가 몸을 숨길 수 있을 만큼 나뭇잎이 울창해졌다.[47] 마쓰리[48]의 계절인 듯 여겨져 비쭈기나무, 피리 소리가 그리워지고 참으로 가슴이 저릿저릿해지는데다, 소식 한 장 없

46) '새벽 도요새 부산스레 날개를 쪼고 있구나 당신 오지 않는 밤 나 또한 숫자 헤네'(暁の鴫の羽がき百羽がき君が来ぬ夜は我ぞ数かく,『古今和歌集』恋五, 読人しらず)를 인용했다.

는 그 사람에게 먼저 와카를 읊어 보낸 일이 여전히 분하기만 하다. 그런 탓인지 평소 그 사람이 찾아오지 않았던 때보다 더더욱 심상하게 넘기지 못하는 것은 도대체 무슨 마음에서인 걸까.

이 달도 이렛날이 되었다. "이걸 좀 손질해줬으면 하오. 근신해야 할 일이 있어서 들르지는 못하오"라는 전갈이 오늘 왔다. 소식도 전해오지 않으면서 옷 손질 부탁하는 것은 변함이 없는지라, "알았습니다"라고만 쌀쌀맞게 답장을 보냈다. 점심 무렵부터 비가 한가롭게 내렸다.

열흘날, 조정에서는 야와타(八幡) 마쓰리[49]로 떠들썩하다. 나는 아는 사람이 참배하러 갈 곳이 있는 듯하여, 함께 가려고 티내지 않고 조용히 집을 나섰다. 점심 무렵 집에 돌아오니, 집주인처럼 집을 지키고 있던 젊은 애[50]들이 "꼭 구경하고 싶어요. 아직 행렬이 지나가지 않은 듯해요"라고 하기에, 막 집에 도착한 수레를 그길로 돌려 바로 집을 나섰다.

그 다음날, 궁중으로 돌아가는 행렬을 보려고 사람들이 난리가 났는데도 기분이 너무 좋지 않아 하루 종일 누워 지낼 정도라 볼 마음이 없었다. 하지만 주위에 있는 사람들이 옆에서 권하기에 비로(檳榔) 우차[51]

---

47) '황폐한 들판 참새 몸 숨길 만큼 무성해졌네 멀꿀나무 아래는 어둑어둑하구나'(浅茅生もすずめがくれになりにけりむべ木のもとはこぐらかりけり, 『曾禰好忠集』)를 인용.

48) 가모 마쓰리 또는 아오이 마쓰리. 음력 4월에 열리지만, 이 해는 윤 2월이 끼어 있어 3월에 4월 축제를 떠올리게 되었다고 볼 수 있다.

49) 이와시미즈하치만 궁(石清水八幡宮)의 임시 축제.

50) 미치쓰나와 양녀.

51) 종려나무와 비슷한 비로나무 잎을 햇볕에 쬐어 희게 바래게 해 차체에 씌운 우차. 상황 · 천황 이하 4위 이상이나, 높은 승려나 신분이 높은 부인이 사용했다. 대납언 가네이에의 부인이라는 미치쓰나의 어머니의 신분에 걸맞은 우차이다.

단 한 대에 네 명쯤이 같이 타고 집을 나섰다. 레이제이인 대문 북쪽 편에 수레를 세웠다. 다른 구경꾼은 별로 많이 없었기에 기분도 웬만큼 보통으로 회복이 되어 기다리고 있자니, 좀 지나 행렬이 지나간다. 그 가운데 내가 가깝게 생각할 만한 사람도 섞여 있었는데, 축제 음악을 담당하는 배종(陪從) 행렬에 한 사람, 춤꾼들 행렬에 한 사람이 보였다. 요근래 별다른 일은 없다.

열여드렛날에 기요미즈데라에 참배하러 가는 사람이 있기에 또 몰래 동행했다. 초야 불공을 마치고 절을 물러나니, 시각은 벌써 자시(子時)[52] 쯤이 되었다. 함께 참배하러 간 사람 집으로 같이 가 식사를 들거나 하고 있는데, 그 집에 있던 하인들이 "여기서 서북쪽 방향으로 불이 난 듯한데, 밖에 나가 구경하세"라고 하니, "중국만큼 멀다오"라고 주고받는 소리가 들린다. 내 마음속으로는 멀다고는 해도 여전히 내 집 쪽 방향인지라 신경이 쓰이고 있던 터에, 사람들이 "장관 댁[53]입니다"라고 하니 너무 기가 막히고 가슴이 덜컥한다. 우리 집이 바로 그 댁과 흙담 하나를 사이에 두고 떨어져 있는지라, 난리법석이 나서 젊은 애들이 당황하고 있는 것은 아닐까, 어떻게 빨리 갈 수 없을까 하고 정신이 하나도 없어서, 수레에 발을 내려 칠 만한 정신이나 있었겠는가.

겨우겨우 수레에 타고 집에 돌아와서 보니, 불은 다 꺼져 있었다. 우리 집은 그대로 남아 있고, 옆집 장관 댁 사람들도 우리 집에 모여 있었다. 집에는 대부가 머물러 있었기에, 어떻게 땅바닥을 맨발로 달리지는 않을까 걱정했던 사람[54]도 수레에 태우고, 문단속도 철저히 하였기에

52) 밤 11~1시.

53) 어느 관아의 장관인지, 누구인지는 알 수 없다.

낭패스러운 일을 당하지 않았다. 아아, 참으로 대부가 남자답게 잘도 대처를 했구나 하고, 이야기를 전해 들을수록 가슴이 벅차기만 하다. 우리 집으로 피해 온 사람들은 그저 "목숨이 달랑달랑했습니다" 하고 탄식하고 있었는데, 그러는 동안 불길은 모두 잦아들었다.

얼마간 시간이 지났건만 안부를 물으러 와야 할 그 사람에게서는 연락이 없고, 그다지 안부를 묻지 않아도 되는 사람들한테서는 모두 연락이 왔다. 전에는 불이 나면 이 근처가 아니냐고 상황을 확인하러 서둘러 찾아온 적도 있었는데, 지금은 옆집에서 불이 났는데도 연락조차 없구나라고 생각하니, 기가 막힐 뿐이다. "이러이러한 일이 있었습니다"라고 그 사람에게 알려줄 사람, 잡무를 맡아보는 사람[55]이나 호위하는 사람 등 전부터 들어서 알고 있는 사람 모두에게 물어봐도 그 사람에게 아뢰었다고 하는데, 참으로 참담하고도 참담할 뿐이라고 생각하고 있자니, 문을 두드리는 소리가 난다.

아랫것이 나가본 뒤, "오십니다"라고 하니, 조금은 마음이 가라앉는 듯한 느낌이다. 그런데, "여기에 와 있던 남정네들이 와서 보고하는 걸 듣고 놀랐다오. 어이없을 정도로 늦어버려서 미안할 따름이오"라고 이야기하고 있던 중에, 시간이 꽤 흘렀다. 닭울음소리[56]가 들린다는 소리를 들으며 잠자리에 들었기에, 마치 아무 일 없이 마음 편하다는 듯이

---

54) 양녀.

55) 원래는 장인소에서 궁중의 잡무를 처리하던 '조시키'(雜色)라는 사람들이었으나, 나중에 상류귀족들 집에도 두게 되었다.

56) 남성이 여성의 집에 머무를 때 닭울음소리는 남성이 돌아갈 시간이 되었음을 알려주는 상징이었는데, 그 시각부터 잠자리에 들었다는 데서 이례적인 상황이라는 것을 짐작할 수 있다.

늦잠을 자고 말았다. 아침나절에도 안부를 물으러 오는 사람들이 몰려와 정신이 없기에, 잠자리에서 일어나 응대를 했다. "점점 더 소란스러워질 거요"라며 그 사람은 서둘러 돌아갔다.

잠시 뒤 그 사람이 남정네들이 입을 만한 옷 등을 많이 보내왔다. "그냥 집에 있는 것만이라오. 장관에게 먼저 드리시오"라고 쓰여 있다.

"거기 피난 와 있는 사람들에게 주시오"라며 서둘러 준비해준 것은, 손을 재게 놀려 만든 짙은 검붉은 노송나무껍질 색상의 옷이다. 너무나도 볼품없고 기가 막혀 쳐다보지도 않았다. 점쟁이에게 물어봤더니, "불탓에 세 명쯤 병에 걸리고 구설수에 오를 수 있다"라고 했다.

스무날은 그대로 날이 저물었다. 스무하룻날부터 나흘간, 언제나와 같은 근신기간이라는 소식이다.

우리 집에 모여 있던 사람들은 올해가 남쪽 방위에 손이 있는 해인지라 잠시라도 우리 집에 머물 수가 없었는지, 스무날에 지방관이셨던 친정아버지 댁으로 모두 옮겨 갔다.[57] 거기라면 충분히 이것저것 챙겨줄 수 있어 애가 탈 만한 일은 없으리라 생각된다. 충분히 도와주지 못해 우울한 내 마음이 내게는 가장 먼저 다가왔던 듯하다.[58]

이토록 우울하게만 생각되는 신세인지라, 이내 목숨을 손톱만큼도 아깝다고 생각지 않건만, 근신 표찰[59]을 기둥에 매어둔 것 등을 보자니,

---

57) 972년은 임신년(壬申年)으로 남쪽이 막혀 있는 해였다. 불이 난 장관 집에서 미치쓰나의 어머니 집이 남쪽 방향에 해당된다는 것을 알 수 있다.

58) 가네이에의 부인으로서 일가 사람들에게 기대와 선망을 함께 받을 만한 위치에 있으면서도 아무런 도움이 되지 못한 데서 온 우울함.

59) 버드나무나 종이에 '모노이미'(物忌)라고 써서 발, 기둥, 모자, 머리 등에 매다는 것을 말한다.

마치 목숨이 아쉬운 신세처럼 여겨진다. 스무닷새와 스무엿샛날은 근신 기간이다. 그 근신이 끝나는 날 밤에 문 두드리는 소리가 들리기에, "이처럼 근신 중이라 문을 꽉 닫아걸었습니다" 하니, 포기하고 되돌아서는 소리가 들린다.

그 다음날은 여느 때처럼 우리 집 쪽 방위가 막혀 있다는 것을 알면서도 한낮에 모습을 보이고는, 등불을 켤 무렵 돌아갔다. 그러고 나서 언제나처럼 여러 가지 사정이 잇따라 있다는 소식을 들으면서 날이 흘러갔다.

우리 집에서도 근신할 일이 잇따라 있었다. 사월도 열흘날이 지나버렸다. 세상 사람들은 축제[60]에 들떠 소란스러운 듯하다. 아는 사람이 "살짝 구경 갑시다"라고 권하기에, 재원의 목욕재계[61]부터 해서 이것저것을 구경했다. 내 개인적으로 신께 공물을 바치고 싶어 가모 신사로 참배를 갔다가, 거기서 참배하러 오신 이치조 태정대신[62] 행렬과 마주쳤다. 너무나도 위세 등등한 행차 모습을 더 말해 무엇 하랴. 걸음걸이 모양이 참으로 그 사람과 닮으셨구나 생각하니, 그 사람이 다른 때 성장한 모습 또한 이분보다 못할 것은 없을 거라는 생각이 든다. 이리 생각하니, 이분을 보고 "어머나, 멋있기도 하지. 누구시지"라고 감탄하는 사람

---

60) 가모 마쓰리. 일기에는 기술되어 있지 않지만, 이해 4월 20일 가모 마쓰리 때 상권에 상세히 묘사되었던 미나모토 다카아키라가 다자이 부에서 상경했다는 사실이 『니혼키랴쿠』에 기술되어 있다.

61) 『니혼키랴쿠』에 따르면, 4월 17일. 마쓰리가 열리기 직전 오일(午日)에 가모 신사의 재원으로 봉사하고 있는 왕녀가 가모 강변에서 재계를 했다.

62) 가네이에의 장형인 후지와라 고레마사. 한 해 전인 971년 11월 2일에 태정대신이 되었다. 이치조인을 자택으로 삼고 있었다.

과 그 말을 듣는 사람이 함께 이야기를 나누는 것을 들으며, 그때 내가 얼마나 그 사람과 생각대로 되지 않는 내 신세를 새삼스럽게 생각하지 않았겠는가.

미치쓰나가 야마토 여인에게 와카를 보내다

나처럼 시름 같은 데 잠기는 일도 없어 보이는 사람을 따라, 어느 날 또 무라사키노에 있는 지소쿠인(知足院) 근처로 나가게 되었다. 대부도 수레를 타고 따라왔는데, 수레를 타고 다들 되돌아갈 적에 웬 여인이 타고 있는 꽤 그럴듯해 보이는 수레 뒤를 따라가기 시작했다. 그 수레를 놓치지 않으려고 뒤따라가니, 집을 알려주고 싶지 않았는지, 여인이 탄 수레는 금세 모습을 감춰버렸다. 그래서 뒤쫓아 가 먼저 집을 수소문한 뒤, 그 다음날 이렇게 와카를 읊어 보냈다.

미치쓰나

당신을 향한 그리움 시작되니 시름만 깊어

축제[63] 끝난 이제는 언제 또 만나려나[64]

그러자, "전혀 마음에 짚이는 바가 없습니다"라는 답이 왔었던 듯도

---

63) 아오이 마쓰리를 가리킨다. 고어에서 아오이(葵)는 '만날 날'(逢ふ日)과 동음인 '아후히'(あふひ)로 표기하였다. 만남이라는 뜻의 이름이 붙은 마쓰리가 끝나서 만나기 어렵게 됐다는 의미이다.

64) 『가게로 일기』에 처음 나오는 미치쓰나의 와카이다. 『가게로 일기』에 실린 미치쓰나의 와카는 어머니의 지도를 받아 지었거나 미치쓰나의 어머니가 대필한 것으로 보인다.

하다. 그런데도 또 이렇게 읊어 보냈다.

미치쓰나

깊어만 가는 당신 향한 내 마음 어쩔 수 없네
미와 산(三輪山)[65] 산중턱의 삼나무 집 찾은 뒤

그 여인은 야마토(大和) 지방과 연고[66]가 있는 듯싶었다. 답장은 이러했다.

야마토 여인

당신 기다려 만날 일 생각하니 불길하기만
아무리 애태워도 내 집 가르쳐줄까[67]

이러면서 그믐이 되었지만, 그 사람은 댕강목 꽃그늘에 숨어 두견새가 지저귀는 계절[68]이 와도 모습을 보이지 않고, 소식조차 없이 그 달도 지나갔다.

---

65) 나라 현 사쿠라이 시에 있는 산. 나라 현은 헤이안 시대에 야마토(大和)라 불리었다.

66) 야마토 지방의 지방관 딸일 가능성이 크다.

67) 미와 산의 뱀신이 남자로 변해 밤마다 여성을 찾아왔다는 전설을 배경으로 하여, 미와 산에 여성의 집이 있다는 미치쓰나의 와카를 받아 불길하다고 읊은 것이다. '어찌 기다려 만나볼까 미와 산 세월 흘러도 찾아오는 사람도 있을 것 같지 않네'(三輪の山いかに待ち見む年経ともたづぬる人もあらじと思へば, 『古今和歌集』 恋五, 伊勢)를 인용했다.

68) '울음소리를 어찌 죽일 수 있나 두견새 우네 처음 핀 댕강목 꽃그늘에 숨어 앉

스무여드렛날에 여느 때와 같이 신사에 바칠 공물을 부탁하는 편에 그 사람이 "몸이 좀 안 좋다오"라고 안부를 전해온 듯하다.

오월이 되었다. 창포뿌리가 길다고 집의 젊은 애[69]가 야단법석을 피우기에, 무료했던 터라 가져오게 하여 실을 꿰어 드리우거나 했다.[70] "이것을 이 아이와 같은 또래인 저쪽 댁 아가씨께 드려라"라고 말한 뒤 이렇게 와카를 적었다.

미치쓰나의 어머니

숨겨진 늪에 뿌리 깊이 박고서 자라난 창포
아는 사람도 없이 자라온 아이처럼[71]

와카를 쓴 종이를 구스다마 안에 묶어, 대부가 뵈러 가는데 들려 보냈다. 답장은 이러했다.

도키히메

창포 뿌리가 밖으로 모습 보인 오늘에서야
하마 소식 들을까 기다린 보람 있네

아'(鳴く声をえやはしのばぬほととぎす初卯の花の陰に隠れて, 『新古今和歌集』夏, 人麿)를 염두에 둔 표현.

69) 양녀.

70) 여러 가지 향료를 둥그렇게 만들어 비단주머니에 넣고, 창포, 쑥 등과 조화(造花)로 장식하고 오색실을 길게 드리운 '구스다마'(薬玉)를 가리킨다. 나쁜 기운을 물리치기 위해 기둥이나 발에 매달거나 했다.

71) 이 와카는 도키히메에게 양녀의 존재를 알리는 인사의 의미를 지니고 있다.

대부는 구스다마를 하나 더 만들어, 야마토와 연고가 있는 여인에게 이렇게 와카를 읊어 보냈다.

미치쓰나
창포 뽑다가 젖은 듯 눈물 젖은 내 소매로고
당신 소맷자락에 기대 말리고 싶네

답가로 이렇게 보내온 듯하다.

야마토 여인
창포 뽑다가 젖었다는 그 소매 알 바 아니네
관계 없는 내 소매 그 창포 걸 일 있나

무료한 나날

엿샛날 이른 아침부터 비가 내리기 시작해서 사나흘간 줄기차게 내린다. 강물이 불어서 사람까지 떠내려갔다고 한다. 이런 이야기를 들으면서도 여러 가지 생각이 맴돌아 시름에 잠긴다. 참으로 뭐라고 말할 수 없는 기분이지만, 지금은 그 사람의 무심함에도 익숙해졌기에, 전혀 아무렇지도 않게 생각한다.

그런데 이시야마에서 만났던 법사에게서, "마님을 위해 기원드리겠습니다"라는 연락이 왔기에 이렇게 답장을 보냈다.

"이제는 다 끝났다고 생각하며 단념하고 있는 내 신세를 부처님께서도 어떻게 하실 수 없을 겝니다. 오로지 지금 바라는 바라고는, 대부가 한 사람 몫을 할 수 있도록만 되었으면 하는 것이니, 부처님께 그리 기원드려주십시오."

이리 쓰자니, 어쩐 일인지 눈앞이 어두워지며 눈물이 흘러내린다.

열흘날이 되었다. 오늘에서야 그 사람이 대부 편에 편지를 보냈다.

"몸 상태가 줄곧 좋지 않아, 어떻게 지내나 불안할 정도로 소식을 한동안 전하지 못했는데, 평안한지요."

답장은 그 다음날 대부가 가는 길에 보냈다.

"어제는 편지를 받자마자 바로 답장을 보내야 한다고 생각했습니다만, 대부 편에 보내지 않으면 어쩐지 좀 어색할 듯싶어서요. '평안하냐'고 물으셨습니다만, 이 모든 걸 그저 당연한 일이라고 생각하고 있습니다. 요 몇 달 동안 찾아오시지 않으시니, 오히려 더욱더 마음 편하게 여기고 있습니다. 옛 사람이 '바람조차 차갑게'[72]라고 읊었던 바로 그 심정이라고 말씀드린다면, 그거야말로 오히려 불길[73]하네요."

날이 저물어 대부가 돌아와서는, "가모 신사의 샘에 가셨기에 답장을 드리지도 못하고 돌아왔습니다"라고 한다. "몸이 안 좋으시다더니, 좋은 일이로구나"라고, 마음에도 없는 말이 튀어나왔다.

요 근래 구름의 움직임이 안정되지 않고 변화가 많아, 자칫하면 모내기하는 아낙네들의 옷자락이 비에 젖을까 염려가 될 정도이다. 두견새 울음소리도 들리지를 않는다. 이런저런 생각이 많은 사람은 잠을 잘 못잔다고 하는데, 별나게도 나는 마음 편히 잠을 잘 자기 때문인 듯하다.

---

72) '초저녁 어름 바람조차 차갑게 불지 않으면 기다려도 안 오는 그 사람 원망하랴'(待つよひの風だに寒く吹かざらば見え来ぬ人を恨みましやは, 『曾禰好忠集』)의 한 구절.

73) '바람조차 차갑게'라는 와카를 들어 원망하는 마음을 표현하여, 가네이에가 정말로 '안 오는 그 사람'이 될까 두렵다는 뜻.

주위에서는 다들 "요 전날 밤에 들었습니다", "오늘 새벽에도 울었답니다"라고 말하는 것을 듣고 있자니, 다른 사람도 아니고 시름 많은 내가 아직 듣지 못했다고 하는 것도 무척이나 부끄러운 일이기에, 아무 말도 하지 않고 마음속에 떠오르는 생각을 이렇게 남몰래 중얼거렸다.

미치쓰나의 어머니
내가 참으로 마음 편히 잠이나 잘 수 있으랴
깊은 내 시름 두견 울음이 되었구나

이렇게 무료하게 날을 보내다 유월을 맞이했다. 동쪽으로 향한 방으로 들어오는 햇살이 너무 괴롭기에, 남쪽 편으로 몸채 주위에 붙은 방[74]으로 나왔더니, 신경 쓰이는 사람 기척이 가까이에서 느껴진다. 살짝 물건 뒤에 몸을 감춰 누이며 듣자니, 매미소리가 굉장히 시끄럽게 들리는 계절이 되었는데 귀가 어렴풋하게밖에 들리지 않아 아직 매미소리를 즐기지 못한 노인네였다. 그 노인네가 뜰을 쓸겠다고 빗자루를 들고 나무 밑에 서 있을 때 갑작스레 매미가 너무나도 울어대는지라 그 소리에 놀라 위를 올려다보며 말하기를, "요이조, 요이조 하고 우는 암매미가 왔구나. 벌레까지 이렇게 시절을 잘 아는구나" 한다. 노인이 이렇게 혼잣말하는 데 장단을 맞춰 매미가 또 "시카, 시카"라며 울어대며 온통 울음소리로 가득하니, 우습기도 하고 정취를 느끼기도 했는데, 그런 내 마음이야말로 다 부질없는 것이었다.[75]

---

74) '히사시'(廂)라고 한다. 몸채와 툇마루 사이를 사방으로 둘러쳐 칸을 나눠 사용한 조붓한 방.

대부가 단풍 든 잎이 섞여 있는 화살나무 가지에 다음과 같은 와카를 매어, 예의 야마토와 관계 있는 여인에게 보냈다.

미치쓰나
울울창창한 여름 산 나무 밑의 짙은 이슬에
내 시름 드러나듯 잎사귀 단풍 드네

답장은 이렇게 읊어 보내왔다.

야마토 여인
이슬만으로 이리도 곱게 잎에 물들었다면
매끄러운 당신 말(言の葉) 몇 번 물들였을꼬

이러던 중 밤중에 자지 않고 깨어 있었던 적이 있었는데, 진기하게도 그 사람에게서 자상하게 마음을 쓴 편지가 왔다. 스무여 날 만에 참으로 드물게 받아본 편지였다. 이렇게 기막힌 내 처지에는 이미 너무나 익숙해진지라, 지금은 뭐라 말해도 아무런 소용이 없고 아무렇지도 않게 여기고 있다는 듯한 태도를 취하면서도, 한편으로는 이런 편지를 보낸 것도 그 사람 마음이 편치 않아서겠구나 하고 생각하니 가슴이 미어져, 안된 마음에 다른 때보다도 더 서둘러 답장을 보냈다.

그런데 그때 지방관으로 다니시던 친정아버지의 집이 없어져 우리 집

---

75) '요이조'(よいぞ)란 '좋아'라는 의미이며, '시카'(しか)란 '그렇다'라는 의미이다.

으로 옮아왔다.[76] 많은 친척들이 함께 지냈던지라 이런저런 일이 끊이지 않고 생겨 북적대며 지내고 있는데, 다른 사람들이 우리 부부 사이를 어떻게 볼 것인가 신경이 쓰일 정도로 그 사람에게서는 연락이 없다.

칠월 열흘날이 지나 손님들이 모두 돌아갔기에, 그 부산함은 전부 어디로 갔는지 무료하기만 하다. 오본에 쓰일 물품을 어떻게 마련하냐며 이러쿵저러쿵 한탄하는 주위 사람들의 한숨소리를 듣자니, 마음도 아프고 편치가 않다. 열나흗날에 예년과 다름없이 오본 때 소용되는 물품 일습을 꾸려, 그 사람네 집안 살림을 도맡아 보는 정소의 송장(送狀)을 함께 첨부해 보내왔다. 언제까지 이렇게 뒤를 봐주는 일이 이어질까라고 입 밖으로 내지는 않고 마음속으로 생각한다.

죽음을 의식하다

그러면서 팔월이 되었다. 초하룻날은 하루 종일 비가 내렸다. 늦가을 비처럼 내리는데, 미시쯤에 날이 개어 쓰르라미가 참으로 요란스러울 만큼 울어대는 소리를 듣는데도, '나만은 아무 말도'[77]라는 와카가 절로 나온다. 어찌 된 일인지, 이상할 정도로 마음이 불안하고 눈물만 머금게 되는 날이었다. 다음 달에 죽을 거라는 계시[78]도 지난달에 있었기에, 이

---

76) 친정아버지인 도모야스는 이즈음 오늘날 교토와 효고 현(兵庫県)에 걸쳐 있던 단바(丹波) 지방의 지방관 근무를 마치고 교토로 돌아온 것으로 추정된다.

77) '요란스럽네 풀잎에 붙어 사는 벌레소리여 나만은 아무 말도 하고 싶지 않구나'(かしがまし草葉にかかる虫の音よ我だにものは言はでこそ思へ, 『宇津保物語』)의 한 구절.

78) 미치쓰나의 어머니는 이 해 37세로 액년(厄年)이었다. 여성은 세는 나이로 19, 33, 37세가 액년에 해당된다.

번 달에 죽는 건가라고 생각한다. 스모 축제 뒤 열리는 잔치 등으로 세상 사람들은 술렁대지만, 나와는 상관없는 일인 양 듣고 있다.

열하룻날이 되어 그 사람에게서 편지가 왔다.

"참으로 생각지도 못한 꿈을 꾸었다오. 어쨌든 그리로 가서……."

여느 때와 마찬가지로 본심이 아닌 말들이 이래저래 많이 쓰여 있었다.

그 사람이 찾아왔지만, 내가 아무런 말도 하지 않고 있자니, "어째서 아무 말도 않는 거요"라고 한다. "드릴 말씀은 없습니다"라고 대답하니, "어째서 오지 않느냐, 왜 편지를 보내주지 않느냐, 당신이 원망스럽소, 너무나 심한 처사라고 때리든지 꼬집든지 하시오"라고 말을 계속한다. 그래서 내가 "드리고 싶은 말은 당신이 전부 다 하셨는데, 뭘 더 말씀드리겠나요" 한 뒤 더 이상 말을 하지 않았다. 다음날 아침, "지금 하고 있는 잔치 준비가 끝난 뒤 조만간 또 찾아뵙겠소"라며 돌아갔다. 열이렛날에 스모 축제 뒤의 잔치가 열렸다고 한다.

그믐이 되었다. 약속했던 잔치 준비가 끝난 지도 한참 지났지만, 지금은 아무렇지도 않게 생각된다. 몸조심하라던 달이 하루하루 지나가고 죽을 날이 가까워져온 것을 심란하게만 생각하며 날을 보낸다.

대부가 전부터 와카를 보내고 있는 곳에다 편지를 보냈다. 이제까지 대부가 보냈던 편지에 대한 답장들이 본인이 직접 쓴 것으로는 보이지 않았기에, 원망하는 기색을 내보이며 이렇게 읊어 보냈다.

미치쓰나

저녁 무렵에 침실 안 구석구석 바라보자니

거미도 집 짓느라 손을 젓고 있구나[79)]

이를 어떻게 생각했는지, 흰 종이에 끝이 뾰족한 어떤 필기구 끝으로 다음과 같이 써서 보냈다.

야마토 여인
이상도 해라 바람 불면 하늘로 흩어질 텐데
이를 다 알면서도 거미줄 잣고 있네

이에 곧바로 이렇게 답장을 보냈다.

미치쓰나
여리다 해도 목숨줄 걸고 있는 거미줄 위로
거칠게 부는 바람 그 누가 막아주랴

하지만, "어두워져서요"라며 답장은 없었다. 그 다음날 어제 받은 흰 종이를 떠올려서인가, 대부는 다음과 같은 와카를 읊어 보낸 듯하다.

미치쓰나
희기만 하네 당신 답장 다시금 오늘 보자니
다지마(但馬) 백사장의 눈 위의 학과 같네[80]

---

79) '내 사랑하는 사람이 올 것 같은 저녁이로고 거미 나대는 몸짓 보고 진작 알았네'(わが背子が来べき宵なりささがにの蜘蛛のふるまひかねてしるしも, 『古今和歌集』墨滅歌)를 인용했다. 거미가 사람 옷에 붙거나 근처에 집을 지으면 사랑하는 사람이 온다는 속신을 배경으로 하고 있다.

하지만, "어딜 좀 가셔서"라며 그쪽에서 답장은 보내오지 않았다. 그 다음날, "돌아오셨는지요. 답장을 주셨으면 합니다"라고 말로 재촉하니, "어제 와카는 너무 옛이야기를 배경으로 읊으셔서 옛 느낌이 나기에 뭐라 답장을 드릴 수가 없습니다"라고 아랫사람을 시켜 대신 말을 전해 왔다.

그 다음날, "일전에 보낸 와카는 예스럽다고 하셨는데, 당연한 말씀이십니다"라며, 이렇게 읊어 보냈다.

미치쓰나
당연한지고 말없이 한탄만 한 그 긴 세월도
후루 신사(布留神社)[81]와 같이 예스럽기만 하네

그러나 "오늘과 내일은 근신기간입니다"라며, 답장은 오지 않았다. 그래서 근신이 끝나는 날 이른 아침에 이렇게 읊어 보냈다.

미치쓰나
이제껏 꿈만 꾼 듯한 우리 사이 어이할 거나

---

80) 다지마는 오늘날 효고 현 북부의 옛 지명이다. 스이닌 천황(垂仁天皇)의 벙어리 왕자인 호무쓰와케노미코토(誉津別命)가 하늘을 나는 학을 보고, "저게 무엇이냐"고 처음 말을 하였기에, 그 학을 좇게 해 다지마에서 잡았다는 이야기를 배경으로 하고 있다.

81) 이소노카미 신사. 이소노카미는 나라 현 덴리 시(天理市) 일대의 옛 지명으로, 그 안에 후루(布留)라는 지역이 있었다. '후루'가 세월이 흐른다는 의미의 '후루'(経る)와 동음이의어라는 데 착안한 와카이다.

좀체 열리지 않는 닫힌 하늘 바위문

이번에도 역시 이리저리 핑계를 대고 답장을 보내지 않기에 이렇게 또 보냈다.

미치쓰나

"참으로 당신 가즈라키 산(葛城山)[82] 신과 친한가 보오.

저번 한 마디 편지 그게 마지막인가

그 누가 그렇게 당신을 이끌고 있나요."

젊은 사람들은 이렇게 있는 그대로 속마음을 읊는 듯하다.

나는 봄밤에도 늘 그럴 뿐만 아니라 적적한 가을날에도, 참으로 가슴 저미는 깊은 시름에 잠겨만 있기보다는 내가 죽고 난 다음 남아 있을 사람들이 추억으로라도 볼 수 있게끔 그림을 그리고 있다. 그러고 있는 중에도, 이제 죽을까, 오늘 죽는 건 아닐까라고 끊어지길 기다리는 목숨인데, 죽는다던 달이 되어 점차 하루하루 날이 흘러가기만 한다. 역시 생각대로구나, 나 같은 사람이 설마 죽을 리가 없는 것을, 운 좋은 사람이나 되어야 목숨 줄이 짧지라고 생각하고 있었더니, 예상했던 대로 죽지도 않고 구월이 되었다.

---

82) 오사카 부와 나라 현 사이에 있는 산으로, 좋은 일이든 나쁜 일이든 한 마디로 모든 걸 표현한다는 히토코토누시노카미(一言主神)가 살고 있다고 전해졌다.

태정대신 후지와라 고레마사의 서거

스무이레, 스무여드렛날께 흙을 범하게 되었기에[83] 다른 곳으로 옮겼는데, 공교롭게 바로 그 날 좀체 없는 일[84]이 있었다고 집을 지키던 아랫것이 알리러 왔지만, 아무렇지도 않게 생각되었기에 마음도 무겁고 하여 답도 하지 않고 그대로 놔두었다.

시월이 되었는데, 예년에 비해 늦가을비가 많이 오는 해였다. 열흘날이 지난 즈음, "겸사겸사 단풍구경이라도 할 겸 가시지요"라고 집안사람들이 권하기에 항상 참배를 가곤 하던 산사[85]로 가게 되었다. 오늘도 때마침 늦가을비가 내리다가 그치다가 하면서[86] 하루 종일 산의 풍경은 무척이나 정취가 있었다.

십일월 초하룻날, "이치조 태정대신[87]께서 돌아가셨습니다"라며, 세상이 떠들썩하다. 항상 하던 대로 "참으로 가슴이 아프네요" 등등 사람들과 이야기를 나누거나 장례식에 관해 함께 소식을 듣거나 하던 날 밤에, 첫눈이 일고여덟 촌[88] 정도나 쌓였다. 아아, 자제분들은 어떤 마음으로 장례행렬을 따라가고 계실까, 내가 할 수 있는 일은 아무것도 없는 채 생각에 잠겨 있자니, 그 사람은 여느 때와 마찬가지로 점점 더 정치

---

83) 음양도에서 흙을 관장하는 신인 토공신(土公神)이 깃들어 있는 방위를 손댈 때는 집안사람들은 부정을 피하려고 다른 곳으로 옮겼다.

84) 가네이에에게 연락이 온 것을 가리킨다.

85) 나루타키 한냐지로 추정.

86) '음력 십일월 내리다 그치다가 일정치 않게 늦가을 내리는 비 겨울 초입이로세'(神無月降りみ降らずみさだめなき時雨ぞ冬のはじめなりける, 『後撰和歌集』冬, 読人しらず)를 염두에 둔 표현.

87) 가네이에의 장형인 후지와라 고레마사.

88) 20센티미터 정도.

적으로 힘을 얻어간다.[89] 섣달 스무날 지나 모습을 보였다.

| **해설** |

하권은 971년 일련의 참배여행을 거친 뒤 가네이에를 바라보는 미치쓰나의 어머니의 시선에 변화가 일어난 중권 말미의 세계를 이어 972년 새해를 맞이하는 데서 시작된다. 하권 첫머리에 나오는 덴로쿠 3년(972)이라는 시간표현은 『가게로 일기』 본문에서 유일한 연대 표기이다.

하권은 미치쓰나의 어머니와 가네이에의 관계를 집중적으로 기술했던 상권 · 중권과는 달리, 일상적인 생활풍경의 묘사, 양녀를 맞아들이는 이야기와 미치쓰나와 양녀의 구혼담 등 자식들 세대의 이야기로 일기의 중심이 옮아가고 있다. 이는 가네이에에 대한 집착에서 어느 정도 벗어난 미치쓰나의 어머니의 내면의 반영으로 보인다. 하지만, 두 사람의 관계에서 느끼는 고뇌가 완전히 극복되었다고는 할 수 없어, 미치쓰나의 어머니는 여전히 가네이에의 일거수일투족에 연연해하는 모습을 보이고 있다.

가네이에가 자주 찾아오지 않는 데 대한 미치쓰나의 어머니의 심적 고통과 이웃집에 화재가 났을 때 보여준 가네이에의 태도 등으로 인한

---

89) 가네이에는 972년 장형인 고레마사가 죽은 뒤에도 딱히 승진한 것은 아니었다. 고레마사의 서거로 정치적으로 부상하게 된 것은, 가네이에와 사이가 좋지 않았던 둘째 형인 가네미치였다. 가네이에는 가네미치가 죽은 977년 이후부터 실권을 쥐게 되어, 986년에 섭정에 오르게 되고 후지와라 가문을 대표하게 되었다. 따라서 이 구절은 장형의 죽음 이후 가네이에가 일족 내에서 권위를 지니게 된 사실을 기술한 것으로 보인다.

시름은 여전하지만, 이제 그 시름은 더 이상 격렬하게 표출되지는 않는다. 하권에서만 몇 차례에 걸쳐 묘사되고 있는 화재는, 단순한 화재의 기록이라기보다는 이를 계기로 하여 가네이에와의 일상생활의 한 단면을 그리고 있다고 할 수 있다.

한낮에 찾아온 가네이에의 멋진 풍채와 한낮이기에 더욱 두드러지게 드러나는 자신의 늙고 추레한 옷차림새를 비교 묘사하며 민망해하는 미치쓰나의 어머니의 시선에는 가네이에에 대한 거리감이 느껴진다. 이제 나이 들어 미모와 젊음을 잃어버린 미치쓰나의 어머니로서는, 직위가 오르고 관록이 붙어 나이가 들수록 더욱더 사회적인 위치를 확보해가는 가네이에를 자신에게만 잡아둘 수단이 없게 된 것이다. 이렇듯 남편에 대한 기대를 불완전하게나마 접은 미치쓰나의 어머니가 아들의 장래에 기대를 걸고, 양녀를 들여 입궐시키기를 꿈꾸는 것은 자연스러운 전개였다. 양녀를 둘러싼 이야기와 미치쓰나의 구혼을 둘러싼 전개는 모노가타리적으로 구성되어 있는데, 이로 인해 하권은 상권 · 중권의 세계와는 달리 독자적인 성격을 형성하고 있다.

가네이에와 인연이 다하다

미치쓰나의 어머니 38세(973)

거울을 보니 참으로 보기 싫은 내 모습

이렇게 한 해가 저물어버렸기에, 여느 해나 다름없이 정해진 일들을 치르고 떠들썩하게 그믐날 밤을 보낸 뒤 새해를 맞았다. 초사나흘이나 된 듯하지만, 내 마음은 새해가 온 느낌이 들지 않는다.[90] 휘파람새만 어느새 찾아와, 지저귀는 소리를 절절한 마음으로 듣는다. 닷샛날께 낮쯤에 찾아온 뒤 그러고 나서 열흘 지나서 찾아오고는 스무날쯤에 사람들이 모두 널브러져 자고 있을 때 찾아오는 등, 이 달엔 조금 이상하다고 여겨질 정도로 모습을 보였다. 이 무렵 관직 인사이동이 있어서 여느 때처럼 쉴 틈 없이 바쁘게 보내고 있는 듯하다.

이월이 되었다. 홍매화가 다른 해보다 색깔이 더 짙고 볼 만하게 잔뜩

---

90) 971년부터 3년째 가네이에는 정월 초하루에 미치쓰나의 어머니를 방문하지 않고 있다. 이를 통해 두 사람의 부부관계가 더 이상 회복되기 어려운 지경에 와 있다는 것을 알 수 있다.

피어 있다. 그 매화를 나만 홀로 정취가 있다며 감탄하며 보고 있을 뿐 관심 있게 보는 사람도 없다. 대부가 그 꽃을 꺾어 전부터 와카를 보내던 여인에게 와카와 함께 보냈다.

미치쓰나

소용도 없이 세월만 흘렀다며 시름에 잠긴
내 옷 소맷자락은 꽃처럼 붉디붉네

답가는 이러했다.

야마토 여인

오랜 세월을 그리도 의미 없이 허무하게도
소맷자락 붉은 꽃 색으로 물들이나

기다려 받은 편지를 여전히 마음이 담겨 있지 않다고 생각하며 보았다.

그런데, 그 사람이 초사흗날경 오시쯤에 모습을 보였다. 늙어서 남부끄러운 모습이기에 너무나 괴로웠지만 어떻게 할 것인가. 잠시 머문 뒤, "이쪽 방위가 막혀 있어서"라며 나선다. 내가 물들였기에 하는 이야기가 아니라, 웃옷 아래 받쳐 입는 시타가사네(下襲)는 참으로 눈부실 정도로 아름다운 능직비단의 사쿠라가사네(桜襲)[91]인데 지금이라도 쏟아질 듯이 무늬가 도드라지게 짜여 있다. 그리고 그 위에 광택이 도는 단단하게 짠 하얀 위 하카마(表袴)[92]를 입고 저 멀리까지 벽제소리를 드높이며

---

91) 겉은 하얗고 안은 짙은 홍색인 가사네의 색상.

돌아간다. 그 소리를 듣고 있자니, 아아 괴롭구나, 너무나도 마음을 푹 놓고 있었구나 생각하며 내 옷차림을 보자니 오래 입은 옷은 후줄근하고, 거울을 보니 내 모습이 밉기만 하다.[93] 그 사람은 이번에도 또 정나미가 떨어졌겠구나라고 이런저런 생각이 꼬리에 꼬리를 물고 일어난다.

이런 일들을 하염없이 생각하며 시름에 잠겨 있자니, 초하루부터 매일처럼 비가 내리고 있었다. '더욱더 탄식 싹을 틔울 듯만 하구나'[94]라고밖에 할 수 없다. 닷샛날, 한밤중에 세상이 시끄럽기에 물었더니, 전에 불이 났었던 얄미운 여자네 집[95]이 이번엔 아무것도 남지 않고 전부 다 타버렸다고 한다. 열흘날쯤에 그 사람이 이번에도 낮에 모습을 나타내서는, "가스가 신사에 참배를 하러 가야 하는데, 그 동안 어떻게 지낼까 걱정이 되어서……"라고 하는 것도 평소와는 다른 모습인지라, 이상하게 여겨졌다.

---

92) 조복으로 입던 겉은 희고 안은 붉은 흰 하카마. 하카마는 아래옷이다.

93) 미치쓰나의 어머니의 노년의식이 가장 잘 드러나는 표현이다. 하권에 거듭 그려지는 가네이에의 멋들어진 모습과 미치쓰나의 어머니의 추레하고 나이 든 모습의 대비는, 젊음과 미모를 잃어버린 미치쓰나의 어머니가 이제 더 이상 가네이에를 잡아둘 방도는 없으며, 어쩔 수 없이 가네이에를 체념할 수밖에 없다는 사실을 드러내는 제재로 보인다. 헤이안 시대에 여성은 서른 살이 넘으면 한창 때가 지난 것으로 여겨졌기 때문에, 미모로 이름 높았던 미치쓰나의 어머니라 할지라도 마흔을 바라보는 지금 더 이상 가네이에에게 여성적인 매력으로는 다가갈 수 없게 되었다.

94) '봄비 내리니 이내 시름 사라져 가기는커녕 더욱더 탄식 싹을 틔울 듯만 하구나'(春雨の降らば思ひの消えもせでいとど嘆きの芽をもやすらむ, 『後撰和歌集』春中の詞書)에 의한다.

95) 오미네 집.

가네이에의 멋들어진 모습과 처량한 내 신세

삼월 열닷샛날에 레이제이인의 소궁(小弓) 시합이 시작되어, 연습 등으로 떠들썩하다. 선발대, 후발대로 나누어 옷을 갖춰 입기로 되어 있기에, 대부를 위해 그 준비에 이래저래 바빴다. 시합날이 되어 그 사람에게서 이렇게 기쁨에 들뜬 연락이 왔다.

"공경들이 많이 참석해 올해는 성황을 이루었다오. 대부가 소궁 쏘는 것을 대수롭지 않게 여겨 진득이 연습하지 않았기에 어떨까라고 걱정하고 있었는데, 맨 처음에 나와 두 발 다 쏘아 맞추었다오. 그 활을 시작으로 잇따라 많은 점수를 얻어 이기게 되었다오."

그러고 나서 이삼 일 지난 뒤에, "대부가 두 발을 다 쏘아 맞춘 것은 정말 대단했다오"라는 전갈을 해왔기에, 나 또한 더욱더 기쁠 수밖에.

조정에서는 예년과 마찬가지로 야와타 마쓰리가 열리게 되었다. 무료한 나날이기에 살짝 집을 나서 수레를 세우고 구경을 하고 있자니, 눈에 띄게 화려하게 치장을 하고 기세 등등하게 벽제소리를 드높이며 오는 자가 있다. 누구일까라고 생각하며 보니, 앞에서 행렬을 이끄는 자들 가운데 늘 보는 사람들이 있다. 그 사람 행렬이로구나라고 알아채고 바라보자니, 내 신세가 참으로 더욱더 처량하게 느껴진다. 발을 감아 올리고 안쪽 발을 좌우로 열어서는 옆에다 끼워놓고 있었기에, 어렴풋하게 보일 리도 없다. 내 수레를 발견하고는 슬쩍 부채로 얼굴을 가리고 지나갔다.

"편지가 왔습니다"라며 건네진 편지의 답장 끄트머리에, 이렇게 써서 보냈다.

"'어제 나으리께서 무척이나 부끄럽다는 듯이 얼굴을 가리며 지나가셨습니다'라고 시녀들이 이야기하고 있습니다만, 어째서 그러셨는지요. 그러지 않으셔도 되었을 텐데, 참으로 젊은 사람들처럼……."

그러자 보내온 답장은 이러했다.

"늙은 게 남부끄러워 그랬겠지요. 그런 것을 가지고 부끄러워 얼굴을 가린 것이라고 바라본 사람이야말로 원망스럽구려."

그러고 나서 또 소식이 끊어진 지 열흘여가 되었다. 연락이 없는 게 여느 때보다 더 길게 느껴지기에, 다시금 앞으로 이 사람과의 인연이 어떻게 될 것인가 하는 생각에 젖는다.

그런데 전부터 대부가 와카를 보내고 있던 곳과는 여태껏 별 진전도 없고, 그쪽에서 보내오는 편지도 어른스런 맛이 없이 너무나 유치한 말만 전해오기에, 이렇게 와카를 읊어 보냈다.

미치쓰나

창포와 같이 물속에 깊이 모습 감췄다 해도
뿌리 잘라 속마음 확실히 알고 지고

답가는 평범했다.

야마토 여인

줄 풀 같은 나 뿌리 잘라낼 일이 있을 리 없네
뿌리 생겨 잘려도 함께할 일 없으리

이렇게 날이 가고 또 스무날이 지났을 무렵, 그 사람이 모습을 보였다. 그런데 스무사나흗날께 우리 집 근처에서 불이 나서 난리가 났다. 놀라 경황이 없는 중에 그 사람이 너무나 빨리 찾아왔다. 바람이 불어 불길이 시간을 들여 멀어져가는 동안에 닭이 울었다. "이젠 괜찮을 테니"라며 그 사람은 돌아갔다.[96] "'나으리께서 오셨다는 것을 전해 들은 사람이, 문안 온 사실을 말씀드리라고 당부한 채 돌아가셨습니다'라는 전갈을 받자니, 얼굴이 서는 것 같습니다"라고 시녀들이 이야기를 한다. 내 집이 평소 그 사람의 관심을 별로 받지 못하고 움츠러들어 있기에 그런 마음도 드는 것일 게다.

그러고 난 뒤 그 사람은 그 달 그믐날 무렵 내 집에 찾아왔다. 들어오자마자, "가까운 곳에 불이 나거나 하는 밤에는 여기도 북적대는데……"라기에, "'궁궐을 지키는 위사(衛士)가 피우는 불'[97]처럼 내 맘 속 불꽃은 언제나 타오르고 있답니다"라고 대답했다.

오월하고도 초하룻날이 되었기에, 대부가 와카를 주고받고 있는 곳에 이렇게 읊어 보냈다.

미치쓰나
내밀한 속내 오늘만이라도 풀면 어떨꼬
두견새도 내놓고 우짖는 때 왔는데

답장은 이러했다.

---

96) 972년 화재 때와 대비되는 장면이다. 그때는 불이 잦아드는 것을 보고 닭이 우는 시각부터 잠자리에 든 데 반해 지금은 가네이에가 그대로 돌아가는 모습을 통해, 소원해진 두 사람의 관계를 엿볼 수 있다.

97) '궁궐 지키는 위사가 피우는 불 낮엔 꺼지고 밤엔 불타오르며 상념에 젖어드네'(御垣守衛士のたく火の昼は絶え夜は燃えつつものをこそ思へ, 『古今和歌六帖』第一)의 한 구절.

야마토 여인

꽃그늘 떠난 두견새 지저귀듯 내 맘 밝히면
당신과 멀어져만 갈 것 같은 내 신세

닷샛날에는 또 이렇게 보냈다.

미치쓰나

당신 그리며 해를 넘겨왔구나 창포 꽃이여
단오절인 오늘을 거듭거듭 지나쳐

보내온 답장은 이러했다.

야마토 여인

쌓여만 가는 세월의 흐름도 난 알 수 없어라
오늘조차 무심한 당신 마음 알기에

대부는 "어째서 이렇게 날 원망하고 있을까"라고 이상하게 여기고 있는 듯하다.[98]

그런데, 그 사람이 찾아오지 않아 시름에 잠기게 되는 일은 이번 달에도 일 있을 때마다 되풀이되었다. 스무날께에 "멀리 길 떠나는 사람에게

98) 스님이며 가인(歌人)인 미치쓰나의 아들 도묘(道命)가 974년에 태어난 것을 감안했을 때, 이때부터 미치쓰나는 도묘의 어머니인 미나모토 히로시(源広)의 딸과 관계를 맺고 있었다고 추정할 수 있다. 따라서, 야마토 여인은 이 사실을 전해 듣고 원망스런 마음을 표현한 와카를 읊은 것으로 보인다.

주려고 하니, 도시락용 대나무바구니에 속주머니를 만들어 달아주었으면 하오"라고 그 사람이 연락을 해왔다. 그래서 주머니를 만들고 있자니, "다 만들었는지. 와카를 한 바구니 가득 읊어 넣어주시오. 내가 지금 몸이 몹시 좋지 않아[99] 읊을 수가 없구려"라고 다시 연락이 왔다. 무척이나 재미있게 생각되기에, "말씀하신 것을 읊은 건 전부 다 넣어드리려 합니다만, 혹시 새서 잃어버릴 수도 있으니 다른 주머니를 받았으면 합니다만"이라고 답을 했다.

이틀쯤 지난 뒤, "몸이 몹시 안 좋지만, 이제부터 다른 주머니를 마련하자면 시간이 많이 걸리므로 한 바구니 가득 넣어달라고 부탁했던 것을, 고민하다 이렇게 읊어 보냈다오. 그쪽에서 보내온 답가는 이러이러했다오"라며 이런저런 내용을 잔뜩 쓴 뒤, "어느 쪽 와카가 더 나은지 판정을 해주시오"라며, 비가 몹시 내리는데 보냈기에, 약간 운치가 있는 듯한 마음이 들기에 기대를 하며 보았다. 더 낫고 못하는 것은 봐서 알겠지만, 잘났다고 판정하는 것도 별로 보기 좋을 것 같지도 않기에, 이렇게 써서 보냈다.

미치쓰나의 어머니

동쪽으로만 바람이 편을 들어 불고 있기에
맞바람 불어와도 샛바람에 비할까[100]

---

99) 이때 가네이에는 자신을 누르고 관백이 된 형 가네미치의 전횡으로 우울한 나날을 보내고 있었다.

100) 동쪽으로 부는 바람, 즉 샛바람은 가네이에, 맞바람, 즉 서풍인 하늬바람은 상대방을 가리킨다. 이를 통해 상대방은 서쪽으로 부임하는 사람으로 추정된다.

이렇게만 써서 주었다.

가네이에의 마지막 방문, 히로하타나카가와로 이사

유월과 칠월에는 그 사람이 평소와 별반 다를 바 없는 간격으로 찾아오면서 날이 흘러갔다. 그런데, 칠월 그믐께인 스무여드렛날에 "스모 축제 때문에 궁중에 줄곧 머물러 있었지만 이리로 오려고 생각해 서둘러 물러나왔다오"라며 모습을 보였던 그 사람[101]은, 그길로 팔월 스무날이 지날 때까지 찾아오지 않는다. 듣자니, 예의 그 여인네 집[102]에 뻔질나게 드나든다는 소문이다. 그 사람의 마음도 떠났고 나와의 관계도 변했다고 생각된다.

멍하니 지내고 있는 동안에, 살고 있는 집은 점점 더 황폐해져가는데다 사는 사람도 적은지라, 친정아버지가 이 집은 다른 사람에게 넘기고 당신이 살고 있는 집에 나를 살게 해야겠다고 정해, 오늘 내일이라도 히로하타나카가와(広幡中川)[103] 근처로 옮기도록 이야기가 되었다. 거처를 옮길 거라는 것은 전부터 그 사람에게 넌지시 비추고 있었지만, 이사 당일 오늘 옮긴다는 이야기를 하지 않을 수는 없겠다 싶어, "말씀드릴 일이 있습니다"라고 전하게 했지만, "근신을 해야 할 일이 있어서……"라

---

101) 이것이 『가게로 일기』에 기술된 가네이에의 마지막 방문이다. 이후 미치쓰나의 어머니가 친정아버지 도모야스의 주선으로 히로하타나카가와로 이사를 가게 되면서, 두 사람의 부부관계는 해소된다. 이때 도모야스는 종4위 상으로 지방관 생활을 마치고 관직에서 물러나 교토에 살고 있었다. 히로하타나카가와 저택에 부녀가 함께 거주했는지, 별장으로 소유하고 있던 집에 미치쓰나의 어머니를 살도록 했는지는 명확히 기술돼 있지 않다.

102) 오미네 집.

103) 나카가와, 즉 나카 강(中川)은 오늘날 교고쿠 강(京極川)의 옛 이름.

며 냉담하기만 하기에, 그렇다면 할 수 없지라고 생각해, 아무런 말도 하지 않고 이사를 갔다.

산에서 가까운데다 집 한쪽 편은 강가와 접하고 있어 아쉬울 것 없이 마음껏 물을 집으로 끌어들여 흐르게 하니, 참으로 정취 있는 거처로 여겨진다.[104] 이삼 일 지났지만, 그 사람은 내가 이사한 사실을 알아챈 것 같지도 않다. 대엿새쯤 지난 뒤, "이사 간 것을 알리지 않다니요"라고만 연락이 왔다.

답장으로는 이렇게 그 사람과의 인연이 다했다는 식으로 써서 보냈다.

"이사 간다는 것은 알려드렸다고 생각하고 있었는데요. 이곳은 불편한 곳인데다 쉽사리 오시기도 어렵게 생각이 되어서요. 그래서 오랫동안 정이 든 집에서 한 번 더 말씀드려야지 하고 생각했답니다."

"그럴 수도 있겠군요. 가기 어려운 곳이라니"라며, 더 이상 찾아오지 않았다.

구월이 되었다. 아침 일찍 격자문을 들어 올리고 밖을 내다보자니, 저택 안 개울에도 바깥 강물 위에도 물안개가 잔뜩 끼어 산중턱도 보이지 않는 산이 바라다보이는데, 그 풍경이 무척이나 마음을 슬프게 한다.[105]

---

104) 가모 강과 나카 강 사이에 위치한 집으로, 접하고 있는 강은 나카 강. 헤이안 시대 귀족 주택의 건축양식인 '신덴즈쿠리'(寢殿造)에서 집 안으로 물을 끌어들여 흐르게 한 '야리미즈'(遣り水)는 빼놓을 수 없는 중요한 요소였다. '신덴즈쿠리'에서는 본채인 '신덴'(寢殿)을 남향하여 세우고, 동서쪽으로 '다이노야'(対屋)로 불리는 별채를 배치했다. 신덴과 다이노야는 '와타도노'(渡殿)라는 복도로 연결하고, 동서 다이노야로부터 와타도노를 남쪽으로 내어 '쓰리도노'(釣殿)라는 건물을 연못가에 세웠다. 연못에는 '나카지마'(中島)를 만들었다.

105) '강물 위 안개 산기슭 자욱하게 피어오르니 하늘 위로 가을 산 겨우 보이는구

그래서 이런 와카를 읊었다.

미치쓰나의 어머니

긴 세월 동안 변함없다 굳건히 믿어왔건만

나카 강 물 마르듯 멀어진 우리 사이[106)]

동쪽 문 앞에 펼쳐져 있는 논의 벼는 모두 베어 묶여 볏단이 쭉 세워져 있다. 가끔씩이라도 안부를 물으러 찾아오는 사람에게는 푸른 벼를 자르게 해 말에게 먹이고, 볶은 쌀[107)]을 만들게 하는 일을 내 스스로 정성껏 챙긴다. 작은 매로 사냥을 하는 대부도 함께 머물고 있어, 매가 몇 마리나 밖에 나와 놀고 있다. 대부가 편지를 보내던 예의 여인에게 와카를 보내 관심을 끌어보려고 하는 듯하다.

미치쓰나

상사병 걸려 밭은 숨 내뱉으며 헤매이누나

옷자락 묶어 주문 외워주지 않기에[108)]

나'(川霧の麓をこめて立ちぬれば空にぞ秋の山は見えける, 『古今和歌六帖』 第一, 清原深養父)를 인용. 상권 주 107번과 같다.

106) '나카 강'의 '나카'(中)가 사람 사이를 의미하는 '나카'(仲)와 동음이의어라는 데 착안한 와카이다.

107) 햇벼를 뉘채로 볶은 뒤 찧어 껍질을 벗긴 것.

108) 사람의 혼을 보았을 때는 주문을 세 번 왼 뒤 사흘간 옷자락을 묶어둔다는 주문(呪文) 와카인, '혼을 보았네 누구의 혼인지는 알지 못해도 옷자락 맺어뒀네 아래쪽 자락'(たまは見つ主はたれとも知らねども結びとどめつしたがひのつま, 『袋草紙』)을 인용하고 있다.

답장은 없었다. 그런 뒤 또 얼마간 지난 뒤에 이렇게 읊어 보냈다.

미치쓰나
이슬이 맺혀 옷자락 차디차니 젖어 새운 밤
그 누가 긴긴 이 밤 당신 옆에 있을까

이번에는 답장이 왔지만, 상세한 내용은 쓰지 않겠다.

꿈속 길도 끊어진 채 한 해는 저물고

그런데, 이 달도 스무날이 지나버렸지만, 그 사람의 연락은 끊긴 채다. 한데, "이걸 좀 손질해주시오"라며 겨울옷을 보내왔는데 참으로 기막히게도 심부름꾼이 "맡기신 편지가 있었습니다만, 오는 길에 떨어뜨려버렸습니다" 하는 데는, 정말 뭐라고 할 말이 없다. 답장하지 말고 그냥 있자고 생각했기에, 편지 내용이 어떠했는지는 모르고 그냥 지나갔다. 부탁해온 옷 등은 손질해 편지도 없이 보내주었다.

그 뒤, 꿈속에서 그 사람을 만날 길도 끊어진 채 그 해가 저물었다.[109)]

구월 그믐께 또다시 "'이걸 손질해주시오'라십니다"라며, 끝내는 편지조차 들려 보내지 않은 채 시타가사네를 지을 바느질감을 보냈다. 어떻게 된 일인가 잠시 생각을 좀 하다가, 주위에 있던 시녀들에게 의논을 하니, "역시 이번만은 나으리가 무슨 생각을 갖고 계신지 알아볼 겸 손질해 보내시지요. 그렇지 않으면 나으리에게 미련이 없는 것만 같으니까요"라고 이야기가 되었다. 그래서 의논이 된 대로 바느질감을 받아 말

109) 가네이에와의 관계가 끊어진 것을 포괄적으로 표현한 것이다.

끔하니 손질을 하여 초하룻날 대부에게 들려 보냈다. 그랬더니, "'아주 깨끗하구나'라고 하셨습니다"라는 말이 다였다. 어이없다는 말로도 다 표현할 수 없을 정도이다.

그런데 그 해 십일월에 지방관을 역임하신 친정아버지 댁에 출산[110]이 있었는데, 가보지도 못한 채 날이 흘렀다. 아마도 탄생 쉰 날 기념일이었던 것 같은데, 이 날만은 축하를 해줘야지라고 생각했으나 무슨 대단한 일은 할 수 없어서, 축하의 말을 이것저것 적었다. 관례대로다. 흰색으로 꾸민 바구니를 매화가지에 매단 데에다, 다음과 같은 와카를 곁들였다.

미치쓰나의 어머니

한겨울 내내 눈길에 길이 막힌 칩거 끝나고
울타리 매화나무 오늘에야 찾았네

동궁어소(東宮御所)를 경비하는 사람들인 도네리(舎人)의 우두머리인 아무개라고 하는 사람을 시켜, 밤이 된 뒤 갖다드렸다. 사자는 아침 일찍 돌아왔다. 옅은 보라색 우치키 한 벌을 상으로 받아 왔다.

출산한 사람

눈 속에서 핀 어린 매화가지에 매달린 첫 꽃

---

110) 친정아버지인 도모야스의 처가 출산한 것으로 보인다. 이때 태어난 미치쓰나의 어머니의 이복 여동생은 뒷날 스가와라 다카스에(菅原孝標)와 결혼해 『사라시나 일기』(更級日記)를 쓴 딸을 낳은 것으로 추정된다.

오십 일 축하 받고 더 예쁘게 클지니

이러던 중 정월에 치러야 할 근행기간도 다 지났다.[111]

그런데, 어떤 사람이 사람들이 많이 가지 않는 한적한 곳에 "함께 갑시다"라고 권유를 해왔기에, "그러지요"라며 함께 갔더니, 많은 사람들이 참배를 하러 와 있었다. 내가 누구인지 알고 있는 사람이 있을 리도 없는데, 공연히 나 홀로 괴롭고 민망함을 느꼈다. 참배 전에 몸을 정결히 하는 전각에 고드름이 뭐라 표현할 수 없을 정도로 볼 만하게 달려 있었다. 참으로 정취가 있구나라고 바라다본 뒤 집으로 돌아오는 길에, 어른인데도 옷차림은 아이와 같고 머리를 예쁘게 묶고 걸어가는 사람이 있다. 보자니, 아까 봤던 고드름을 하나 홑옷 소맷자락에 감싸들고 먹으면서 길을 가고 있다. 나름대로 유서 있는 집안 자제가 아닐까라고 생각하고 있던 중에 나와 함께 갔던 사람이 그 사람에게 말을 걸었다. 그랬더니 얼음을 입 안 가득 물고 있는 목소리로 "저한테 말씀하시는 건가요" 한다. 그 말을 듣자니, 별 볼일 없는 보통 사람이구나 싶었다. 머리를 땅바닥에 찧으며 "이걸 먹지 않는 사람은 원하는 것을 이루지 못한답니다"라고 한다. "사위스럽기도 하지. 그렇게 말하는 자기 옷소매가 젖은 꼴인걸"이라고 혼잣말로 중얼거린 다음, 마음속으로 생각하고 있는 바를 이렇게 읊었다.

---

111) 정월 열나흗날이 지났다는 의미이다. 이 구절은 973년이 지나고 974년에 접어들었다는 것을 기술하고 있지만, 바로 뒤 단락에서 973년 11, 12월에 관한 일을 이어서 기술하고 있어, 시간의 혼돈을 보이고 있다.

미치쓰나의 어머니

봄이 왔어도 옷소매 눈물 얼음 녹지 않는데

풀어진 마음으로 사람 잘들 오가네

집으로 돌아와 사흘 정도 지난 뒤, 가모 신사로 참배를 하러 갔다. 눈보라가 말할 수 없이 심하게 휘몰아쳐 어두컴컴해 견디기가 몹시 힘들었다. 그러고 나서 감기에 걸려 앓아누워 있는 동안에 십일월이 되고 섣달도 지나가버렸다.

| **해설** |

미치쓰나의 어머니가 가네이에의 당당하고 멋진 풍채에 대비되는 자신의 시들어가는 미모와 젊음을 한탄하면서 막을 열었던 973년은 햇수로 스무여 해에 걸친 두 사람의 부부의 연이 다하는 해였다. 미치쓰나의 어머니와 가네이에의 부부생활의 내실을 그리고 있는 『가게로 일기』 본래의 기술과 미치쓰나의 연애 증답을 교차시키면서 형상화하는 구성은 점차 인생의 전면에서 물러나고 있는 미치쓰나의 어머니의 심경이 절절하게 배어나오는 효과를 거두고 있다.

결국, 가네이에의 발걸음이 끊어지면서 두 사람의 관계가 회복하기 어려운 지경에 이르자 미치쓰나의 어머니는 친정아버지의 주선으로 히로하타나카가와로 이사를 가게 되고, 실질적으로 두 사람의 부부관계는 해소된다. 이러한 부부관계의 해소를 '도코바나레'(床離れ)라고 하는데, 보통 3년 동안 남편이 부인을 찾지 않으면 연이 끝난 것으로 보았다. 가네이에가 미치쓰나의 어머니를 찾지 않은 게 3년이 된 것은 아니었지만,

가네이에가 찾아오기 어려운 외곽으로 주거를 옮긴 것으로 보아, 미치쓰나의 어머니와 부부관계를 해소하려는 가네이에의 의중이 친정아버지에게 전해진 것으로 보인다. 이로써 두 사람의 부부관계는 자연스럽게 끝나게 되고, 이후 두 사람은 미치쓰나를 매개로 편지만 주고받는 사이가 되었다.

한 해가 저물듯 내 인생도 저물고

미치쓰나의 어머니 39세(974)

미치쓰나가 우마조로 임관되다

정월 대보름날에 지진이 일어났다. 대부 밑에서 잡일을 하고 있는 남정네들이 "지진이다"라고 소란을 피운다. 그 소리를 듣고 있자니, 좀 지나서 술기운이 돌고 나서는 "쉿, 조용히 하게"라는 둥의 소리가 들린다. 좀 우스꽝스러워 살짝 입구 가까운 곳으로 나가 밖을 내다보니, 달이 참으로 볼 만하다. 동쪽 방향으로 멀리 시선을 주니, 산에 가득 안개가 끼어 있어 몹시도 어슴푸레하게 보이는지라, 마음이 쓸쓸하다. 기둥에 기대어 들어갈 만한 '생각도 못 한 산'[112]도 없는 이내 신세를 생각하며 서 있다. 팔월부터 발길을 끊은 그 사람에게서 그 뒤 아무런 연락도 없이 이리도 허무하게 정월이 되어버렸구나라고 생각하니, 생각하면 할수

---

112) '한창때로고 활짝 핀 꽃이 너무 괴롭기만 해 생각도 못 한 산에 들어만 가고 싶네'(時しもあれ花のさかりにつらければ思はぬ山に入りやしなまし, 『後撰和歌集』春中, 藤原朝忠)의 한 구절. 중권 주 110번과 같다.

록 눈물이 흐느낌처럼 흘러나온다. 그래서 이렇게 내 마음을 읊었다.

미치쓰나의 어머니

나하고 함께 소리 맞춰 울어줄 휘파람새여

정월이 된 걸 여태 모르고 있는 겐가

스무닷샛날에 대부가 관직 인사이동이 있다고 하며 부산스레 근행에 힘쓰고 있다. 뭘 저렇게까지 하는 걸까라고 생각하고 있는데 인사이동이 있었다. 그 사람이 생각지도 못한 편지를 보내 "우마조(右馬助)[113]로 임관됐다오"라고 알려주었다. 임관되었다는 인사를 하러 여러 곳으로 돌아다니다가, 그 우마료(右馬寮)의 장관이 숙부에 해당하는 분[114]이시라 인사를 드리러 갔다.

무척이나 기뻐하시며 이야기 끝에 "댁에 계신다는 아가씨는 어떤 분이신가요. 나이는 어떻게 되시나요"라고 물으셨다. 집으로 돌아와서 "이러저러하셨다"고 이야기를 하기에, 어째서 그런 걸 다 물으실까, 아직 아무것도 모르는데다 구혼할 만큼 자라지도 않았는데라고 생각되었기에, 그냥 모른 척했다.

그즈음 레이제이인에서 주최하는 활쏘기 시합이 열린다며 사람들이 술렁거린다. 우마료 장관과 차관인 우마조는 같은 편이라 연습하러 가는 날 오가며 자주 만나는데, 그때마다 전과 같은 말만 하시는지라, "어

---

113) 우마료의 차관. 마료는 궁중 마구간의 말이나 여러 지방에 있는 목장을 관리하는 곳이다. 좌우로 나뉘어 있다. 미치쓰나의 첫 임관이다.

114) 후지와라 도노리(藤原遠度). 가네이에의 이복동생으로 하권 후반부의 중요 인물이다.

떻게 할까요"라고 내게 물었다. 이월 스무날쯤 꾼 꿈에, ㅁ[115]

그러던 중 어떤 곳에 몰래 다녀오기로 마음을 먹었다. '그리 대단히 깊다고 할 수 없네'[116]라고 할 만한 곳[117]이었다. 들판에 불을 놓을 때인데, 꽃은 어찌 된 셈인지 필 때가 되었는데도 피지 않고 늦어지고 있던 때인지라, 꽃이 피면 볼 만한 길인데 그저 그렇기만 하다. 게다가 아주 깊은 산에서는 새 울음소리도 들리지 않는 법이기에[118] 휘파람새 울음소리조차 들리지 않는다. 시냇물만이 좀체 볼 수 없을 만큼 기세 좋게 용솟음치듯 흘러가고 있다. 너무 힘들어 괴로워하며, 이런 괴로움을 맛보지 않는 사람도 있을 텐데 이렇게 괴롭기만 한 몸뚱이조차 제대로 건사하지도 못하고 쩔쩔매고 있구나 생각하면서, 저녁종 칠 무렵에야 겨우 절에 도착했다.

부처님 전에 불을 밝혀두고 염주를 한 알 한 알 헤아리며 앉았다 섰다 빌면서 한 바퀴 도는 동안, 점점 더 몸은 괴로워지고 날이 밝았다는 소리가 들릴 무렵 비가 내리기 시작했다. 참 곤란하게 됐다고 걱정하며 승방에 가서 "이를 어쩌나"라며 이야기를 나누고 있는 동안에 금세 날이 완전히 밝아서, "도롱이는 어디 있느냐, 삿갓은 어디 있느냐"라며 사람

---

115) 본문 결락.

116) '그리 대단히 깊다고 할 수 없네 예사로울 뿐 히에이 산(比叡山) 정도도 야산으로 여길 뿐'(なにばかり深くもあらず世のつねの比叡を外山と見るばかりなり, 『大和物語』 四十三段)의 한 구절.

117) 히에이 산을 야산으로 볼 정도로 깊은 산. 교토 시 북쪽에 위치한 구라마 산(鞍馬山)으로 추정되며, 산 중턱에 구라마데라(鞍馬寺)가 있다.

118) '날아다니는 새소리도 들리지 않는 깊은 산 내 깊은 마음속을 그 누가 알아줄까'(飛ぶ鳥の声も聞こえぬ奥山の深き心を人は知らなむ, 『古今和歌集』 恋一, 読人しらず)를 염두에 둔 표현이다.

들이 웅성거리기 시작한다.

나는 그리 급할 것도 없어 여유롭게 밖을 내다보고 있자니, 앞에 펼쳐진 골짜기로부터 구름이 조용히 올라오기에, 무척이나 마음이 슬퍼져 이렇게 마음속으로 생각한 듯하다.

미치쓰나의 어머니

하늘 가득한 비구름 내 소매로 헤쳐 나가는
깊은 산에 오를 줄 생각이나 했으랴

비가 뭐라 표현할 수 없이 쏟아지고 있지만, 그대로 머물러 있을 수도 없기에 이리저리 비를 피할 수 있도록 손을 써서 절을 떠났다. 너무 안쓰러운 사람[119]이 내 곁에 있는 모습을 보자니, 내 괴로움도 잊혀질 만큼 사랑스럽게만 느껴진다.

도노리가 양녀에게 구혼해오다

겨우겨우 집으로 돌아온 그 다음날, 우마조가 활쏘기 연습장에서 밤늦게 돌아와 내가 누워 있는 곳으로 다가왔다. 우마조의 말인즉슨, "나으리[120]께서, '네 관아의 장관이 작년부터 무척이나 열심히 이야기하고 있는 일이 있는데, 집에 있는 아이는 어떠하냐. 많이 컸느냐. 여자다워졌느냐'라고 말씀하셨어요. 그런데 당사자인 장관 또한 '나으리께서 뭔가 말씀하신 게 있으신지요'라고 말씀하시기에, '말씀이 계셨습니다'라

119) 양녀.
120) 아버지인 가네이에.

고 말씀드리니, '내일모레쯤이 길일이므로, 편지를 드리겠습니다'라고 말씀하셨습니다"라고 한다. 참으로 이해할 수 없는 일이로고, 여자라고는 해도 아직 연모[121]하기에는 어리기만 한데라고 생각하며, 잠이 들었다.

그런데, 길일이라던 그 날이 되어 편지가 왔다. 참으로 답장을 마음 편하게 써 보낼 수는 없을 듯한 상황이다. 편지 내용을 보자니, 정말로 하나도 빼놓지 않고 있었던 일 전부를 적고 있다.

"전부터 줄곧 마음속에 생각하는 바가 있어 나으리께 제 뜻을 전해드리도록 했더니, '무슨 말씀이신지 그 취지만은 알아들으셨습니다. 이젠 직접 말씀드리도록 하라는 분부가 계셨습니다'라는 답을 들었습니다. 하지만, 참으로 주제넘는 생각을 한다고 내심 좋지 않게 생각하실 듯해 이제까지 삼가고 있었습니다. 게다가 자연스럽게 말씀드릴 기회가 없어 아쉽게 생각하고 있었는데, 이번 관직이동 결과를 보았더니, 그 댁 우마조께서 이렇게 저와 같은 관아에 계시게 되었기에, 제 부탁으로 댁에 찾아뵈어도 아무도 이상하게 볼 것 같지 않기에……."

그리고 끄트머리에는, "무사시(武藏)라고 하는 사람의 방에서 어떻게 해서든 곁에서 모시고 싶습니다"라고 적혀 있다. 답장을 보내드려야만 하지만, 그보다 먼저 이게 대체 어찌 된 일이냐고 그 사람에게 물어나봐야겠다고 생각해 편지를 보냈더니, "'근신이다 뭐다 해서 형편이 좋지 않다'라고 하여 편지를 보시지 못했습니다"라며 편지를 되가지고 돌아오는 둥 하는 동안에, 스무대엿샛날이 되었다.

우마두는 기다림에 지쳤는지, "꼭 말씀드리고 싶은 게 있습니다"라며

---

121) 도노리에게 양녀는 조카에 해당된다. 헤이안 시대에 삼촌간이나 사촌간을 비롯한 친인척끼리의 결혼은 황실, 귀족계층 할 것 없이 흔한 일이었다.

우마조에게 연락을 하여 부르셨다. "바로 가겠습니다"라며 시간을 끌며 일단 사자는 돌려보냈다. 그러던 중에 비가 내리기 시작했지만, 너무 기다리시게 하는 것도 안됐기에 우마조가 집을 나섰지만, 길을 가는 도중에 사자를 만나 재차 보내신 편지를 받아들고 되돌아왔다.

보낸 편지를 보자니, 다홍색 얇은 안피지(雁皮紙) 한 겹에 글을 써 홍매(紅梅) 가지에 매달았다. 문면을 보자니, 이러했다.

"'이소노카미'(石上)[122]라는 와카는 알고 계시겠지요.

도노리

봄비에 젖은 홍매 가지보다도 붉은 내 소매

남모르는 사랑에 피눈물 가슴 아파

아아, 님아. 아아, 님아. 어서 와주십시오."

이렇게 쓴 다음, 어째서인지, '아아, 님아'라고 되어 있는 곳을 지워놓았다.

우마조가 "어쩌면 좋을까요"라고 묻기에, "아아, 참으로 곤란하구나. 도중에 사자를 만났다고 하면서 찾아뵙거라" 하고 일러 보냈다. 그런 뒤 집으로 돌아와서는, "'나으리 의향을 여쭙는 동안이라고 해서 어째서 답장까지 안 주실 필요가 있나요'라며 무척이나 원망하고 계셨습니다"라

---

122) '이소노카미'란 나라 현에 있는 지명으로 와카에서는 비가 온다는 '후루'(降る)를 이끌어내는 표현이다. '이소노카미 거세게 비 내린들 방해 안 되네 님 만나러 간다고 이미 말해둔 것을'(石上ふるとも雨 に障らめや逢はむと妹にいひてしものを, 『古今和歌六帖』第一)의 한 구절.

고 말을 전했다.

그러고 나서 이삼 일쯤 지난 뒤, "아버님께 겨우 편지를 보여드렸습니다. 그랬더니 말씀하시기를, '뭐, 상관 있겠느냐. 조만간 마음을 정해 알려주겠다고 해놓았으니 답장은 가능하면 빨리 적당히 써서 보내거라. 아직 어린데 찾아오겠다고 하는 건 곤란하지 않겠느냐. 거기에 딸이 있다는 것을 아는 사람도 거의 없을 것이다. 사람들이 혹여 오해라도 하면 어쩌겠느냐'라고 말씀하셨습니다" 한다. 그 말을 들으니 화가 나 속이 들끓는다. 딸아이가 내 집에 있다는 걸 우마두가 알게 된 게 누구 탓인데라고 생각했기 때문일 것이다.

일단 우마두에게 그 날 안에 답장을 써 보냈다.

"전혀 생각도 못한 편지는 인사이동 덕분이라 여겨졌기에 곧바로 답장을 드려야 마땅했습니다만, '나으리께……'라고 운운하시는 게 아무래도 이해가 되지 않고 마음에 걸리기에 어떻게 된 일인지 여쭙게 되었답니다. 그런데 무슨 당나라만큼 떨어진 먼 곳에 문의라도 한 듯 이렇게 지체가 되어버렸네요. 하지만 여전히 편지에 쓰신 내용이 납득이 가지 않는지라 뭐라 말씀드려야 할지……."

이렇게 적고 끄트머리에다가는 "'곁에서 모시고 싶다'고 하셨던 무사시는 '함부로 사람 끌어들일까'[123]라고 말하고 있는 듯합니다"라고 덧붙여 적었다.

그러고 나서 비슷한 편지가 몇 번이나 왔다. 우리 쪽에서 답장은 매번

---

123) '시라카와(白河)에 흐르는 폭포수야 보고 싶지만 그렇다고 함부로 사람 끌어들일까'(白河の滝のいと見まほしけれどみだりに人は寄せじものをや, 『後撰和歌集』 雑一, 中務)의 한 구절.

보내지는 않는지라, 우마두는 무척이나 조심스러워했다.

삼월이 되었다. 우마두는 그 사람 집에도 시녀에게 부탁해 뜻하는 바를 전해달라고 손을 써놓고 있었기에, 그 시녀가 보낸 답장을 우리 쪽에도 보여주도록 사람을 보냈다. 우마두가 보낸 편지에는, "아무래도 불안해하시는 듯하여서요. 이 편지에 이렇게 나으리의 분부가 계셨습니다"라고 적혀 있다. 보내온 시녀의 편지를 보자니, "나으리께서는 '이번 달에는 날이 별로 좋지 않구나. 달이 바뀌면'이라고 달력을 보시며 지금 방금 말씀하셨습니다"라고 쓰여 있다. 참으로 이해할 수 없구나, 벌써 무슨 달력이란 말인가, 이게 도대체 어이 된 일인가, 설마 이런 일이 있을 수는 없지, 이 편지를 쓴 시녀가 꾸며낸 이야기일 것이라고 생각했다.

집으로 찾아온 도노리의 멋진 자태

사월 초순 무렵 초이레, 여드렛날께 점심때, "우마두께서 오셨습니다"라고 한다. "쉿, 조용히 하거라. 집에 없다고 말하거라. 구혼 이야기를 할 듯하지만, 아직 아이가 어리니 난처하기만 하구나"라고 말하는 중에 들어와, 안에서는 밖의 모습이 환히 내다보이는 울타리 앞에 서성거리며 서 있다.

원래도 끼끗한 사람이 한껏 누인 평상복인 우치키를 입고, 그 위에 착 감기는 노시를 걸쳐 입고 긴 칼을 허리춤에 차고 있다. 여느 때와 마찬가지로, 빨간 쥘부채를 조금 느슨하게 잡고 손으로 만지작거리며 세게 부는 바람에 관 뒤에 꼬리처럼 달린 장식 끈을 휘날리며 서 있는 모습은, 그림 속에 나오는 사람인 듯하다.

'멋진 남자가 와 있다'는 말에 안에 있던 시녀들이 치마 등을 적당히 두른 채 별로 신경도 쓰지 않는 모습으로 나와 구경을 하는데, 공교롭게도 세차게 불던 바람이 발 앞뒤로 불어와 펄럭이게 하니, 발만 믿고 마음 놓고 있던 시녀들이 제정신이 아닐 정도로 놀라 서로 누르고 당기며 난리법석을 떤다. 이제 와 뭘 어쩌겠냐마는 그래도 보여주기 민망한 소맷자락도 모두 보았을 거라고 생각하니, 죽을 만큼 안됐기만 하다. 이 모든 게 어젯밤 활쏘기 연습하는 데서 밤이 깊어 돌아와 그때까지 자고 있던 우마조를 깨우고 있던 중에 일어난 일이었다.

우마조가 겨우 일어나 밖으로 나와, 지금 집에는 주인이 없다고 이야기를 전했다. 바람이 세차게 불어 마음이 어수선해 격자문을 이전부터 모두 내리고 있던 중이라, 뭐라고 이야기를 꾸며 하든 괜찮았다. 그러자 우마두는 막무가내로 툇마루에 올라와, "오늘은 길일이랍니다. 짚으로 엮은 둥근 방석을 빌려주십시오. 일단 이 댁에 처음 들어와 앉은 것으로 하게요" 등의 이야기 등속을 한 다음, "정말로 온 보람이 없구려"라며 한탄을 하며 돌아갔다.

이틀쯤 지난 뒤, 그저 말로만 "집을 비웠을 때 찾아오셨다니, 죄송합니다"라고 인사말만을 우마조에게 전해드리게 했더니, 그 뒤로 "참으로 마음에 걸려 하며 물러 나왔습니다만, 부디 찾아뵙도록 허락해주십시오"라고 줄곧 편지를 보내온다. 딸아이가 아직 결혼과는 어울리지 않는 나이인지라, "늙어 이상해진 내 목소리마저 들려드릴 수는……"이라고 한 것은 허락하지 않는다는 뜻이었거늘, 우마조에게 "드릴 말씀이 있습니다"라며 겸사겸사 저물녘에 찾아왔다.

어쩔 도리가 없다고 생각하며 격자문을 두 칸[124] 정도 올리고 툇마루에 불을 밝히고, 몸채에 붙은 조붓한 방으로 들였다. 우마조가 대면을

---

124) 칸은 기둥과 기둥 사이.

하여 "어서 드시지요"라고 권하니 툇마루 끝으로 올라왔다. 쌍여닫이문을 잡아당겨 연 뒤 "이쪽으로"라고 하는 듯하더니 다가오는 기척이 난다. 그러더니 뒤쪽으로 물러서며 "먼저 자당께 안부를 여쭈어주시지요"라고 낮은 목소리로 말하는 듯하더니, 우마조가 내 거처로 들어와 "이러저러하게 말씀하셨습니다"라고 말을 전한다. 그래서 내가 "들어오고 싶어하신 곳에서 말씀하시지요"라고 말하니, 우마두는 조금 웃고 나서 적당히 옷자락소리를 내며 들어왔다.

우마조와 조용조용 이야기를 나누며, 오른손에 쥐고 있는 긴 패인 홀(笏)[125]에 쥘부채가 부딪치는 소리만 가끔씩 들린다. 안에서 아무런 소리도 들리지 않은 채 꽤 시간이 흘렀기에, "'일전에는 찾아뵌 보람도 없이 그냥 돌아갔기에 애가 탔답니다'라고 말씀드려주시지요"라며, 우마조에게 말을 전하도록 했다.[126] "자, 말씀하시지요"라고 우마조가 권하니, 무릎걸음으로 다가왔지만, 바로 아무 말도 하지를 않는다. 안에서는 더욱 아무 말도 할 수가 없다. 얼마쯤 뒤 불안하게 생각하지는 않을까 싶어 내가 가볍게 기침소리를 내니, 그를 기화로 "일전엔 공교롭게도 좋지 않은 때에 찾아뵈어서……"라고 말문을 트기 시작해, 처음 딸아이에게 관심을 가지게 된 일부터 할 이야기가 많기만 하다.

안에서는 그저, "정말로 결혼 같은 건 생각하는 것만도 사위스러울 정도의 나이인지라, 이렇게 말씀하시는 게 마치 꿈만 같습니다. 작다고 말하기도 뭣할 정도로 세상에서 흔히 말하는 갓 태어난 새앙쥐만큼도 자

125) 조복을 입을 때 오른손에 드는 길쭉한 나무패.

126) 이 부분은 작중화자인 미치쓰나의 어머니가 아닌 도노리의 시점으로 기술되어 있어, 모노가타리적인 수법을 구사하고 있다.

라지 못한지라, 너무나도 곤란한 말씀이십니다"와 같이 대답을 했다. 우마두의 음성은 참으로 매우 점잔을 빼고 있는 듯이 들리기에, 나 또한 대답하기가 무척이나 힘들다. 비가 흩날리고 있는 저녁 무렵이어서, 개구리 울음소리가 무척 드높다.

밤이 깊어가기에, 안에서 "정말로 이렇게 썰렁한 곳은 집 안에 있는 사람들조차 불안한 마음이 드는 것을……"이라고 말을 꺼내자, "무슨 그런 말씀을. 이 댁에서 하직한다고 생각하면, 무서울 것도 없을 것입니다"라는 등의 이야기를 나누던 중에 밤은 더욱더 깊어졌다.

우마두가 "우마조가 맡은 가모 마쓰리 사자(使者)[127] 준비도 가까워진 듯한데, 그때 크게 도움은 안 될지라도 자잘한 일이라도 도와드리고 싶습니다. 나으리께 이 댁에서 이렇게 말씀하셨다고 전해드리고 의향을 여쭌 뒤, 다시금 나으리의 말씀을 여쭙고자 내일이나 모레쯤 찾아뵙도록 하겠습니다"라고 하기에, 이제 돌아가려나보다 생각해 휘장을 늘어뜨린 칸막이 틈새를 살짝 들추고 밖을 내다보니, 툇마루에 밝혀둔 등불은 벌써 꺼져 있다. 내가 있던 안쪽 편에는 물건 뒤쪽에 불을 켜두어 불빛이 있었던지라, 바깥에 켜둔 등불이 꺼진 줄도 모르고 있었다. 안에 있던 우리들 그림자를 봤을지도 모른다고 생각하니, 기가 막힌다. "심술궂기도 하시지, 불이 꺼졌다고 말씀도 안 하시고"라고 하니, 기다리고 있던 종자가 "뭘요"라고 대답하고는 우마두는 돌아가버렸다.

뜨거워지는 도노리의 구혼과 가네이에의 입장

우마두는 한번 찾아오기 시작한 뒤로는 가끔씩 찾아와서는 같은 말만

---

127) 우마료에서 나가는 가모 마쓰리의 사자. 5위 이상의 벼슬아치 중에서 뽑는다.

되풀이한다. "저희 쪽에서는 허락해주어야 하는 곳에서 그리 하라고 하면, 그때는 내키지 않더라도 원하시는 대로 따라야 하겠지요" 하니, "꼭 받아야 하는 허락은 이미 얻었거늘……"이라며 성가시도록 몹시 재촉한다. "이번 달에, 라는 나으리의 분부가 있었습니다. 스무날쯤 지나 길일이 있는 듯합니다"라고 채근해왔지만, 우마조가 우마료의 사자로 마쓰리에 참가해 봉사하도록 되어 있어, 우리들이 그 일만 신경을 쓰고 있던 터라, 우마두는 그 준비만 끝나기를 기다리고 있었다. 하지만, 우마조는 재원이 목욕재계하는 날 개가 죽어 있는 것을 보아 부정을 탄 탓에, 안타깝지만 사자로서 마쓰리에 참가할 수 없게 되었다.

그런데 우리가 생각하기엔 아무래도 딸아이의 결혼은 너무 이르다고 생각돼 진지하게 고려하고 있지도 않은데도, 우마두는 "'나으리의 분부가 있었습니다'며, 이렇게 채근하고 있다고 자당께 말씀드리게"라며 우마조를 통해 연신 연통을 넣어온다.

그래서 그 사람에게, "어째서 그렇게 말씀하시는지요. 너무 성가시게 하니, 우마두께 보여드릴 생각입니다. 답장을 주시지요"라고 전갈을 보냈다. 그러자 "그렇게 생각[128]은 하였소만, 우마조가 마쓰리 준비로 바쁠 때라 자꾸자꾸 미루어졌구려. 혹여 우마두의 마음이 변하지 않았다면 팔월쯤에 그리 하시면 좋겠소"라는 답이다. 한숨 놓게 된지라, "이렇게 말씀하시네요. 성급하기만 한 달력 운운은 믿을 바가 못 된다고, 그래서 말씀드렸건만"이라고 전하게 하니, 답장도 없다.

한참 지난 뒤 직접 찾아와서, "몹시 화가 났다는 것을 말씀드리러 찾아뵀습니다"라고 한다. 그래서, "무슨 일이신지요. 무척이나 서슬이 퍼

128) 4월에 결혼시켜도 좋다고 한 일.

러시네요. 하실 말씀이 있으시면 이리로……"라고 말을 전하게 하니, "아니, 괜찮습니다. 이렇게 밤낮없이 찾아와서는 더욱 늦어질 뿐이지요" 라며 들어오지 않고 한동안 우마조와 이야기를 나눈 뒤, 일어나며 벼루와 종이를 청한다. 부탁받은 물건을 내주니, 뭔가를 써서 둘둘 말아서는 양 옆을 비틀어 간단하게 보내는 편지처럼 만들어 들여보내고는 돌아갔다. 보니, 이렇게 쓰여 있다.

도노리

"어찌 되었나 약속해둔 사월은 댕강목 그늘
두견새 떠나듯이 멀어지는 내 신세

어떻게 해야 하는지요. 너무너무 기운이 빠집니다. 그럼 저녁때 또."

필체 또한 무척이나 훌륭했다. 답장은 받자마자 바로 썼다.

미치쓰나의 어머니

만날 날 지난 사월이 지나가도 참아야 하네
댕강목 가지 대신 귤나무 있을지니

그런데, 우마두는 전부터 좋은 날이라고 골라두었던 스무이튿날 밤에 또 찾아왔다. 이번에는 이제까지의 태도와는 달리 무척이나 진중하게 행동하고는 있지만, 채근하는 태도는 너무 심하기만 하다. "나으리께서 허락하신 건 아무런 소용이 없게 되었습니다. 말씀하신 달은 너무나 멀게만 느껴집니다. 모쪼록 넓은 마음으로 어떻게 안 되겠는지요"라고 하기에, "무슨 생각으로 그렇게 말씀하시는지요. 멀게만 느껴지신다는 그 때쯤이나 되어야 딸아이도 첫 일을 겪어 여인이 될 듯합니다만" 하니, "아무리 어리다고 해도 이야기는 나눌 수 있겠지요"라고 한다. "이 아이는 그렇지도 못하답니다. 게다가 공교롭게도 낯가림[129]까지 하는 때인지라"라고 말해도 충분히 알아듣지 못한 듯, 참으로 울적해 보이는 모습이다.

"아가씨 생각에 가슴이 화끈화끈거릴 정도입니다.[130] 아가씨를 뵐 수 없다면 하다못해 이 발 안에서 가까이에서라도 이야기를 나누었다는 생각만이라도 하며 물러나고자 합니다. 둘[131] 중 한 가지만이라도 이루고 싶습니다. 배려해주십시오"라며 발에다 손을 댄다. 무척이나 불쾌했지만 못 들은 척하며, "밤이 이렇듯 깊었네요. 여느 때라면 여인네와 만나고 싶어 안달복달하는 밤이 이런 밤이겠군요"라며 냉담하게 말을 하니, "이리도 차가우실 줄은 전혀 생각도 하지 못했습니다. 그런데 어이없게도, 이렇게 말씀을 나누게 된 것만도 너무도 한량없이 기쁘게 여겨야 하겠지요. 이제 달력도 얼마 남지 않았습니다. 무례한 말씀을 드려 심기를 불편하게 해드려서……"라며 마음속 깊이 괴로워하는 듯한 모습이다.

이에, 마음이 좀 풀려 "역시나 무척 무리한 부탁입니다. 인(院)이나 궁중에서 대낮에 사후(伺候)하시는 것처럼 생각해주십시오" 하니, "그런 마음으로 뵙는 것은 괴롭기만 합니다"라며 괴로워하며 대답을 하니,

---

129) 초경이 가까워옴에 따라 신경이 예민해져 사람을 피하는 것을 말한다.

130) '그리운 이와 만나려는 밤에는 달빛 없어도 가슴에 불 일어나 내 마음 다 타누나'(人に逢はむ月のなき夜は思ひおきて胸走り火に心焼けをり, 『古今和歌集』雑躰, 俳諧歌, 小野小町)를 염두에 둔 표현이다.

131) 양녀와 결혼시켜주거나 발 안으로 들어가게 하거나 둘 중 하나.

참으로 어떻게 할 수가 없다. 대답하기 곤란해 끝내는 아무 말도 하지 않고 있자니, "아아, 너무나도 송구합니다. 심기도 편치 않으신 듯하군요. 그렇다면 이젠 분부가 없으시면 아무 말씀도 드리지 않겠습니다. 참으로 송구합니다" 하며, 손끝을 탁탁 튀긴 뒤[132] 아무 말도 하지 않고 잠시 있다가 자리에서 일어났다.

나갈 적에 횃불을 들고 가시라고 권하도록 시켰지만, "전혀 받으려 하시지 않고 돌아가셨습니다"라고 한다. 그 말을 들으니, 무척이나 안된 마음이 들어 그 다음날 아침 일찍, 이렇게 편지를 써 보냈다.

미치쓰나의 어머니

"다시 또 오마 말조차 하지 않고 떠난 두견새

돌아가는 산길이 무척 어두웠으리

참으로 딱하기만 하네요."

사자는 편지를 그대로 두고 돌아왔다. 그쪽에서 보낸 편지에는 이렇게만 쓰여 있다.

도노리

"두견새처럼 언제라 할 것 없이 찾아가려네

날 밝으니 어제 일 부끄럽기 짝 없네

---

132) 불만이나 비난을 드러내는 행위.

너무나 황송한 마음으로 보내주신 편지를 받았습니다."

그렇게 밤에는 끈덕지게 졸라도 그 다음날에는, "우마조여, 오늘은 이런저런 사람들을 찾아뵐 생각이라 여유는 없지만, 함께 관아까지라도 가자고 왔소"라며 문 앞까지 왔다. 전처럼 벼루를 청하기에, 종이를 벼루 위에 올려 내보냈다. 그것으로 글을 써서 들여보낸 것을 보자니, 이상하게도 떨리는 필체[133]로 이리저리 많이도 적혀 있다.

"전생에 제가 무슨 죄를 지어서 이렇게 장애가 많은 신세가 되었을까요. 묘하게도 일이 점점 더 꼬여가니, 혼인이 성사되기란 무척이나 어려울 듯싶습니다. 앞으론 정말 더 이상 말씀드리지 않겠습니다. 이젠 높은 산봉우리[134]에라도 올라갈까 합니다."

"참으로 무섭기도 하지요. 어째서 그런 말씀을 하시는지요. 원망하셔야 할 사람은 저희가 아니라 따로 있을 텐데요. 높은 산봉우리에 올라가시겠다는 그 마음은 헤아리기 어렵지만, 그 아래 계곡과 같은 저희들 마음은 잘 알려드렸다 여겨집니다."

답장으로 이렇게 써서 내주니, 우마조와 함께 한수레를 타고 집을 나섰다. 우마조가 무척이나 멋진 말을 받아 돌아왔다.

우마두는 그 날 저녁때 또다시 찾아왔다.

"요전날 밤, 그리도 송구스러울 정도로 말씀드렸던 일을 생각하니, 참으로 몸 둘 바를 모르겠습니다. '이젠 그저 나으리께서 무슨 말씀이 있

133) 도노리가 흥분한 모습.

134) 높은 산봉우리에 올라가 인간세상에서 몸을 감추겠다는 의미. 극단적으로는 죽음.

으실 때까지 기다리고 있겠습니다'라고 말씀드리려, 오늘은 마음을 다시금 다잡고 찾아뵈었습니다. '봉우리 밑 계곡을 안내해주겠다는 말씀은 죽어서는 안 된다'는 말씀이신 듯합니다만, 천 살까지 살 수 있는 목숨이라 해도 이런 괴로움은 견디기 어려울 듯한 마음이 듭니다. 손가락을 하나, 둘, 셋 꼽을 수 있는 짧은 기간[135]쯤은 하루하루 날도 아주 잘 보낼 수 있지만, 아득할 정도로 많이 남은 나날을 생각하니, 하릴없이 적적하게 하루하루를 보내게 되는 기간 동안 툇마루 끝이라도 상관없으니 하다못해 곁을 지킬 수만 있도록 허락해주십시오."

정말로 뭐라 말할 수 없을 정도로 우리 생각과 다르게 명확하게도 말을 한다. 이에 그 말에 장단을 맞춰 대답을 해주니, 그 날 밤은 무척이나 빨리 돌아갔다.

여전한 도노리의 열의

우마조는 우마두가 밤이나 낮이나 정신없이 불러내기에, 항상 나간다. 우마두네 집에 꽤 괜찮은 온나에(女絵)[136]가 있어, 우마조가 그걸 품에 넣어 들고 왔다. 보자니, 연못가에 세워둔 건물[137]로 보이는 곳의 난간에 기대 서서 연못 가운데 섬에 있는 소나무를 바라다보는 여인이

135) 처음으로 구혼편지를 보낸 2월부터 현 4월까지 3개월간을 나타낸다고도 볼 수 있다.

136) 주로 궁정 부녀자들의 취향에 맞춰 와카나 모노가타리의 장면과 결합해 발달한 풍속화. 당시 귀족여성들이 이러한 그림을 보면서 그림 속 인물에 자신의 심정을 의탁해 와카를 읊거나 하는 장면은, 『야마토 모노가타리』 등의 모노가타리에도 등장한다.

137) '쓰리도노'(釣殿)라고 한다. 뜰 앞 연못을 향해 세워진 건물로 별채와 복도로 이어져 있다.

그려져 있다. 그 여인이 있는 곳에, 이렇게 종잇조각에 써서 붙여두었다.

미치쓰나의 어머니

어찌할거나 연못 위 이는 물결 수런거리니

기다리는 내 마음 따라 울렁거리네[138]

또, 혼자 사는 남정네가 편지를 쓰다가 말고 손으로 턱을 괴고 생각에 잠겨 있는 그림이 그려진 곳에는 이렇게 썼다.

미치쓰나의 어머니

정처도 없이 거미줄 흩날리는 바람과 같이

온갖 여인네에게 편지 보내나보네

이를 우마조가 도로 들고 가 돌려놓았다.

이러면서 여전히 끊임없이 같은 일이 되풀이되었다. 우마두가 나으리께 다시 재촉 좀 해달라고 늘상 연락을 해오기에, 답장을 받아 보여주자 싶어, "자꾸 이렇게 연락을 해오는데 이쪽에서는 뭐라 대답하기가 곤란하답니다"라고 그 사람에게 편지를 써 보냈다.

그러자, 이러한 답장이 왔다.

"결혼 일시에 관해서는 이미 그렇게 이야기를 해두었는데, 어찌 그리

---

138) '당신 두고서 딴 마음 내가 만약 먹는다 하면 스에노마쓰야마 파도도 넘어갈 듯'(君をおきてあだし心をわが持たば末の松山波も越えなむ, 『古今和歌集』 東歌)을 인용했다. 그림 속 여성의 입장에서 읊은 와카이다.

재촉한단 말이오. 팔월이 되길 기다리면서 그쪽에서 화려하게도 응대를 하고 있다는 둥 이런저런 소문이 많은 듯하오. 그게 더 한탄소리가 절로 날 듯한 마음이라오."

농담이겠지 생각하고 있었지만, 이따금씩 그리 말을 해오니 이상하게 여겨져 이렇게 편지를 써서 보냈다.

"제가 재촉하고 있는 게 아닙니다. 우마두께서 너무 귀찮게 채근하시기에 '이 모든 일은 제가 뭐라 말씀드릴 수 있는 일이 아닙니다'라고 말씀드려도 여전하기에 보다 못해서요. 그런데, 제가 화려하게 응대를 하고 있다는 말씀은 무슨 뜻인지요.

미치쓰나의 어머니

세상 물러나 말도 안 먹는 늙은 풀 같은 나를
새삼스레 그 누가 관심 가져주리오[139]

아아, 열없기도 하지."

우마두는 여전히 이번 달에 기대를 걸고 채근을 해온다. 그런데 그즈

---

139) '베어둔 채로 그냥 둔 나무 밑 풀 억세어지니 말도 먹지도 않고 베는 사람도 없네'(大荒木の森の下草老いぬれば駒もすさめず刈る人もなし, 『古今和歌集』雑上, 読人しらず)를 인용했다. 미치쓰나의 어머니의 자기 인식이 잘 드러나 있는 와카로, '늙은 풀'에 자기 자신을 비유했다. 한창때를 지나 완전히 매력을 잃어버린 자신에게 이제 와 누가 새삼스레 다가오겠는가라는 표현 속에는 가네이에의 관심에서 멀어져버린 한탄이 담겨져 있으며, 그러면서도 가네이에를 벗어나 살 수 없다는 심경이 담겨 있다.

음 예년과 달리 '두견새가 집을 꿰뚫고 지나간다'[140]고 할 정도로 날카롭게 울어대 세상이 술렁대고 있었다. 그래서 우마두에게 보내는 답장 끄트머리쯤에다, "평소와 다른 두견새 울음소리에도 세상 사람들이 마음 편하게 있지를 못하는 듯하네요"라고 무척이나 두려워하며 삼가는 마음을 적어 보냈더니, 우마두 또한 남녀간 염정(艶情)에 관계된 일은 써 보내지 않았다.

우마조가 "말 여물통을 잠시"라며 빌리려고 한 적이 있었다. 그러자 우마두가 예의 편지 끄트머리에 "우마조께 '일이 성사되지 않으면 말 여물통도 없소'라고 전해주십시오"라고 편지를 써 보내왔다. 그래서 이쪽에서 보내는 답장에다가, "말 여물통은 세워둘 데가 필요하듯 뭔가 생각하시는 바가 있는 듯하니,[141] 빌려주시면 오히려 성가신 일이 생길 듯싶습니다"라고 적어 보냈다. 그랬더니 바로 답장을 보내왔는데, "세워둘 데가 있다고 하시는 여물통은 오늘이나 내일쯤 눕혀둘 데가 있었으면 합니다"[142]라고 쓰여 있었다.

가네이에에 대한 계속되는 미련

이렇게 이 달도 다 지나갔다. 결혼 이야기는 멀고 먼 일이 되고 말았기에, 우마두는 상심에 빠졌는지 아무런 연락도 없이 달이 바뀌었다.

오월 초나흗날, 비가 몹시 내릴 제, 우마조에게 "비가 드는 때가 있으면 잠시 들르시게. 말씀드릴 게 있습니다. 자당께는 '내 전생에서부터

140) 당시 두견새가 날카롭게 짖어대는 것은 불길한 징조로 여겨졌던 듯하다.

141) '세우다'라는 뜻의 '다쓰'(立つ)에는 '염원이나 생각이 마음속에 정해지다'라는 의미도 있다.

142) '눕혀둘 데'는 양녀와 함께 누울 곳, 즉 양녀와의 결혼을 의미하고 있다.

타고난 팔자를 알게 돼 아무런 말씀도 드리지 않고 있습니다'라고 전해 주시지요"라는 전갈이 왔다. 그러나 그렇게 불러내서는 딱히 이렇다 할 볼일도 없는 채 농이나 하다가 돌려보냈다.

그런데 그 날, 이렇게 내리는 비에도 전혀 개의치 않고 한집에 사는 사람이 어느 신사[143]로 참배를 떠났다. 내가 간다고 해서 지장이 있을 일도 없을 듯해 함께 참배하러 나섰다. 어느 누군가가, "신사의 여신께는 옷을 지어 봉납하면 좋다고 합니다. 그렇게 하시지요"라고 내게 다가와서 속삭이기에, "그럼, 한번 그렇게 해볼까"라고 말하고는, 얇은 비단실로 질기고 가늘게 짠 무늬 없는 천으로 종이인형에게 입힐 옷을 세 벌 바느질했다. 여민 옷 안자락에 이 같은 와카[144]를 써넣은 것은 어떤 마음에서 한 것일까. 신만은 아실 것이다.

미치쓰나의 어머니

희디흰 이 옷 당신께 바치나니 우리 두 사람

한마음 한뜻이던 옛날로 돌려주오

그리고 또 이렇게 적었다.

---

143) 이나리 신사로 많이 지적되고 있지만, 이나리 신사는 여신을 모시고 있지 않기 때문에 어느 신사인지는 명확하지 않다.

144) 세 수 모두 가네이에와의 관계 회복을 기원하는 와카이다. 971년의 한냐지 칩거 후 어느 정도는 가네이에에 대한 집착을 버렸으면서도 완전히 가네이에를 단념하지 못하는 미치쓰나의 어머니의 마음을 엿볼 수 있다.

미치쓰나의 어머니

긴 세월 함께 해온 그 사람 마음 지금과 달리

내 뜻대로 할 방도 있으면 알려주오

또 이렇게도 적었다.

미치쓰나의 어머니

온 마음 다해 신께 믿음 바치는 내 신세기에

여름옷 누벼 지어 효험만 기다리네

어두워졌기에 돌아왔다.

날이 밝아 초닷샛날 새벽녘에, 내 동기간[145]이 다른 데서 우리 집으로 와서는 "이게 어찌 된 거요. 오늘 쓸 창포는 어째서 이리 늦게 아직 엮지 않은 게요. 밤중에 해놓는 게 좋건만……"이라고 하기에, 아랫것들이 일어나 창포를 엮는 듯한 기색이다. 그래서 다른 사람들도 모두 일어나 격자문을 올려 열거나 하니, "잠시 격자문은 열지 마시오. 천천히 시간을 들여 엮읍시다. 창포 엮은 걸 보실 때도 그게 나을 듯해서요"라고 하니, 모두들 잠자리에서 일어났기에 이것저것 지시를 해가며 엮는다.

어제 피어오른 구름을 흐트러뜨리는 바람이 불어와 창포 내음이 금세 퍼지니 참으로 정취가 있다. 우마조와 함께 툇마루에 앉아 온갖 나무와 풀을 다 모아 "쉽사리 보기 힘든 구스다마를 만들어보자"며 손으로 만지작거리며 있자니, 요즈음에는 그리 진기하지도 않지만, 두견새가 무리

145) 오라버니인 마사토로 추정된다.

를 지어 측간 지붕에 내려와 있네 하고 사람들이 수런거린다. 그렇게 흔한 울음소리이긴 하지만, 하늘을 날아가며 두세 번 우는 두견새 울음소리를 듣자니, 참으로 가슴이 뻐근할 만큼 깊은 정취가 느껴졌다. '산속 두견새 오늘이'[146]라는 와카를 읊조리지 않는 사람이 없을 정도로 모두들 흥에 겨워한다.

해가 조금 높이 떠오른 뒤 우마두가 "마상(馬上) 활쏘기 시합[147]을 구경하러 가신다면 함께 가시지요"라고 연락을 해왔다. "그러지요"라고 말했더니, 연신 "왜 이리 늦소"라며 사람을 보내 재촉하기에, 우마조는 집을 나섰다.

갑작스레 끝난 도노리의 구혼

우마두는 그 다음날도 이른 아침에 우마조에게 편지를 보내왔다. 직접 오지는 않았다.

"어제는 와카를 읊거나 하시며 매우 흥겹게 즐기시는 듯하기에 아무런 연락도 드리지 못하고 말았습니다. 지금 당장 시간이 괜찮으시다면 와주셨으면 합니다. 자당께서 냉정한 태도를 보이고 계시는 것은 뭐라 말씀드릴 수가 없습니다. 그래도 목숨을 부지하고 있으면, 언젠가 결혼할 날이 있겠지요. 허나, 목숨이 다한다면 아무리 아가씨를 사모한다 해도 무슨 소용이 있을까요. 뭐, 괜찮겠지요, 이 일은 혼자만 알고 계시지요."

---

146) '산속 두견새 오늘이 단오인 줄 알아서인지 창포 풀뿌리 쪼며 울음 울고 있구나'(あしひきの山ほととぎす今日とてやあやめの草のねにたててなく, 『古今和歌六帖』 第一)의 한 구절.

147) '데쓰가이'(手番)라고 하며, 5월 5일 좌근(左近) 마장에서 열리는 좌근장감(左近將監) 이하 관인들이 참가하는 마상 활쏘기 시합.

또 이틀쯤 지난 뒤 아침 일찍, "급히 말씀드릴 게 있소. 댁으로 찾아뵈어도 괜찮을지요"라고 연락을 해왔기에, "어서 찾아뵙거라. 여기에 오신다고 무슨 소용이 있겠느냐"라며 우마조를 내보냈다. 우마조는 여느 때와 다름없이 "별일 없었습니다"라며 돌아왔다.

그리고 또 이틀쯤 후에, "말씀드릴 일이 있습니다. 와주셨으면 합니다"라고만 써서 아침 일찍 편지를 보내왔다. "곧 찾아뵙겠습니다"라고 말을 전하게 하고 얼마쯤 있자니, 비가 엄청나게 내리기 시작했다. 밤이 될 때까지도 그치지 않기에, 가지는 못하고 "정말로 매정하기도 하지요. 편지나마 전하려 합니다" 하며, 이렇게 적어 보냈다.

"참으로 어쩔 도리가 없는 비에 발이 묶여 이렇게 울적해하고 있습니다. 이다지도 그리워하는데…….

미치쓰나
끊김도 없이 강물처럼 둘 사이 이어졌건만
물 불어난 나카 강 저쪽 당신 그리네"

답가는 이러했다.

도노리
만날 수 없어 그립다 여긴다면 연인 두 사람
나카 강 옆집에 나 함께 살게 해주오

이러는 동안 날이 완전히 저물어 비가 그치자 본인이 직접 찾아왔다. 언제나처럼 속이 타는 그 일, 결혼 이야기만 자꾸 되풀이한다. "뭘 그렇게까지 하시는지요. 말씀하신 손가락 세 개는커녕 하나도 꼽을 새도 없이 지나가버릴 것을요" 하니, "그게 그럴까요. 믿을 수 없는 일[148]도 있기에, 완전히 기가 죽어 다시금 결혼이 연기되어 손가락을 꼽게 될 수도 있지요. 역시 어떻게 해서든 나으리의 달력 가운데를 찢어 뒤편이랑 이어 붙여 날짜를 줄일 수만 있다면 그리 하고 싶군요"라고 한다. 너무 우스워서, "가을에 돌아올 기러기를 빨리 울리면 어떨지요"[149]라는 둥 대답을 하니, 무척이나 쾌활하게 웃는다.

그런데, 지난번 그 사람이 말한, 화려하게도 응대를 하고 있다는 말이 생각나, "참으로 솔직히 말씀드리겠습니다만, 제 마음만으로 되는 일이 아니랍니다. 그 사람에게 날을 앞당겨달라고 재촉하는 건 어려울 듯합니다"라고 하니, "무슨 일이 있으신지요. 어떻게 그 연유만이라도 듣고 싶습니다"라며 무척이나 채근을 한다. 그래서 잘 알아듣도록 알려주고 싶지만, 입 밖에 내어 말하기는 어렵다고 여겨져, "보여드리는 것도 민망한 생각이 듭니다만, 그저 이 문제를 그 사람께 채근하는 게 어렵다는 것을 알아주셨으면 하고요"라며, 전날 그 사람에게서 받은 편지를 꺼내, 보여주기가 좀 뭣하다 싶은 곳은 찢어내고 건넸다. 그러자 툇마루로 몸을 미끄러뜨리듯 밀고 나가 으스름한 달빛에 비춰 한동안 가만히 들여다본 뒤 안으로 들어왔다.

그러고는, "어두운데다 종이 색깔까지 어두워 전혀 읽을 수가 없네요. 낮에 찾아뵙고 읽도록 하지요"라며, 편지를 도로 들여보냈다. "바로 찢

148) 양녀와의 결혼에 대해 가네이에의 말이 바뀐 것을 의미한다.

149) 달력 가운데를 찢어서라도 결혼 허락을 받은 8월이 빨리 오도록 만들고 싶다는 도노리의 말에, 가을(7~9월)에 돌아오는 기러기를 들어 농담조로 응수한 말.

어버릴 겁니다" 하니, "그래도 잠시만 찢지 말아주십시오"라면서 편지 내용을 약간이라도 본 듯한 내색도 하지 않고, 그저 "제가 줄곧 신경을 써왔던 결혼이 가까워져온데다, 근신해야 한다고 주위에서 말들도 하기에, 마음이 편치를 않네요"라며, 이따금씩 들릴락 말락 가만가만 와카를 읊조리기도 한다. "내일 아침 관아에 나가볼 일이 있습니다만, 그 일에 관해 우마조에게 할 이야기도 있으니, 아침에 집을 나서면 바로 이리로 찾아뵙겠습니다"라며 자리에서 일어났다.

그런데 어젯밤에 보여주었던 편지가 베개맡에 있는 게 보였다. 내가 찢으려고 생각했던 부분과는 다른 데를 찢어낸 듯하다. 찢어냈다고 생각한 부분이 있는 걸 보고 이상하다고 생각했는데, 알고 보니 내가 그 사람에게 답장을 쓸 때 '말도 안 먹는 늙은 풀 같은 나를'이라고 와카를 읊어 보냈는데, 그 와카를 이래저래 구상하며 끼적거려둔 곳을 찢어내 보여주었던 듯하다.

아침 일찍 우마조에게 편지가 왔다.

"어제 찾아뵙겠다고 말씀드렸지만 감기에 걸려 찾아뵐 수가 없습니다. 이리로 오시쯤에 와주십시오."

늘 그렇듯이 별일 없을 거라고 해 찾아가지 않고 있는데, 나에게로 편지를 보내왔다. 내용인즉슨, 이러하다.

"평소보다도 서둘러 연락을 드리고자 하였습니다만, 몸을 삼가야 한다는 이야기가 있어서요. 어젯밤 보여주신 편지는 어쩔 수 없이 읽어볼 수가 없었네요. 일부러 나으리께 말씀드리는 것은 어려울 거라 생각합니다만, 기회를 봐서 형편이 좋을 때는 잘 말씀드려주십사 하고 부탁드리면서도, 제 처량한 신세를 어떻게 하면 좋을지 마음 아프게 생각합니다" 등등, 평상시보다 점잖게 쓰여 있는 연민이 느껴지는 편지다. 답장은 그리 필요할 것 같지도 않은데다 항상 보낼 필요는 없을 듯싶어 그냥 두었다.

그 다음날, 아무래도 마음이 안됐고 너무 유치한 듯싶어, 이쪽에서 사람을 보냈다.

"어제는 집안사람의 근신이 있었던데다 날도 저물어, '다른 마음 있다고'[150]라고도 하듯이 뭔가 이유가 있어 바로 답장을 하지 않는다고 여기면 어쩌나 생각하면서도, 그대로 두었습니다. 저 또한 기회가 있을 때 어떻게 이야기해볼 수 있었으면 좋겠다고 생각하지만, 그럴 기회도 없는 신세가 되어버려서……. 울적해 보이는 추신을 읽자니 참으로 그 마음이 헤아려집니다. 편지지 색이 낮에도 어렴풋이 잘 안 보인다고 생각하시는지요."

그런데 그 댁에는 스님들이 많이 와 있어 북적대는 듯하였기에, 편지는 그냥 두고 돌아왔다. 그러자 아직 이른 아침녘 그쪽에서 이렇게까지 써서 답장을 보내왔다.

"보통 사람들과는 행색이 다른 사람들이 와 있었던데다 날도 저물어, 심부름 보낸 사람을 그냥 돌려보냈습니다.

도노리

한숨 쉬면서 하루하루 지내니 댕강목 그늘
두견새처럼 날로 말라만 가는구나

---

150) '멈추지 않는 아스카 강물 한 번 흐름 막히면 다른 마음 있다고 사람들 생각할 듯'(たえずゆく飛鳥の川のよどみなば心あるとや人の思はむ, 『古今和歌集』恋四, 読人しらず)의 한 구절.

어쩌면 좋을지요. 전날 밤은 근신하고 있었답니다."

답장은 이렇게 보냈다.

"어제 주신 답장에서 이미 다 말씀하셨는걸요. 어이 이리도 말씀하시는지 되레 이상한 마음이 드네요.

미치쓰나의 어머니

어이해 그리 댕강목 그늘에서 말라만 가나
가지 뒤에 숨기는 마음 아닌 듯한데"

이렇게 쓴 뒤 와카를 위에서 지우고는, 옆에다가 "오시지 않으면 왠지 허전한 마음이 드네요"라고 적었다.

그러는 동안 "좌경대부(左京大夫)[151]께서 돌아가셨습니다"라는 소식이 전해온 듯한데, 그 상중에도 깊이 몸을 삼가고 산사에 칩거하거나 하면서, 가끔씩 소식을 전하는 중에 유월도 다 지나갔다.

칠월이 되었다. 팔월도 슬슬 다가오는 듯한데, 내가 돌보는 딸아이는 여전히 너무나 어려 보여서 이를 어쩌나 하고 걱정이 태산이다. 덕분에 평상시 내 시름은 잊혀져 지금은 완전히 없어져버렸다. 칠월 중순 열흘날쯤이 되었다. 우마두가 무척이나 기분이 둥둥 떠 있기에, 나를 믿고 있는가보다라고 생각하고 있었더니, 한 시녀에게서 이런 말을 들었다.

"우마두께서 다른 사람 부인을 빼내 어떤 곳에 감춰두고 있답니다. 너

---

151) 가네이에의 이복동생이자 도노리의 친동생으로 추정되는 후지와라 도모토(藤原遠基).

무 바보 같은 행동이라고 세상 사람들이 뒤에서 말이 많답니다."

이를 듣고, 나는 너무 마음이 놓이는 소식을 듣는구나, 이 달이 하루 하루 지나가고 있는데 어떻게 말을 해야 하나 생각했었는데라고 생각하면서도, 한편으로는 이해할 수 없는 마음이로구나라고 생각하지 않았겠는가.

그런데, 또 편지가 왔다. 보자니, 마치 우리 쪽에서 묻기라도 한 듯한 문면이다.

"참으로 제가 생각해도 어이가 없네요. 제가 바라는 바가 아닌 일을 귀에 들어가게 했으니 팔월이 되어도 결혼은 힘들겠지요. 구혼과 상관없는 일[152]로라도 말씀드릴 일은 있으니, 아무리 그렇더라도……."

답장은 이렇게 써서 보냈다.

"'바라는 바가 아닌 일'이라고 말씀하신 것은 무얼 이르는지요. '구혼과 상관없는 일' 등등 말씀하시니, 우마조와의 관계를 잊지 않으신 듯이 보여 진정으로 마음이 놓입니다."

미치쓰나가 천연두에 걸리다

팔월이 되었다. 세상은 천연두가 크게 번져 난리다. 스무날께 우리 집 근처에도 번져왔다. 우마조가 말로 표현할 수 없을 정도로 심하게 천연두에 걸렸다. 어찌해야 하나, 소식이 끊긴 그 사람에게도 연락을 해야 하나 할 정도로 심하게 앓으니, 나는 하물며 어찌할 바를 몰라 하고 있다. 그냥 걱정만 하고 있을 수는 없을 것 같아, 그 사람에게 편지를 보내 알리니, 답장이 너무 성의가 없다. 그러고는 말로만, 어떠냐고 물어왔

152) 양녀와의 결혼문제가 아닌 미치쓰나에 관한 일.

다. 그다지 가깝지 않은 사람조차 찾아와 문안을 하는 모양을 보니, 비교가 돼 그냥 있을 수 없는 마음이다. 우마두도 아무렇지도 않은 얼굴로 여러 차례 문안을 와주셨다.

구월 초에 병이 다 나았다. 팔월 스무날쯤부터 내리기 시작한 비가 이 달 들어서도 그치지 않고 주위가 어두컴컴해질 정도로 쏟아지니, 집 옆 나카 강과 큰 강인 가모 강이 하나가 돼 흐르는 듯이 보이기에, 집 또한 금방이라도 떠내려갈 듯하다. 세상천지가 참으로 스산하기만 하다. 올벼를 심어둔 문밖 논 또한 여태 벼를 베지도 못해 추수도 못 했기에, 가끔 비가 그쳐 해가 들 때 벼를 볶아 햅쌀을 만드는 게 고작이었다.

천연두는 온 세상에 크게 번져, 이치조 태정대신의 소장(小将)이신 두 아드님[153]이 같은 날인 이 달 열엿샛날에 함께 돌아가셨다는 소문이 왁자하다. 생각하기만 해도 참담하기 이를 데 없다. 이 소식을 듣는데도 병을 털고 일어난 사람이 정말 다행스럽게 여겨진다. 우마조는 이렇게 병석에서는 일어났지만 이렇다 할 일도 없기에 바로 출타는 하지 않고 있었다.

스무날이 지나, 정말 너무나도 오랜만에 그 사람에게서 편지가 왔다.

"우마조는 좀 어떻소. 여기에 있는 사람들은 모두 다 나았는데, 어째서 모습을 보이지 않는지 불안하구려. 당신이 무척이나 나를 미워하시는 듯하기에, 마음이 멀어지거나 하지는 않았지만 지지 않으려 하며 날만 갔구려. 잊지는 않으면서……."

구구절절 썼기에 이상하게 여겨진다. 답장으로는 근황을 묻는 사람에

153) 후지와라 고레마사의 두 아들인 좌소장(左小将) 다카카타(挙賢)와 우소장(右少将) 요시타카(義孝).

관해서만 쓴 다음, 끄트머리에 "정말 그러네요. 잊는다 운운하신 건 말씀대로일지도 모르겠네요"라고 써서 보냈다.

우마조는 병석에서 일어난 다음 외출한 첫날, 길을 가다 전에 편지를 보내곤 했던 여인[154]과 우연히 마주쳤는데, 이게 어찌 된 셈인지 수레바퀴통이 걸려서 고생을 했다고 한다. 그래서 그 다음날, 이런 편지를 보냈다.

"어젯밤에는 전혀 알아뵙지를 못했습니다. 그렇긴 해도,

미치쓰나

세월이 가도 어쩌다 이리 뵐 날 있기도 하네

어젯밤 수레바퀴 걸려 멈추었듯이"

이렇게 써서 보낸 편지를 그쪽에서 받아서 읽고는, 그 편지 옆에다 평범한 필체로 "아닙니다. 제가 아닙니다. 아닙니다" 하고 같은 말만 되풀이하여 답장을 써 보낸 걸 보니, 마음이 없기는 여전한 듯하다.

태정대신 가네미치가 뜻밖에 보내온 와카

이러는 새 시월이 되었다. 불길한 방위를 피해 다른 곳으로 옮겼는데, 그곳에서 듣자니, 그 밉살스러운 곳[155]에서는 아이를 출산한 듯하다고 사람들이 두런대고 있다. 그냥 있을 수는 없어, 정말 꼴 보기 싫다고 생

---

154) 야마토 여인.

155) 이때 오미에게서 태어난 딸이 974년 출생한 산조 천황의 여어인 스이시라고 한다면, 오미는 후지와라 구니아키의 딸로 추정할 수 있다.

각하는 게 인지상정일 텐데, 별로 신경도 쓰이지 않았다. 그러고 있던 초저녁쯤, 등불을 켜고 저녁밥상을 받고 있는데, 내 남자형제에 해당되는 사람[156]이 가까이 다가와 품속에서 편지를 꺼낸다. 미치노쿠 종이(陸奧紙)[157]에 써서 가지런히 말아 끝을 접어 매듭을 지어 묶은 편지로 마른 억새에 끼워져 있었다. "이상하구나. 누가 보내신 건가요"라고 물으니, "일단 펼쳐 보시지요" 한다. 펼쳐 불빛에 비추어 보니, 마음에 안 드는 사람[158]의 필체와 몹시도 닮아 있다.

쓰여 있는 내용은 이러하다.

"그 '말도 안 먹는 늙은 풀 같은 나를'이라고 하셨는데, 이젠 어떠신지요.

가네미치

애잔하구나 서리에 시들어진 풀 같긴 해도

시든 나 되젊어져 가까이 하고 지고[159]

아아, 가슴이 아프구려."

---

156) 오라버니인 마사토로 추정.

157) 참빗살나무 껍질로 만든 희고 두꺼운 종이.

158) 가네이에.

159) 자기 자신을 '서리에 시들어진 풀'에 비유하고, '보랏빛 지치 같은 밑동이기에 무사시노 들 풀 가득 뜯으면서 애잔히 바라보네'(紫のひともとゆゑに武蔵野の草はみながらあはれとぞ見る, 『古今和歌集』 雜上, 読人しらず)라는 와카의 발상을 배경으로 하여, 동생의 부인이라는 인연으로 이어져 있는 미치쓰나의 어머니에 대한 정애(情愛)를 표현한 와카이다. '지치'는 야생의 다년초이다.

내가 그 사람에게 읊어 보낸 뒤 왜 보냈나 분해하고 있던 일곱 글자[160] 이기에, 참으로 의아하기만 하다. "이게 어찌 된 겁니까. 호리카와(堀川) 대감[161]이 보내신 게 아닙니까"라고 물으니, "예, 태정대신의 편지입니다. 호위무사로 있는 아무개가 댁으로 가져왔기에 '안 계십니다'라고 해도 '아무쪼록 확실히 전해주십시오'라며, 두고 갔습니다"라고 한다. 어떻게 이 와카에 관해 알게 되셨을까, 생각하고 또 생각해도 이상하기만 하다. 그런 뒤 누구라 할 것 없이 주위 사람들에게 의논을 하고 있자니, 예스러운 사람[162]이 듣고는, "참으로 송구한 일이다. 어서 답장을 써서 그 편지를 가져온 호위무사에게 들려 보내야 한다"라며 황공해 한다.

그래서, 이렇게 소홀히 써 보낼 마음은 없었지만, 너무 무성의하게 써서 보내드리고 말았다.

미치쓰나의 어머니

조릿대 헤쳐 다가와도 더욱더 멀어져 가리
풀 마른 나무 밑에 어느 말 다가올꼬[163]

---

160) '말도 안 먹는 늙은 풀 같은 나를'의 원래 구는 'いかなる駒か'로서 히라가나로 일곱 글자이다.

161) 가네이에의 형으로 당시 태정대신인 후지와라 가네미치. 호리카와 북쪽에 있던 호리카와인(堀川院)에 살아서 이렇게 불렸다. 두 사람은 사이가 좋지 않았다.

162) 친정아버지 도모야스.

163) 가네이에를 '말'에 비유하고 '풀 마른 나무 밑'에 미치쓰나의 어머니 자신을 비유해, 풀이 마른 나무 밑에 말이 다가오지 않듯이 가네이에도 자신을 찾지 않는다는 와카이다.

한 시녀가 말하길, "이 와카에 대해 답가를 한 번 더 보내려고 절반 정도는 읊으셨는데, '아랫구가 아직이라네'라고 말씀하셨답니다" 한다. 이 말을 들은 지 한참 지났지만 아직 답장이 없는 게 재미있기만 하다.

임시 가모 마쓰리 때 본 가네이에의 모습

그런데 임시 가모 마쓰리[164]가 모레로 다가왔는데, 우마조가 갑작스레 무인(舞人)으로 부름을 받았다. 이 일 때문에 그 사람이 오랜만에 편지를 보냈다. "준비는 어찌 되어가고 있소"라며 필요한 물품들을 모두 챙겨 보내주었다. 시악(試楽) 날 이런 편지를 보냈다.

"부정을 탄 탓에 잠시 근신하도록 말미를 받아 쉬고 있는지라 궁중에도 입궐할 수가 없소. 그쪽으로 가서 좀 봐준 다음 내보내고 싶은데, 당신이 날 가까이 오게 하시질 않으니 어떻게 하면 좋겠소. 참으로 걱정스럽기만 하오."

가슴이 미어진다. 이제 와서 와봤댔자 뭘 하겠는가라는 여러 생각이 복받쳐 오르기에, "어서 옷을 챙겨 입고 저쪽 집으로 가거라"며, 서둘러 보내자마자 나오는 건 눈물뿐이다. 그쪽 집에서 그 사람은 우마조 곁에 나란히 서서 함께 춤을 한 순배 추게 해 연습을 시킨 뒤 입궐을 시켰다.

마쓰리 날, 어찌 보지 않을 수가 있으랴 싶어 집을 나서니, 길 북쪽 편에 딱히 눈에 띌 것도 없는 비로 우차가 앞뒤 모두 발을 내린 채 서 있다. 앞쪽 발 아래로, 뉘어 부드럽게 만든 끼끗한 홍색 명주 위에 무늬 있는 보라색 비단이 겹쳐진 옷소매가 밖으로 비어져 나와 있다. 여인네가 탄 수레로구나 생각하며 보고 있자니, 수레 뒤쪽 편에 있는 어느 집 문 쪽에

---

164) 『니혼키랴쿠』에 따르면 974년에는 11월 23일에 열렸다.

서 허리에 긴 칼을 찬 6위인 관리가 위세 좋게 나와서는, 수레 앞쪽에 무릎을 꿇고는 뭔가를 아뢰고 있다. 놀라 찬찬히 바라보았더니, 6위인 관리가 나왔던 수레 옆에는 빨간 윗도리를 입은 5위와 검은 윗도리를 입은 4위 이상의 관리들 한 무리가 수를 셀 수 없을 정도로 가득 서 있다.

"유심히 보자니, 본 적이 있는 사람들이 있네요"라고 시녀 하나가 말을 한다. 예년보다 마쓰리 일정이 빨리 끝나서, 공경들의 우차와 걸어 뒤따라온 사람들이 모두, 떼 지어 몰려 있는 사람들을 보고 그 사람의 수레인지를 알아보고는, 거기에 수레를 멈추게 하고 같은 방향으로 앞을 나란히 하여 수레를 세웠다. 내가 마음을 쓰고 있는 사람[165]은 급작스레 무인으로 부름을 받은 것치고는 종자들도 괜찮아 보였다. 공경들이 손에손에 과일 등을 내밀며 뭔가 말을 걸어주시는지라, 낯이 서는 느낌이다. 그리고 예스러운 사람[166]도 공경들 곁에는 있을 수 없어 황매화나무 장식을 머리에 꽂고 있는 배종하는 사람들 사이에 섞여 있는데, 흩어져 있는 사람들 가운데서 그 사람이 특별히 데리고 나오게 해, 그 집안에서 내온 술 등을 술잔에 부어 권하는 모습 등을 보니, 짧은 한때나마 내 마음이 뿌듯했던 듯싶다.

미치쓰나와 야쓰하시 여인의 증답

그런데, 우마조에게 "이렇게 지내서야……"라며 곁에서 신경을 써주는 사람이 있어서, 한 여인에게 구애를 하게 되었다. 야쓰하시(八橋)[167]

---

165) 미치쓰나.

166) 친정아버지 도모야스. 이때 도모야스는 종4위 상 무관(無官)이었기 때문에 공경들 곁에는 서 있을 수 없었던 것으로 추정된다.

근방에 살고 있는 여인이었던가, 이런 와카를 처음 보냈다.

미치쓰나

가즈라키 산 산신 영험 지금도 깊디깊다면

내 말 한 마디(一言)[168]에 그 마음 열어주길

이때는 답장이 없었던 듯하다.

미치쓰나

답신이 오다 야쓰하시 뒤얽힌 길에 헤매나

내 편지 보았을까 기대한 보람 없이

이번에는 답장을 보내왔다.

야쓰하시 여인

다니실 만한 길이라 볼 수 없는 야쓰하시 길

편지 한 번 봤다고 어찌 기대를 거나

글씨를 잘 쓴다는 시녀가 대필한 편지였다. 그러자 또 우마조가 보내길 이러했다.

---

167) 오늘날 아이치 현(愛知県) 지류 시(知立市). 옛 미카와(三河) 지방의 명소.

168) 가즈라키 산에 깃들어 있다고 알려진 히토코토누시노카미의 '히토코토'(一言)를 사용해 읊은 것이다.

미치쓰나

그 길이 무얼 그다지도 다니기 어렵다 하나

열린 편지 길 자취 따라가면 되련만

그러자 답장이 이렇게 왔다.

야쓰하시 여인

찾아온대도 아무런 소용없네 창공에 걸린

구름길 오가는데 무슨 흔적 남으랴

지지 않으려는 기색이 보이기에, 또 이렇게 읊어 보냈다.

미치쓰나

창공 위 오를 사다리 없다면야 덧없으련만

구름사다리 덕에 한탄할 일 없구나

다시 답가가 왔는데, 이러했다.

야쓰하시 여인

편지 본대도 하늘 구름사다리 위태롭듯이

인연 맺기 힘든 걸 어찌 그리 모르나

그래서 또 이렇게 보냈다.

미치쓰나

그냥 이대로 기다리고 있으리 구름사다리
내려오는 학 날개 있을지도 모르니

이번에는 "어두워진지라"며 답장을 보내오지 않았다.

섣달이 되었다. 또다시 그리로 와카를 보냈다.

미치쓰나

홀로 지새던 세월은 길었어도 지금과 같이
깔고 자던 옷자락 이리 젖은 적 없네

"외출 중이라서요"라며 답장은 보내오지 않았다. 다음날쯤 답장을 받으러 사람을 보냈더니 화살나무에 "보았답니다"라고만 써서 매달아 보냈다.

바로 이렇게 읊어 보냈다.

미치쓰나

우리 둘 사이 서로 딴 곳 보는가 생각할 만큼
봤다는 한 마디도 눈치 보며 듣누나

답장은 이러했다.

야쓰하시 여인

구름이 걸린 아득한 높은 산 위 소나무인걸

딴 곳 보는 일이야 하루 이틀이겠냐

가는 해에 입춘이 들어 있어, 그 전날 밤인 절분(節分)에 "나쁜 방위를 피해 이쪽으로 오시면 어떻겠소"[169]라고 말을 전하게 한 뒤, 이렇게 읊어 보냈다.

미치쓰나
어찌해서든 당신 향한 내 마음 올해 가기 전
속 시원히 풀렸단 전갈 받고 싶구나

답장은 없었다. 그래서 연거푸 또, "길지도 않은 단 하룻밤인걸, 여기서 지내시지요"라며 이렇게 읊어 보냈던 듯하다.

미치쓰나
이리 기다린 보람 없이 한 해가 저물어가면
목숨 끊겨 새 봄에 못 만날까 두렵네

이번에도 답장이 없다. 어떻게 된 것일까라고 궁금해하고 있던 차에, "그 여인에게 구애하는 남정네들이 많은 듯합니다"라는 말이 들려왔다. 그걸 들어서였는지, 우마조가 이런 와카를 읊어 보냈다.

---

169) 입춘 전날 밤에는 나쁜 방위를 피하기 위해 외박을 했다.

미치쓰나

나 말고 다른 누굴 기다린다면 아무 말 말고

바닷가 흰 파도여 날 저버리지 말길[170)]

답가는 이러했다.

야쓰하시 여인

저버린 일도 미더워한 적 또한 없는 채 그저

밀려오는 파도를 지켜보며 있을 뿐

한 해가 저물어갈 즈음인지라, 이렇게 읊어 보냈다.

미치쓰나

말씀 그대로 파도 같은 당신 맘 박정하기만

해 넘겨도 솔처럼 기다리고 있건만[171)]

답가는 이러했다.

---

170) '당신 두고서 딴 마음 내가 만약 먹는다 하면 스에노마쓰야마 파도도 넘어갈 듯'(君をおきてあだし心をわが持たば末の松山波も越えなむ, 『古今和歌集』 東歌)을 인용했다. 하권 주 138번과 같다.

171) 앞 와카에서부터, 미치쓰나는 '야쓰하시 여인'을 '파도'에 비유하고 있는 반면, 야쓰하시 여인은 '남성 일반'을 '파도'에 비유하고 있다.

야쓰하시 여인
천 년도 넘은 소나무도 있건만 한 해 넘기고
그 마음 바뀐다면 기다렸다 하겠나

이상하군, 무슨 사정이 있는 건 아닐까라고 생각했다. 바람이 몹시 세차게 부는 때 이렇게 읊어 보냈다.

미치쓰나
부는 바람에 이런저런 생각에 잠기는구나
망망대해 파도가 쉴 틈 없이 치듯이

그러자, "편지를 드려야 할 사람은 오늘 일이 있어 거기에 매달려 있기에"라며, 이제까지와는 다른 필체로 쓰인 편지를 잎이 하나 붙어 있는 가지에 매달아 보냈다.[172] 우마조는 "너무 서글프기만 합니다"라고 쓰고, 이렇게 읊어 보낸 듯하다.

미치쓰나
내 맘이 가는 사람은 다름 아닌 당신이건만
잎새 떠는 가지에 탄식만 절로 나네

---

172) 야쓰하시 여인이 결혼하게 되어, 이 한 마디가 마지막이라는 것을 한 잎 달린 나뭇가지로 표현했다. '오늘 일'이란 야쓰하시 여인의 결혼을 일컫는다.

| 해설 |

스무여 해에 걸쳐 미치쓰나의 어머니의 반생을 그린 일기의 마지막 해이다. 우마조로 임관된 미치쓰나의 상사이자 숙부인 도노리가 조카에 해당하는 미치쓰나의 어머니의 양녀에게 구혼하는 이야기는 미치쓰나의 어머니의 체험과 젊은 날에 대한 향수가 바탕이 되어 모노가타리적으로 기술되어 있다. 이 때문에 도노리가 양녀에게 구혼한 본래 목적은 미치쓰나의 어머니에 대한 관심에서이며, 미치쓰나의 어머니 또한 도노리에게 끌렸다는 견해가 있다. 미모와 와카 솜씨로 이름난 미치쓰나의 어머니가 가네이에와 부부관계가 해소돼 홀로 지내고 있었던 점은 남성들의 관심을 끌기에 충분했다. 가네이에의 형인 태정대신 가네미치가 와카를 보낸 것도 같은 의미로 볼 수 있다.

하지만 미치쓰나의 어머니는 가네이에에게 여전히 미련을 갖고 있었으며, 이는 여신이 머무르는 신사에 갔을 때 가네이에와의 관계 회복을 기원하는 와카를 봉납하는 데서 찾아볼 수 있다. 즉, 미치쓰나의 어머니가 『가게로 일기』에서 그리고자 한 가네이에와의 결혼생활, 나아가 두 사람의 관계는 실질적으로 부부관계가 해소된 뒤에도 일기의 마지막까지 관철되고 있다고 볼 수 있다.

임시 가모 마쓰리 장면은 실질적으로 『가게로 일기』의 마지막 장면이라 할 수 있는데, 미치쓰나의 어머니의 인생에서 중요한 의미를 지니고 있는 늙은 친정아버지, 위세 당당한 남편, 아직 어리게만 느껴지는 아들의 모습이 함께 그려져 있으며, 이들을 지켜보는 미치쓰나의 어머니의 관조적인 자세가 돋보인다.

그런데 당시 가네이에는 형인 가네미치에 밀려 정치적으로 불우한 위치에 있었는데도, 『가게로 일기』에는 그러한 모습이 묘사되어 있지 않다. 이를 통해 이 작품이 미치쓰나의 어머니의 실제 결혼생활을 제재로 하여 집필되기는 했어도, 단순한 사실 기록이 아닌 문학으로서의 집필 목적에 맞게 제재가 선별되었다는 점을 확인할 수 있다.

해를 보내며 서울 변두리에서 일기를 마치다

하권 말미 겸 일기의 대단원

올해는 날씨가 심하게 거칠지도 않고 조금씩 흩날리는 눈이 두어 번 내렸을 뿐이다. 우마조가 초하룻날 입궐할 때 입을 의복과 백마절 때 입고 갈 의복을 정돈하고 있던 중에 한 해 마지막 그믐날이 되어버렸다. 내일 설날 때 답례품으로 쓸 옷 등을 접고 말고 하며 손질하는 일을 시녀들에게 맡기거나 하며, 생각에 잠긴다. 생각해보니, 이렇게 오랫동안 목숨을 부지하며 오늘까지 살아온 일이 참으로 기가 막힐 뿐이다. 혼제(魂祭)[173] 등을 보는데도 언제나처럼 끝없는 시름에 잠기게 되니, 그러는 동안 한 해가 다 저물어갔다. 내 집은 서울 변두리인지라, 밤이 이슥하게 깊어서야 구나하는 사람들이 문을 두드리며 다가오는 소리가 들린다.

---

173) 섣달 그믐날에는 죽은 이의 영혼이 찾아온다고 하여, 그 영혼을 위해 마쓰리를 열었다.

| **해설** |

하권 말미이자 『가게로 일기』의 대단원으로 볼 수 있는 장면이다. 자신의 인생이 허무하다고 느끼고 있는 상권 서문에 기술된 미치쓰나의 어머니의 인생 인식은, 결말 부분에서 더욱더 심화된 모습을 보인다. 이 부분에 기술돼 있는 '언제나처럼 끝없는 시름'이라는 표현은, 가네이에와의 부부관계를 그리고자 했던 일기 본연의 의도에서 약간 벗어난 듯 보였던 하권의 내용을 수렴해, 다시금 '생각대로 되지 않는 이내 신세'를 그리겠다는 본래의 주제를 상기시키고 있다는 점에서 주목할 만한 표현이다.

중권의 말미와 마찬가지로 한 해가 저물어가는 그믐날, 구나하는 사람들의 문 두드리는 소리로 막을 내리는 일기의 결말은, 한 해의 순환과 일기의 순환을 일치시키는 『가게로 일기』 나름의 의도된 집필 방법이라고 생각된다.

권말 가집 卷末歌集

"풀숲 헤치고 말 오듯이 그 사람 오지 않을까
기다린 새 집 가득 무성해진 여름 풀"

미치쓰나의 어머니가 남긴 와카들

불명회(仏名会)[1] 다음날, 눈이 오기에 이렇게 읊으셨다.

미치쓰나의 어머니
한 해 동안에 쌓인 죄 없애버린 뜰에 내린 눈
제(祭) 올린 담날부터 쌓이지 않았으면

나으리(殿)[2]께서 발걸음을 하지 않으시고 시간이 꽤 흐른 뒤, 칠월 열닷샛날 오본 공양 등에 관해 편지를 보내셨는데, 그 답신으로 이렇게 읊어 보내셨다.

---

1) 여러 부처님의 이름을 외면서 그 해의 죄나 부정 등을 참회하고 없애는 법회. 음력 12월 19일부터 3일 동안 치러졌다.
2) 가네이에.

미치쓰나의 어머니

이리 멀어진 우리 사이 모른 채 하마 이제나

연잎 위 이슬방울 기다리고 있으리[3]

넷째 왕자님[4]을 위한 정월 첫째 자일(子日) 연회[5] 때, 나으리를 대신하여 이렇게 읊으셨다.

미치쓰나의 어머니

산봉우리 솔 타고난 수명보다 몇 천 년이나

님 손에 뿌리 뽑혀 그 덕에 오래 살듯

그 자일 행사를 기록한 일기를 넷째 왕자님을 모시고 있는 사람에게 빌리셨지만, 그 해는 안시 황후[6]께서 돌아가신 뒤 상을 벗지 않은 채 저물었기에, 그 다음 해 봄에 돌려드려야겠다고 생각해, 끄트머리에 이렇게 적으셨다.

미치쓰나의 어머니

옷소매 색깔 이 봄에 바뀐지도 모르는 채로

---

3) 기다림의 주체는 돌아가신 친정어머니.

4) 무라카미 천황의 넷째 왕자인 다메히라(為平) 왕자(952~1010). 가네이에의 누나인 안시의 혈육이다.

5) 야산에 나가 잔솔을 뽑고 봄나물을 뜯으며 장수를 기원하며 놀던 행사. 964년 2월 5일의 일이다.

6) 964년 4월 29일에 서거했다.

작년과 다름없이 소나무 쑥쑥 크네

상시 마마[7]께서 "하늘 날개옷이라는 제(題)로 한번 읊어보면 어떨지"라고 하시기에, 이렇게 읊으셨다.

미치쓰나의 어머니

젖은 물옷에 날개옷 묶어 매고 해녀 날으네

해초소금 굽던 불 끄지도 않은 채로[8]

친정아버지가 미치노쿠 지방에서 경치 좋은 여러 곳을 그림으로 그려 서울로 올라오셔서 들고 와 보여주셨을 때 이렇게 읊으셨다.[9]

미치쓰나의 어머니

미치노쿠의 지카(ちか) 섬에 직접 가 보았더라면

진달래 언덕바지 얼마나 장관이랴

어떤 사람이 가모 마쓰리가 열리는 날 사위를 들이려고 하는데, 남자 쪽에서 마쓰리 날 결혼하게 되어 기쁘다는 것을 알려왔기에, 거기에 대한 답가를 이렇게 대신해 읊으셨다.

---

7) 가네이에의 여동생 도시.

8) 하늘이라는 뜻의 '아마'(天)와 해녀라는 뜻의 '아마'(海女)가 같은 음이라는 데 착안해 읊은 와카이다.

9) 도모야스가 미치노쿠 지방의 지방관으로 취임한 것은 954년이며, 귀경한 것은 959년 말이나 960년 초로 추정된다.

미치쓰나의 어머니

미덥지 않네 바자울 좁다는 듯 족두리풀 잎

금줄 너머 자라듯 다른 여인 있을 듯[10]

친정아버님[11] 거상(居喪) 중이라 동기간 모두 한집에 모여 지냈는데, 사십구재가 끝난 뒤 다른 이들은 모두 자기 집으로 돌아가고, 홀로 남아 이렇게 읊었다.

미치쓰나의 어머니

우거진 풀에 뒤덮여 황폐해진 집을 지키려

홀로 남은 내 신세 이슬처럼 허무해

이에 대한 답가를 다메마사 대감[12]이 이렇게 읊어 보내셨다.

다메마사

가슴속에 풀 모든 이 가슴속에 우거져 있네

황폐한 들에 내린 이슬처럼 사라질 듯

금상(今上)[13]의 탄생 쉰 날 축하연이 열렸을 때, 멧돼지 장식품[14]을

---

10) 가모 마쓰리 때는 우차 등을 '아오이'라는 족두리풀로 장식해 아오이 마쓰리로도 불렸기에, 족두리풀을 소재로 하여 읊고 있다.

11) 『손피분먀쿠』에 따르면, 부친인 도모야스는 977년 사망했다.

12) 미치쓰나의 어머니의 형부인 후지와라 다메마사.

13) 가네이에와 도키히메의 딸인 센시의 아들인 이치조 천황(一条天皇, 재위

만들었기에, 이렇게 읊으셨다.

미치쓰나의 어머니

만세소리가 가득 울려퍼지는 산속 멧돼지[15]

당신 님 만수무강 나타내고 있구나

나으리[16]가 잎이 여덟(八重)인 황매화를 보내주신 데 대한 답가로 이렇게 읊으셨다.

미치쓰나의 어머니

누가 이 꽃잎 여덟이라 했는가 나라면 그저

열 잎(十重)[17]이 좋을지니 여덟 잎 황매화 꽃

동기간 가운데 하나[18]가 미치노쿠 지방 지방관으로 내려가게 되었는데, 장마철이었는데 내려가는 당일은 날이 개었다. 그래서 그 지방에 있

986~1011)으로 추정되며, 980년 태어났다.

14) 멧돼지는 다산을 상징하는 상서로운 동물로 여겨졌다.

15) 한무제가 숭고산에 올라, 사방에서 외치는 만세소리를 들었다는 고사에 의한다(『漢書』, 『史記』).

16) 가네이에.

17) 열 잎(十重)은 일본어로 '도에'로 읽어, 찾아오라는 의미의 '도에'(訪へ)와 발음이 같다. 즉, 미치쓰나의 어머니는 꽃만 보내지 말고 직접 찾아오는 게 더 낫다는 본마음을 와카에 담아 표현하고 있다.

18) 마사토와 나가토(長能)는 둘 다 미치노쿠 지방의 지방관으로 부임한 기록이 없어 누구인지 확실하지 않다.

는 가하쿠(河伯)라는 신[19]을 소재로 이렇게 읊었다.

남자형제

내 가는 임지 가하쿠 신 가호가 있는 것인가

하늘 보니 비 갤 듯 말라오는 듯하네

이에 대한 답가로 이렇게 읊으셨다.

미치쓰나의 어머니

이제 알았네 가하쿠 신은 바로 널 위해 하늘

밝게 비춰주시는 아마테라스(天照らす)[20]인걸

휘파람새가 버드나무 가지에 앉아 있다는 제로 이렇게 읊으셨다.

미치쓰나의 어머니

내 머무는 집 버드나무 가지는 가늘다 해도

휘파람새 끝없이 찾아왔으면 하네

동궁부(東宮傅) 나으리[21]가 처음으로 여인에게 편지를 보내셨을 때,

---

19) 미야기 현(宮城県) 와타리 군(亘理郡)에 있었던 아후쿠카하쿠 신사(安福河伯神社)의 제신.

20) 해의 신으로 하늘을 다스린다는 아마테라스오미카미(天照大御神).

21) 미치쓰나. 그는 1007년 1월 28일에 동궁부가 되어 1011년 6월 13일에 그만두었다. 권말 가집의 성립 시기를 추정하는 데 중요한 실마리를 제공해주는 호칭

이렇게 대신 읊어 보내셨다.[22)]

미치쓰나의 어머니

오늘은 답장 올까 애를 태우며 기다리누나

내 사랑 시작된 게 언젠지 아련하네

그런데 자주 편지를 보내는데도 답장이 없는지라, 두견새 모양의 장식품을 만들어, 이렇게 읊어 보냈다.

미치쓰나

뒤섞여 나는 날개 두고 어이해 둥지를 뜨는

작은 새 품지 않아 한탄만 하게 하나

그래도 여전히 답장이 없자, 이렇게 읊었다.

미치쓰나

어찌 되려나 오늘 안에라도 꼭 알게 됐으면

바람결에 거미줄 흔들리는 모습을

또 읊어 보내기를, 이러했다.

으로, 이를 근거로 권말 가집은 1007년 이후 성립된 것으로 추정되고 있다.

22) 미치쓰나의 어머니가 아들을 대신해 읊은 와카이다. 하권에서 야마토 여인과 야쓰하시 여인에게 보낸 미치쓰나의 와카를 대신 읊었던 바와 같이, 아래에 나오는 일련의 미치쓰나의 와카 또한 어머니가 대신 읊은 것으로 보인다.

미치쓰나

부부 될 인연 전혀 없는 사이라 하오신다면

스미요시(住吉) 강 기슭 원추리[23] 그립기만

그러자, 이러한 답가가 왔다.

여인

스미요시 강 기슭에 자라는 줄 이제 알았네

그 풀 꺾을까 말까 당신 맘 가는 대로

마음 주고 있던 여인이 병위부좌(兵衛府佐)인 사네카타(実方)[24]와 맺어지기로 되어 있다는 소문을 들으시고, 좌근위부 소장(左近衛府少將)으로 계실 때 일이셨는지, 이렇게 읊어 보내셨다.

미치쓰나

그리 빈번히 떡갈나무 숲에는 안부하면서

미카사 산엔 어이 기다린 보람 없나[25]

---

23) 원추리는 일본어로 '와스레구사'(忘れ草)라고 하여, 지니고 있으면 시름을 잊게 하는 풀이라고 한다.

24) 가네이에의 숙부인 고이치조 좌대신 후지와라 모로마사의 손자로, 가인으로 유명하다.

25) 떡갈나무는 병위부의 다른 이름으로 사네카타를, 미카사는 근위부의 다른 이름으로 미치쓰나를 가리킨다. 『구교부닌』에 따르면, 미치쓰나는 983년 2월부터 986년 10월까지 좌근위 소장이었다.

답가는 이러했다.

여인
떡갈나무도 미카사 산도 모두 여름이기에
무성하다 하여도 그 무슨 소용일까

여인이 답장을 보내려는 것을 부모형제가 말린다는 소문을 듣고, 사초(莎草)에 꽂아 이렇게 보냈다.

미치쓰나
고개를 살짝 돌려서 당신 혼자 읽으셨으면
쌀쌀맞다 소문난 내 편지인지라서[26)]

앓아 누우셨을 때 이렇게 읊어 보냈다.

미치쓰나
죽어서 건널 삼도천(三途川) 물길 깊이 알 수 없는걸
불안해하던 내가 먼저 건너가는가

답장은 이러했다.

---

26) 사초는 일본어로 '스게'(菅)라 하는데, 쌀쌀맞다는 의미의 '스게나시'(すげなし)와 음이 중첩돼 쓰이고 있다.

여인

저보다 먼저 삼도천 건너가는 일 생긴다면

물가 헤매이면서 비탄에 젖을지니

여인이 답장을 보내줄 때도 있고 없을 때도 있는지라, 이렇게 읊었다.

미치쓰나

거미줄처럼 쳐졌나 하고 보면 끊어지누나

둘 사이 갈라놓는 바람만 원망하네

칠월 초이렛날에 읊은 와카.

미치쓰나

칠월 칠석날 아침부터 둘러친 소원 줄[27]처럼

이슬 머금어 내게 휘청할 일 없겠나

여인과 하룻밤을 함께 보낸 그 다음날 읊은 와카이다.

미치쓰나

헤어진 뒤 곧 아침 길 내 옷소매 젖어드누나

소매 마를 새 내 맘 다스릴 게 있으랴

---

27) 칠석 전날이나 당일에 오색실을 장대 끝에 걸어 바친 뒤, 뽑아내는 습속이 있다.

불문에 귀의하신 나오리[28]가 다메마사 대감의 따님과 헤어져 마음에서 지우신 뒤, 석송(石松) 넝쿨을 엮어달라며 보내셨기에, 그 따님[29] 입장에서 이렇게 읊으셨다.

미치쓰나의 어머니

해로하자던 그 언약 끊긴 채로 석송 넝쿨을
무엇에 비기면서 오늘 엮어야 하나

여원(女院)[30]께서 아직 출가하지 않으시고 황후로 계실 적에 법화팔강[31]을 거행하신 적이 있으셨다. 헌상물로 연밥으로 만든 염주를 바치면서 이렇게 읊어 보내셨다.

미치쓰나의 어머니

정토 마니 물[32] 그 파도소리에는 못 미친대도
연잎 위 이슬방울 그 자비 받고 지고

28) 후지와라 요시치카(藤原義懐). 가잔 천황(花山天皇, 재위 984~986) 때 실권을 잡았지만, 천황이 양위하고 출가하자 함께 출가했다. 후지와라 고레마사의 아들로 가네이에의 조카이며, 미치쓰나의 어머니의 동기간인 나가토와 친분이 있었다.

29) 미치쓰나의 어머니의 조카이며 다메마사의 딸.

30) 도키히메가 낳은 가네이에의 둘째 딸 히가시산조인(東三条院) 센시.

31) 『법화경』 8권을 아침, 저녁 두 번씩 강의하고 나흘간 법회를 여는 행사. 990년 12월 8일, 센시가 세상을 떠난 도키히메를 위해 연 것이다.

32) 극락에서 미묘한 소리를 내며 흐른다고 하는 마니 법수(摩尼法水)의 물결.

비슷한 무렵, 동궁부 나으리가 귤나무를 헌상했더니, 여원께서 이렇게 읊으셨다.

센시

그리 자주는 소식 주지 않아도 두견새처럼
귤나무 가지 찾듯 이리 인연 닿았네

답가로 이렇게 읊어 보내드렸다.

미치쓰나

윗가지에는 못 맺는 감귤 열매 같은 내 신세
아래로만 맴도는 두견새 나를 보듯

고이치조 대장[33]께서 시라카와(白川)[34]에 가 계셨을 때, 동궁부 나으리께 "꼭 오십시오"라고 하신 뒤 기다리고 계셨다. 하지만 비가 엄청나게 쏟아져 길을 나서지 못하고 계신데, 아랫사람을 보내 '빗방울 많은 탓에'[35]라고 하시기에, 이렇게 읊어 답했다.

---

33) 후지와라 나리토키(藤原済時). 후지와라 모로마사의 아들로 가네이에의 사촌.
34) 교토 시 사쿄 구 근처로, 헤이안 시대에는 별장이 많았다.
35) '기다릴 제는 두견새 울음 아니 우는 저녁녘 빗방울 많은 탓에 길 피해 안 오시나'(ほととぎす待つとき鳴かずこの暮やしづくをおほみ道やよくらむ, 『古今和歌六帖』 第一)의 한 구절을 인용했다.

미치쓰나

온몸 젖어도 그립고 그리운 길 피할 리 있나

아직 전갈 없다고 걱정하지 마시길

중장(中將) 비구니[36]께 집을 빌리고자 하셨으나 빌리지 못하셨기에, 이렇게 읊으셨다.

미치쓰나의 어머니

물 위 뜬 연잎 좁은 탓 이슬방울 모이지 않듯

이 한 몸 이 세상에 의탁할 데 없구나

답가는 이러했다.

중장 비구니

극락 연화대 넋 깃들듯 연잎 위 이슬방울져

부처님 뜻과 다른 당신 마음이라네

아와타 들(粟田野)[37]에 나가 둘러보시고 돌아가실 제 이렇게 읊으셨다.

---

36) 미나모토 기요토키(源淸時)의 딸.

37) 교토 시 히가시야마 구 아와타구치(粟田口) 근방의 들판.

미치쓰나의 어머니

억새풀 이삭 끝없이 날 부르는 산골 풍경에

내 온 마음 빼앗겨 그냥 둔 채 오누나

고 다메마사 대감[38]께서 후몬지(普門寺)[39]에서 천 부의 경을 써서 부처님께 공양하는 법회에 참석하신 뒤, 돌아가실 제 오노(小野) 별장[40]의 벚꽃이 너무 볼 만하기에, 수레를 안으로 들여 구경하시고 돌아가실 제 이렇게 읊으셨다.

미치쓰나의 어머니

장작 패는 일 어제 다 마쳤으니 이제 이 도끼[41]

자루 썩을 때까지 즐겨나 보고 지고

경마에서 진 편이 이긴 편을 대접할 때의 물품인 듯, 섭정 나으리[42]가 은으로 만든 참외 모양의 도시락상자를 만들어 레이제이인께 바치려고

---

38) 『곤키』(権記) 등의 기록을 통해 다메마사가 1002년 2월 이전에 사망한 것은 확실하지만, 정확한 사망일은 알 수 없다.

39) 교토 시 북쪽 이와쿠라나가타니(岩倉長谷)에 있었던 절.

40) 오노는 교토 시 사쿄 구 오하라 근방으로, 오노 별장은 다메마사의 부친인 후지와라 후미노리의 별장으로 추정된다.

41) 도끼의 일본어인 '오노'(斧)가 별장 이름과 동음이라는 데 착안해 읊은 와카이다. 진(晋)의 왕질(王質)이 신선세계에서 노인의 장기를 보고 있던 중 시간 가는 줄을 몰라 도끼자루가 썩었다는 고사를 염두에 두어, 시간 가는 줄 모르고 벚꽃을 감상하자는 와카.

42) 가네이에. 『구교부닌』에 따르면, 가네이에는 986년 6월 24일부터 990년 5월 5일까지 섭정을 역임했으며, 62세를 일기로 990년 7월 2일에 사망했다.

할 때의 일이다. "이 그릇에 새기고 싶소"라며 섭정 나으리가 와카를 대신 읊어주시기를 청하였기에, 이렇게 읊으셨다.

미치쓰나의 어머니
몇 대를 거쳐 거듭난 야마시로(山城) 고마[43] 산 참외
이 그릇 그와 같이 길이길이 남기를

두견새 울고 있는 산골 마을에서 여인이 시름에 잠겨 있는 그림이 있기에, 이렇게 읊으셨다.

미치쓰나의 어머니
서울 사람들 밤 지새며 기다릴 두견새 울음
시름에 젖은 산골 지금 울며 지나네

이 와카는 간나 2년(寛和二年)[44] 와카 경연[45]에 지어 바친 것이다.
법사가 배에 타고 있는 그림을 보고 이렇게 읊으셨다.

---

43) 고마(狛)는 오늘날 교토 남부인 야마시로의 지명이다. 말의 일본어인 '고마'(駒)와 동음이라는 데 착안해 읊은 와카다.

44) 986년.

45) '우타아와세'(歌合)라고 한다. 사람들을 좌우로 나눠, 각각 읊은 와카를 좌우 한 수씩 짝을 지어 우열을 가려 우열의 수로 승부를 정하는 놀이다. 헤이안 시대 이래 궁정이나 귀족들 사이에서 유행했다.

미치쓰나의 어머니

바다 위 뜬 배 해녀[46] 타고 있다곤 들어왔어도

법사 탄 배 노 저어 잘못 나와 있구나

나으리께서 발걸음을 끊으신 뒤 "찾아오는 사람이 있겠지요"라는 말씀을 전해오셨기에, 이렇게 읊으셨다.

미치쓰나의 어머니

세상 물러나 말도 안 먹는 늙은 풀 같은 나를

새삼스레 그 누가 관심 가져주리오[47]

와카 경연[48] 때 지어 바친 와카들이다.

댕강목 꽃을 제재로 해 읊은 와카.

미치쓰나의 어머니

산골 마을에 댕강목 꽃 활짝 핀 모습 보자니

옷 갈아입을 때 돼 흰 옷 널린 듯하네

---

46) 해녀는 '아마'(海女)라고 읽어 비구니란 뜻의 '아마'(尼)와 동음이다. 비구니가 아닌 비구가 탔다는 데 착안한 와카이다.

47) 이 와카만이 『가게로 일기』 본문(하권, 974년 4월 기사)에 수록된 와카와 중복된다.

48) 993년 5월 5일 가네이에의 큰딸 조시 소생인 오키사다(居貞) 동궁(뒷날의 산조 천황)의 호위무관 진영인 다치하키 진(帯刀陳)에서 열린 와카 경연.

두견새를 제재로 해 읊은 와카.

미치쓰나의 어머니

두견새 지금 날아가는 소리가 들려오누나

알려주지 않아도 그 사람 들었을까

창포를 제재로 해 읊은 와카.

미치쓰나의 어머니

오늘 단옷날 창포 찾아 물가로 나아갔더니

찾는 소리 듣고서 곁으로 다가오네

반딧불이를 제재로 해 읊은 와카.

미치쓰나의 어머니

오월 장마철 녹음(綠陰)으로 어둑한 저녁 무렵 집

얼굴 화끈할 만큼 반딧불이 빛나네

패랭이꽃을 제재로 해 읊은 와카.

미치쓰나의 어머니

가지 한가득 꽃으로 뒤덮이지 않았더라면

패랭이꽃 상하(常夏)[49]란 이름 못 남겼으리

모깃불을 제재로 해 읊은 와카.

미치쓰나의 어머니

어리석게도 모깃불 피운 탓에 집안 한가득
들리던 벌레소리 멀어지게 했구나

매미를 제재로 해 읊은 와카.

미치쓰나의 어머니

첫 매미소리 듣자마자 곧바로 알게 되었네
보리 거두는 가을[50] 내 곁에 다가온걸

여름 풀을 제재로 해 읊은 와카.

미치쓰나의 어머니

풀숲 헤치고 말 오듯이 그 사람 오지 않을까
기다린 새 집 가득 무성해진 여름 풀

사랑을 제재로 해 읊은 와카.

---

49) 패랭이꽃을 일본어로 '도코나쓰'(常夏)라고 하는 데 착안한 와카이다.
50) 보리 거두는 가을(麦の秋)이란 여름을 뜻한다.

미치쓰나의 어머니
그리워하며 그 사람 생각하며 자지 않으리
꿈속에서 만난 뒤 깨어나 더 서럽네

축하를 제재로 해 읊은 와카.

미치쓰나의 어머니
셀 수도 없는 모래사장 위에 선 천 년 학(鶴)보다
두 사람이 언약한 천 년 세월 더 기네

잘 모르는 부분은 책에 있는 그대로 써두었다. 축하 와카는 일기에 있기에 쓰지 않는다.[51)]

| **해설** |

현존하는 모든『가게로 일기』사본의 하권 말미에는 작품 본문에 수록되지 못한 와카를 모은 이 가집이 첨부되어 있다. 미치쓰나의 어머니에게 경어를 사용하고 있다는 점을 보았을 때, 권말 가집은 타인이 편찬했다는 것을 알 수 있다. 또한 미치쓰나를 '동궁부 나으리'(傅の殿)라고 부르고 있는 데서 1007년 이후에 성립되었다는 것을 알 수 있다.

편집자로는 미치쓰나의 어머니와 동기간인 후지와라 나가토가 유력

---

51) 가네이에의 숙부인 모로마사의 쉰 살 축하 병풍가는 일기에 있기 때문에 넣지 않았다는 서사자의 주(註).

시되고 있으며 미치쓰나 또한 편집 계획에 참여했다고 추정되고 있다. 거의 비슷한 내용으로 구성되어 있는 『후노다이나곤도노하하우에노슈』(傅大納言殿母上集), 『미치쓰나노하하노슈』(道綱母集)라는 두 종류의 와카 집이 전해오고 있다.

연표

* 연도에 병기된 나이는 미치쓰나의 어머니의 추정 연령임.

연도(연령)	주요 사항
936년(1세)	미치쓰나의 어머니 태어나다(추정).
946년(11세)	4월, 스자쿠 천황이 양위하고 무라카미 천황이 즉위하다.
『가게로 일기』 상권 시작	
954년(19세)	여름께, 후지와라 가네이에가 구혼하다. 가을께, 가네이에와 결혼하다. 10월, 친정아버지 후지와라 도모야스가 미치노쿠 지방의 지방관으로 임관되어 임지로 부임하다. 12월, 가네이에가 요카와에 칩거하다.
955년(20세)	8월 하순, 미치쓰나를 출산하다. 10월 하순, 가네이에가 마치노코지 여자네 집에 드나든다는 사실을 알게 되다.
956년(21세)	4월께, 언니가 남편인 후지와라 다메마사를 따라 함께 살던 집에서 이사를 가다. 9월 11일, 가네이에가 소납언으로 임관되다.
957년(22세)	여름께, 마치노코지 여자가 남자아이를 출산하다.
959년(24세)	이즈음, 가네이에와 미나모토 가네타다의 딸 사이에 여자아이가 태어나다.
962년(27세)	1월 7일, 가네이에가 종4위 하에 임명되다. 5월 16일, 가네이에가 병부대보로 임관되다. 가네이에, 병부경 노리아키라 왕자와 와카를 증답하다.

5월 20일께부터 마흔닷새 부정을 피하려고 친정아버지 댁으로 옮기다.

963년(28세) 1월 3일, 가네이에가 다시금 승전하게 되다.
1월 28일, 친정아버지가 가와치(河內) 지방 지방관으로 임관되다.

964년(29세) 3월 27일, 가네이에가 좌경대부로 임관되다.
가을께, 친정어머니의 병이 깊어져 산사로 정양을 가지만 결국 사망하다.
친정어머니의 사십구재를 올리다.

965년(30세) 가을께, 친정어머니의 일주기 재를 산사에서 올리다.
9월 10일께, 언니가 남편의 임지로 따라 내려가다.
언니를 그리며 이모와 와카를 주고받다.

966년(31세) 3월, 가네이에가 미치쓰나의 어머니 집에 있다가 병이 나, 친정 오빠의 도움으로 본인 집으로 돌아가다.
10여 일 후, 가네이에의 간청으로 큰맘 먹고 가네이에의 집으로 병문안을 가다.
4월 14일, 가모 마쓰리를 구경하러 갔다가 도키히메를 만나 와카 윗구와 아랫구를 주고받다.
9월, 이나리 신사와 가모 신사에 참배하러 가 불안정한 신세를 한탄하며 고하다.

967년(32세) 2월 5일, 가네이에가 동궁량을 겸하다.
3월 하순, 물새알을 실로 묶어 포개, 구조전 후시 여어에게 올리다.
5월 25일, 무라카미 천황이 승하하고 레이제이 천황이 즉위하다.
6월 10일, 가네이에가 장인두로 임관되다.
7월, 후지와라 스케마사와 그 부인이 잇따라 출가하다.
10월 7일, 가네이에가 좌중장으로 임관되다.
11월 중순, 가네이에의 집 근처로 이사하다.
12월 하순, 정관전 도시가 퇴궐해 미치쓰나의 어머니 집 서쪽 채로 와 머물다.

968년(33세) 정월 초하루, 정관전과 나무 인형에 와카를 매달아 증답하다.
9월, 하쓰세(하세데라)에 참배를 하다.
10월 14일, 가네이에와 도키히메의 딸인 조시가 입궐해, 12월 7일, 레이제이 천황의 여어가 되다.
10월 26일, 다이조에 전에 열리는 주상의 목욕재계 행사를 구경하다.
11월 23일, 가네이에가 형인 가네미치보다 먼저 비참의 종3위에 임명되다.
11월 24일, 다이조에가 열리다.

『가게로 일기』 중권 시작

969년(34세) 정월 초하루, '서른 날 낮밤은 내 곁에'라는 와카를 가네이에에게 써서 보내다.
1월 2일, 미치쓰나의 어머니네 하인과 도키히메네 하인들이 싸움을 벌이다.
이즈음, 좀 떨어진 곳으로 이사하다.
2월 7일, 가네이에가 중납언으로 임관되어 동궁대부를 겸하다.
3월 25, 26일께, 서궁 좌대신 미나모토 다카아키라가 유배당했다는 소식을 듣다.
윤 5월 하순부터 병석에 눕다. 가네이에가 개축 중인 저택을 오가다가 병문안을 오다.
병세가 악화돼 유서를 쓰다.
6월 하순, 다카아키라의 정처가 출가했다는 소식에, 장가를 보내 위로하다.
6월 20일께, 병세가 약간 차도를 보이다. 본집인 이치조니시노토인으로 옮기다.
가네이에가 미치쓰나를 데리고 미타케로 참배를 떠나 7월 1일 돌아오다.
가네이에의 숙부인 좌대신 후지와라 모로마사의 쉰 살 축하 병풍가를 의뢰받고 아홉 수를 지어 보내다.
8월 13일, 레이제이 천황이 양위를 하고 뒤이어 엔유 천황이 즉위하다. 가네이에의 백부인 후지와라 사네요리가 섭정이 되다. 가네이에가 동궁대부를 그만두고 승전하게 되고, 미치쓰나가 승전을 견습하다.
9월 21일, 가네이에가 정3위에 서위되다.
10월, 좌대신 후지와라 모로마사가 사망하다.
10월 10일, 가네이에의 여동생인 도시가 상시로 임관되다.
11월, 눈이 잔뜩 쌓인 것을 보며 독영가를 읊다.

970년(35세) 봄, 가네이에가 새 저택으로 옮기다.
3월 15일, 궁중 활쏘기 시합이 열려 미치쓰나가 후발대로 참여해 활약하고, 춤도 호평을 받아 천황에게서 옷을 하사받다.
4월 10일부터 가네이에가 발길을 끊다.
5월 18일, 섭정 태정대신(오노 궁 대신) 후지와라 사네요리가 서거해 세상이 시끄럽다.
5월 20일, 가네이에의 장형인 우대신 후지와라 고레마사가 섭정이 되다.
5월 말, 가네이에가 바느질감 손질을 부탁해왔지만 거절하다.
6월, 가네이에가 발길을 끊은 지 '밤에 본 것은 서른여 날, 낮에 본 것은 마흔여 날'이나 되어, 휘파람새 울음소리를 들으며 독영가를 읊다.
6월 20일께, 가라사키로 불제를 하러 가다.
미치쓰나에게 출가를 하고 싶다고 하자, 본인도 법사가 되겠다며 울면서 기르던 매를 날려 보내다.
7월 10일께, 걱정하고 있던 오본 공물을 예년처럼 가네이에가 보내주다.
이즈음, 가네이에가 오미인지 선제의 공주인지 확실하지는 않지만 새로운 여성에게 드나든다는 소문을 전해 듣다.
7월 20일께, 이시야마데라로 참배하러 가다.
스모 축제를 구경하러 입궐한 미치쓰나를 가네이에가 그다지 신경 써주지 않다.
8월 5일, 관직 인사이동이 있어 가네이에가 우대장을 겸하게 되다.

8월 19일, 대납언 미나모토 가네아키라의 주례로 미치쓰나가 관례를 올리다. 불길한 방위인데도 가네이에가 찾아와 묵다.

10월 26일, 다이조에 전의 주상의 목욕재계 행사가 열려 구경하러 가다.

11월 17일, 다이조에가 열려 20일에 끝나다.

11월 20일, 미치쓰나가 종5위 하에 서위되다.

그 뒤 가네이에의 발길이 끊기고, 12월 17, 18일께 내리는 비를 보며 옛날을 회상하며 독영가를 읊다.

971년(36세) 정월 초하루, 가네이에가 미치쓰나의 어머니 집 앞을 그냥 지나쳐 가다.

1월 8일께에야 겨우 가네이에가 찾아와 하룻밤을 묵다.

가네이에가 부탁해온 바느질감 손질을 거절하자, 20여 일 동안 소식이 끊기다.

2월 10일이 지나, 가네이에와 오미의 결혼이 이루어졌다는 소문을 듣다.

춘분 법회를 맞아 정진 준비로 돗자리 먼지를 터는 것을 보고 독영가를 읊다.

곧바로 긴 정진에 들어가 산사에 칩거하려고 마음먹지만 주위 사람들이 만류하다.

3월 말, 부정을 피할 겸 친정아버지 집으로 옮기다. 가네이에가 그리로 와 하룻밤을 묵었으나, 다음날 돌아간 뒤 소식이 없다.

4월 1일, 미치쓰나와 긴 정진에 들어가다.

정진에 들어간 지 20여 일쯤 지나 비구니가 된 자기 모습을 보는 꿈과 뱀이 뱃속에 들어 있는 꿈을 꾸다.

재계가 끝나 집으로 돌아온 뒤 가네이에가 다시금 집 앞을 그냥 지나가다.

6월 4일, 칩거하면서 참배를 하기 위해 나루타키에 있는 산사로 떠나다.

그 날 밤, 가네이에가 근신 중인데도 산사로 데리러 왔지만 돌아가지 않다.
서울에서 이모가 찾아와 머물다 가다.
여동생이 하산을 권하러 왔다가 다음날 돌아가다.
그 직후 가네이에가 보낸 사자가 와서 하산을 권하다.
친정아버지의 이해한다는 편지를 받고 안심하다.
6월 15일 결재 날, 서울로 보낸 미치쓰나가 가네이에의 편지를 들고 오다.
여러 사람들에게서 안부편지를 받다.
가네이에에게 보내는 답장을 미치쓰나 편에 들려 보내다.
며칠 후 도키히메의 장남인 미치타카가 아버지 가네이에의 명을 받고 마중을 왔지만 응하지 않다.
그 며칠 후 친정아버지가 와서 하산을 강하게 권유하고 돌아가다. 심란해 있던 차에 가네이에가 와서 억지로 데리고 나와, 해시쯤 집으로 돌아오다.
밤이 깊었지만, 가네이에는 미치쓰나의 어머니 집 방위가 불길하다며 돌아가다.
다음날 아침, 가네이에에게서 편지는 왔지만 그 뒤 며칠간 찾아오지 않다.
7월 3일, 가네이에는 오겠다고 연락한 채 오지 않아, 그 다음날 미치쓰나가 찾아가 사정을 묻다.
근신 등이 끝난 뒤 가네이에가 찾아오다.
7~8일 후, 친정아버지 집에서 정진하고 있을 때 가네이에가 찾아와 묵다.
7월 20일께, 친정아버지 일행과 하쓰세로 참배하러 갔다가 다음날 밤 늦게 서울로 돌아와, 친정아버지 집에 묵다.
그 다음날 낮, 가네이에에게서 편지가 와서 서둘러 집으로 돌아가다.
스모 축제 뒤에 열리는 연회를 개최한 뒤, 가네이에가 산사에 칩거하다.
산사에서 돌아온 가네이에가 7~8일 간격으로 찾아오다.

11월, 후지와라 고레마사가 태정대신으로 임관되다.
11월 20일, 가네이에가 찾아온 뒤, 그 뒤 20여 일간 발길을 끊다.
12월 16일, 비 오는 날 가네이에가 찾아오다.
가네이에가 오미네 집에 뻔질나게 드나든다는 소문을 듣다.
섣달 그믐날, 구나 행사를 지켜보는데 눈이 내리다.

『가게로 일기』 하권 시작

972년(37세) 정월 초하루, 신년 하례차 미치쓰나를 입궐시키다.
1월 3일, 엔유 천황이 관례를 올리다.
1월 7일, 백마절 행사가 열리다.
1월 24일, 가네이에가 임시 대납언으로 임관되다.
2월 17일, 이시야마데라 스님이 길몽을 꾸었다고 알려오다. 시녀와 미치쓰나의 어머니 본인의 꿈도 해몽하여 길조로 여기다.
가네이에와 미나모토 가네타다의 딸 사이에 태어난 여자아이를 양녀로 맞아들이기로 하다.
2월 19일, 미치쓰나 일행이 시가 산 동쪽 기슭으로 가 양녀를 데려오다. 그 날 가네이에가 방문해 부녀 상봉이 이루어지다.
2월 25일 밤, 오미네 집에 불이 나다.
윤 2월 4일 밤, 이웃에 불이 나, 가네이에가 안부차 들러 묵다.
윤 2월 10일, 가모 신사에 참배하고, 기타노와 후나오카를 돌아보고 귀가하다.
윤 2월 29일, 가네이에가 대납언으로 임관되다.
3월 10일, 이와시미즈하치만 궁의 임시 마쓰리가 열려, 외출에서 돌아온 길로 바로 구경하러 나가다.
3월 18일, 기요미즈데라에 참배하다. 집을 비운 사이 이웃에 불이 나 급히 돌아오니, 옆집 사람들이 피난 와 있다. 밤에 가네이에가 안부차 찾아와 묵고 가다.
3월 20일, 불길한 방위를 피하기 위해 불난 옆집 사람들이 친정아버지 댁으로 옮기다.
4월 10일께, 지인의 권유로 가모 마쓰리 전에 열리는 재원의 목욕재계 행사를 구경하다. 가모 신사에 공물을 바치러 참배를 갔다가 가네이에의 장형인 태정대신 후지와라 고레마사를 만나다.

4월 20일, 가모 마쓰리가 열리고, 그 날 미나모토 다카아키라가 귀경하다.

5월 5일, 양녀와 함께 구스다마를 만들어 도키히메의 딸인 센시에게 보내고, 와카를 증답하다.

6월에서 7월에 걸쳐, 친정아버지 집 식구들이 미치쓰나의 어머니 집에 한동안 머물다.

7월 14일, 가네이에가 오본에 쓸 공물을 보내오다.

8월 초, 이전에 들은 이 달에 죽을 명이라는 예언을 떠올리다.

8월 17일, 스모 축제 뒤에 열리는 잔치가 개최되다.

8월 하순, 미치쓰나가 야마토 여인과 와카를 증답하다.

8월 하순, 내 죽은 뒤 추억거리라도 되라고 그림을 그리다.

10월 10일께, 산사로 참배를 가 단풍구경을 하다.

11월 1일, 가네이에의 장형인 태정대신 후지와라 고레마사가 서거하여, 5일에 장례를 치르다.

11월 27일, 가네이에의 둘째 형인 후지와라 가네미치가 내대신으로 임관되어 관백이 되다.

12월 20일께, 가네이에가 찾아오다.

973년(38세) 정월 사나흘이 되어도 새해 기분이 들지 않고, 가네이에가 이상하다 싶을 정도로 자주 모습을 보이다.

1월 22일부터 24일까지 관직 인사이동이 있다.

2월 3일 낮, 가네이에가 찾아와, 한낮에 늙은 모습을 보인 것을 부끄럽게 여기다.

2월 5일, 한밤중에 오미네 집이 전소되다.

2월 10일께 낮, 가네이에가 찾아와 가스가 신사 참배에 관해 이야기하다.

3월 15일, 레이제이인의 소궁 시합이 열려, 미치쓰나도 참가하여 활약하다. 가네이에가 기쁨에 찬 편지를 보내오다.

3월 27일, 이와시미즈하치만 궁의 임시 마쓰리가 열리다. 행렬 속에서 가네이에를 발견하고 다음날 편지를 주고받다.
4월 23~24일께, 이웃에 불이 나 가네이에가 안부차 방문하다.
5월 20일께, 가네이에에게서 길 떠나는 사람에게 보낼 와카를 대신 지어달라고 부탁받다.
5월 22일께, 가네이에가 자신이 지은 와카를 보냈다며 그 와카를 평해달라고 부탁해오다.
7월 28일, 가네이에가 찾아온 뒤 발길을 끊다(가네이에의 마지막 방문).
8월 20일께, 가네이에가 오미네 집에 뻔질나게 드나든다는 소문을 듣다.
이즈음, 히로하타나카가와 근처로 이사하다.
9월 20일께, 가네이에가 겨울옷 바느질을 부탁해오고 월말에는 시타가사네를 지을 바느질감을 보내오다. 미치쓰나 편에 보내다.
11월, 친정아버지 집에 출산 소식이 있다.
아는 사람의 권유를 받고 모처로 참배를 가다.
그 3일 뒤, 가모 신사로 참배를 가다.
12월 20일, 천지지변으로 연호를 덴로쿠(天祿)에서 덴엔(天延)으로 바꾸다.

974년(39세) 1월, 친정아버지 댁에 출산 축하선물과 함께 와카를 보내다.
1월 15일, 지진이 일어나다.
1월 25일, 미치쓰나가 관직 인사이동을 앞두고 부산스레 근행 등을 하다.
1월 26일부터 관직 인사이동이 있고, 미치쓰나가 우마조로 임관되었다는 소식을 가네이에가 알려주다.
1월 29일, 미치쓰나가 우마조로 임관되다.
2월, 후지와라 가네미치가 태정대신으로 임관되다.
미치쓰나가 상사이자 숙부인 우마두 후지와라 도노리에게서 양녀에 대해 질문받다.

미치쓰나가 레이제이인이 주최하는 활쏘기 시합을 준비하다.
2월 하순, 양녀와 산사에 참배하러 가, 다음날 빗속에 귀가하다.
그 다음날, 도노리가 양녀에게 구혼하겠다는 뜻을 표명했다는 가네이에의 전언과 함께 도노리 본인의 말을 미치쓰나가 전해 오다.
이틀 뒤, 도노리가 편지를 보냈지만, 답장은 가네이에와 의논한 뒤 보내겠다며 답하지 않다.
도노리, 자주 편지를 보내다.
3월, 도노리가 가네이에의 의향을 물어본 편지에 대한 답장을 보여주려고 보내오다.
4월 7~8일께 낮, 도노리가 찾아왔지만 없는 척하다.
4월 10일 지나 어느 날 저녁때, 도노리가 찾아와 의중을 밝힌 뒤 그 뒤 자주 찾아오다.
미치쓰나가 가모 마쓰리 사자로 뽑히지만 재원이 목욕재계하는 날 부정을 타서 불참하게 되다.
4월 16일, 재원이 목욕재계를 하고, 4월 19일에 가모 마쓰리가 열리다.
가네이에로부터 결혼은 8월쯤이 좋겠다는 답을 얻어 도노리에게 전하다.
4월 22일 밤, 도노리가 찾아와 결혼이 너무 늦다며 원망의 말을 하고 간 뒤, 23일 아침에 도노리에게 위로의 와카를 보내다.
4월 24일, 도노리가 찾아와 결혼할 날을 기다리겠다고 약속하다.
가네이에가 미치쓰나의 어머니의 태도를 의심쩍어하는 와카를 보내왔기에 와카로 답하다.
5월 4일 비 오는 날, 도노리가 미치쓰나를 불러 푸념을 하고, 같은 날 함께 사는 사람과 신사에 참배하러 가 인형옷에 와카를 매달아 봉납하다.
5월 5일 새벽, 남자형제가 찾아와 창포를 엮고, 미치쓰나의 어머니는 미치쓰나와 구스다마를 만들다.
5월 27일, 도노리의 동생인 좌경대부 후지와라 도모토가 사망하다.
7월 중순, 도노리가 유부녀를 빼앗았다는 소문을 듣다.
도노리에게서 편지가 와서 답장을 보내다.
8월 20일께, 천연두가 유행하다. 미치쓰나도 천연두에 걸려 가네이에에게도 연락하다.
8월 20일께부터 9월에 걸쳐 비가 줄곧 내리다.
9월 상순, 미치쓰나가 천연두에서 회복되다.
9월 16일, 이태 전에 서거한 태정대신 고레마사의 두 아들이 천연두로 사망하다.
미치쓰나가 병에서 회복된 뒤 처음 외출한 날 야마토 여인이 탄 수레를 만나 다음날 와카를 보내다.
10월 20일께, 오미가 출산했다는 소식을 듣다.
가네이에의 형이자 태정대신인 가네미치의 와카를 남자형제가 들고 와, 친정아버지의 권유로 답가를 보내다.
11월 21일, 미치쓰나가 무인(舞人)으로 부름을 받아, 가네이에가 필요한 옷 등을 보내주다.
11월 22일, 임시 가모 마쓰리의 시악이 열리다. 가네이에가 편지를 보내오다. 미치쓰나가 가네이에의 집에서 춤을 연습한 뒤 입궐하다.
11월 23일, 임시 가모 마쓰리를 구경하다. 미치쓰나와 친정아버지가 대우받는 모습을 보며 기뻐하다.
미치쓰나가 야쓰하시 여인과 와카를 주고받다.
이 해, 미치쓰나의 장남인 도묘가 출생하다.
섣달 그믐날, 혼제와 구나 행사를 지켜보다.
『가게로 일기』 막을 내리다

975년(40세) 1월 26일, 가네이에가 안찰사를 겸하다.
3월, 도시가 사망하다.

976년(41세) 1월, 가네이에의 장녀 조시가 훗날 산조 천황으로 즉위하는 오키사다 왕자를 출산하다.
3월 20일, 이세 지방 지방관으로 있는 친정아버지가 이와시미즈하치만 궁의 임시 마쓰리의 사자로 뽑히다.

977년(42세) 1월 28일, 미치쓰나가 좌위문좌로 임관되다.

10월, 가네이에의 사촌형인 좌대신 후지와라 요리타다가 관백이 되다.

10월 11일, 가네이에는 겸직하던 우대장에서 해임되어 치부경으로 임관되고, 미치쓰나는 도사 임시장관으로 강등되다.

11월, 태정대신 후지와라 가네미치가 사망하다.

이 해, 친정아버지 후지와라 도모야스가 사망하다.

978년(43세) 8월, 가네이에와 도키히메의 차녀인 센시가 엔유 천황의 여어로 입궐하다.

10월 2일, 가네이에가 우대신으로 승진하다.

10월 17일, 미치쓰나가 좌위문좌로 재차 임관되다.

980년(45세) 1월 9일, 미치쓰나가 승전하다.

1월, 도키히메가 사망하다.

6월, 센시가 훗날 이치조 천황으로 즉위하는 야스히토(懷仁) 왕자를 출산하다.

7월 20일, 야스히토 왕자의 탄생 쉰 날 축하연 때 센시에게 축하 와카를 보내다.

983년(48세) 2월 2일, 미치쓰나가 좌근위 소장으로 임관되다.

984년(49세) 8월, 엔유 천황이 양위하고 가잔 천황이 즉위하다.

986년(51세) 6월 10일, 궁중 와카 경연에 미치쓰나가 어머니가 읊은 와카를 내놓다.

6월, 가잔 천황이 출가 퇴위하고, 가네이에의 외손주인 이치조 천황이 즉위하다.

6월 24일, 우대신 후지와라 가네이에가 섭정이 되다.

7월, 센시가 황태후가 되다.

10월 15일, 미치쓰나가 우중장으로 임관되다.

987년(52세) 10월 14일, 이치조 천황이 가네이에의 히가시산조 저택에 거둥하다.

11월 27일, 미치쓰나가 비참의로 임관되어 종3위가 되다.

988년(53세) 3월 16일, 후지와라 가문의 절인 호쇼지에서 가네이에의 환갑 잔치를 열다.

989년(54세) 6월, 태정대신 후지와라 요리타다가 사망하다.
12월 20일, 섭정 후지와라 가네이에가 태정대신이 되다.

990년(55세) 1월, 이치조 천황이 관례를 올리고, 가네이에의 장남이며 미치쓰나의 이복형인 미치타카의 딸 데이시(定子)가 입궐하다.
5월, 후지와라 미치타카가 섭정 · 관백이 되다.
7월 2일, 태정대신 후지와라 가네이에가 사망하다(향년 62세)
10월 5일, 미치쓰나가 중궁 임시 대부를 겸하다.
12월 8일, 황태후 센시가 사망한 친정어머니 도키히메를 위하여 법화팔강을 거행하다. 미치쓰나의 어머니가 그 헌상물로 연밥으로 만든 염주를 바치다.

991년(56세) 9월 7일, 미치쓰나가 참의로 임관되다.
9월, 미치쓰나의 이복형인 미치카네는 내대신, 미치나가는 임시 대납언으로 임관되다.

993년(58세) 5월 5일, 미치쓰나의 어머니가 동궁의 호위무관 진영인 다치하키 진에서 열린 와카 경연에 와카를 바치다.

995년(60세) 지난해에 이어 역병이 크게 유행하다.
4월, 관백 후지와라 미치타카가 사망하고 동생인 후지와라 미치카네가 관백이 되다.
5월, 관백 후지와라 미치카네가 사망하고 동생인 후지와라 미치나가가 관백에 준하는 위치에 오르다.
5월 2일, 미치쓰나의 어머니 사망하다.

996년 4월 24일, 미치쓰나가 중납언으로 임관되다.
5월 2일, 미치쓰나가 돌아가신 어머니의 일주기 법회를 열다.
7월, 미치나가가 좌대신이 되다.
12월 29일, 미치쓰나가 우대장을 겸하다.

997년 7월 5일, 미치쓰나가 대납언이 되어 우대장, 동궁대부를 겸하다.

999년 미치나가의 딸인 쇼시(彰子)가 입궐해 이치조 천황의 여어가 되어, 이미 입궐해 있던 사촌인 미치타카의 딸 데이시와 경쟁관계를 이루다.

1007년	1월 28일, 미치쓰나가 동궁부를 겸하다.
1011년	6월, 이치조 천황이 양위, 승하하고 산조 천황(가네이에의 외손으로 장녀 조시의 소생)이 즉위하다. 6월 13일, 미치쓰나가 동궁부를 사임하다.
1016년	1월, 산조 천황이 양위하고 고이치조(後一条) 천황(가네이에의 5남 미치나가의 외손으로, 쇼시의 소생)이 즉위하다.
1020년	10월 16일, 대납언 후지와라 미치쓰나 사망하다(향년 66세).

이 책의 등장인물(권말 가집 제외)

미치쓰나의 어머니(道綱母) 후지와라 도모야스의 딸.
후지와라 가네이에(藤原兼家) 미치쓰나의 어머니의 남편.
후지와라 미치쓰나(藤原道綱) 미치쓰나의 어머니와 가네이에 사이의 외아들. 가네이에의 차남.

노리아키라(章明) **왕자** 다이고 천황의 아들
노리히라(憲平) **왕자** 무라카미 천황의 둘째 왕자. 레이제이 천황. 가네이에의 누나인 안시의 아들.
도키히메(時姫) 후지와라 나카마사의 딸로 가네이에의 첫째 부인.
도시(登子) 정관전 상시. 가네이에의 여동생. 시게아키라 왕자의 비였다가 왕자의 사후 무라카미 천황 때 입궐.
마치노코지 여자(町の小路の女) 가네이에의 부인.
모리히라(守平) **왕자** 무라카미 천황의 다섯째 왕자. 엔유 천황. 가네이에의 누나인 안시의 아들.
무라카미 천황(村上天皇) 재위기간 946~967년.
미나모토 가네아키라(源兼明) 겐지 대납언. 미나모토 다카아키라의 형.
미나모토 가네타다(源兼忠)**의 딸** 가네이에와 관계가 있었던 여성. 가네이에와의 사이에서 낳은 딸은 후에 미치쓰나의 어머니의 양녀가 된다.
미나모토 다다키요(源忠清) 우근위 중장. 다이고 천황의 손자.
미나모토 다카아키라(源高明) 서궁 좌대신. 다이고 천황의 아들.
선제의 공주 무라카미 천황의 셋째 공주인 호시.

센시(詮子) 가네이에와 도키히메의 차녀. 엔유 천황의 비로 이치조 천황의 어머니.

아이미야(愛宮) 미나모토 다카아키라의 부인. 가네이에의 이복여동생.

야마토(大和) **여인** 미치쓰나와 와카를 주고받던 여인.

양녀 가네이에와 미나모토 가네타다의 딸 사이에서 태어난 여자아이.

언니 후지와라 다메마사의 부인.

여동생 미치쓰나의 어머니의 여동생.

야쓰하시(八橋) **여인** 미치쓰나와 와카를 주고받던 여인.

오미(近江) 후지와라 구니아키의 딸. 가네이에와의 사이에서 낳은 스이시는 산조 천황의 비가 된다.

오 요시모치(多好茂) 무악(舞樂)의 명인.

이모 미치쓰나의 어머니 친정어머니의 여동생.

조시(超子) 가네이에와 도키히메의 장녀. 레이제이 천황의 비로 산조 천황의 어머니.

친정아버지 후지와라 도모야스(藤原倫寧). 미더워하고 있는 사람.

친정어머니 예스러운 사람.

후시(怤子) 가네이에의 여동생. 레이제이 천황의 비.

후지와라 가네미치(藤原兼通) 호리카와 대감. 가네이에의 둘째 형.

후지와라 고레마사(藤原伊尹) 이치조 태정대신. 가네이에의 장형.

후지와라 나가토(藤原長能) 미치쓰나의 어머니의 남자형제.

후지와라 다메마사(藤原為雅) 후지와라 후미노리(藤原文範)의 차남으로 미치쓰나의 어머니의 형부.

후지와라 다메타카(藤原為孝) 미치쓰나의 어머니의 조카로 후지와라 마사토의 아들.

후지와라 다카미쓰(藤原高光) 아이미야의 친오빠. 가네이에의 이복형제.

후지와라 다카카타(藤原挙賢) 후지와라 고레마사의 아들. 좌소장. 천연두로 사망.

후지와라 도노리(藤原遠度) 우마료 장관. 가네이에의 이복동생.

후지와라 도모토(藤原遠基) 좌경대부. 가네이에의 이복동생이자 도노리의 친동생.

후지와라 마사토(藤原理能) 미치쓰나의 어머니의 오빠.

후지와라 모로마사(藤原師尹) 고이치조 좌대신. 가네이에의 숙부.

후지와라 모로스케(藤原師輔) 가네이에의 아버지.

후지와라 미치타카(藤原道隆) 병위좌. 가네이에와 도키히메의 장남.

후지와라 사네요리(藤原実頼) 오노 궁 대신. 가네이에의 백부.

후지와라 스케마사(藤原佐理) 병위좌. 출가.

후지와라 스케마사의 부인 다메마사의 여동생. 남편을 따라 출가.

후지와라 모로우지(藤原師氏) 안찰사 대납언. 가네이에의 숙부.

후지와라 요리타다(藤原頼忠) 좌위문독. 후지와라 사네요리의 차남으로 가네이에의 사촌.

후지와라 요시타카(藤原義孝) 후지와라 고레마사의 아들. 우소장. 천연두로 사망했다.

주요 인물의 가계도

미치쓰나의 어머니

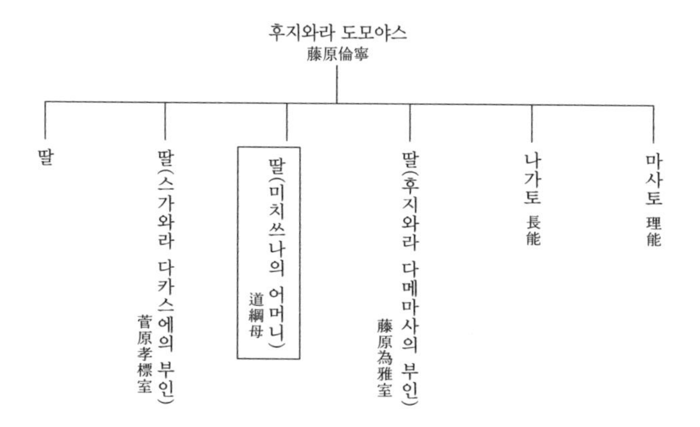

후지와라 가네이에

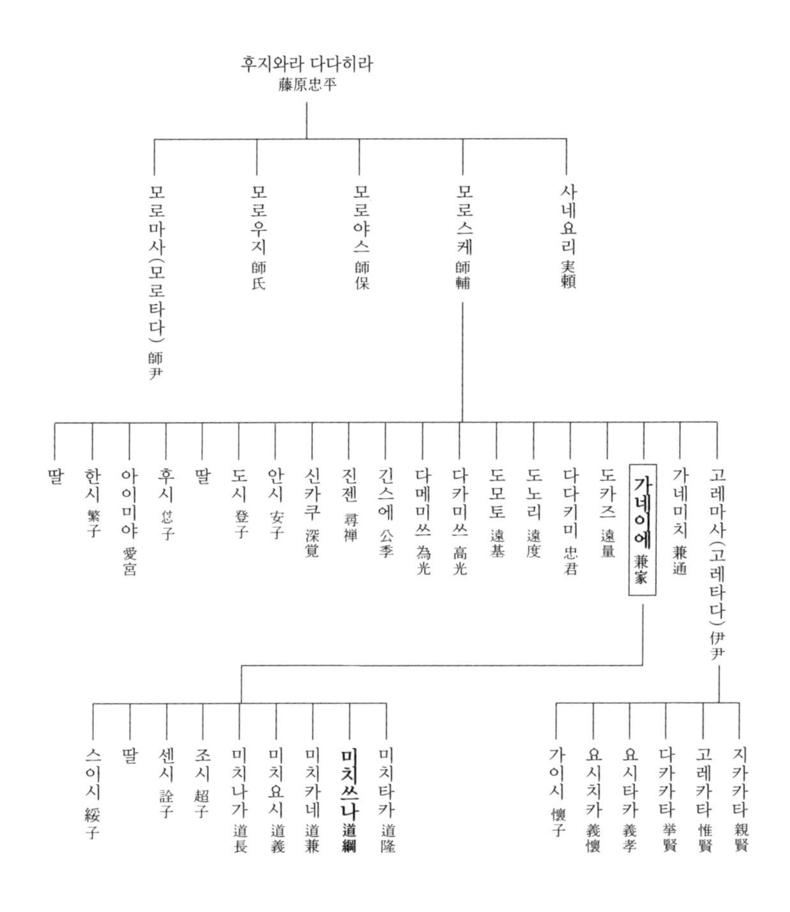

후지와라 다다히라 藤原忠平
모로마사(모로타다) 師尹
모로우지 師氏
모로야스 師保
모로스케 師輔
사네요리 実頼
딸
한시 繁子
아이미야 愛宮
후시 怤子
딸
도시 登子
안시 安子
신카쿠 深覚
진젠 尋禅
긴스에 公季
다메미쓰 為光
다카미쓰 高光
도모토 遠基
도노리 遠度
다다키미 忠君
도카즈 遠量
가네이에 兼家
가네미치 兼通
고레마사(고레타다) 伊尹
스이시 綏子
딸
센시 詮子
조시 超子
미치나가 道長
미치요시 道義
미치카네 道兼
미치쓰나 道綱
미치타카 道隆
가이시 懐子
요시치카 義懐
요시타카 義孝
다카카타 挙賢
고레카타 惟賢
지카카타 親賢

헤이안 경 주변 지도

교토 부근

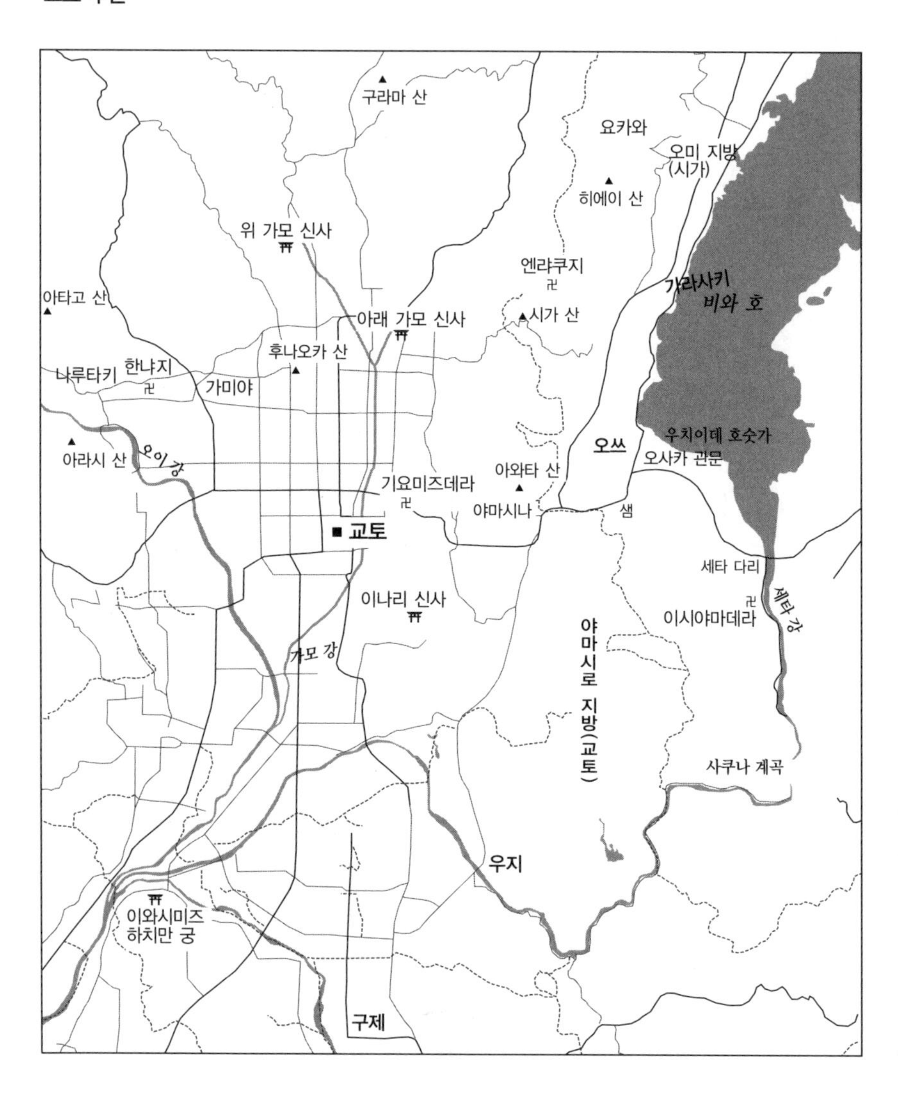

나라 부근

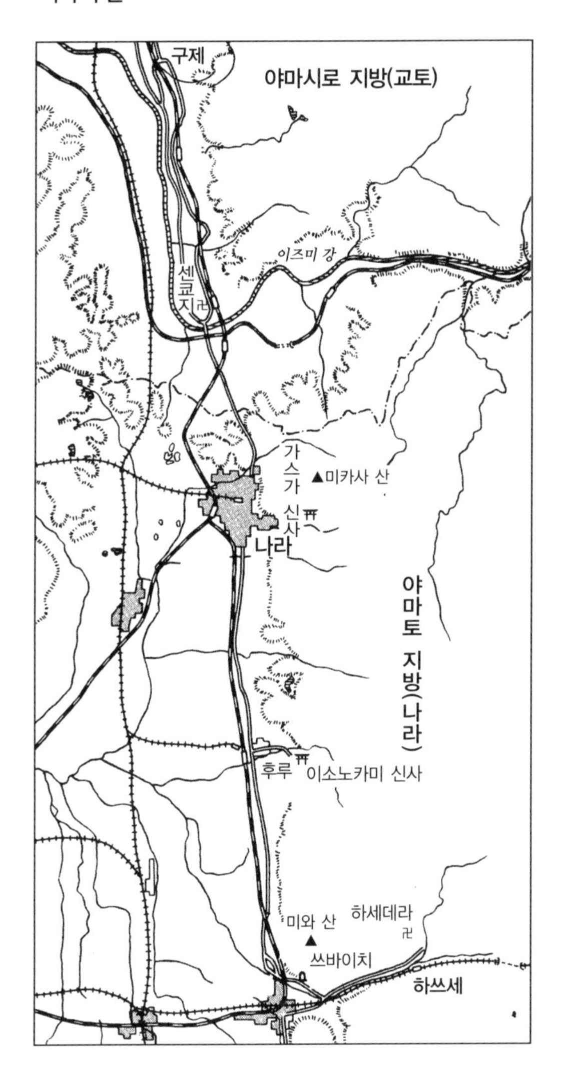

구제
야마시로 지방(교토)
이즈미 강
센교지
가스가 신사
▲미카사 산
나라
야마토 지방(나라)
후루
이소노카미 신사
미와 산
하세데라
쓰바이치
하쓰세

참고문헌

1. 주요 저본

木村正中 · 伊牟田経久 校注 · 訳, 『土佐日記 蜻蛉日記』(新編日本古典文学全集13), 小学館, 1995.

佐伯梅友 · 伊牟田経久 編, 『改訂新版 かげろふ日記総索引 索引篇』, 風間書房, 1981.

上村悦子『蜻蛉日記 校本 · 書入 · 諸本の研究』, 古典文庫, 1963.

2. 『가게로 일기』 주석서(간행 연대순)

坂徵, 『蜻蛉日記解環』, 国文名著刊行会, 1934, 18세기 후반 성립.

物集高量, 『竹取物語 伊勢物語 大和物語 落窪物語 土佐日記 蜻蛉日記』(日本文学叢書), 廣文庫刊行会, 1918.

塚本哲三 編, 『平安朝日記集』, 有朋堂書店, 1931.

喜多義勇, 『蜻蛉日記講義』, 至文堂, 1944.

川口久雄 校注, 『土左日記 · かげろふ日記 · 和泉式部日記 · 更級日記』(日本古典文学大系20), 岩波書店, 1957.

次田潤 · 大西善明, 『かげろふの日記新釈』, 明治書院, 1960.

柿本奨 注釈, 『蜻蛉日記全注釈』 上 · 下(日本古典評釈 · 全注釈叢書), 角川書店, 1966.

柿本奨 校注, 『蜻蛉日記』(角川日本古典文庫), 角川書店, 1967.

木村正中 · 伊牟田経久 校注 · 訳, 『土佐日記 蜻蛉日記』(日本古典文学全集9), 小学館, 1973.

柿本奨 他 編,『王朝日記—土佐日記・蜻蛉日記・和泉式部日記・更級日記』, 角川書店, 1975.
橘豊・田口守,『蜻蛉日記』, 桜楓社, 1978.
犬養廉 校注,『蜻蛉日記』(新潮日本古典集成54), 新潮社, 1982.
上村悦子,『蜻蛉日記全訳注』上・中・下(講談社学術文庫), 講談社, 1978.
________,『蜻蛉日記解釈大成』1~9, 明治書院, 1983~1995.
山田清市 編,『阿波国文庫本 蜻蛉日記』, 新典社, 1987.
今西祐一郎 校注,『土佐日記 蜻蛉日記 紫式部日記 更級日記』(新日本古典文学大系24), 岩波書店, 1989.

3. 일기·『가게로 일기』 관련 연구서(오십음도순)

秋山虔,『蜻蛉日記』(アテネ文庫278), 弘文堂, 1956.
秋山虔 他 編,『平安日記』(増補国語国文学研究史大成5), 三省堂, 1978.
池田亀鑑,『宮廷女流日記文学』, 至文堂, 1965.
石原昭平 他 編,『女流日記文学とは何か』(女流日記文学講座 第一巻), 勉誠社, 1991.
石原昭平 他 編,『蜻蛉日記』(女流日記文学講座 第二巻), 勉誠社, 1990.
石原昭平,『平安日記文学の研究』, 勉誠社, 1997.
一冊の講座 編集部 編,『一冊の講座 蜻蛉日記』, 有精堂, 1981.
伊藤博,『蜻蛉日記研究序説』, 笠間書院, 1976.
伊藤博・宮崎荘平,『中古女流日記文学』, 笠間書院, 1977.
今西祐一郎,『蜻蛉日記覚書』, 岩波書店, 2007.
上村悦子,『蜻蛉日記の研究』, 明治書院, 1972.
________ 編,『王朝日記の新研究』, 笠間書院, 1995.
木村正中 編,『論集日記文学』, 笠間書院, 1991.
________,『蜻蛉日記』上・下(中古文学論集 第二・三巻), おうふう, 2002.
倉田実,『蜻蛉日記の養女迎え』, 新典社, 2006.
品川和子,『蜻蛉日記の世界形成』, 武蔵野書院, 1990.
鈴木一雄,『王朝女流日記論考』, 至文堂, 1993.
玉井幸助,『日記文学の研究』, 塙書房, 1965.
________,『日記文学概説』, 図書刊行会, 1982.

中古文学研究会 編,『日記文学 作品論の試み』, 笠間書院, 1979.
西下経一,『日記文学』(日本文学大系18), 河出書房, 1938.
日記文学研究会 編,『日記文学研究 第三集』, 新典社, 2009.
日本文学協会 編,『日記・随筆・記録』(日本文学講座7), 大修館書店, 1989.
日本文学研究資料刊行会 編,『平安朝日記 I ― 土佐日記・蜻蛉日記』, 有精堂, 1971.
深沢徹 編,『かげろふ日記 ― 回想と書くこと』(日本文学研究資料新集3), 有精堂, 1987.
星谷昭子,『蜻蛉日記研究序説』, おうふう, 1994.
増田繁夫,『蜻蛉日記作者 右大将道綱母』, 新典社, 1983.
宮崎荘平,『平安女流日記文学の研究』, 笠間書院, 1972.
________,『平安女流日記文学の研究 続編』, 笠間書院, 1980.
________,『王朝女流日記文学の形象』, おうふう, 2003.
森田兼吉,『日記文学の成立と展開』, 笠間書院, 1996.
守屋省吾 編,『論集 日記文学の地平』, 新典社, 2000.
________,『蜻蛉日記形成論』, 笠間書院, 1975.

4. 기타(오십음도순)

石村貞吉,『有職故実』上・下, 講談社, 1987.
井上光貞 他,『律令』(日本思想大系3), 岩波書店, 1976.
上村悦子 編,『論叢王朝文学』, 笠間書院, 1978.
朧谷寿,『藤原氏千年』, 講談社, 1996.
勝浦令子,『古代・中世の女性と仏教』, 山川出版社, 2003.
川村裕子,『王朝生活の基礎知識 ― 古典のなかの女性たち』, 角川書店, 2005.
工藤重矩,『平安朝の結婚制度と文学』, 風間書房, 1994.
黒板勝美 他,『公卿補任』第一篇(新訂増補 国史大系 第五十三巻), 吉川弘文館, 1964.
小林幸夫 他,『うたをよむ 三十一字の詩学』, 三省堂, 1997.
佐々木恵介,『受領と地方社会』, 山川出版社, 2004.
繁田信一,『庶民たちの平安京』, 角川グループパブリッシング, 2008.
新創社 編,『京都時代MAP 平安京編』, 光村推古書院, 2008.

秋山虔 他 編,『源氏物語図典』, 小学館, 1997.
鈴木敬三,『有職故実図典一服装と故実』, 吉川弘文館, 1995.
鈴木博之 他 編,『古代社会の崩壊』, 東京大学出版会, 2005.
戸矢学,『陰陽道とは何か』, PHP研究所, 2006.
中村修也,『平安京の暮らしと行政』, 山川出版社, 2001.
服藤早苗,『平安朝 女性のライフサイクル』, 吉川弘文館, 1998.
________,『「源氏物語」の時代を生きた女性たち』, 日本放送出版協会, 2000.
古橋信孝,『古代都市の文芸生活』, 大修館書店, 1994.
安原盛彦,『源氏物語空間読解』, 鹿島出版会, 2000.
山口博,『王朝貴族物語』, 講談社, 1994.
山下克明,『平安時代の宗教文化と陰陽道』, 岩田書院, 1996.
山中裕,『平安朝の年中行事』, 塙書房, 1972.
山中裕・今井源衛 編,『年中行事の文芸学』, 弘文堂, 1981.
山中裕・鈴木一雄 編,『平安貴族の環境』, 至文堂, 1994.
________ 編,『平安時代の信仰と生活』, 至文堂, 1994.
________ 編,『平安時代の儀礼と歳事』, 至文堂, 1994.
山本淳子,『源氏物語の時代』, 朝日新聞社, 2007.
吉野裕子,『陰陽五行と日本の民俗』, 人文書院, 1983.
和田英松,『新訂 官職要解』, 講談社, 1983.
渡辺実,『平安朝文章史』, 東京大学出版会, 1981.

허영은,『일본 문학으로 본 여성과 가족』, 보고사, 2005.

5. 부기

이 책의 번역 · 주해 및 해제는 필자의 다음과 같은『가게로 일기』관련 연구 성과를 바탕으로 하고 있다. 이제까지 간행된 연구논문 및 국제 심포지엄 등에서 발표한 논문은 다음과 같다.

이미숙,「『蜻蛉日記』에 나타난 恨의 一考察」(한국외국어대학교 대학원 일본어과 석사학위논문), 1995.

______, 「『蜻蛉日記』「柏木の森のした草」考—道綱母の自己認識」, 『日本文芸論稿』 第26号, 日本: 東北大学文芸談話会, 1999.
______, 「『蜻蛉日記』の構造と意識—「つれなし」「なほあらじ」を指標として」, 『日本文芸論叢』 第13 · 14合併号, 日本: 東北大学国文学研究室, 2000.
______, 「『蜻蛉日記』から『源氏物語』へ—「柏木」と「思はぬかた」を指標として」, 『日語日文学研究』 第47輯, 韓国日語日文学会, 2003.
______, 「『蜻蛉日記』における「塵のみ積もるさむしろ」考—時間の経過を表す比喩的表現」, 『日本文化学報』 第25輯, 韓国日本文化学会, 2005.
______, 「『蜻蛉日記』と『意幽堂関北遊覧日記』—日韓女流日記と旅」, 『国文学』 第51巻8号, 日本: 学燈社, 2006.
______, 「여성문학과 참배여행」, 김태정 외, 『일본인의 삶과 종교』, 제이앤씨, 2007.
______, 「'나는 뭐란 말인가'(われはなになり)—『가게로 일기(蜻蛉日記)』에 나타난 화자의 자의식과 젠더」, 『일어일문학연구』 제67집, 한국일어일문학회, 2008.
______, 「젠더와 '일기문학'이라는 양식—10세기 후반 일본의 『가게로 일기』(蜻蛉日記)를 중심으로」, 『여성문학연구』 제20호, 한국여성문학학회, 2008.
______, 「『가게로 일기』(蜻蛉日記) 하권에 나타난 화자의 심경변화의 내실」(『일어일문학연구』 제69집, 한국일어일문학회, 2009.
______, 「「例の尽きせぬこと」と年の「はて」—『蜻蛉日記』の終わりの方法」, 『国文学 解釈と鑑賞』 第75巻3号, 日本: ぎょうせい, 2010.
______, 「「さいはひある人」と「年月見し人」—『蜻蛉日記』の本文解釈」, 『解釈』 通巻653集, 日本: 解釈学会, 2010.
______, 「『가게로 일기(蜻蛉日記)』와 연중행사」, 『일어일문학연구』 제73집, 한국일어일문학회, 2010.
______, 「翻訳と日本文学の再誕生—『蜻蛉日記』の韓国語訳—」, 『国際日本文学研究集会会議録』 34, 日本: 国文学研究資料館, 2011.
______, 「『蜻蛉日記』と「今」を表わす時間表現」, 『解釈』 通巻659集, 日本: 解釈学会, 2011.
______, 「'그 사람 마음'(人の心)과 '내 마음'(わたくしの心)—『가게로 일기』(蜻

蛉日記)에 나타난 불행의식의 기저—」, 『일어일문학연구』 제77집, 한국일어일문학회, 2011.

______, 「「鏡をうち見れば, いと憎げにはあり」—『蜻蛉日記』にみる「老い」の意識」(2008文化における老い国際シンポジウム), 台湾: 輔仁大学 日本語文学系, 2008.
______, 「『蜻蛉日記』における年中行事—枠組み・主題との関わり」(平安朝文学国際シンポジウム), 台湾: 台湾大学 日本語文学系, 2010.

아지랑이 같은 한 여인의 삶을 복원하며

■ 옮긴이의 말

10세기 중후반 일본 교토에서 60여 년을 살다가 이 세상을 떠나간 한 여인이 있었다. 비록 자기 이름조차 갖지 못했지만, 그녀는 20여 년에 걸친 결혼생활을 가나 문자로 기록해 남김으로써 천 년이 흐른 오늘날까지도 역사적인 인물로 존재하게 되었다. 친정아버지와 아들의 이름을 빌려 후지와라 도모야스의 딸 또는 미치쓰나의 어머니로 불리는 그 여인이 남긴 기록이 바로 현존하는 일본 최초의 여성 산문문학 작품인 『가게로 일기』이다.

미치쓰나의 어머니는 중류귀족의 딸로 태어나, 당시 권문세가의 자제로 뒷날 섭정 태정대신으로 최고 권력자가 되는 후지와라 가네이에와 결혼해 미치쓰나라는 외아들을 두었다. 중류귀족이었던 그녀가 권문세가의 자제와 결혼할 수 있었던 것은 그만큼 빼어난 미모와 시적 재능을 지녔기 때문이었다. 하지만 법제적으로 일부일처제가 규정되어 있었어도 실질적으로는 일부다처제 사회였던 헤이안 시대의 혼인제도 속에서, 스스로에 대한 긍지와 자의식이 강한 여성이었던 만큼, 20여 년 동안 결혼생활을 해나가면서 끊임없이 남편과 갈등을 겪을 수밖에 없었다. 미치쓰나의 어머니가 남긴 『가게로 일기』는 20여 년간에 걸친 자신의 결혼생활을 축으로 그 속에서 생성된 고뇌의 양상을 진솔하게 토로한 작품이다. 『가게로 일기』는 미치쓰나의 어머니가 가네이에의 구혼을 받고 그를 받아들이는 장면으로 시작되지만, 얼마 지나지 않아 남편의 사랑을 독점할 수 없다는 것을 알게 되면서 남편을 기다리며 되뇌는 한탄으로 가득한 작품이다. '가게로'라는 서명은 허무하게만 느껴지는 자신의 삶을 '아지랑이'에 비유한 것이다. 즉, 미치쓰나의 어머니는 스스로의 결혼생활, 나아가 반평생을 '아지랑이 같은 내 인생'으로 규정했던 것이다.

『가게로 일기』와 처음 만난 것은 1993년 3월 한국외대 대학원 일본어과 석사과정에 입학했을 때였다. 이화여대 국어국문학과에서 한국문학을 전공한 뒤 일본문학 번역에 관심이 있어 대학원에 진학했을 뿐 일본문학 연구자의 길을 걷겠다는 마음이 거의 없었던 나를 지금의 길로 이끌어준 작품이 바로 『가게로 일기』였다. 천 년 전 여성의 삶과 고뇌가 시간과 공간의 차이를 뛰어넘어 절절하게 마음속에 파고들면서 헤이안 시대 여성문학을 연구하고 싶다는 바람이 생겼고, 이 작품에 나타난 한(恨)의 정서에 주목해 석사학위논문을 쓰게 되었다. 그 뒤 일본 도호쿠(東北) 대학으로 유학 가서는 『가게로 일기』와 긴밀한 연관성이 지적되고 있는 일본의 대표적인 고소설 『겐지 모노가타리』 연구로 석사 · 박사 학위 논문을 쓰게 되었지만, 일본문학 연구의 출발점이었던 『가게로 일기』에 대한 연구 또한 이제까지 계속해왔다. 따라서 2007년 11월 동서양 문명의 텍스트 번역 · 주해를 주된 사업으로 삼고 있는 서울대 인문학연구원 인문한국(HK) 문명연구사업단에 참여하면서 이 작품을 번역 · 주해의 대상으로 삼게 된 것은 너무나 자연스러운 선택이었다. 『가게로 일기』와 함께한 3년간은 개인적으로 무척 행복한 시간이었다. 이 책을 펴내게 되면서 나는 미치쓰나의 어머니에 대한 일종의 부채감에서 벗어날 수 있을 것 같다.

번역이란 '다른 언어로 쓰인 두 텍스트 간의 등가(equival-ence) 찾기 작업'이라고 규정할 수 있느니만큼, 그 등가 찾기는 출발어와 도착어 간의 일대일 대응 전환이나 치환에 머무르지 않고 문화의 범주까지 확장되어야 제대로 된 번역이 이루어진다고 생각한다. 특히 고전문학의 번역은 주어나 표현의 생략 등에 따른 문장의 난해함과 당대의 시대성에 바탕한 사회 · 정치 · 경제 · 문화적인 요소가 작품 이해와 긴밀히 연결되어 있기 때문에, 본문의 축어역(逐語訳)만으로는 충분히 번역되었다고 할 수 없다. 즉, 고전문학의 번역은 그 본문만이 아니라 주와 해설까지 아우를 때 비로소 하나의 세계를 이루므로, 번역자의 작품 전체에 대한 파악이 번역에 큰 영향을 미친다고 할 수 있다. 따라서 이 책의 번역 · 주해는 이러한 관점에서, 번역자의 작품 이해를 반영한 번역이라고 생각한다. 석사학위 논문에서부터 시작된 『가게로 일기』와 관련된 나의 연구 성과를 문장 하나하나와 주, 해설에 반영시켰고, 이를 통해 일본 고전문학 텍스트가 번역이라는 과정을 거쳐, 같은 동아시아 한자문화권이면서도 상이한 문화를 지닌 한국이라는 공간에서 재탄생, 재창조될 수 있었다고 생각한다. 이 책이 최근 활발히 이루어지고 있는 일본 고전문학 번역에 조금이나마 자극을 줌으로써 같은 작품이라도 번역자의 작품 이해에 따라 내실을 달리하는 고전문학 텍스트 번역의 구체적인 예가 되었으면 한다.

이 책을 출판하기까지 안정된 환경 속에서 번역 · 주해 작업과 연구에 집중할 수 있도록 기회를 마련해준 한국연구재단(구 한국학술진흥

재단)과 서울대 인문학연구원 HK문명연구사업단에 감사드린다. 그리고 『가게로 일기』로 석사논문을 지도해주신 이래 지금까지도 지도를 아끼지 않고 계시는 한국외대 김종덕 선생님, 초역을 읽고 실질적인 자문을 해주신 『헤이케 이야기』(平家物語)의 번역자 명지대 오찬욱 선생님, 한국 내 대표적인 『가게로 일기』 연구자로서 항상 든든한 버팀목이 되어주시는 대구대 허영은 선생님께도 감사드린다. 또한 내가 서울대 인문학연구원 HK문명연구사업단에서 『가게로 일기』를 번역 · 주해하게 되었다는 이야기를 들으시고는 당신이 소장하던 『가게로 일기』와 헤이안 시대 일기문학 관련 연구서를 모두 물려주시고 필요한 자료가 있을 때마다 찾아서 보내주시는 등 물심양면으로 지원과 격려를 해주신 도호쿠 대학 지도교수 니헤이 미치아키(仁平道明) 선생님께 대한 고마움은 이루 다 말로 표현할 수 없다. 이 자리를 빌려 진심으로 감사드린다. 마지막으로 대학원 입학 직전 세상을 떠나신 아버지 이동수 님과 지금도 곁을 지켜주시는 어머니 윤일출 님, 그리고 형제자매들에게도 감사드린다.

2011년 5월

이미숙

찾아보기

| ㄴ |

| ㄷ |

| ㅈ |

미치쓰나의 어머니 道綱母, 936년경~995

일본 헤이안 시대 중류귀족 후지와라 도모야스(藤原倫寧)의 2남 4녀 중 둘째 딸로 태어났다. 당시 귀족여성들이 그러했듯 자기 이름을 지니지 못하여 친정아버지와 아들의 이름을 빌려 후지와라 도모야스의 딸 또는 미치쓰나(道綱)의 어머니로 불린다. 19세 무렵(954), 훗날 최고 권력자가 되는 권문세가의 자제 후지와라 가네이에(藤原兼家)의 아홉 명의 부인 가운데 두 번째 부인이 되었다. 헤이안 시대의 유명한 와카(和歌) 가인을 일컫는 36가선(三十六歌仙)의 한 명으로 꼽히며, '본조 삼미인'(本朝三美人)이라 불릴 만큼 미모로도 이름 높았다고 전한다. 하지만 남다른 자의식을 지녔던 만큼, 일부다처제였던 헤이안 시대의 혼인제도 아래 끊임없이 갈등을 겪어야 했다.

『가게로 일기』는 미치쓰나의 어머니가 구혼을 받던 때부터 남편과 사이가 멀어져 결국 혼인이 해소되기까지 20여 년간의 결혼생활을 회상하여 풀어 쓴 삶의 기록이다. '가게로'(かげろふ)는 이처럼 허무하게 느껴지는 반평생을 '아지랑이'에 비유한 말이다. 한 여성이 일기문학 형식으로 자기 삶과 고뇌를 진솔하게 토로한 이 작품은 뒤이어 등장한 『겐지 모노가타리』(源氏物語) 등 일련의 여성문학에 큰 영향을 미친, 현존하는 일본 최초의 여성 산문문학 작품이다.

미치쓰나의 어머니는 남편과 헤어지고 20여 년 뒤인 60세 무렵 세상을 떠났으며, 가네이에의 다섯 아들 가운데 둘째인 외아들 미치쓰나는 배다른 형제들과 달리 대신의 반열에 오르지 못하고 정3위 대납언(大納言)에 머물렀다.

이미숙 李美淑

이화여자대학교 국어국문학과를 졸업했다. 한국외국어대학교 대학원 일본어과에서 『가게로 일기』에 대한 연구로 석사학위를 받았고, 일본 도호쿠 대학 문학연구과에서 일본 문부과학성 장학생으로 공부하면서 『겐지 모노가타리 연구』로 석사 · 박사학위를 받았다. 10~11세기 일본 헤이안 시대의 고전여성문학을 주로 연구하고 있다. 한국외대와 이화여대, 숭실대, 건국대, 명지대 등에서 강의했고, 한국외대 대우교수 등을 거쳐 현재 서울대 인문학연구원 HK연구교수로 재직 중이며 이화여대에서 일본문학을 가르치고 있다.

지은 책으로 『源氏物語研究 ― 女物語の方法と主題』가 있고, 함께 쓴 책으로 『모노가타리에서 하이쿠까지』 『이민자 문화를 통해 본 한국문화』 『일본인의 삶과 종교』 『그로테스크로 읽는 일본문화』 『王朝文学と東アジアの宮廷文学』 『女性百年 ― 教育 · 結婚 · 職業』 등이 있다. 그 외에도 일본 고전문학에 대한 다수의 논문을 발표했다.

'문명텍스트' 발간에 부쳐

서울대학교 인문학연구원 HK문명연구사업단은 2007년 11월 한국연구재단의 인문학 장기 지원 프로젝트에 선정되어 출범했다. 한국, 아시아, 나아가 세계를 위해 제 역할을 하는 한국 인문학을 정립하겠다는 야심찬 기획을 가지고, 문학 · 사학 · 철학 전공자들은 물론이고 사회과학 · 자연과학 · 공학 전공자들까지 한 지붕 아래 모였다.

한국 인문학의 한 단계 도약을 위한 핵심 과제로 우리 사업단이 주목한 것은 문명에 대한 새로운 이해이다. 문명이란 장구한 세월 동안 인류가 일구어낸 정신적 · 물질적 성과들의 종합이며, 다른 문명들과 서로 영향을 주고받으며 진화해온 복합적인 실체이다. 오늘날 우리가 맞닥뜨리는 수많은 문제의 이면에는 과거 여러 문명들의 갈등과 융합이라는 거대한 흐름이 놓여 있다. 세계화 시대에 그 흐름은 더욱 분명하게 모습을 드러내고 있다. 이에 대한 심층적인 이해가 선행되지 않는다면, 미래에 대한 유효적절한 준비와 대응은 불가능하다. 문명을 핵심 화두로 삼은 이유가 여기에 있다.

문명에 대한 새로운 인식을 위해, 우리는 고전을 비롯한 문명의 주요 텍스트를 주해하는 작업이 선행되어야 한다고 판단했다. 인문학의 고전적 방식이라 할 수 있는 텍스트 주해를 문명 연구의 방편으로 택한 데는 이유가 있다. 첫째, 고전이란 당대의 문화와 문명을 형성하는 데 뿌리가 된 핵심적인 텍스트로서, 역사를 통해 계속적으로 사유의 단서를 던지며 생명력을 발휘해왔다고 믿기 때문이다. 고전은 단지 과거 문명을 이해하는 데 필요한 사료에 그치지 않고,

현대 문명을 비추어보고 미래를 전망하는 데에도 힘을 갖는다. 둘째, 인문학이란 인류가 남긴 다양한 텍스트를 통해 인간과 사회에 대한 이해를 넓히고 그 확장된 인식을 새로운 텍스트에 담아내는 학문이라는 믿음 때문이다. 주해는 고전적 텍스트에 대한 현대적 재해석이다. 대상과 방법에 따라 학문이 다양해지고 전문화된 오늘날, 인문학이 자기 길을 제대로 가야만 학문 전체와 인류에 공헌할 수 있다고 믿는다.

'문명텍스트' 시리즈는 우리 사업단의 다양한 인문학 연구자들이 각자 자신의 영역에서, 과거와 현대 문명의 정수와 그에 대한 인식을 담은 중요한 텍스트를 선정하여 번역하고 주해한 결과물이다. 인류 문명의 핵심을 파악할 수 있는 고전적 텍스트들을 학술적으로 엄정하게 풀이하면서도 현대 우리말로 쉽게 옮기는 것이 우리의 목표이다. 이는 짧지 않은 시간의 노동을 요하면서도 성취가 바로 눈에 보이지 않는 우직한 작업이지만, 인류의 유산을 한국화하는 이러한 작업이 주체적으로 세계 문명을 사유하고 새로운 문명을 개척하는 데 발판이 되리라 믿는다. 동서고금의 주요 텍스트들에 대한 독창적이고 의미 있는 주해서가 수백 권 누적되어, 우리 학계는 물론 시민사회 일반에 중요한 정신적 자산이 되기를 기대한다.

2011년 5월

서울대학교 인문학연구원 HK문명연구사업단장